# Catarsis

# Catarsis

Los rostros de Victoria Bergman 3

## Erik Axl Sund

Traducción de Joan Riambau

**ROJA Y NEGRA**

**Catarsis**

Título original: *Pythians anvisningar*

Primera edición en España: septiembre de 2015
Primera edición en México: marzo, 2016

D. R. © 2012, Erik Axl Sund. Publicado por acuerdo con Salomonsson Agency

D. R. © 2015, de la presente edición en castellano para todo el mundo:
Penguin Random House Grupo Editorial, S. A. U.
Travessera de Gràcia, 47-49, 08021, Barcelona

D. R. © 2016, derechos de edición mundiales en lengua castellana:
Penguin Random House Grupo Editorial, S. A. de C. V.
Blvd. Miguel de Cervantes Saavedra núm. 301, 1er piso,
colonia Granada, delegación Miguel Hidalgo, C. P. 11520,
México, D. F.

www.megustaleer.com.mx

D. R. © 2015, Joan Riambau Möller, por la traducción del francés

ISBN: 978-607-314-127-7
Impreso en México – *Printed in Mexico*

El papel utilizado para la impresión de este libro ha sido fabricado a partir de madera procedente
de bosques y plantaciones gestionadas con los más altos estándares ambientales, garantizando
una explotación de los recursos sostenible con el medio ambiente y beneficiosa para las personas.

Penguin
Random House
Grupo Editorial

*A vosotros que habéis perdonado*

*Now I wanna sniff some glue.*

RAMONES

## Dinamarca, 1994

*No creas que el verano llegará*
*sin que alguien empuje*
*y lo vuelva estival,*
*pues solo vendrán las flores.*
*Soy quien hace florecer las flores,*
*el que hace verdear los prados,*
*y ya ha llegado el verano,*
*pues acabo de retirar la nieve.*

No había nadie en la playa, aparte de ellos y de las gaviotas.

Se había acostumbrado a los graznidos de los pájaros y al ruido del mar, pero el restallar del paraviento de lona de plástico azul irritaba a Madeleine. Le impedía dormir.

Se tostaba al sol tumbada boca abajo. Había doblado la toalla para que le cubriera la cabeza, dejando una abertura lateral para poder ver lo que pasaba.

Diez muñequitos de Lego.

Y la niñita de Karl y Annette que jugaba, despreocupada, en la orilla.

Todos desnudos aparte del criador de cerdos, pues decía que padecía un eccema y no soportaba el sol. Estaba junto al agua y vigilaba a la chiquilla. Su perro también estaba allí, un gran rottweiler del que ella siempre había recelado. Ni siquiera los otros perros se fiaban de él. Estaban atados a una estaca de madera clavada en la arena un poco más lejos.

Se chupó el diente. Parecía que no iba a dejar de sangrar nunca, sin llegar tampoco a caerse.

Como de costumbre, el que se encontraba más cerca de ella era su padre adoptivo. Estaba moreno y tenía el cuerpo cubierto de un vello claro. De vez en cuando le pasaba la mano por la espalda para untarla de crema solar. En dos ocasiones le había pedido que se volviera, pero ella había fingido dormir.

Al lado de él, esa mujer que se llamaba Regina y que solo hablaba del niño que le daba patadas pidiendo salir. Seguramente no sería una niña, puesto que tenía un vientre enorme mientras que el resto de su cuerpo no había engordado demasiado, y eso, según ella, era una señal evidente de que se trataba de un varón.

Se llamaría Jonathan, que en hebreo significa «don de Dios».

Hablaban en voz muy baja, casi en un susurro, y era difícil oír lo que decían debido al ruido del paraviento. Pero cuando le acarició el vientre, ella le sonrió y la oyó decir que le gustaba, que tenía unas manos muy suaves.

Era guapa, de cabello largo y oscuro y con un rostro de ensueño, como de modelo.

Pero su vientre era repugnante. El ombligo retorcido formaba una pequeña ampolla roja. De allí descendía una hilera de pelos negros hacia el pubis. Hasta entonces solo había visto hombres tan peludos, y no quería ver más.

Giró la cabeza bajo la toalla y miró al otro lado. Por allí la playa estaba desierta, solo se veía arena hasta el puente y el faro rojo y blanco, a lo lejos. Pero había más gaviotas, quizá porque algún turista había dejado una bolsa de basura.

—Ah, ¿ya te has despertado? —Su voz era dulce—. Vuélvete boca arriba, o te va a dar una insolación.

Obedeció en silencio y cerró los ojos, mientras le oía agitar el bote de crema solar. Meticulosamente, comenzó quitándole toda la arena del vientre, una atención que no comprendía. Se echó la toalla sobre la cara, sin que él protestara.

Sus manos estaban calientes y no sabía qué sentía. Era a la vez bueno y desagradable, exactamente como su diente. Le molestaba y, al pasar la lengua por encima, su aspereza le producía un escalofrío, al igual que se estremecía al contacto de sus manos.

—Eres muy guapa —le dijo.

Ella sabía que su cuerpo estaba más desarrollado que el de muchas niñas de su edad. Era más alta e incluso empezaba a tener pecho. En todo caso así lo creía, puesto que parecían hinchados y le escocían como si estuvieran creciendo. Eso era también lo que le molestaba bajo el diente de leche que se le movía: debajo crecía un nuevo diente, un diente de adulto.

A veces, esas picazones la volvían loca, como si hasta su esqueleto le escociera porque crecía tan deprisa que las articulaciones le rascaban la carne.

Él le había dicho que el cuerpo envejecía deprisa, pero que no había que avergonzarse de ello. Al cabo de unos pocos años, su cuerpo se habría ajado de tanto crecer. Estaría cubierto de estrías, esos pequeños estiramientos de la piel que aparecen al ritmo del crecimiento, un poco como les ocurre a las embarazadas en el vientre.

También le había dicho que era importante que le gustara su cuerpo y que estar a menudo desnuda con otra gente era bueno para la imagen que tenía de sí misma. A eso lo llamaba desnudez social y consistía en acercarse a los demás y respetarlos como eran, con todos sus defectos físicos. Estar desnudo confería seguridad.

No le creía, pero sin embargo sus manos le parecían agradables, a su pesar.

Dejó de tocarla antes de lo que esperaba.

Una voz sorda de mujer le pidió que se tumbara, y oyó cómo sus codos se hundían en la arena.

—Túmbate… —susurró amablemente la misma voz.

Volvió la cabeza con precaución. Por el pliegue de la toalla vio que era la gorda, Fredrika, quien se sentaba junto a él con una sonrisa.

Pensó en los muñequitos de Lego. Unos personajillos de plástico con los que uno puede hacer lo que quiera y que no pierden la sonrisa ni aunque se les derrita en un horno.

No pudo evitar mirar cuando la mujer se inclinó sobre él y abrió la boca.

Por el pliegue, vio acto seguido cómo su cabeza subía y bajaba. Acababa de bañarse, el cabello se le pegaba a las mejillas y todo parecía mojado. Rojo y mojado.

Un poco más lejos, veía otras caras. El policía bigotudo se levantó y se acercó a ellos. Su cuerpo era velludo y viejo, y su vientre casi tan gordo como el de la mujer embarazada. También él estaba colorado, pero debido al sol, y debajo de la tripa lo tenía todo encogido.

No eran más que Legos. No los entendía, pero no podía evitar mirar.

Pensó en cuando estuvieron en Skagen, cuando su padre adoptivo le pegó por primera vez. Tampoco entonces los entendía.

En aquella ocasión había mucha gente en la playa, no estaba tan desierto como aquí, y todo el mundo vestía bañador. A toro pasado, no sabía por qué lo hizo, pero se acercó a un hombre que fumaba y tomaba un café, sentado solo sobre una esterilla. Se bajó el bañador delante de él porque pensaba que quería verla desnuda.

El hombre se limitó a dirigirle una sonrisa crispada mientras exhalaba humo, pero ellos se enfadaron y papá Peo fue a buscarla tirándole del cabello.

—¡Aquí no! —dijo.

Los que estaban hoy solo se mostraban curiosos, todos, y sus cuerpos comenzaban a hacerle sombra.

Su diente la martirizaba y sentía que el aire se volvía más frío al desaparecer el sol.

El rottweiler del criador de cerdos se aproximó. Rascaba la arena y agitaba la cola, también curioso. Le colgaba la lengua, reluciente, y jadeaba como si estuviera deseoso de participar.

Miraban y ella miraba. No había de qué avergonzarse.

Una de las nuevas, una mujer rubia, sacó su cámara de fotos. Un modelo que capturaba la imagen y la escupía en el acto. Una Polaroid, que congelaba las moléculas.

El paraviento se agitó y ella cerró los ojos cuando la cámara chasqueó.

Entonces, de repente, se le cayó el diente.

El agujero frío en la encía le dolía y dejó que su lengua se recreara en él, sin dejar de mirar.

Le escocía y sabía a sangre.

# Södermalm

El principio del fin es un coche azul en llamas en lo alto de Tantoberget.

Una montaña en llamas en el corazón de Södermalm: la comisaria Jeanette Kihlberg no sospecha que se trate de la piedra angular de todo. Cuando pasa Hornstull a toda velocidad junto con su colega Jens Hurtig y ve Tantoberget, parece un volcán.

Antes de que la zona situada entre Ringvägen y Årstaviken se convirtiera en un parque, Tantoberget era un enorme vertedero, un cementerio de desechos, y ahora, una vez más, la montaña acoge residuos y carcasas.

El incendio en el punto más alto del parque se ve desde gran parte de Estocolmo. Las llamas del coche han prendido un abedul reseco por el otoño. Entre el crepitar de las chispas, el fuego amenaza con extenderse a las casetas, una decena de metros más allá.

De momento, Jeanette está lejos de intuir que eso es el principio del fin, que todo se sostiene de una manera determinada y acabará explicándose. Pero, al igual que el común de los mortales, solo conocerá una parcela de ese todo.

Hay una orden de búsqueda dictada contra Hannah Östlund y su compañera del internado de Sigtuna, Jessica Friberg, sospechosas de cuatro asesinatos. El fiscal Kenneth von Kwist ha declarado que sin duda hay motivos para detenerlas.

El coche que está siendo pasto de las llamas en la cima del monte está matriculado a nombre de Hannah Östlund y por ese motivo han avisado a Jeanette.

Bajan por Hornsgatan hasta Zinkensdamm, adonde llegan a toda velocidad dos camiones de bomberos. Hurtig aminora la velocidad para cederles el paso y luego gira a la derecha en Ringvägen, deja atrás el campo de hockey y entra en el parque. La carretera asciende la colina en zigzag.

Jeanette ve a los mirones congregados alrededor del incendio, aunque, debido al riesgo de explosión del depósito, se mantienen a cierta distancia. Unidos por su impotencia ante la imposibilidad de intervenir, comparten la vergüenza de la cobardía. No se miran, uno baja la vista y excava con el pie en la gravilla, avergonzándose por no ser un héroe.

Al abrir la puerta del coche, a Jeanette le llega el olor del humo negro, ardiente y tóxico.

Apesta a aceite, caucho y plástico fundido.

En los asientos delanteros del coche, en el calor mortal de las llamas, ve las siluetas de los dos cuerpos sin vida.

# Barnängen

La nube amarillenta de polución estancada sobre Estocolmo cubre el cielo nocturno: a simple vista solo se distingue la estrella Polar. La iluminación artificial de las farolas, los neones y las bombillas hace que el espacio al pie del puente de Skanstull parezca aún más sombrío que si el cielo estrellado fuera la única luz en la noche oscura.

Los escasos paseantes que cruzan el puente y echan un vistazo hacia el puerto de Norra Hammarby solo ven una mezcla tóxica de luces y sombras, deslumbrante y cegadora.

No ven la silueta encorvada que camina junto a la vía del tren abandonada; no ven que carga una bolsa de plástico negra, se aleja de los raíles, llega al andén y finalmente desaparece en las sombras del puente.

Nadie ve tampoco cómo el agua negra se traga la bolsa.

Cuando una gabarra entra en la dársena de Hammarby con una bandada de gaviotas en su estela, la persona en el muelle enciende un cigarrillo, cuyo extremo incandescente brilla claramente, un punto rojo en la oscuridad. El punto rojo permanece un momento inmóvil, luego vuelve sobre sus pasos, cruza la vía del tren y se detiene frente a un coche. Allí, la colilla cae al suelo y proyecta unas chispas rojas.

La silueta abre una puerta, se acomoda al volante, enciende la luz y saca unos papeles de la guantera. Unos minutos más tarde, la luz se apaga y el coche arranca.

El todoterreno blanco sale del aparcamiento y se dirige al norte, con la estrella Polar como guía sobre el parabrisas.

La mujer del coche reconoce la enfermiza luz amarilla del cielo, ya la ha visto en otro lugar.

Ella ve lo que los demás no ven.

En el muelle, junto a los raíles, ha visto pasar unas vagonetas bamboleantes, cargadas de cadáveres; en el agua, una fragata con pabellón soviético, de la que sabía que la tripulación padecía escorbuto después de haber pasado unos meses en el mar Negro. El cielo sobre Sebastopol y la península de Crimea era del mismo amarillo mostaza y, a la sombra de los puentes, se apilaban los escombros de las casas bombardeadas y los desechos de las fábricas de espoletas.

Al muchacho de la bolsa lo había encontrado en Kiev, en la estación de metro de Babi Yar, hacía más de un año. La estación llevaba el nombre del barrio donde muchos de aquellos a los que había conocido fueron ejecutados sistemáticamente. Los nazis instalaron luego allí un campo de concentración.

*Syrets.*

Aún tiene el sabor del muchacho en la boca. Un sabor amarillo, insulso, que recuerda el aceite de colza. Como un cielo envenenado de luz y trigales.

*Syrets.* El propio nombre está impregnado de ese sabor amarillo.

El mundo está dividido en dos y ella es la única que lo sabe. Hay dos mundos, tan diferentes como una radiografía y un cuerpo humano.

El muchacho de la bolsa pertenece ahora a los dos mundos. Cuando lo encuentren, verán qué aspecto tenía a los nueve años de edad. Su cuerpo está conservado como una fotografía del pasado, embalsamado como un niño rey inmemorial. Niño para toda la eternidad.

La mujer del coche sigue circulando hacia el norte a través de la ciudad. Ve a la gente con la que se cruza.

Sus sentidos están extremadamente agudizados y sabe que nadie alcanza siquiera a imaginar lo que le ocurre. Nadie lo sabe. Ve la angustia que la gente siempre acarrea consigo. Ve sus malos pensamientos deslavazarse en la atmósfera que los rodea. Pero nadie sabe qué ve ella en sus rostros.

A ella no la ven. Su aspecto es muy correcto, de una impecable discreción. Tiene el don de volverse invisible, la gente no recuerda su imagen. Pero siempre está ahí, muy presente, observa y comprende lo que la rodea.

Y nunca olvida una cara.

Un poco antes ha visto a una mujer sola bajar hasta el muelle del puerto de Norra Hammarby. Poco abrigada para la estación, se ha quedado apenas una media hora sentada al borde del agua. Cuando finalmente ha vuelto sobre sus pasos y la luz de una farola ha iluminado su rostro, la ha reconocido.

Victoria Bergman.

La mujer conduce a través de la ciudad dormida, la gente se esconde detrás de las cortinas y las persianas cerradas, las calles de Estocolmo están muertas a pesar de que aún no son las once.

Piensa en los ojos de Victoria Bergman. Han pasado más de veinte años desde la última vez. En aquella época, los ojos de esa chica eran ardientes, casi inmortales. Tenían una fuerza inusitada.

Hoy ha visto en ellos un matiz apagado, como una fatiga extendida por todo su cuerpo: su experiencia de los rostros humanos le dice que Victoria Bergman ya está muerta.

## Alemania, 1945

*En virtud del decreto* Nacht und Nebel, *todo civil que ponga en peligro la seguridad del Tercer Reich será condenado a muerte. Quienes infrinjan las disposiciones del decreto u oculten información sobre las actividades del enemigo serán detenidos.*

Gilah Berkowitz tenía en el bolsillo un documento que certificaba su nacionalidad danesa, y esta le daba derecho a ser atendida en el campo de Neuengamme, cerca de Hamburgo, antes de ser transportada en cuarentena a Dinamarca. Pero para ella la verdad era relativa desde hacía tanto tiempo que ya no creía en nada. Nada era más falso que la verdad.

En su bolsillo tenía también la abrazadera para dedos, un pequeño sargento de madera que el guardián jefe le dio para distraer y diseminar el dolor. Eso le había aliviado las migrañas y los retortijones de estómago, y ahora la ayudaba a luchar contra esa sensación de succión en el bajo vientre. Fijó la abrazadera en el pulgar y le dio una vuelta de tuerca. Luego otra vuelta mientras miraba en derredor en el autobús.

La pestilencia y la angustia eran idénticas que en Dachau.

Gilah cerró los ojos tratando de pensar en la libertad, pero era como si esta nunca hubiera existido y no fuera a existir jamás. Ni antes, ni después de Dachau. Los recuerdos estaban allí, pero tenía la impresión de que no le pertenecían.

Llegó dos años atrás a Lemberg, en Ucrania occidental, a la edad de trece años, pero con el cuerpo de un chico de veinte años.

Robó una maleta en un autobús militar alemán, la detuvo la Gestapo y se sumó a los miles de prisioneros deportados a los campos en virtud del decreto *Nacht und Nebel*.

Los alemanes no la examinaron al ser internada, simplemente le dieron un pico y ropa de trabajo. El control sanitario no era necesario. Era fuerte y gozaba de buena salud.

Le gustaron los trabajos forzados, ya fuera cavar zanjas o montar máquinas. Al principio, su cuerpo se endureció y tuvo el placer de ver a los otros detenidos caer derrengados unos tras otros. Ella era más resistente que cualquier hombre adulto del campo.

Fue más duro hacia el final, pero aguantó hasta la llegada de los autobuses blancos.

Solo se evacuaba a los ciudadanos escandinavos: cuando pronunciaron el último apellido danés, Gilah Berkowitz levantó la mano.

La cubrieron con un abrigo gris marcado con una cruz blanca que indicaba que era libre.

# Vita Bergen

Sofia Zetterlund camina por Renstiernas Gata y alza la vista hacia la pared rocosa a su derecha. En una cavidad excavada en el granito, debajo de la iglesia de la Reina Sofía, se halla el servidor más importante de Suecia.

Parece que la montaña arda, pero es el calor desprendido por los ordenadores al topar con el aire frío exterior. El vapor forma un velo blanco con el que las ráfagas heladas de esa noche de otoño envuelven las paredes rocosas.

Exceso de calor. Como una olla a presión.

Sabe que los transformadores y los generadores diésel garantizan que todos los datos informáticos de las autoridades suecas sobrevivirían a una catástrofe, aunque la ciudad fuera arrasada. Entre otros, los expedientes confidenciales sobre ella. Sobre Victoria Bergman.

La información digitalizada en los años noventa en el hospital de Nacka y luego almacenada en una copia de seguridad bajo el parque de Vitaberg. Justo al lado de su apartamento en Borgmästargatan, su vida está conservada eternamente y no puede hacer nada para evitarlo, a menos que haga volar la montaña por los aires y extinga el fuego que arde bajo tierra.

Atraviesa el vapor denso y húmedo y por un momento no ve nada.

Justo después, llega frente a su casa. Echa un vistazo al reloj. Son las diez y cuarto, lo que significa que ha estado caminando cuatro horas y media.

Ya no recuerda las calles y los lugares por los que ha pasado. Apenas recuerda sus propios pensamientos a lo largo del paseo. Es como tratar de recordar un sueño.

Camino dormida, se dice al introducir el código de la puerta.

Sube la escalera y el eco sonoro de los talones de sus botas la despierta. Sacude su abrigo empapado de lluvia, se pasa una mano por el cabello, se ajusta la blusa húmeda y, cuando introduce la llave en la cerradura, ya ha olvidado su largo paseo.

Sofia Zetterlund no recuerda que estaba en su despacho imaginando el barrio de Södermalm como un laberinto cuya entrada era la puerta de su consulta de Sankt Paulsgatan y la salida la puerta de su apartamento en Vita Bergen.

No recuerda tampoco que un cuarto de hora después se ha despedido de su secretaria Ann-Britt Eriksson y ha salido de la consulta.

No recuerda tampoco que en la primera bifurcación del laberinto ha elegido tomar a la derecha por Swedenborgsgatan y bajar hacia la estación Sur, con la esperanza de volver a ver a la mujer a la que en otra ocasión siguió por esa misma calle. Una mujer de andares basculantes familiares, con el cabello gris cuidadosamente recogido en un moño y con los pies un poco de pato. Una mujer a la que había visto dos veces.

Tampoco se acuerda del hombre al que ha conocido en el bar del Clarion en Skanstull, al que ha seguido a su habitación; tampoco de su sorpresa cuando ella se ha negado a que le pagara. No recuerda haber atravesado luego el vestíbulo del hotel titubeando, haber tomado Ringvägen hacia el este y después bajado por Katarina Bangata hasta el puerto de Norra Hammarby para contemplar el agua, las gabarras y los almacenes en el muelle de enfrente, ni de haber subido acto seguido por Ringvägen, que tuerce hacia el norte y se convierte en Renstiernas Gata, que pasa bajo las laderas rocosas y abruptas de Vita Bergen.

No recuerda cómo ha encontrado el camino de su casa, la salida del laberinto.

El laberinto no es Södermalm, es el cerebro de una sonámbula, sus canales, sus señales, su sistema nervioso de innumerables repliegues, bifurcaciones y callejones sin salida. Un paseo por calles crepusculares en el sueño de una sonámbula.

La llave gira ruidosamente en la cerradura, dos vueltas a la derecha y la puerta se abre.

Ha encontrado la salida del laberinto.

Sofia consulta su reloj. Lo único que desea es dormir.

Se quita el abrigo y avanza por la sala. Sobre la mesa, unas pilas de documentos, clasificadores y libros. Todos sus intentos de ayudar a Jeanette con un perfil del asesino en la investigación de los jóvenes inmigrantes asesinados.

¿Para qué?, piensa pasando algunas páginas distraídamente. De todas formas, no habría servido de nada. Acabaron en la cama y Jeanette no había vuelto a hablar de ello después de la noche en Gamla Enskede. ¿Quizá no era más que un pretexto para verse?

Se siente insatisfecha porque el trabajo no está acabado y Victoria no la ayuda, no le muestra ningún recuerdo. Nada.

Que mató a Martin, eso sí lo sabe.

Pero ¿a los otros? ¿A los muchachos sin nombre, al chico bielorruso?

No tiene ningún recuerdo. Solo ese obsesivo sentimiento de culpabilidad.

Se dirige hacia la estantería que camufla la habitación insonorizada. Al descorrer el pestillo para deslizarla y abrirla, sabe que la habitación estará vacía. Allí dentro solo hay restos de ella misma y el olor de su propia transpiración.

Gao Lian no ha montado nunca en la bicicleta estática, al fondo, en la esquina izquierda; el sudor ha caído del cabello de ella, a lo largo de su espalda y de sus brazos.

Ha dado varias veces la vuelta al mundo con las ruedas girando en el aire, y su cuerpo se ha hecho más fuerte sin que ella avanzara ni un centímetro. No ha pasado nada. No ha hecho más que pedalear sin moverse.

Aunque Gao Lian, de Wuhan, no exista, está por toda la habitación. En los dibujos, los recortes de periódico, en una hoja de cuaderno y en un recibo de farmacia en el que ella ha rodeado las iniciales de los medicamentos para formar GAO.

Gao Lian, de Wuhan, acudió a ella porque ella necesitaba a alguien para canalizar su culpabilidad. Para saldar la cuenta de lo que le debía a la humanidad.

Creyó que todos los textos, todos los artículos sobre los muchachos asesinados hablaban de ella. Siguiendo los acontecimientos, les buscó una explicación y la encontró dentro de sí misma.

Su descubrimiento se llama Gao Lian, de Wuhan, y fue su entorno inmediato lo que le inspiró esa personalidad.

Toma de la estantería el viejo libro encuadernado en piel cuarteada.

Gao Lian, *Ocho tratados sobre el arte de vivir.*

Lo compró por treinta coronas en un mercadillo y apenas lo ha abierto, pero el nombre del autor sigue estando muy visible en el lomo ajado del libro, guardado en su lugar en la estantería al lado del mecanismo de cierre de la habitación secreta.

Deja de nuevo el libro y va a la cocina. Sobre la mesa, un periódico abierto.

Un artículo sobre Wuhan, capital de la provincia china de Hubei, con la foto de una torre octogonal, una pagoda. Cierra el periódico y lo aparta.

¿Qué más?

El resumen de un informe de la Oficina de Emigración sobre los niños sin papeles, otro informe sobre las condiciones de adopción en el este de Asia y otro específicamente sobre el tráfico de seres humanos entre China y Europa occidental.

Comprende por qué lo ha inventado. Además de un exutorio para su sentimiento de culpabilidad, le ha servido de sustitutivo de la hija que no pudo conservar. Criar a Gao ha sido criarse a sí misma, y su aislamiento ha supuesto una purificación, una manera de aguzar sus sentidos al máximo. Una forma de fortalecer su mente y su cuerpo.

Pero en algún momento ha perdido el control de Gao.

No se ha convertido en aquel que deseaba, y por eso ha dejado de existir y ya no cree en él.

Sabe que ahí dentro no hay nadie.

Gao Lian, de Wuhan, nunca ha existido.

Sofia accede de nuevo a la habitación secreta, recoge las portadas enroscadas de los periódicos y las extiende en el suelo. ¡APARECE UNA MOMIA ENTRE LOS ARBUSTOS! y HALLAZGO MACABRO EN EL CENTRO DE ESTOCOLMO.

Lee lo que se escribió sobre el asesinato de Yuri Krylov, el joven de Molodetchno hallado muerto en la isla de Svartsjö, y presta especial atención a lo que ella misma subrayó. Detalles, nombres, lugares.

¿Lo hice yo?, se pregunta.

Da la vuelta al viejo colchón. La corriente de aire hace volar delante de ella otros papeles. El polvo le pica en la nariz.

Páginas arrancadas de una edición alemana del libro de Zbarsky sobre la técnica rusa del embalsamamiento. Páginas impresas de internet. Anotaciones, párrafos de Zbarsky subrayados de su puño y letra. Una descripción completa del embalsamamiento de Vladímir Ilich Uliánov, Lenin, realizada por un profesor llamado Vorobiov en el instituto anatómico de Járkov, en Ucrania.

De nuevo su caligrafía en unas cuantas páginas cubiertas de cifras. Dosis de productos químicos en función de la masa corporal.

Finalmente la fotocopia de un artículo sobre una empresa que en los años noventa embalsamó a jefes de la mafia rusa asesinados. Algunos fueron envenenados: la empresa facturaba el embalsamamiento en función del estado del cadáver.

En el momento en que Sofia deja esos artículos, suena su teléfono: es Jeanette. Se levanta para responder, mirando en derredor en la habitación.

El suelo está cubierto de una espesa capa de papeles, casi no hay ni un solo espacio libre. ¿Qué sentido tiene todo eso? ¿Qué explicación? ¿Cuál es el gran interrogante?

La respuesta está aquí, se dice al descolgar.

Los pensamientos de una persona troceados en papelitos.

Un cerebro estallado.

# Gamla Enskede

Una vida sencilla y tranquila, piensa Jeanette Kihlberg al aparcar frente a su casa en Gamla Enskede. Hoy echa de menos la sencillez previsible, sentirse contenta después de una larga jornada de arduo trabajo y poder olvidarlo todo al llegar a casa. Liberarse de todas sus preocupaciones profesionales en cuanto deja de cobrar por pensar en ellas.

Johan duerme en la ciudad en casa de Åke y Alexandra: ya en el umbral, siente el vacío. Por egocéntrico que fuera Åke antes de su divorcio, echa de menos sus charlas en la cocina con una cerveza o cómo se chinchaban viendo una película norteamericana de policías de la que ella no podía evitar comentar los detalles inverosímiles. Era algo afectuoso: a pesar de todo se amaban.

Ahora la cocina está en silencio y solo se oye el ronroneo del frigorífico y los crujidos del radiador.

En la puerta del frigorífico, la postal de sus padres jubilados que están fuera en un viaje organizado. Saludos desde China. Jeanette se siente un poco culpable por no preocuparse por ellos. Por no haber pensado en ellos desde hace mucho tiempo. Pero sobre todo porque la verdad es que no les echa de menos.

Desde la marcha de Åke, la casa huele de otra manera. Se ve obligada a reconocer que añora el olor a pintura, aceite de linaza y trementina, aunque agradece no tener que preocuparse ya por sentarse sobre azul de Prusia o por encontrar una mancha intempestiva de carmín en una pared. Sin embargo, piensa en esa época con cierta nostalgia y, por un momento, olvida la inquietud por no llegar a fin de mes. La desenvoltura de Åke respecto al dinero. Las cosas habían acabado arreglándose para él, y su sueño de vivir de su arte se había hecho realidad. ¿Había sido ella demasiado impaciente? ¿Demasiado débil para darle el último empujón en la buena dirección cuando él dudó de su talento? Tal vez, pero eso ya no tiene ninguna importancia. Ya no están casados, y lo que haga ya no la concierne. Y además tiene un montón de trabajo y no dispone de tiempo para darle vueltas a qué otra cosa hubiera podido hacer.

Las dos mujeres del coche eran muy probablemente Hannah Östlund y Jessica Friberg. Ivo Andrić estaba trabajando a marchas forzadas para confirmarlo.

A la mañana siguiente tendrá la respuesta: si está en lo cierto, el caso pasará al fiscal y se declarará cerrada la investigación.

Pero primero habrá que llevar a cabo un registro en casa de las dos mujeres para reunir las pruebas de su culpabilidad, y luego Hurtig y ella no tendrán más que redactar el informe y enviárselo a Von Kwist. No considera que haya hecho especialmente un buen trabajo. Ha seguido un camino tortuoso y, con un poco de suerte y de oficio, todo ha sido elucidado.

Fredrika Grünewald, Per-Ola Silfverberg, Regina Ceder y su hijo Jonathan han sido asesinados por esas dos mujeres por venganza.

Una locura compartida. La psicosis simbiótica, según el término acuñado, se da casi exclusivamente en el seno de una misma familia. Por ejemplo, entre una madre y una hija aisladas que comparten una misma enfermedad mental. Por lo que sabe Jeanette, Hannah Östlund y Jessica Friberg no son parientes, pero crecieron juntas, asistieron a las mismas escuelas y luego decidieron vivir una al lado de la otra.

Cerca de Grünewald, habían dejado unos tulipanes amarillos. Y la noche de su muerte, Karl Lundström también recibió un ramo de tulipanes amarillos. ¿Lo mataron también ellas? ¿Una sobredosis de morfina? Sí, ¿y por qué no? Karl Lundström y Per-Ola Silfverberg eran los dos pederastas que habían abusado de sus hijas. Por fuerza tenía que haber una relación. Los denominadores comunes eran los tulipanes amarillos y el internado de Sigtuna.

Enciende la luz de la cocina y va a por queso y mantequilla al frigorífico.

La venganza, se dice. Pero ¿cómo diablos se puede llegar a semejantes extremos?

Mientras busca pan para tostar en el fondo del congelador, sus pensamientos se dirigen a Jonathan Ceder. Han matado a un chaval inocente. Aunque se trate de infligir a su madre el mayor dolor imaginable antes de acabar con ella, le parece incomprensible.

Jeanette saca el pan, coge dos rebanadas y las introduce en la tostadora.

Sabe que no va a encontrar respuesta a todas sus preguntas.

Jeanette, vieja amiga, ya va siendo hora de aprender que, si hay algo que no debes esperar en la policía, es obtener satisfacción. No se puede entender todo, es imposible.

Se sienta a la mesa y hojea distraídamente un catálogo de Ikea. Quizá no sería mala idea comprar ahora unos muebles nuevos. La venta de la casa probablemente llevará tiempo, y no quiere acordarse constantemente de su vida pasada. A veces, al entrar en la sala, cree ver a Åke repantigado en el viejo sofá. La mesa y las sillas de la cocina las compraron juntos en los Traperos de Emaús cerca de Uppsala, cuando nació Johan. Y todas las lámparas y las alfombras son de los dos, no solo de ella. Incluso el zapatero. Todo parece impregnado de los recuerdos de su vida en común.

La tostadora da una sacudida, y ella tiene el tiempo justo de añadirla al inventario de sus bienes comunes cuando suena el teléfono.

Eres una sentimental, Jeanette, piensa al cerrar el catálogo de Ikea antes de descolgar.

Naturalmente es Åke, como si hubiera adivinado en qué estaba pensando.

—Hola.

—Hola, ¿qué tal?

—Bien.

Frases huecas. ¿Qué más decir, aparte de las cosas prácticas? Por eso pregunta ella:

—¿Qué tal va con Johan?

—¿Johan? Creo que bien… Está durmiendo.

Silencio. Ella se impacienta.

—Eres tú quien ha llamado, así que imagino que algo querrás. ¿Es respecto a Johan?

Él se aclara la voz.

—Sí, me gustaría llevármelo a Londres este fin de semana. A ver un partido de fútbol. Solos él y yo. Quiero ejercer de padre, vamos…

¿De padre? Ya sería hora, piensa ella.

—Vale. ¿Y él está de acuerdo?

Åke ahoga la risa.

—Oh, sin duda. El derbi de Londres, figúrate…

Ella se sorprende respondiendo con una sonrisa a la risa de Åke.

—Muy bien, seguro que le irá bien. Pero ¿solo vosotros dos? ¿Y Alexandra?

Nuevo silencio. Mira la tostadora con aire ausente. Asoman dos rebanadas doradas, que probablemente ya se están enfriando.

—Ha organizado otra exposición y ha vendido un montón de cuadros…

—A unos primos —añade ella espontáneamente.

—Vale ya… ¿Sabes a quién? La administración penitenciaria ha comprado diez para la cárcel de Kronoberg. Casi es tu lugar de trabajo, ¿verdad? —Ríe—. Y Alexandra se queda en Estocolmo. Tiene otros cuadros que vender, como imaginarás… Los negocios van viento en popa.

—Ah, bueno… Felicidades. Me alegro por ti.

Le oye tragar al otro lado de la línea.

—¿Y cómo están tus padres? —dice él de repente. Jeanette reconoce su manera de cambiar de tema—. ¿Aún están en Japón?

Jeanette sonríe para sí al pensar en lo mal que su padre le cae a Åke.

—Están en China y regresan dentro de dos o tres semanas.

Åke calla y permanecen un momento sin decir nada. Jeanette piensa en su vida en común, que ahora le parece perdida en la lejanía.

–Dime… –dice finalmente Åke–, ¿no te apetecería quedar un día a comer tú y yo antes de ese fin de semana en Londres?

Ella titubea.

–¿A comer? ¿Tienes tiempo para quedar a comer?

–De lo contrario, no te lo propondría –se irrita–. ¿Mañana te iría bien?

–Mejor pasado mañana. Pero estoy esperando los resultados de unos informes, así que no puedo prometértelo.

Él suspira.

–Vale. Pues avísame cuando te vaya bien.

Y cuelga.

Ella suspira a su vez en el silencio y luego saca las tostadas de la tostadora. Eso es malo, se dice untando las tostadas. No es bueno para Johan. Falta de estabilidad. Recuerda el comentario de Hurtig en el coche, de camino a Svavelsö, donde Hannah Östlund y Jessica Friberg remataron la tragedia de la familia Ceder: «A esa edad todo se magnifica enseguida»… y en el caso de Östlund y Friberg llevaba mucha razón.

Pero ¿y Johan? Primero el divorcio, luego su desaparición en la feria de Gröna Lund, y ahora ese maldito tira y afloja entre ella, que apenas tiene tiempo de ocuparse de él, y Åke y Alexandra, que se comportan como adolescentes incapaces de prever las cosas aunque sea con dos días de antelación.

Traga el último bocado de pan frío y seco y coge de nuevo el teléfono. Necesita hablar con alguien, y solo se le ocurre Sofia Zetterlund.

Mientras suenan los tonos, la corriente de aire de la ventana le provoca un escalofrío.

La noche de otoño es limpia y brillan las estrellas. En el momento en que Jeanette se pregunta qué lleva a la gente a envenenarse la vida, Sofia descuelga.

–Te echo de menos –dice.

–Yo a ti también. –Jeanette siente que recobra el calor–. Me siento muy sola.

La respiración de Sofia suena muy próxima.

–Yo también. Tengo muchas ganas de verte.

Jeanette cierra los ojos e imagina que Sofia está realmente en su casa, que se apoya en su hombro y le susurra a la oreja, muy cerca.

—Acababa de quedarme dormida —dice Sofia—. He soñado contigo.

Con los ojos aún cerrados, Jeanette se repantiga en la silla, sonriendo.

—¿Qué has soñado?

Sofia se ríe muy bajo, casi con timidez.

—Me estaba ahogando y me has salvado.

# Instituto de Medicina Legal

El forense Ivo Andrić se quita su gorra de béisbol y la deja sobre el carrito de acero inoxidable. Con paso lento y aspecto apesadumbrado, se lava en el fregadero las manos hasta los codos. Al acabar, se seca y toma de un expendedor al lado del espejo un par de guantes desechables de caucho con talco. Se los pone mientras se acerca a las dos camillas, situadas en medio de la sala.

Las dos bolsas de cadáveres desprenden un fuerte olor a quemado y a gasolina.

Consulta su reloj y comprende que le llevará toda la noche.

Ivo Andrić está orgulloso de su talento. Ha necesitado tiempo para afinar su conocimiento en la materia y le ha costado grandes sacrificios personales. Estudió medicina en Sarajevo y luego trabajó en su pueblo, en Prozor: de esa época en particular guarda buenos recuerdos. Era el único licenciado del pueblo, cosa que constituía un motivo de orgullo para sus padres, y gozaba del respeto debido a su profesión.

No solo estaba dotado para los estudios, había otros que también lo estaban, pero, al contrario que la mayoría, supo encarrilar su ambición. Cuando los otros jóvenes se reunían en la plaza a fumar y beber cervezas, él se quedaba en casa leyendo libros de medicina en inglés. Cuando los políticos empezaron a alentar la guerra y el ejército salió a patrullar por las calles, eligió mantenerse al margen. Aunque había acabado el servicio militar con buenos informes, prefirió pasar desapercibido.

Cuando Eslovenia y Croacia solicitaron abandonar Yugoslavia, se votó en referéndum si Bosnia debía imitarlas y la cuestión dividió a las familias y al pueblo. A falta de acuerdo, se desencadenó un infierno. De un día para otro, vecinos que hasta entonces mantenían buenas relaciones comenzaron a odiarse. Y la guerra acabó llegando hasta Prozor.

Ivo Andrić contempla las dos bolsas y decide comenzar por la que probablemente contiene los restos de Jessica Friberg. La cremallera está un poco bloqueada y tiene que insistir para abrirla, y el fuerte olor a quemado se le mete hasta la garganta.

Comienza tomando muestras de los tejidos. En cuanto sea posible se llevará a cabo una prueba de ADN para confirmar la identidad de la difunta y luego se buscará la presencia de dióxido de carbono en la sangre: eso puede ofrecer una indicación sobre la causa de la muerte.

Un tubo de aspiradora conectado al tubo de escape ha llenado el habitáculo del coche de gas tóxico. Como las dos mujeres llevaban puesto el cinturón de seguridad, Ivo Andrić parte de la hipótesis de que se han suicidado juntas.

La mujer que tiene ante él debe de tener unos cuarenta años, la mejor edad, según parece.

Ivo Andrić cierra la cremallera y abre la otra bolsa con un suspiro. En ese caso también se cree conocer la identidad de la víctima. Según la información de la que dispone, se llamaría Hannah Östlund y presentaría una particularidad física.

Lo primero que ve es el hematoma de la quemadura, que no se debe a una violencia mecánica. La mujer ha fallecido en el incendio. El cráneo se ha calentado bruscamente y la sangre ha hervido, e Ivo Andrić puede observar, entre el cráneo y las membranas protectoras, una capa de dos centímetros de sangre coagulada, rosada y esponjosa.

Alza la mano de la mujer y confirma la información.

La descripción coincide.

Al constatar que le falta el anular derecho, siente que el cuerpo de la mujer aún está caliente.

## Vita Bergen

Las estrellas brillan sobre los tejados, pero al pie de los mismos la calle Borgmästargatan está oscura y gris. Sofia Zetterlund cuelga el teléfono y se deja caer al suelo. Ha hablado con Jeanette, pero no sabe de qué.

Un vago sentimiento de ternura compartida. Un confuso deseo de calidez.

¿Por qué es tan difícil decir lo que se siente realmente? ¿Por qué me cuesta tanto dejar de mentir?

Necesita orinar, va al baño y, al bajarse las bragas para sentarse en la taza, comprende que esa noche ha ido al hotel Clarion. El hombre con el que ha debido de estar ha dejado un rastro en el interior de su muslo.

Una fina costra de esperma seco se ha pegado a sus pelos púbicos, y se la lava frente al lavabo. A continuación se seca largamente con la toalla para invitados y luego regresa a la habitación oculta detrás de la estantería. Antes era la habitación de Gao y ahora es el museo de la vida de vagabundeo de Victoria Bergman. Ulises, piensa. Aquí está encerrada la llave del pasado.

Hojea los papeles de Victoria Bergman y trata de ordenar los croquis, notas y recortes de prensa. A pesar de lo que tiene ante sus ojos, duda.

Ve una vida que ha sido la suya y, aunque una vez reconstruida no se vuelva suya, por lo menos es una vida. La vida de Victoria. La vida de Victoria Bergman.

Y es la historia de un declive.

En muchas notas aparece un nombre misterioso que suscita en ella una viva emoción.

Madeleine.

La hermana y la hija de Victoria. La hermana y la hija de Sofia. Su hermana y su hija.

Madeleine es la hija que tuvo años atrás con su propio padre, Bengt Bergman, respetado funcionario de la Agencia Sueca para el Desarrollo y la Cooperación Internacional, el hombre que abusó de Victoria durante toda su infancia. A causa de él se creó personalidades alternativas.

Para sobrevivir. Para tener fuerzas para seguir viviendo.

Madeleine es la hija que le obligaron a entregar en adopción a Per-Ola y Charlotte Silfverberg.

A esas notas sobre Madeleine se añade una foto que Sofia encontró en el bolsillo de su chaqueta, sin tener la menor idea de cómo había llegado hasta allí.

Una polaroid de una chiquilla de unos diez años de pie en una playa, vestida de rojo y blanco.

Sofia examina la imagen de cerca, convencida de que se trata de su hija: le encuentra un aspecto familiar. Su rostro tiene una expresión apesadumbrada y la fotografía incomoda sobremanera a Sofia. ¿Qué se ha hecho de Madeleine de adulta?

En otro papel se habla de Martin. El muchacho desaparecido en una feria al que hallaron ahogado en el Fyrisån. El chaval al que golpeó en la cabeza con una piedra y que luego arrojó al agua. La policía concluyó que había sido un accidente, pero desde entonces ella ha vivido con el peso de una implacable culpabilidad.

Sofia recuerda también la salida de la feria de Gröna Lund, donde desapareció Johan, el hijo de Jeanette. Los acontecimientos se parecen, pero está segura de que nunca le habría hecho daño a Johan. O desapareció solo o fue secuestrado por una tercera persona. Alguien que luego cambió de opinión, puesto que Johan fue encontrado poco después sano y salvo.

En todos los papeles que hay allí no aparece ni una palabra sobre Johan.

Recuerda que subió con él a la Caída Libre. Pero luego todo es un caos. Se ve con él sentada en un banco. Pero no, no era ella. ¿Acaso vio a Madeleine?

Menea la cabeza. No tiene lógica. ¿Por qué iba Madeleine a interesarse por Johan?

Ordena los documentos y los guarda con la foto en una carpeta de plástico que marca con la letra M. Sabe que tendrá ocasión de volver sobre ello.

Sofia Zetterlund sigue buscando en sus recuerdos volcados sobre papel. Deja una hoja a un lado y toma otra. La mira, lee y recuerda entonces lo que pensaba en el momento preciso en que escribió esa nota. Por aquel entonces vivía continuamente aturdida por el alcohol y los medicamentos y rechazaba todos los recuerdos desagradables. Ocultaba bajo su piel pedazos enteros de sí misma.

Durante numerosos años, eso funcionó.

La piel, en sus partes más finas, no mide más de un quinto de milímetro, pero a pesar de ello es una línea de defensa infranqueable entre el interior y el exterior. Entre la realidad racional y el caos irracional. En ese preciso instante, su memoria ya no es borrosa, sino perfectamente clara. Pero ignora por cuánto tiempo.

Sofia lee el diario que Victoria llevaba en el internado de Sigtuna. Dos años de castigos, novatadas y torturas psíquicas. Las palabras que le vienen a la cabeza son «venganza» y «represalias», y recuerda haber soñado con regresar para hacerlo volar todo por los aires. Ahora, dos de las personas mencionadas en ese diario están muertas.

Sabe que Victoria no tiene nada que ver con esos asesinatos. En ningún lugar halla el menor indicio que permita pensar en ello. El diario solo hace referencia a la época del internado, después de la cual Victoria parece perder interés por sus antiguas compañeras de clase.

Aunque sabe que es inocente de esos dos crímenes en particular, sabe lo que ha hecho.

Mató a sus padres. Prendió fuego a su casa de infancia en Grisslinge, en la isla de Värmdö, y luego se encerró en la habitación secreta para dibujar al carboncillo hojas y hojas de casas en llamas.

Sofia piensa en Lasse, su ex marido, pero sin sentir hacia él el mismo odio que hacia sus padres. Más bien una decepción inmensa. Por un breve momento, es presa de la duda: ¿también lo ha matado a él?

La emoción es viva en su recuerdo, pero no se ve llevándolo a cabo.

A pesar de todo, sabe que haber matado es algo con lo que deberá vivir hasta el fin de sus días. Que tendrá que aprender a aceptar.

# Judarskogen

Al oeste de Estocolmo, entre Ängby y Åkeshov, se encuentra la primera reserva natural de la ciudad.

Es un paisaje esculpido por el cielo, un centenar de hectáreas de bosque, campos e incluso un pequeño lago. Los glaciares dejaron allí altas morrenas. Después de amontonar un millar de metros sobre el suelo, el hielo lo hizo añicos y dispersó los bloques desprendidos del zócalo rocoso.

Aquí y allá, en el bosque, se encuentran ruinas de muros que no fueron alzados por el hielo sino por la mano del hombre. Según la tradición, esas piedras fueron apiladas por prisioneros de guerra rusos. Es fácil imaginarlos, encorvados, contemplando con envidia las crestas rocosas de las morrenas.

El lago situado en medio del bosque se llama Judarn. El nombre viene de *ljuda*, «hacer ruido», «sonar», pero esa etimología no tiene nada que ver con los lamentos de los prisioneros hambrientos ni con el grito que en ese momento resuena en el bosque.

Una joven rubia con un abrigo azul cobalto alza la vista hacia las estrellas sobre los árboles.

Miles y miles de bolas de hielo y de piedra que arden.

Después de vaciar una vez más los pulmones gritando su rabia, Madeleine Silfverberg regresa a su coche aparcado cerca de un grupo de árboles a orillas del lago.

El tercer grito resuena cinco minutos después en el coche, a casi noventa kilómetros por hora.

El mundo es un parabrisas, con una cinta de asfalto en medio y árboles borrosos en los márgenes del campo de visión. Cierra los ojos y cuenta hasta cinco escuchando el motor y la fricción de los neumáticos sobre el revestimiento. Cuando vuelve a abrirlos, se siente en calma.

Todo ha salido como estaba previsto.

La policía pronto registrará la casa de Fagerstrand.

Sobre la mesa de la cocina, al lado del gran ramo de tulipanes amarillos, encontrarán también una serie de polaroids bien alineadas que documentan los asesinatos.

Karl Lundström en su cama del hospital Karolinska.

Per-Ola Silfverberg abierto en canal como un cerdo en su bonito apartamento.

Fredrika Grünewald en su barraca de la cripta de la iglesia de San Juan, deslumbrada por el flash, con el rostro rechoncho e inflado por una mueca de borracha.

Y Regina Ceder muerta a tiros en el suelo de su cocina, con un agujero rojo oscuro en el cuello.

La única foto que falta, la policía ya la tiene: se ve a una mujer ahogando al hijito de Regina Ceder. Una mujer sin anular derecho.

Al bajar al sótano, hallarán el origen de la pestilencia.

El bosque acaba de golpe, las viviendas se vuelven más densas y aminora la velocidad. Al cabo de poco, se ve obligada a detenerse en el cruce de Gubbkärrvägen y Drottningholmsvägen. Algunos coches tardan en dejar paso y se impacienta y tamborilea con sus nueve dedos sobre el volante.

A Hannah Östlund hubo que amputarle un dedo a consecuencia del mordisco de un perro.

Ella misma utilizó una cizalla.


Al tomar Drottningholmsvägen piensa en las personas que pronto morirán, en las que ya han muerto y también en aquella que hubiera deseado poder matar con sus propias manos.

Bengt Bergman. Su padre y abuelo. «Papiyayo.»

El fuego se lo llevó antes de que ella tuviera tiempo. Pero su propio fuego, nadie se lo va a llevar. Se llevará a los otros. Y en primer lugar a esa mujer que tiempo atrás se llamó su madre. Luego a Victoria, su verdadera madre.


Mientras circula por Drottningholmsvägen en dirección al centro de la ciudad, tiende la mano hacia el vaso de McDonald's, lo abre y coge un puñado de hielo, que masca ávidamente y luego se traga.

No hay nada más puro que el agua helada. Los isótopos quedan limpios de su suciedad terrestre y pueden captar las señales cósmicas. Si come bastante agua helada, esta se extenderá por su cuerpo y cambiará las características del mismo. Le aguzará el cerebro.

# Dinamarca, 1994

*Lleno de agua el arroyo*
*para que salte y corra.*
*Hago volar a las golondrinas*
*y a los mosquitos para ellas.*
*Cubro los árboles de nuevas hojas*
*y de pequeños nidos aquí y allá.*
*Embellezco el cielo por la noche,*
*porque lo vuelvo de color rosa.*

Sonrió frente al espejo. Pasó el dedo por sus dientes de arriba y contó los intervalos. Uno, dos, tres y cuatro. Y los de abajo. Uno y dos.

Tironeó despacio del diente que se movía arriba a la izquierda. Pronto iba a caer, no ahora, pero quizá por la noche.

Cerró la boca y chupó. Sabía a sangre y le daba punzadas como si fuera hielo.

El ratoncito le había dejado ya seiscientas coronas. Un billete de cien por cada diente que había depositado bajo la almohada. Guardaba el dinero en su caja secreta, que ocultaba debajo de la cama y que nadie conocía. Contenía en ese momento setecientas veintisiete coronas, con el dinero que le había robado al criador de cerdos. Había pasado todo el verano en casa de este, era la tercera vez que sus padres adoptivos iban a visitarla y, curiosamente, siempre se le habían caído los dientes coincidiendo con sus visitas.

Nunca les llamaba «mamá» o «papá», dado que no eran sus verdaderos padres. «Per-Ola» y «Charlotte» también estaban excluidos, pues habrían podido creer que les respetaba. Las raras ocasiones en que les dirigía la palabra les llamaba «tú», y casi se habían acostumbrado a ello.

Esta vez habían venido con sus amigos de Suecia.

Y las dos nuevas rubias. Eran juristas o algo parecido.

Tenían un aspecto angelical, pero a ella le parecían muy raras. Casi daba la impresión de que estaban de su lado, ya que titubearon visiblemente cuando todo empezó, por la noche. Pero no estaban encerradas como ella, eran libres de ir y venir a su antojo, y por eso eran tan raras: siempre regresaban.

A una de ellas además le faltaba un dedo, que se lo había arrancado su perro. Sin embargo, seguía mimándolo y eso también era extraño.

Su habitación, en el edificio más pequeño, olía a humedad. Solo había una cama que chirriaba, un armario viejo que apestaba a naftalina y una pequeña ventana que daba al jardín. Para jugar, solo tenía unos rotuladores, papel amarillento y una caja de Legos.

Su padre adoptivo no dominaba el danés, pero sabía que *lego* era una abreviatura de *leg godt*, «juega bien», y no dejaba de repetirlo.

Te mereces lo mejor.

Si de verdad lo pensara, no la obligaría a vivir así. En Copenhague tenía una habitación llena de juguetes. Por supuesto, allí también la encerraban, pero tenía algo que hacer. Aquí estaba obligada a jugar con los Legos.

A regañadientes, construyó a pesar de todo una casa sobre la gran base verde. Una bonita casa roja, como las de Suecia. Primero pensó en construir la casa de sus sueños, pero poco a poco adoptó la apariencia de la granja.

Una vez acabada la casa de Lego, comenzó a colocar los muñequitos. Había en total una decena de figuritas de plástico, tantas como personas había en la granja, aparte de ella y de la cría que los suecos tenían con ellos.

Colocó las figuritas una por una formando una larga hilera al pie de la casa de Lego. Tuvo que hacer como que seis de ellas eran mujeres, puesto que los Legos solo eran hombres, y pronto estuvieron todas dispuestas con sus sonrisas de plástico.

El criador de cerdos y las dos juristas.

La que estaba embarazada, que se llamaba Regina, y al que llamaban Berglind, que era policía pero no se comportaba como tal. Era el único de los muñequitos de plástico que guardaba un parecido real. Vestía uniforme de policía y tenía el mismo bigote.

Al lado de este se encontraba Fredrika, que era mucho más gorda que su figurita. Luego los padres de la cría, Karl y Annette.

A la derecha de la hilera, sus padres adoptivos.

Los miraba fijamente mientras jugueteaba con la lengua con su diente bamboleante. Estaba pensando en otras cosas cuando alguien abrió la puerta.

—Es hora de irnos. ¿Has recogido tus cosas? ¿No has olvidado la toalla esta vez?

Dos preguntas que exigían responder a la vez sí y no, lo cual le impedía guardar silencio. Era imposible asentir o negar con la cabeza: era su manera de obligarla a hablarle.

—Lo he recogido todo —murmuró.

Él cerró la puerta y eso le hizo recordar el momento en que perdió su primer diente.

Le explicó qué ocurría cuando un niño ofrecía sus dientes al ratoncito.

Si al acostarse se depositaban en un vaso de agua o debajo de la almohada, el ratoncito iba durante la noche a buscarlos y dejaba a cambio un regalo. Coleccionaba dientes de niños, y en algún lugar, muy lejano, tenía un palacio enteramente construido con dientes y pagaba cien coronas por pieza.

La ayudó a que se le cayera el primero, para que pudiera hacerse rica.

Ocurrió cuando fueron a verla a principios de verano. Estaba sentada en el mismo sitio que hoy, pero en un pequeño taburete, y le ató un hilo alrededor del diente. Luego ató el otro extremo al pomo de la puerta y dijo que iba a buscar algo. Pero la engañó y cerró la puerta sin previo aviso.

El diente salió volando y le proporcionó sus primeras cien coronas.

Pero el ratoncito no fue a verla esa noche. Fue él quien se metió en su habitación, creyendo que estaba dormida, para dejar el dinero bajo la almohada.

Luego tuvo que ganárselo y comprendió que el ratoncito no era un personaje de cuento de hadas, sino simplemente un hombre que compraba dientes de leche.

# Barrio de Kronoberg

Jeanette enciende la lámpara de su mesa de trabajo y extiende las fotos frente a ella.

El rostro carbonizado y desfigurado de Hannah Östlund. Hasta hacía muy poco era una perfecta desconocida, pero ahora es una de las principales sospechosas de varios asesinatos. Uno no puede fiarse de las apariencias, se dice.

Siguiente imagen, Jessica Friberg, la amiga de Hannah. Carbonizada como ella y casi irreconocible.

Locura compartida. Dos personas que comparten los mismos delirios y la misma paranoia, las mismas alucinaciones y la misma locura.

En general, una de las dos personas es dominada por un familiar o por su mejor amigo, más enfermo que ella misma.

¿Cuál de las dos mujeres llevaba la voz cantante? ¿Qué importancia tenía eso? Es policía, debe reunir hechos y no especular sobre el cómo y el porqué. Ahora esas dos mujeres son el eco de un pasado que pronto habrá callado y habrá desaparecido dejando tras de sí esos cadáveres.

El fuego, piensa. Hannah y Jessica en un coche en llamas.

Dürer y el barco.

El matrimonio Bergman en su casa reducida a cenizas.

No se trata de una casualidad. Decide abordar la cuestión con Billing lo antes posible. Si es del mismo parecer que ella, podría reabrirse el caso.

Jeanette descuelga el teléfono y marca el número del fiscal. Como de costumbre, Kenneth von Kwist tarda en emitir la orden de registro, cuando en la mayoría de las ocasiones, como esta, no tiene más que firmar un papel.

Le cuesta disimular su desprecio por la incompetencia del fiscal, y seguramente él se da cuenta, puesto que no responde a sus preguntas más que con monosílabos y en un tono indiferente.

Le promete, sin embargo, que tendrá la orden de registro antes de una hora. Al colgar, Jeanette se pregunta cómo se motiva Von Kwist para ir todas las mañanas a trabajar.

Va a ver a Hurtig para ponerle al corriente antes de la visita al domicilio de las dos víctimas, y de camino pasa por el despacho de Åhlund.

Tiene una misión para él y Schwarz.

El abogado Viggo Dürer, piensa. Aunque haya muerto, es preciso saber más acerca de él. Quizá en su pasado haya pistas que puedan conducirnos al asesino.

Dürer no solo era el abogado de varios de los muertos, los pederastas Karl Lundström, Bengt Bergman y Per-Ola Silfverberg, sino también un buen amigo de ellos.

Jeanette sabe que alguien ha ingresado medio millón de coronas en la cuenta de Annette Lundström y comprende que se trata de un soborno, aunque aún no han logrado identificar el origen de ese dinero. Y además Sofia le explicó que Ulrika Wendin tenía mucho dinero en efectivo y sugirió que Dürer podía estar detrás de ello. Y en las cartas escritas por Karl Lundström a su hija Linnea se menciona al abogado como un presunto pedófilo, cosa que se ve confirmada en los dibujos de infancia de Linnea.

# Lago Klara

El fiscal Von Kwist no se encuentra bien.

La úlcera de estómago es una cosa, pero la inquietud ante la inminente catástrofe es algo muy diferente. Una y otra sumadas conforman una espiral infernal que solo puede frenar a base de medicamentos.

Después de su conversación con Jeanette Kihlberg, el fiscal se dirige al baño, se lava la cara con agua fría y se desabrocha el pantalón del traje.

Su secreto para recuperarse rápidamente se llama Diazepam Desitin, un ansiolítico. La molestia de tener que administrárselo por vía rectal se ve compensada por la potente sensación de calma que provoca: agradece a su médico haberle proporcionado rápidamente una copiosa receta. También le ha recetado una copa de whisky tres veces al día para reforzar el efecto.

De camino a su despacho, el fiscal ha decidido abordar las cosas una tras otra, y empezará autorizando a Jeanette Kihlberg el registro en el domicilio de Hannah Östlund y Jessica Friberg. Diez minutos delante del ordenador y el documento está listo. Escanea una copia y la envía por correo electrónico a la comisaría.

La inquietud que siente no tiene nada que ver con Hannah Östlund y Jessica Friberg.

Se la provoca el hecho de que las cosas se le estén yendo de las manos. Se reclina en su sillón para pensar.

Sabe que el abogado Viggo Dürer ha comprado el silencio de Annette Lundström y de Ulrika Wendin, y sabe también que la idea fue suya.

Está mal, por descontado, y eso no debe hacerse público bajo ningún concepto.

Una posibilidad es seguir haciéndole la rosca a Jeanette Kihlberg, para quedar bien. El problema es que de momento no tiene ninguna información que proporcionarle, aparte de la que no debe averiguar en ningún caso.

Si explicara lo que sabe acerca del abogado Viggo Dürer, de Karl Lundström, de Bengt Bergman y del antiguo jefe de policía Gert Berglind, se vería él mismo arrastrado en la caída. Sería literalmente aniquilado. Humillado y excluido de la magistratura. En paro y arruinado.

Cada vez que había hecho favores a Dürer, Berglind o Lundström, la recompensa había llegado rápidamente, por lo general bajo mano, en forma de dinero en efectivo, pero a veces de otra manera. La última vez que hizo desaparecer unos documentos comprometedores para Dürer, recibió el consejo de reorganizar su cartera de acciones, sin lo cual, solo unos días después, con la crisis financiera, sus antiguos valores no hubieran valido nada. Sin contar, desde hacía muchos años, con todos los soplos de las carreras de caballos. Calcula en silencio con los dedos y se interrumpe al darse cuenta de que se ha convertido en un engranaje de un sistema de corrupción más importante y más profundamente enraizado en los entresijos del poder de lo que había imaginado.

El medicamento calma a Kenneth von Kwist y le permite pensar racionalmente, pero no le da ninguna idea de cómo resolver su dilema. Decide por ello dejar el problema para más tarde, ver cómo evolucionan las cosas y, entretanto, mantener una buena relación con las personas implicadas, en especial con Jeanette Kihlberg.

Una postura pasiva y complaciente. Pero no se puede nadar mucho tiempo entre dos aguas.

# En ninguna parte

Al despertar, Ulrika Wendin primero no siente nada, pero pronto la sacude el dolor. Su rostro palpita, le duele la nariz y nota sabor a sangre en la boca.

Está oscuro como la boca del lobo y no tiene la menor idea de dónde se encuentra.

Su último recuerdo es la pestilencia del separador de grasas, en el sótano. El hombre que la ha perseguido por el bosque debe de haberla anestesiado.

Ulrika Wendin se maldice por haber aceptado el dinero. Cincuenta mil coronas que se ha fundido en menos de una semana.

Quizá alguien ha adivinado que, a pesar del dinero, había hablado. Pero de todas formas su declaración a la policía no ha tenido consecuencia alguna. Nadie la ha creído.

¿Por qué estoy aquí, joder?, se pregunta.

Tiene el rostro inmovilizado y la piel le tira alrededor de la boca. Está tumbada boca arriba, desnuda, sin poder moverse, con las manos atadas con cinta adhesiva.

A uno y otro lado hay una pared rugosa de madera, y unos tubos metálicos entre las rodillas y el pecho le impiden incorporarse.

Lo que en un primer momento le ha parecido sangre seca adherida a su cara resulta ser una cinta adhesiva pegada sobre la boca. Debajo de ella está mojado e imagina que se ha orinado encima.

Me han enterrado viva, se dice. El aire es seco, el calor es asfixiante y huele como si se encontrara en un sótano. Su corazón late desbocado y la sangre le corre desaforada por las arterias.

El pánico aumenta y comienza a jadear. No sabe de dónde surge su grito, pero sabe que ahí está, aunque no pueda oírlo.

Es como gritar en plena pesadilla, tratar de huir sin poder moverse.

Se echa a llorar y su cuerpo entero tiembla como presa de un ataque de epilepsia.

Respira tan violentamente por la boca que todo comienza a dar vueltas. Antes de que el sabor a cola le recuerde la cinta adhesiva, está empapada en sudor y a punto de perder el conocimiento.

Respira por la nariz. Calma. Vas a salir de esta, se dice. Toda la vida has logrado salir adelante sin que nadie se ocupara de ti.

Cinco años atrás, cuando acababa de cumplir dieciséis, encontró a su madre tendida sin vida en el suelo de la cocina, y desde entonces había estado sola. Nunca se había dirigido a los servicios sociales cuando le había faltado dinero, prefirió robar comida y pagar el alquiler con el modesto seguro de vida de su madre. Nunca había estado a cargo de nadie.

No sabe quién es su padre, su madre se llevó el secreto al cielo, si es ahí adonde se va cuando, a base de alcohol y medicamentos, una se hunde lenta pero firmemente en la eternidad antes de haber cumplido los cuarenta.

Su madre no era mala, solo desgraciada, y Ulrika sabe que las personas desgraciadas a veces hacen cosas que parecen malas.

La verdadera maldad es algo muy diferente.

La abuela no se preocupará hasta dentro de una semana, piensa. El contacto que mantienen suele ser semanal.

Su respiración se calma y sus pensamientos se vuelven más racionales.

¿Puede que la eche de menos la psicóloga Sofia Zetterlund? Ulrika lamenta haber telefoneado para anular todas sus citas.

¿Y Jeanette Kihlberg? Quizá, pero probablemente no.


Su ritmo cardíaco pronto vuelve a la normalidad y, a pesar de que le cuesta respirar debido a los mocos que le taponan la nariz y a la humedad salada del sudor y las lágrimas, ha recuperado el uso de sus sentidos. Por lo menos provisionalmente.

Sus ojos se acostumbran a la oscuridad compacta y sabe que no se ha quedado ciega. Las sombras que la rodean tienen diferentes tonos de gris y, por encima, pronto discierne el contorno de lo que parece una caldera conectada a diversos tubos.

A intervalos regulares, un rugido en la pared. Un chirrido metálico, un golpe y luego unos segundos de silencio antes de que comience de nuevo el rugido.

Supone primero que se trata del ruido de un ascensor.

Una caldera, tuberías... ¿Un ascensor?

Cuando por fin comprende que no está enterrada viva en un ataúd, el alivio la deja helada. Se estremece.

¿Dónde se encuentra?

Vuelve la cabeza, en busca de una fuente de luz.

Nada encima ni debajo de ella. Nada a la derecha ni a la izquierda.

Solo al echar hacia atrás la cabeza, con tal fuerza que tiene la sensación de que las venas y la nuez desgarrarán la piel de su cuello, ve algo.

Sus ojos en blanco vibran en las órbitas.

En el límite de su campo de visión, un fino rayo de luz, como un difuso reflejo en una pared.

# Fagerstrand

—¿Por cuál empezamos? —pregunta Hurtig circulando por Drottningholmsvägen—. ¿Hannah Östlund o Jessica Friberg?

Se vuelve hacia Jeanette.

—Son casi vecinas —responde esta—. Empezaremos por la que está más cerca, es decir, Hannah Östlund.

En la rotonda de Brommaplan toman Bergslagsvägen hacia el oeste y el resto del trayecto transcurre en silencio, lo cual le está bien a Hurtig.

Uno de los rasgos de su jefa que más aprecia es su capacidad de hacer que el silencio sea agradable: al pasar por la reserva natural de Judarskogen, le dirige una pequeña sonrisa, de la que ella no parece percatarse. Obviamente, está pensando en otra cosa.

¿Hasta qué punto tienen una relación estrecha Jeanette y él? Es difícil de decir. Hay algo en ella que contradice su franqueza, como si guardara un secreto. Echa un vistazo a su jefa, que mira afuera con aire ausente. ¿Estará pensando en Sofia Zetterlund? ¿Qué relación tienen ambas, exactamente? ¿Se han enrollado? Probablemente. Pero ¿por qué Jeanette no habla de ello?

Bah, piensa. Que se tome el tiempo que necesite. Quizá no sea tan complicado como se imagina.

Sus jefes y colegas la consideran un marimacho y a veces la llaman Nenette Kihlberg en tono burlón. Una vez oyó a Schwarz tratarla de bollera. A su espalda, por supuesto, pero dirigiéndose a los presentes en la sala de descanso. Su argumento era que todas las jugadoras de fútbol eran homosexuales. Al contrario que los futbolistas, en tal caso, piensa Hurtig, recordando al único jugador de alto nivel que había salido del armario. Un inglés que, unos años más tarde, se ahorcó. A eso llevaba ser a la vez maricón y futbolista, ¡qué asco de vida!

Entran en la zona de casas unifamiliares y descienden hacia Fagerstrand.

—Ahí, frena —dice Jeanette—. Esa debe de ser la casa.

Aminora la velocidad, bordea el seto que rodea la vivienda y asciende hasta el garaje, donde aparca.

La gran casa está iluminada en parte, a pesar de que evidentemente su propietaria no puede encontrarse allí. Hay luz en la entrada, en la cocina y en un dormitorio de la planta superior.

Al dirigirse hacia la casa, Hurtig ve por la ventana de la cocina algo que ya han visto antes.

Un ramo de flores amarillas.

# Hotel de la Marina

La venganza sabe a bilis, y por mucho que una se lave los dientes ese sabor no desaparece. Se incrusta en el esmalte y las encías.

Madeleine Silfverberg se aloja en el hotel de la Marina, en Sussen. Se está acicalando. Dentro de unas horas se verá con la mujer que tiempo atrás se hacía llamar su madre y quiere ofrecer su mejor aspecto. Saca del neceser un lápiz de ojos y se maquilla discretamente.

Al igual que el odio, la venganza forma minúsculas arrugas en un rostro por lo demás bello, pero mientras el resentimiento produce unos pliegues nítidos en la comisura de los labios, la venganza se manifiesta mayormente alrededor de los ojos y en la frente. Sabe que la encuentran guapa, pero ella no lo ha creído nunca. Siempre se ha visto fea. El profundo surco entre sus ojos, justo sobre la nariz, aún se ha hecho más marcado. Las preocupaciones le han hecho fruncir el ceño desde hace mucho tiempo y el sabor agrio en su boca la ha obligado a forzar las muecas.

Nunca ha tenido tiempo de olvidar. Entre la que es hoy y la que fue en otro tiempo se extiende un universo de acontecimientos y circunstancias. Imagina que existen otras versiones de ella al mismo tiempo, en mundos paralelos.

Pero este es su mundo, y aquí es una asesina que ya ha matado a siete personas. Seis de ellas lo merecían, la séptima solo era potencialmente culpable, condicionada por su entorno y su herencia.

Cierra el neceser, sale del baño y se sienta en la cama de su pequeña habitación, donde se han sentado antes miles de personas, han dormido, amado y probablemente odiado.

La bolsa de viaje al pie de la cama es tan nueva que aún no ha creado lazo alguno con ella, pero contiene todo cuanto necesita. Ha llamado a Charlotte Silfverberg y le ha dicho que quiere verla. Que tienen que hablar, y que luego la dejará en paz.

Dentro de unas horas estará sentada frente a la mujer que tiempo atrás se hacía llamar su madre. Hablarán de la cría de cerdos cerca de Struer, y de lo que allí ocurrió.

Juntas recordarán la época de Dinamarca, lo que ocurría en los boxes de los cerdos, como personas normales evocando sus bellos recuerdos de las vacaciones. Pero en lugar de bonitas puestas de sol, arena fina y restaurantes agradables, hablarán de los muchachos drogados obligados a pelear entre ellos, de hombres sudorosos encima de niñas, bajo la mirada ávida y excitada de mujeres que decían ser madres.

Hablarán de ello el tiempo que sea necesario e ilustrará su relato con una veintena de fotos polaroid en las que pueden verse las actividades de sus padres adoptivos.

Le enseñará los documentos del Rigshospital de Copenhague, que certifican que ella vino al mundo de nalgas y que se la quitaron junto con la placenta a su madre biológica. Y también que midió treinta y nueve centímetros, pesó apenas dos kilos y la metieron en la incubadora por el riesgo de ictericia. En la maternidad estimaron que había nacido mucho antes de lo que indicaba su historial.

Tiene otros documentos en el bolso y se los sabe todos de memoria. Uno procede de la consulta de psiquiatría infantil de Copenhague.

Séptima línea: «La niña manifiesta signos de depresión». Dos líneas más adelante: «Ha desarrollado profundas tendencias autodestructivas y puede ser violenta». Página siguiente: «En varias ocasiones ha acusado a su padre de agresión sexual, pero no se ha considerado creíble».

Luego una nota al margen en lápiz, que el tiempo ha hecho casi ilegible, pero que ella se sabe palabra por palabra: «Motivo principal: su madre ha certificado que siempre ha tenido una imaginación desbordante, lo cual confirman sus relatos frecuentes e incoherentes acerca de una granja en Jutlandia. Alucinaciones recurrentes».

Otro documento con el sello de los servicios sociales es una orden de «entrega a una familia de acogida».

Familia de acogida, se dice, ¡qué bien suena!

Cierra el bolso y se pregunta qué va a ocurrir, luego, una vez que haya hablado con su madre adoptiva y comprendido el paso que tenía que dar.

La venganza es como un pastel: no se puede comer y guardar a la vez. Una vez llevada a cabo la venganza hay que seguir adelante y dar un nuevo sentido a la propia vida, que, de lo contrario, sería absurda.

Pero sabe qué va a hacer. Regresará a su casa de Blaron, cerca de Saint-Julien-du-Verdon, en Provenza, junto a sus gatos, con su pequeño taller y la calma solitaria entre el fuerte aroma de los campos de lavanda. Se ocupará de la arruga de su frente, masajeándola a diario con aceite, y a partir de entonces utilizará los músculos de su cara para reír y sonreír.

Una vez que todo haya acabado, dejará de odiar y aprenderá a amar. Llegará el momento del perdón y, después de veinte años en las tinieblas, aprenderá a ver la belleza de la vida.

Pero antes, la mujer que en otro tiempo se hacía llamar su madre debe morir.

# Fagerstrand

El derecho de la policía a efectuar un registro se establece de forma meridianamente clara en el capítulo XXVIII del Código de Procedimiento Penal. Cuando se ha cometido un crimen susceptible de pena de prisión, se tiene derecho a registrar el domicilio del sospechoso. Jeanette dobla el documento firmado por Von Kwist y lo guarda en su bolsillo interior mientras Hurtig abre la puerta, que no está cerrada con llave.

Un olor pesado y almibarado se abate sobre ellos y Hurtig da instintivamente un paso atrás.

—¡Dios mío! —exclama con una mueca de asco.

La casa está en silencio, aparte del zumbido de las moscas que tratan desesperadamente de salir por las ventanas cerradas.

—Espera aquí —dice Jeanette, cerrando la puerta.

Vuelve al coche, abre el maletero y coge dos mascarillas, cuatro fundas de calzado desechables de plástico azul y dos pares de guantes de látex. Desde que bajó a la cripta de la iglesia de San Juan siempre tiene ese material a mano, por si acaso.

Regresa, tiende el equipo de protección a Hurtig y se sienta en la escalera de la entrada. Estira las piernas cansadas. La pestilencia de la casa sigue flotando en el aire.

—Gracias.

Hurtig se sienta al lado de ella y empieza a cubrirse los zapatos de piel negros. Jeanette observa que parecen caros.

—¿Son nuevos? —le pregunta, señalándolos con una sonrisa.

—No lo sé —responde riéndose—. Pero seguramente sí, a quien me los ha regalado le gusta la ropa de lujo.

Parece incómodo, como si se sintiera avergonzado. Pero antes de que ella pueda preguntárselo, se levanta y se dispone a entrar en la casa.

Jeanette se pone los guantes de látex y le sigue.

En el recibidor no ven nada particular. Un perchero con algunos abrigos de tonos pardos, un paraguas apoyado en una cómoda sobre la que hay un listín de teléfonos y un calendario. Las paredes son blancas, el suelo de baldosas grises. Todo parece normal, pero la espantosa peste anuncia un descubrimiento atroz.

Hurtig entra el primero. Procuran no tocar nada. Jeanette se esfuerza en poner los pies sobre las pisadas de Hurtig. La policía científica es muy quisquillosa y no quiere que le reprochen negligencia alguna.

Tras pasar el recibidor, entran en la cocina. Allí, al ver lo que hay sobre la mesa, Jeanette comprende que han dado en el blanco, aunque eso no explique la horrible pestilencia.

# Instituto de Medicina Legal

Frente a la mesa de disección, Ivo Andrić se prepara para la primera autopsia del día: un joven hallado en los lavabos públicos de Gullmarsplan, sin duda una sobredosis, un trabajo rutinario para él. Su corazón ha estallado persiguiendo al dragón blanco y la falta de oxígeno lo ha matado. Al lado del cadáver se ha encontrado, como cabía esperar, una pipeta de vidrio y una papelina de polvo blanco. Probablemente heroína.

Quizá metanfetamina, se dice, aunque sea menos frecuente que las anfetaminas, más flojas.

Ivo Andrić comienza por un examen exterior del cuerpo desnudo. Labios morados con restos de vómito. En los brazos tatuados, varias heridas sin cicatrizar e infectadas. Sabe que uno de los efectos habituales de la sobredosis es la sensación de insectos hormigueando bajo la piel, lo que lleva a rascarse frenéticamente. Aparte de eso, no ve nada destacable. El hombre estuvo en forma años atrás, quizá fuera deportista. Ivo piensa en sus hijas, que jugaban a fútbol en el primer equipo femenino de Prozor. Pero aquello fue antes de la guerra.

Las dos muchachas murieron durante los ataques serbios de Ilidža, uno de los arrabales de Sarajevo; sus padres y sus tres hermanos fueron ejecutados en sus casas, en su pueblo de los alrededores de Prozor. Su vida se hizo añicos y se rindió. Su vana esperanza de lograr cambiar él solo el curso de aquella guerra quedó pulverizada en el momento en que enterró a sus hijas.

Agarra la mandíbula del muerto, le abre la boca y constata que se le habían empezado a pudrir varios dientes. Consecuencia de la fuerte disminución de la producción de saliva provocada por la heroína: una sed que a menudo se aplaca con refrescos. Coca-Cola, piensa, ¡qué ironía! Aunque la receta de John Stith Pemberton siga siendo secreta, siempre ha circulado el rumor que afirma que el oscuro y azucarado brebaje contiene un estupefaciente.

Lo último que observa es un tatuaje en el pecho izquierdo. Encima del corazón estallado, una bandera blanca y verde rodeada de hojas doradas y el año 2001.

No tiene intención de escribir en su informe que podría tratarse de un suicidio, que el joven pudo tomar voluntariamente una sobredosis de droga. No ha recibido órdenes explícitas, pero sus jefes le han dejado entrever que es preferible clasificar los suicidios en la categoría de muerte por drogas, e Ivo sabe que es cuestión de estadísticas. Anota sus observaciones y firma el certificado de defunción. Un trabajo que le ha llevado menos de una hora.

Después de introducir de nuevo el cadáver del toxicómano en la cámara refrigerada y de lavarse, va a la sala del personal a tomarse un café. Aún tiene unas cuantas horas por delante y nada urgente entre manos. El informe para Jeanette Kihlberg sobre las dos mujeres carbonizadas ya está acabado y enviado.

Ivo Andrić toma su taza, la llena de café requemado y se sienta junto a la ventana. Hojea distraídamente uno de los periódicos que hay sobre la mesa. Comienza echando solo un vistazo a los titulares y, una vez que llega a la programación de televisión de la última página, vuelve a la sección de cultura. Un artículo sobre el aumento de la xenofobia, que no le descubre nada nuevo. Siempre los mismos argumentos trillados, basados en la misma visión errónea de una amenaza islamista. Prosigue la lectura. La crítica de un libro que le parece interesante: decide pedirle a su mujer que lo tome prestado en la biblioteca. Necesita lectura, y el título le gusta: *No pertenezco a nadie*, bonito lema.

En la siguiente sección, un reportaje de dos páginas sobre unos vecinos de Rosengård que quieren comprar sus apartamentos y formar una comunidad de propietarios. Consideran que el dueño no mantiene adecuadamente el edificio y exige unos alquileres demasiado elevados. Mientras observa las fotos de los vecinos, suena el teléfono.

—Hola, Ivo, ¿cómo estás?

Oye la voz de Jeanette Kihlberg mientras fija la vista en una imagen.

—Tranquilo —apenas consigue decir.

—Estoy frente al domicilio de Hannah Östlund en Fagerstrand y necesito tu ayuda. La policía científica te va a recoger de camino, llegarán de un momento a otro.

Ivo Andrić comprende lo que le está diciendo, pero lo que tiene ante sus ojos lo paraliza. Varias personas, algunas de ellas visiblemente suecas, otras de orígenes diversos.

—¿Estás ahí?

Aunque la foto esté borrosa, está seguro de no equivocarse.

—¿Sí? —dice Ivo Andrić mientras su vida entera se tambalea.

# Fagerstrand

Sobre la mesa, en la cocina de Hannah Östlund, cuatro polaroids. Jeanette toma una de las fotos. Hurtig la mira por encima del hombro.

—Grünewald —dice

Jeanette asiente con la cabeza mientras contempla el rostro de Fredrika Grünewald deformado por la agonía. La sangre le ha manchado la blusa blanca y tiene la cuerda de piano profundamente hundida en la carne tensa del cuello.

—Fue tomada solo unos segundos antes de su muerte —constata Jeanette.

—¿Así que una de esas dos enfermas hizo la foto mientras la otra estrangulaba a la vagabunda? ¿Eso es lo que cabe deducir?

—Sí, supongo.

Hurtig avanza un paso y coge otra foto.

—Silfverberg —dice.

La deja y toma otra.

—Déjame adivinar —dice Jeanette—. Regina Ceder. Muerta de un disparo en el cuello.

—No es la apuesta del siglo.

Jeanette coge la última polaroid y se la tiende a Hurtig.

—Mira esto.

Observa la foto unos segundos.

—Karl Lundström —dice, y continúa titubeante—: ¿Así que también lo mataron? ¿Así que no sufrió un fallo renal, como creyó el médico, debido a un tratamiento con morfina demasiado prolongado?

—Eso es lo que parecía, pero debieron de manipularle la perfusión. No se hizo una investigación a fondo, puesto que las causas de la muerte parecían naturales, pero tengo que reconocer que la idea me pasó por la cabeza.

Deja la foto y contempla la serie sobre la mesa de la cocina.

Algo no le cuadra, sin que pueda concretar de qué se trata. El ruido de un coche en el patio interrumpe sus pensamientos.

Jeanette mira por la ventana de la cocina y, al ver quién es, sale a la puerta para recibir a Ivo Andrić y al equipo de la policía científica. Se quita la mascarilla e inspira una bocanada de aire fresco. Sea lo que sea lo que hay aún en la casa, es mejor que el equipo científico acceda en primer lugar.

Ivo abre la puerta del coche y sale. Mira en derredor, se quita la gorra de béisbol y se rasca la cabeza. Al ver a Jeanette, sonríe.

—Bueno… —Entorna los ojos—. ¿Qué tenemos hoy en el menú?

—Solo sabemos que ahí dentro hay algo que apesta.

—¿Quieres decir que huele a muerto? —dice mientras su sonrisa se apaga.

—Algo parecido, sí.

—Quedaos fuera de momento, tú y Hurtig. —Ivo hace una señal al equipo científico—. Entraremos a echar un vistazo.

Hurtig se sienta de nuevo en la escalera de la entrada y Jeanette saca su teléfono.

—Voy al coche a llamar a Åhlund. Le he puesto a investigar sobre Dürer con Schwarz.

Hurtig asiente con la cabeza.

—Te aviso si hay alguna novedad.

Jeanette se aleja por el camino de gravilla hasta el coche. Abre y, en el momento en que se sienta al volante, Åhlund responde.

—Hola, jefa, ¿cómo va todo?

—No lo sé, pero hemos encontrado fotos que relacionan al menos a Hannah Östlund con los asesinatos. Y probablemente también a Jessica Friberg. Pronto tendremos las respuestas de Ivo. —A Jeanette le duelen los hombros. Se estira y se incorpora antes de proseguir—: ¿Y vosotros? ¿Habéis averiguado algo interesante sobre el abogado Dürer?

Åhlund suspira.

—Los daneses no están muy por la labor, y son cosas de hace tiempo. Pero hacemos lo que podemos.

—Vale. Cuéntame.

—Dürer llegó a Dinamarca a los quince años con los autobuses blancos. Estuvo preso en el campo de Dachau.

¿La Segunda Guerra Mundial? Un campo de concentración, en otras palabras. Calcula rápidamente la edad de Dürer.

—¿Así que tenía setenta y ocho años? ¿Y no era danés?

—Eso es. Hubo daneses internados en Dachau, entre ellos los padres de Dürer, pero no sobrevivieron.

Dachau, piensa Jeanette.

—¿Has podido averiguar a quién enviaban allí?

—Sí, pero solo en Wikipedia. —Åhlund se ríe, nervioso—. Aparentemente pocos judíos, la mayoría eran insumisos y delincuentes. Y gitanos. Además había allí médicos alemanes que llevaban a cabo espantosos experimentos con los prisioneros. No sé si te apetece que te lo cuente.

—No, ahórrame los detalles, por favor. ¿Y luego qué fue de él?

—Según la Hacienda danesa, declaró regularmente unos ingresos procedentes de una granja de cría de cerdos. Pero no parece haber hecho grandes negocios. Algunos años no tuvo ningún ingreso. La granja cerca de Struer, en Jutlandia, se vendió hará unos diez años.

—¿Cómo llegó a Suecia?

—Apareció en Vuollerim a finales de los años setenta. Trabajaba como contable en el aserradero.

—¿No como abogado?

—No, y eso es lo más raro. No he podido hallar ni rastro de su título. Ni una nota, ni un examen, absolutamente nada.

—Y durante todos los años en que trabajó como abogado, ¿nadie verificó ni dudó de sus cualificaciones?

—No, en todo caso no he encontrado nada. Pero recibió tratamiento para el cáncer y…

Jeanette ve a Ivo Andrić salir de la casa y decirle algo a Hurtig.

—Tengo que dejarte, luego hablamos. Buen trabajo, Åhlund.

Se guarda el teléfono en la chaqueta, sale del coche y se dirige hacia los dos hombres que la esperan.

—Dos perros muertos en el sótano. Eso era lo que olía tan mal.

Jeanette respira aliviada. Parece que el forense sonríe. Supone que, al igual que ella, se alegra de que no haya nuevos cadáveres.

—Los animales están eviscerados, como en el matadero —continúa—. Los están fotografiando. Por el contrario, el equipo que está registrando la casa de Jessica Friberg no ha encontrado, a primera vista, nada de interés.

—De acuerdo, llámame cuando hayáis terminado en casa de Friberg —dice Jeanette, mientras Hurtig se despide de Ivo con la cabeza y se dirige al coche—. ¿Algo más?

—No. O quizá sí... —dice el forense—. Hay otra cosa, pero no tiene nada que ver con esto. ¿Conoces a gente en Malmö? En Rosengård, para ser exactos. Necesito algún contacto allí.

—Claro —dice Jeanette, algo ausente, puesto que piensa de nuevo en las polaroids sobre la mesa de la cocina.

Mientras anota un número de teléfono en un trozo de papel, sigue dándoles vueltas a esas fotos. Le tiende a Ivo Andrić el papel con el número de un colega en Malmö y él se lo agradece con una mirada resplandeciente de alegría.

Hay algo que no me cuadra, piensa, sin percatarse de la alegría de Ivo.

# Swedenborgsgatan

Sofia Zetterlund está sentada junto a la ventana del pequeño pub que hay enfrente de la boca este del metro de Mariatorget. Aún no se ha recuperado de la crisis de la víspera y mira fijamente los moribundos castaños otoñales por encima de un plato intacto de estofado con patatas. En verano es una de las calles más verdes de la ciudad, pero ahora solo quedan siniestros esqueletos de árboles. Los ramajes se dibujan sobre el cielo gris como las venas de un pulmón. Afuera hace un frío glacial, por la ventana se cuela una corriente de aire gélido y no logra decidirse a comer. Pronto nevará, piensa.

En lugar de comer, hojea un periódico sensacionalista olvidado sobre la mesa. Un artículo llama su atención: habla de una mujer a la que hizo de coach durante un tiempo, pero que desde el verano no ha regresado a su consulta.

La supuesta famosa, modelo ligera de ropa y ahora actriz porno Carolina Glanz.

El artículo aún le quita más el apetito. Según fuentes bien informadas, en un mes Glanz ha tenido tiempo de operarse los pechos por segunda vez, casarse con un rico norteamericano y divorciarse, rodar una decena de películas para uno de los productores de porno más importantes, y escribir un libro sobre todo ello. Una autobiografía. A los veintidós años.

Sofia deja el periódico y permanece diez minutos sin tocar la comida. La fatiga y el sentimiento de irrealidad después de varias noches de sueño agitado —o de falsa vigilia— la paralizan. Sin embargo, acaba atacando su plato, en un torpe intento de motivarse.

Aunque ha pedido un huevo crudo, se lo han servido frito. Crudo, no frito. Resultado: lo contrario. Pero ¿qué ha pedido realmente? ¿Cómo lo ha pedido?

No lo recuerda, aparta el plato, se levanta y sale del pub.

Cálmate, se dice abriendo el bolso para comprobar que no ha olvidado la cartera. Tienes trabajo.

Al cruzar la calle en diagonal, ve a una persona a la que conoce: en la acera de enfrente, encorvada, vestida con un abrigo negro y un gorro rojo.

Al ver a esa mujer, Sofia vuelve a actuar racionalmente. Regresa a la realidad, se ajusta el abrigo y se dirige rauda hacia ella.

—¿Annette?

La silueta oscura parece no haberla oído y sigue su camino.

—¿Annette? —repite Sofia más fuerte.

La mujer se detiene y se vuelve.

Sofia avanza unos pasos hacia ella y eso la hace retroceder, asustada.

—Soy yo, Sofia. Atendí a Linnea.

Annette Lundström no dice ni una palabra. Se queda ahí, con la mirada perdida, mientras alrededor de ellas silba el viento. Su rostro cuelga flácido, gris y lívido bajo el gorro rojo.

—¿Adónde va? —aventura Sofia.

Annette solo calza unas zapatillas, sin calcetines. Bajo el largo abrigo, se ven sus tobillos pálidos y delgados. Mueve un poco los labios, pero Sofia no entiende qué le dice. Comprende que algo le ha ocurrido a Annette. Es ella y, sin embargo, no lo es. Sofia se acerca despacio. Le toca el brazo.

—Annette… ¿Qué sucede?

Mira a Sofia.

—Voy a trasladarme… —dice con voz sorda y ronca—. Volveré a Polcirkeln.

Sofia la coge del brazo.

—Podemos caminar juntas un rato, si quiere.

Annette tiene muy mal aspecto. Quizá se trate de una psicosis.

—Iré a Polcirkeln…

Sofia toma la mano de Annette, helada. Parece estar sufriendo una grave hipotermia.

—Va poco abrigada. ¿Quiere venir conmigo? La invito a un café...

Arrastrando un poco los pies, Annette Lundström se deja acompañar por Swedenborgsgatan, y luego giran la esquina en Sankt Paulsgatan hasta la consulta de Sofia.

En la recepción, Ann-Britt las contempla, atónita.

—Siéntese aquí un momento —dice Sofia a Annette acercándole un sillón.

Cuando Annette se sienta, se le sube la manga del abrigo y Sofia ve un brazalete de plástico en su muñeca. Un brazalete blanco de enfermo, en el que se lee SERVICIO DE PSIQUIATRÍA. ESTOCOLMO SUR.

Claro, piensa Sofia. Está internada en algún lugar y se ha escapado.

Le dice a Annette que espere un momento y se acerca a Ann-Britt. En voz baja, le pide que prepare café y dos vasos de agua mineral.

—Annette Lundström está ingresada en alguno de los servicios psiquiátricos de la zona sur. Llama por teléfono. Empieza por los servicios de admisiones en el casco antiguo y en Södermalm.


Cinco minutos más tarde, Annette Lundström comienza a entrar en calor. Su rostro ha recobrado el color, pero sigue flácido e inexpresivo. Se lleva la taza de café a los labios con manos temblorosas, y Sofia advierte las heridas en las puntas de los dedos.

—¿Qué estoy haciendo aquí?

La mujer observa a su alrededor, perdida. Sus ojos miran a uno y otro lado y resulta evidente que no sabe dónde se encuentra.

Deja la taza, se lleva una mano a la boca y comienza a mordisquearse la herida del dedo índice.

Sofia se inclina sobre la mesa.

—Solo nos estamos calentando un poco. Pero me ha dicho que se marcha a Polcirkeln. ¿Qué va a hacer allí?

La respuesta es inmediata.

—Reunirme con Karl, Viggo y los demás.

Se arranca un trocito de piel, lo enrosca un momento y se lo mete en la boca.

¿Karl y Viggo? Sofia reflexiona.

—¿Y Linnea?

El rostro de Annette cambia un poco. Cierra los ojos y en las comisuras de sus labios se dibuja una vaga sonrisa.

—Linnea está con los suyos.

—¿En casa? ¿En Edsviken?

Annette se mordisquea un dedo, sin abrir aún los ojos.

—No. —La sonrisa se extiende por toda su cara—. Linnea está con Dios.

Sofia se inquieta, aunque las palabras de Annette puedan interpretarse de varias maneras, a la vista de su estado.

—¿A qué se refiere cuando dice que está con Dios?

Annette abre los ojos, con una gran sonrisa en los labios. Tiene la mirada ausente. Combinada con la sonrisa, su rostro forma un cuadro clínico que Sofia conoce bien.

La psicosis. Una persona que ya no es la que ha sido.

—Primero regresaré a Polcirkeln... —murmura Annette—. A reunirme con Karl y Viggo, y luego me reuniré también con los míos, junto a Dios y a Linnea. Todo estará bien... Viggo me dio dinero para que Linnea no tuviera que ir al psicólogo. Para que pudiera volver junto a Dios.

Sofia trata de ordenar sus ideas. Unos días atrás, Ann-Britt le dijo que Annette Lundström, una vez recuperada la custodia de su hija Linnea, había interrumpido la terapia que Sofia había comenzado con la muchacha.

—¿Viggo Dürer le dio dinero?

—Sí... Es muy amable, ¿no cree? —Annette la mira con ojos vidriosos—. He recibido dinero de Viggo y de su jurista, mucho dinero, y antes recibí la herencia de Karl, y la casa también me dará dinero... Con todo ese dinero voy a construir un templo en Polcirkeln, donde podremos prepararnos para el esplendor divino que pronto se manifestará.

El teléfono las interrumpe. Es una llamada interna. Sofia se disculpa y descuelga.

—Está ingresada en Katarinahuset, en Rosenlund —dice Ann-Britt—. Vendrán a buscarla dentro de un cuarto de hora.

Tal como pensaba, se dice Sofia.

—Gracias.

Al colgar, lamenta no haber esperado antes de pedirle a Ann-Britt que se pusiera en contacto con los servicios psiquiátricos. Katarinahuset está prácticamente a la vuelta de la esquina, a apenas un kilómetro, y a Sofia le hubiera gustado hablar más con Annette.

Ahora solo le quedan quince minutos y tiene que ser muy eficiente.

—Sigtuna y Dinamarca —espeta Annette Lundström, al parecer completamente absorta en sí misma—. Todos los de Sihtunum Diaspora son bienvenidos en Polcirkeln. Es una de las reglas fundamentales.

—¿Polcirkeln? ¿Sihtunum y Dinamarca, dice? Pero ¿a qué reglas fundamentales se refiere?

Annette sonríe, cabizbaja, contemplando sus dedos ensangrentados.

—La palabra original —dice—. Los preceptos de la Pitia.

# Polcirkeln, 1981

*Y hago las fresas silvestres para los niños,*
*porque quiero que las coman,*
*y otras cosas divertidas*
*que convienen a los pequeños.*
*Y hago bellos lugares*
*donde las criaturas puedan brincar,*
*y así se llenarán de verano.*

Paria.

Encontró la palabra en un diccionario y desde entonces se sabe la definición de memoria.

Una persona excluida y despreciada.

Toda la familia Lundström es paria, y por allá arriba nadie en el pueblo les habla.

A los demás no les gustan sus juegos. Porque no los entienden. No saben cantar los salmos del Cordero y nunca han oído hablar de la palabra original.

Que desde hace casi un año sea novia de Karl también es algo feo a ojos de los demás. Karl va a cumplir diecinueve y es su primo.

Ella le quiere y tendrán juntos un hijo fruto del amor, en cuanto ella sea lo bastante mayor.

Los demás tampoco entienden eso.

Y ahora esa incomprensión ha llegado a tal extremo que se ven obligados a marcharse. Por suerte, Viggo, que trabaja de contable en el aserradero de Vuollerim, les ha ayudado a organizarlo todo y ella podrá entrar en el internado de Sigtuna en otoño. Allí hay amigos, gente como ellos, que les comprenden.

Viggo está aquí, ahora. Oye sus pasos pesados en la entrada y baja a su encuentro. Su padre y su tío le reciben con voz sorda.

Ella sabe que, sin Viggo, no serían nada.

Él es quien les ha mostrado el camino y les ha hecho comprender qué era en verdad el mundo. Y de nuevo es él quien va a ayudarles ahora que todos los demás, todos los vecinos, se han vuelto contra ellos.

Viggo parece preocupado y la saluda con la cabeza en silencio. Sostiene una bolsa grande de plástico, y sabe que contiene regalos para ella. Siempre trae cosas apasionantes, sobre todo cuando regresa de viaje. Como hoy, después de pasar el fin de semana en la granja, en Dinamarca, y la semana en la lejana Unión Soviética. Y, a pesar de eso, ha logrado organizarlo todo aquí.

Viggo le sonríe y ella regresa a su habitación.

A ver si acaban pronto de hablar para que él pueda subir a darle los regalos, y después retomarán los preparativos de su futura boda con Karl.

Tendrá que ser una buena madre para sus hijos y una buena esposa para su marido, y para ello hay que entrenarse.

# Tvålpalatset

—Por las mañanas, al despertar, me parece que todo es como de costumbre —dice Annette Lundström—. Durante quince segundos, quizá. Luego me acuerdo de que Linnea ya no está ahí. Me gustaría saber disfrutar de ese breve instante en que todo parece como de costumbre.

¿Linnea ha muerto?, piensa Sofia.

Hay destellos de presencia, incluso durante una psicosis. Sofia comprende que se trata de uno de esos destellos y se apresura a formular otra pregunta, para mantener el contacto con Annette Lundström.

—¿Qué ha pasado, Annette?

La mujer sonríe.

—Mi querida hija está con Dios. Así debía ser.

Sofia comprende que de momento Annette no irá más lejos. Obtendrá más detalles hablando con la dirección de Katarinahuset.

—¿Qué relación tenía Linnea con Viggo Dürer? —pregunta.

La sonrisa helada de Annette incomoda a Sofia.

—¿Qué relación? Pues no lo sé… Linnea le quería. Jugaban mucho juntos cuando ella era pequeña.

—Linnea me explicó que Viggo Dürer la agredió sexualmente.

La expresión de Annette se vuelve sombría y se mordisquea de nuevo los dedos.

—Eso es imposible —dice en tono desafiante—. Viggo era muy pudoroso, siempre iba muy decente y correctamente vestido. No quería molestar a nadie.

—¿Molestar? ¿A qué se refiere?

Annette suspira profundamente y baja la cabeza, con la mirada de nuevo ausente, clavada en la mesa. Comienza a hablar en voz baja y Sofia comprende que se trata de una cita.

—«Fuera de la casa de las sombras, serás púdico en cuerpo y alma. Hay personas que no te comprenden y pretenden hacerte daño, calumniarte y encarcelarte.»

Sofia sospecha de dónde procede la cita.

—¿Los preceptos de la Pitia? —pregunta, pero Annette no responde.

Sofia echa un vistazo a su reloj. Los enfermeros del hospital psiquiátrico pueden llegar de un momento a otro.

—Habla de la casa de las sombras —dice Sofia—. Karl también. Hablaba de ella como de una zona franca para las personas como él.

El silencio se prolonga. Annette Lundström necesita preguntas y no afirmaciones.

—¿Qué es la casa de las sombras? —pregunta entonces Sofia.

En efecto: Annette alza la vista hacia ella.

—La casa de las sombras es la tierra original —dice—, donde los hombres pueden estar cerca de Dios. Es el país de los niños, pero pertenece también a los adultos que han comprendido cómo vivía el hombre inmemorial. Hombres, mujeres y niños, todos juntos. En el fondo de nosotros, todos somos niños.

Sofia siente un escalofrío. Un país para los niños, creado por los adultos para satisfacer sus deseos.

Comienza a preguntarse si el comportamiento psicótico de Annette Lundström no solo tiene un trasfondo de verdad, sino que se trata pura y llanamente de una confesión. Lo que explica es lógico, para quien sepa entenderlo. La psicosis la empuja a confesar.

—¿Habla de un lugar preciso o se trata más bien de un estado mental?

—La casa de las sombras se halla allí donde se encuentran los verdaderos fieles, solo existe en presencia de los elegidos. En la tierra bendita de la bella Jutlandia y en el bosque al norte, en Polcirkeln.

Sofia reflexiona. De nuevo Dinamarca y Polcirkeln.

—¿Ha estado en esos lugares?

—A menudo. —Annette Lundström mira a Sofia con recelo—. Un momento, ¿es un interrogatorio? ¿No será usted policía?

Sofia reconoce para sus adentros que está actuando como una policía. Quizá sea de tanto frecuentar a Jeanette.

—No, para nada. Solo quiero saber más acerca de usted... —se interrumpe, buscando las palabras—, y sus actividades —concluye, pero se arrepiente inmediatamente de haber utilizado ese término. Sofia se obliga a sonreír—. ¿Quién les guiaba a ustedes, los verdaderos fieles? —prosigue en tono desenfadado, como si todo eso fueran menudencias.

Funciona, y el rostro de Annette Lundström se ilumina de nuevo.

—Karl y Viggo —comienza—. Y Peo, claro. Junto con Viggo, se ocupaba de las cuestiones prácticas. Se encargaban de que los niños estuvieran bien, de que tuvieran todo lo que querían. Les compraban ropa, juguetes... Vigilaban que se portaran bien. Que se respetara la palabra de la Pitia y que todo funcionara, así de fácil.

—¿Y cuál era su papel? ¿Y el de los niños?

—Yo... nosotras, las mujeres, no éramos tan importantes. Pero los niños pertenecían naturalmente a los iniciados. Linnea, Madeleine y las criaturas adoptadas, por supuesto.

—¿Las criaturas adoptadas?

Es como si cada palabra pronunciada por Annette suscitara una pregunta. Pero la respuesta llega sin reclamarla, y Sofia concluye que lo que esa mujer está contando sin vacilar es la verdad.

—Sí. Les llamábamos los niños adoptados de Viggo. Les ayudaba a venir de Suecia para huir de las horribles condiciones de vida en su país. Vivían en la granja a la espera de que se les encontraran nuevas familias. A veces solo se quedaban unos días, pero otras podían quedarse varios meses. Los criábamos según la palabra de la Pitia...

El timbre del interfono sobresalta a Annette. Sofia comprende que los enfermeros de Katarinahuset han llegado. Descuelga e indica a Ann-Britt que les haga esperar unos minutos.

Una última pregunta.

—¿Quién más vivía en la granja? Ha hablado de varias mujeres.

La sonrisa de Annette Lundström permanece inmutable. A Sofia le parece que tiene un aire muerto, vacío y hueco.

—Todas de Sigtuna —dice alegremente—. Y había otras, claro, que iban y venían. También otros hombres. Y sus hijos suecos.

¿Todas de Sigtuna?

Sofia comprende que tiene que contarle esto a Jeanette y decide llamarla en cuanto le sea posible. Quizá ella también conozca mejor el contexto familiar de los Lundström. Y de Viggo Dürer, por descontado.

—Annette, han venido a buscarla de Katarinahuset.

Llaman a la puerta.

La entrega a los enfermeros tiene lugar sin dramatismo. Cinco minutos después, Sofia se encuentra sola en su consulta tamborileando con un lápiz sobre el borde de la mesa.

La psicosis, piensa. La psicosis como una especie de suero de la verdad.

Muy poco usual, por no decir inverosímil.

Se levanta, va hasta la ventana y aparta las cortinas.

Sabemos muy poco de esas cosas, piensa observando el ajetreo de la calle a sus pies.

La psicosis está hecha de alucinaciones, obsesiones y paranoia. No de verdad.

Acaba de enterarse por los enfermeros de Rosenlund de que Linnea Lundström se ahorcó en su casa mientras Annette estaba viendo la televisión en la sala, justo al lado.

Tiene la sensación de que Linnea acaba de salir de la habitación. Sofia la ve de nuevo, sentada al otro lado de su mesa. Una chica que quiere hablar, que quiere curarse. Habían avanzado en sus sesiones. Sofia siente una inmensa pena. Y culpabilidad: si Linnea mostraba indicios de tendencias suicidas, no supo verlos.

Mira por la ventana. Los dos enfermeros que han venido a buscar a Annette la guían hasta el coche aparcado al otro lado. Esa mujer delgada y encorvada parece muy débil, como si el viento y la lluvia fueran a llevársela.

Una silueta frágil, gris, disuelta en el aire.

Una vida hecha trizas.

# Glasbruksgränd

Hurtig se sienta al volante y, mientras espera a que Jeanette acabe de conversar con Ivo Andrić, saca su teléfono. Antes de que Jeanette abra la puerta del coche, ha tenido tiempo de enviar un breve mensaje. «¿Nos llamamos esta noche? ¿Me mandas las fotos?»

Arranca el motor y abre la ventanilla para que entre un poco de aire fresco mientras Jeanette sube al coche sonriéndole.

El buen humor de Ivo Andrić seguramente es contagioso: Jeanette le palmea amistosamente el muslo.

—¿Qué hacemos ahora? —dice.

—Será mejor ir directamente a informar a Charlotte Silfverberg. Al parecer su marido fue asesinado por esas mujeres y tiene derecho a saberlo antes de leerlo en la prensa.

Hurtig cruza el perímetro de seguridad, la verja y sale a la calle.

Atraviesan en silencio Södra Ängby, dejan atrás Brommaplan y, a la altura de Alvik, con los barcos amarrados alrededor del restaurante Sjöpaviljongen, a la derecha del puente de Traneberg, suena un aviso en el teléfono de Hurtig.

Echa un vistazo a la pantalla. Una breve respuesta al mensaje que acaba de enviar: «Sí». Se vuelve hacia Jeanette.

—¿Te gustan los barcos?

—No especialmente —responde—. A Åke no le gusta el agua porque no sabe nadar, así que nunca se nos pasó por la cabeza tener un barco. Y a mí, la verdad, me gustaría más una segunda residencia.

—¿Quieres decir que prefieres la seguridad?

—Sí, algo parecido. —Jeanette suspira—. La seguridad. Mierda, no es que suene muy excitante.

Los mástiles desnudos de los veleros trazan al pie del puente unas rayas blancas en la oscuridad. Aquí y allá se ven algunas grandes embarcaciones a motor meciéndose sobre el agua.

Quizá, después de todo, debería comprarme una lancha Pettersson, se dice.

Hurtig ve que Jeanette está de nuevo absorta en sus pensamientos, como a la ida. Se pregunta qué le preocupa.

—Billing y Von Kwist se alegrarán de que el caso esté cerrado —dice finalmente Jeanette—. Pero yo no, ¿y sabes por qué?

Su pregunta le sorprende.

—Pues no, no lo sé.

—Resulta que no prefiero la seguridad —dice enfáticamente—. Piensa… En este caso todo está demasiado claro y nítido. Es algo que me ha dejado desconcertada ya en la cocina de Östlund, sin saber exactamente el motivo. Primero, encontramos al lado de Regina Ceder, asesinada en su domicilio, una foto en la que alguien está asesinando a su hijo. En ella se ve claramente que a la persona que mata al chaval le falta el anular derecho, pero no se distingue su rostro. En casa de Hannah Östlund encontramos una colección de fotos bien alineadas en las que solo se ve a las víctimas de los asesinatos. Para demostrar que se ha cometido una serie de crímenes, ¿por qué no hacerlo de la manera más explícita posible? ¿Una foto de Hannah o de Jessica pintando su apartamento con sangre, no sé, mierda, cualquier barbaridad?

No alcanza a comprender adónde quiere ir a parar Jeanette.

—Pero Beatrice Ceder reconoció a Hannah Östlund en la foto tomada en la piscina.

—Sí, sí —se exaspera Jeanette—. Beatrice dijo que era Hannah Östlund porque le faltaba un anular, pero eso es todo. ¿Por qué Hannah no muestra la cara? Y hay algo más que no me cuadra. ¿Por qué matar a sus perros de una manera tan repugnante?

Un punto a favor de Jeanette, piensa Hurtig, pero aún no está plenamente convencido.

—¿Quieres decir que se trata de otra persona? ¿Alguien que habría preparado todo esto? ¿Las fotos y lo demás?

Ella menea la cabeza.

—No sé… —Jeanette lo mira muy seria—. Quizá sea un poco traído por los pelos, pero creo que tenemos que volver a intentarlo con Madeleine Silfverberg. Voy a pedirle a Åhlund que compruebe todos los hoteles de la ciudad. A pesar de todo, Madeleine tenía un móvil para matar a su padre.

Todo esto va un poco deprisa para Hurtig.

—¿Madeleine? Parece una apuesta arriesgada.

—Y tal vez lo sea.

Jeanette coge el teléfono mientras Hurtig pasa bajo la vía rápida de Essinge y continúa hacia Lindhagensplan. Le pide a Åhlund que consiga las listas de clientes de los principales hoteles de Estocolmo, luego calla y anota algo antes de colgar. La conversación ha durado menos de un minuto.

—Åhlund dice que Dürer poseía dos propiedades en Estocolmo: un apartamento en Biblioteksgatan y una casa al norte de Djurgården. Creo que deberíamos pasarnos por allí después de hablar con Charlotte Silfverberg. —Lee algo en su cuaderno—. ¿Sabes dónde está Hundudden?

Siempre los barcos, piensa él.

—Sí, hay allí un pequeño puerto deportivo. Bastante selecto, creo. Reservado a los miembros de la SRSV y del Yacht-Club de Suecia.

—¿La SRSV?

—La Sociedad Real Sueca de Vela.

Pasan frente al hotel de la Marina, suben hacia Tjärhovsplan y luego entran en Glasbruksgränd, donde encuentran aparcamiento delante del domicilio de Silfverberg.

Cuando están bajando del coche, se abre la puerta del porche y sale Charlotte Silfverberg con una pequeña maleta.

Hurtig y Jeanette van a su encuentro. A él le resulta raro que no parezca más extrañada. Casi como si les esperara.

La actitud y la expresión de la mujer son de evidente hostilidad.

—¿Se marcha de viaje? —pregunta Jeanette señalando la maleta.

—Solo es un crucero por la isla de Åland, nada del otro mundo —responde Charlotte Silfverberg con una risa forzada—. Necesito tomar el aire y pensar en otras cosas. Es un crucero cultural. Beberemos unas copas de vino mientras escuchamos a un artista de moda hablando de su trabajo. Será interesante. Esta noche habla Lasse Hallström. Uno de mis directores de cine preferidos, por cierto.

Siempre altiva y esnob, piensa Hurtig. Ni siquiera el asesinato de su marido la ha cambiado. Pero ¿cómo funcionan esas personas?

—Se trata de Per-Ola —dice Jeanette—. Quizá no deberíamos hablar de esto en plena calle. Subamos a su casa, si lo prefiere.

Y señala hacia el porche.

—En la calle ya está bien. —Charlotte Silfverberg hace una mueca de disgusto y deja en el suelo la maleta—. Ahí arriba ya hemos visto y hablado mucho de la muerte. Bueno, ¿qué desean?

Jeanette le cuenta lo que han hallado en casa de Hannah Östlund.

La mujer escucha en silencio, apretando los dientes y sin hacer la menor pregunta, y cuando Jeanette acaba su reacción es inmediata.

—Vale, muy bien, entonces ya sabemos quiénes son las culpables.

El tono gélido de esa constatación sobresalta a Hurtig, que ve cómo Jeanette también reacciona.

—No es que yo sepa mucho de los métodos de la policía —continúa Charlotte mirando a Hurtig un buen rato antes de volverse hacia Jeanette—, pero me parece que han tenido ustedes una suerte increíble para resolverlo todo tan deprisa. ¿Estoy en lo cierto?

Hurtig ve que Jeanette está que arde, le rechinan febrilmente los dientes y sabe que está contando hasta diez.

La mujer esboza una sonrisa malévola.

—Tengo suerte de que Hannah y Jessica se hayan suicidado —dice con suficiencia—, porque a buen seguro también habrían tratado de asesinarme a mí. ¿Quizá iban a por mí y no a por Peo?

Hurtig siente que la cólera se adueña de él.

—Guárdese esa teoría para usted —comienza el policía—. Aunque la idea también se nos ha pasado por la cabeza, confieso que me cuesta comprender por qué. ¿Qué podrían tener esas dos en contra de una persona tan simpática y sensible como usted?

Jeanette le mira fijamente y él comprende que se ha pasado de la raya.

La mujer lo fulmina con la mirada.

—Su ironía está fuera de lugar. Hannah y Jessica ya estaban locas en la adolescencia. Luego, cuando decidieron aislarse, supongo que su locura no hizo más que empeorar.

Nada que añadir. En todo caso, no de momento. Más tarde quizá habrá que hacerle algunas preguntas complementarias, pero con las asesinas muertas se va a dar por cerrado el caso. Aun así Jeanette parece dudar, piensa Hurtig, recordando lo que ha dicho en el coche acerca de las pruebas amañadas y de la hija de Charlotte Silfverberg, Madeleine.

¿Quizá tenga motivos para dudar?

—Bueno, gracias —concluye Jeanette, que parece algo más calmada—. Hablaremos de nuevo una vez que haya concluido la investigación.

Charlotte asiente con la cabeza y coge su maleta.

—Perfecto, y además ahí está mi taxi, así que aquí termina nuestra conversación.

Hace una señal al vehículo, que se detiene a su altura.

Hurtig le sostiene la puerta y, cuando la mujer sube, no puede contenerse.

—Salude a «Lasse» —dice antes de cerrar tras ella.

Es la última vez que verán a Charlotte Silfverberg. Medio día más tarde estará luchando por su vida en las aguas a nueve grados del mar de Åland.

# Skanstull

Sofia va a adentrarse de nuevo en su laberinto.

Después de su encuentro con Annette Lundström se queda un rato en la consulta, incapaz de hacer nada. Descuelga el teléfono para llamar a Jeanette, pero cambia de opinión. Linnea, muerta. El desánimo se apodera de ella y decide tomarse el resto del día libre.

Se cambia, se pone un vestido corto negro, una capa larga gris y sus zapatos de tacón alto, demasiado estrechos, que le provocan llagas. Una vez maquillada, se despide de su secretaria con un movimiento de cabeza y sale a Swedenborgsgatan.

En la avenida de castaños vuelve a ver a la anciana. Casi exactamente en el mismo sitio donde, unas horas antes, se encontró con Annette Lundström. Unos veinte metros por delante de ella. Con el moño apretado y los andares bamboleantes. Acelera el paso, sin correr, y no aparta la mirada de la espalda de la mujer. Su cuerpo está encorvado, como si cargara con algo pesado, y quizá por eso la vieja pronto aminora el paso y se detiene para estirar la espalda.

El corazón de Sofia late con fuerza mientras se acerca, acechante. Tiene miedo, pero ¿qué teme?

La mujer busca algo en su bolso y entonces se vuelve.

Sofia no ve lo que esperaba ver. Solo un rostro completamente extraño. Feo y repelente. Una vieja desdentada, ajada.

Se ha equivocado.

A regañadientes, Sofia aparta la vista, acelera el paso y adelanta a la anciana, que sigue rebuscando en su bolso.

Baja por Swedenborgsgatan hasta Magnus Ladulåsgatan, donde gira a la derecha, luego a la izquierda y de nuevo a la izquierda.

Ya se está adormilando cuando toma por Ringvägen en dirección al hotel Clarion, en Skanstull.

—Cabrones —murmura entre dientes mientras el repiqueteo de sus tacones sobre el asfalto se debilita poco a poco, ahogado por la niebla del sueño.

Pronto, la Sonámbula ya no oye los coches ni ve a la gente.

Saluda con un gesto de la cabeza al portero del hotel y entra. El bar está al fondo, se sienta a una mesa y espera.

Regresa, piensa. Sofia Zetterlund ha vuelto a su casa. No, ha ido al supermercado ICA de Folkungagatan para hacer la compra y luego volverá a casa para preparar la cena.

Vuelve para cenar, en su soledad.

Cuando el camarero advierte su presencia, ella le pide una copa de vino tinto. Uno de los mejores.

Victoria Bergman se lleva la copa a los labios.

*Regresa.*

La Sonámbula ha desaparecido, mira en derredor.

Aún es temprano por la tarde y hay poca clientela. Dos hombres que no parecen conocerse están sentados a la barra, de espaldas, enfrascados en sus cervezas. Otro está más lejos en una mesa, absorto en la lectura de un periódico de economía.

Victoria Bergman espera. No tiene prisa. Uno de los hombres de la barra se vuelve para mirar por el gran ventanal que da al puente de Skanstull. Lo observa. Parece seboso, reluciente.

Se cruza casi en el acto con su mirada. Pero es demasiado pronto para actuar. Hay que ser paciente y hacerles esperar. Eso será mejor. Quiere hacerlos estallar. Verlos tumbados boca arriba, exhaustos, sin defensa.

Pero no tiene que haber bebido demasiado: constata en el acto que el hombre no está precisamente en ayunas, su cara brilla sudorosa a la luz de las estanterías de la barra y se ha desabotonado la camisa y aflojado el nudo de la corbata alrededor del cuello hinchado por el alcohol.

No es interesante, y mira a otro lado.

Cinco minutos más tarde, su copa está vacía y pide discretamente que se la vuelvan a llenar. Mientras le sirven, el bullicio aumenta. Un grupo de hombres vestidos con traje oscuro se instala en los sillones a su izquierda, probablemente sean extranjeros que han venido para asistir a un congreso. Echa un rápido vistazo en su dirección. En total trece hombres con trajes caros y una mujer vestida de Versace.

Cierra los ojos y escucha su ruidosa conversación.

Al cabo de unos minutos concluye que doce de los hombres de traje son alemanes, probablemente del norte de Alemania, quizá de Hamburgo. La del Versace es su azafata sueca, que chapurrea el alemán con acento de Goteburgo. El último hombre trajeado aún no ha dicho nada. Victoria abre de nuevo los ojos y se siente intrigada.

Está sentado en el sillón más cercano y parece el más joven del grupo. Cuando sonríe parece tímido. Es sin duda del tipo al que sus colegas animarán con palmaditas en la espalda si sube a su habitación con compañía femenina. Tendrá entre veinticinco y treinta años, y no es especialmente guapo. En general, los guapos no son tan buenos en la cama porque imaginan que su apariencia les dispensa de tener que esforzarse. Además, no importa que sean buenos o malos en la cama, porque de lo que disfruta no es del acto en sí.

No le lleva mucho tiempo atraer su atención.

De hecho, no tarda ni cinco minutos en invitarlo a tomar una copa en su mesa y además consigue que se relaje.

Él pide una cerveza negra y un vaso de agua, y ella una tercera copa de vino.

—*Ich bezahle die nächste* —dice ella—. Yo pago la próxima ronda, no soy una *escort girl*.

Su timidez desaparece enseguida. Sonriente y cómodo, le habla de ese congreso en Estocolmo, de la importancia del trabajo online en su ramo, sin dejar de mencionar por supuesto su suculento salario. Entre los humanos, el macho ya no tiene plumas para alardear de ellas. En lugar de eso, se pavonea de su dinero.

Su dinero se ve en el traje, la camisa y la corbata; se huele en su colonia, reluce en sus zapatos y en la aguja de la corbata. Sin embargo, el hombre se cree obligado a mencionar el coche de lujo que tiene en su garaje y su abultada cartera de acciones. Lo único de lo que no habla es de su mujer y sus hijas en su casa de los alrededores de Hamburgo, pero se adivina fácilmente, pues lleva una alianza y le ha mostrado inadvertidamente la foto de las dos crías al abrir la cartera.

Ese le servirá.

Nunca deja que le paguen, aunque algunos lo esperen. No se trata de eso. Lo hace para acercarse a ellos. Por un breve instante, puede ponerse en el lugar de sus mujeres, de sus chicas, de sus amantes. Todas ellas a la vez. Y luego desaparece de sus vidas.

Lo mejor es el vacío que siente después.

Victoria Bergman lleva la mano al muslo del hombre y le susurra algo al oído. Él asiente con la cabeza, con aspecto a la vez vacilante y decidido. A ella le divierte la expresión ambigua de su rostro, y se dispone a decirle que no tiene nada que temer cuando siente una mano sobre su hombro.

—¿Sofia?

Se sobresalta y su cuerpo se vuelve inexplicablemente pesado, pero no se gira.

Sigue mirando el rostro del joven, que de repente se torna borroso.

Sus rasgos se mezclan, todo empieza a dar vueltas, y por un momento es como si el mundo se pusiera patas arriba a su alrededor.

El despertar se produce rápidamente. Cuando alza la vista, un tipo trajeado al que no conoce está sentado a su lado. Descubre que tiene la mano sobre su muslo, y la aparta de inmediato.

—Perdón, yo…

—¿Sofia Zetterlund? —repite la voz a su espalda.

La reconoce, pero aun así se sorprende al descubrir que pertenece a una antigua paciente suya.

## Hundudden

Breve visita al barrio de Östermalm. Desde el hueco de la escalera del edificio de enfrente tienen una buena visión del apartamento de Biblioteksgatan. Hurtig y Jeanette constatan que el piso de cinco habitaciones del que disponía Viggo Dürer ha sido vaciado completamente.

Al pasar por delante del museo de la Marina, de camino a la propiedad de Dürer en la península de Djurgården, Jeanette tiene el presentimiento de que van a encontrar más o menos lo mismo, es decir, nada.

Circulan por Djurgårdsbrunnsvägen, pasan frente a Kaknästornet y avanzan por la punta de Hundudden. El bosque se vuelve más espeso y los edificios están cada vez más dispersos. Hurtig explica que continuando hasta el final de la carretera hacia el este se llega al Polvorín, a orillas de la bahía de Lilla Värtan, y a unas bases náuticas.

Las sombras se alargan rápidamente alrededor de ellos, empieza a refrescar y Jeanette le pide a Hurtig que suba la calefacción. Tienen la sensación de circular por un túnel de abetos negros. Jeanette se sorprende de que aún existan lugares semejantes tan cerca de la ciudad. Se abandona a una calma meditativa, que interrumpe el timbre de su teléfono. Es Åhlund.

—He comprobado todos los hoteles de Estocolmo y alrededores.

—¿Y bien?

—Hay siete Madeleines inscritas en la ciudad, pero ninguna Madeleine Silfverberg. Lo he verificado, para mayor seguridad.

Si está utilizando una falsa identidad quizá haya conservado su nombre de pila. Estadísticamente es bastante frecuente. Y además puede haberse casado y cambiado de apellido, no sabemos nada acerca de ella.

Jeanette se muestra de acuerdo.

—Claro. Muy bien. ¿Has encontrado algo interesante?

—No lo sé. Seis de esas mujeres hay que descartarlas, ya que he podido hablar con todas ellas, pero no he logrado localizar a la séptima. Se llama Madeleine Duchamp y se ha registrado con un permiso de conducir francés.

Jeanette se sobresalta. ¿Un permiso de conducir francés?

—Ha salido del hotel de la Marina en Slussen esta mañana temprano.

—Vale. —Se calma un poco. Aunque Madeleine ha vivido en el sur de Francia estos últimos años, según las informaciones de que disponen aún tiene nacionalidad danesa—. Ve al hotel y habla con el personal. Rastrea a fondo, cualquier dato puede ser importante, pero sobre todo trata de obtener una descripción.

Cuelgan. Hurtig la mira con aire interrogativo.

—¿Otra apuesta arriesgada?

—No lo sé —responde—. Pero no quiero que se me escape nada.

Hurtig asiente con la cabeza y aminora la velocidad cuando la carretera gira de nuevo.

—Ahí es —dice, tomando a la izquierda por un camino de gravilla.

La senda serpentea entre los árboles y en algunos lugares es tan estrecha que habría que dar marcha atrás si se cruzaran con otro coche. Jeanette ve un poco más lejos el contorno de un tejado contra el cielo nocturno y constata que no hay la menor luz en toda la propiedad. Todo está sumido en unas tinieblas compactas.

Después de otra curva, Hurtig reduce aún más la velocidad y la casa aparece entonces entre arbustos de lilas, sin duda muy bellos en primavera y en verano, pero que en otoño presentan un aspecto lamentable, secos y enmarañados a la luz de los faros.

Aparcan frente a la verja de hierro y Hurtig apaga el motor.

—Parece que está al abrigo de los curiosos —dice.

Ella asiente con la cabeza mientras busca una linterna en la guantera. El bosque de abetos es denso y parece rodear la finca por todas partes.

Bajan del coche y se quedan plantados ante la verja, de dos metros y medio de altura.

—¿Sabes escalar? —suspira Hurtig—. ¿O pasamos entre los setos?

—Podemos intentar llamar a la puerta —propone ella señalando el interfono.

Después de tres intentos sin respuesta, Hurtig se vuelve hacia Jeanette. A ella le parece que está un poco aturdido.

—Escalaremos —decide ella, sosteniendo la linterna entre los dientes para tener las dos manos libres.

Se aferra a la verja con las dos manos, apoya un pie sobre la gruesa barra central y se impulsa con un movimiento ágil.

Estira a continuación los brazos para agarrar los extremos puntiagudos de los barrotes y, dos segundos después, ha pasado por encima de los mismos y ha aterrizado suavemente en el camino, mientras Hurtig la contempla atónito desde el otro lado.

A él le cuesta un poco más superar el obstáculo, pero aun así al cabo de un momento se encuentra junto a ella, con una amplia sonrisa y un largo desgarrón en la chaqueta.

—¡Joder, no sabía que fueras tan buena escaladora!

Parece que se ha despertado un poco. Ella le devuelve la sonrisa.

El camino de gravilla conduce a una gran casa de dos plantas, gris, probablemente construida a principios del siglo pasado y renovada recientemente. Cerca de dos grandes abetos oscuros, a la izquierda, hay un anexo, un garaje, también de piedras grises, pero aproximadamente un siglo más reciente.

Jeanette enciende la linterna y ve la hierba alta que cubre todo el terreno. A pesar de las reformas en el edificio central, todo parece abandonado: lo confirman varios manzanos, cuyos frutos sin recoger llenan el jardín de un olor dulzón a podrido.

La casa está a oscuras y comprenden de inmediato que no hay nadie. A través del vidrio de la puerta de entrada parpadea una débil luz azul, que indica que hay una alarma activada.

Se encaminan hacia la casa. La linterna oscila al ritmo de sus pasos y da la impresión de que las ramas nudosas de los manzanos se alargan hacia ellos.

Jeanette se agacha delante de la puerta del garaje.

—Huellas de neumáticos —dice—, y relativamente recientes.

Abrigada por las ramas de los dos grandes abetos, la gravilla frente al garaje está casi seca, cubierta de pinaza en la que los neumáticos han dibujado unas rodadas muy nítidas.

—Alguien ha estado aquí, puede que hoy mismo. Son unos neumáticos anchos.

Hurtig se mete las manos en los bolsillos de la chaqueta y se estremece.

—Ven, vamos a echar un vistazo a la casa.

Rodean la vivienda, pero la propiedad parece tan deshabitada como el apartamento de Dürer en la ciudad. Jeanette mira por una ventana. Aquí, no obstante, hay muebles: unos sofás, una mesa y un piano, aunque todo está cubierto por una espesa capa de polvo. Nada, piensa Jeanette. Y, sin embargo, hay una alarma.

Bien camuflado por la oscuridad y los árboles, detrás del garaje, hay un coche cubierto con una lona. Un vistazo debajo de la lona tapizada de pinaza permite constatar que se trata de un Citroën azul oscuro, muy oxidado. Probablemente abandonado allí para venderlo como chatarra.

—Espera…

Jeanette se detiene y enfoca con la linterna los arbustos a lo largo de la pared.

—¿Lo ves? ¿Qué es eso?

El haz de luz se ha detenido sobre una losa entre dos ventanas.

Por la expresión de su cara, al principio Hurtig no ve más que los bloques rectangulares de granito detrás de los arbustos sin hojas, pero, después de apartar las ramas para ver mejor, arquea las cejas.

—Hay un sótano. O en todo caso lo hubo. Alguien ha obstruido las ventanas con esos bloques.

Ella asiente con la cabeza.

—Eso parece, sí.

Uno de los grandes bloques de granito es muy diferente de los otros.

El tamaño es casi el de un tragaluz, mientras que los otros bloques de los cimientos son más pequeños.

Después de dar otra vuelta alrededor del edificio, han contado ocho tragaluces cegados. El garaje anexo no parece tener sótano.

—¿Qué te parece? —pregunta Hurtig—. ¿Significa algo o es un simple aislamiento original?

—No lo sé… —Jeanette ilumina de nuevo los cimientos de la casa y uno de los bloques—. Debió de costar mucho trabajo arrastrarlos hasta aquí, y sin duda costó mucho dinero hacerlos tallar a medida, y el resultado no es más bonito que construir un muro alrededor. Me da la sensación de que se trata de ocultar la existencia de un sótano en lugar de…

Hurtig se rasca pensativamente el mentón.

—No lo sé, pero ya veremos en un eventual registro. ¿No habría que vigilar la casa, por si viniera alguien?

—No, aún no. Pero inspeccionemos el garaje antes de marcharnos.

Es suficientemente grande para dos coches, tiene las puertas cerradas a cal y canto y solo hay una pequeña ventana alta en la parte trasera. A Jeanette le parece que la construcción tiene aspecto de búnker y dirige a Hurtig una sonrisa cómplice mirando a la ventana.

—¿Tienes herramientas?

Él sonríe a su vez.

—Tengo una caja de herramientas en el maletero. ¿Vamos a forzar la puerta?

—No, solo echaremos un vistazo a lo que hay ahí dentro. Por lo que veo, la ventana no tiene alarma. Podríamos ser simplemente unos granujillas que curiosean por lo que pudiera haber, o una panda de gamberros con ganas de cometer actos vandálicos. Luego tomaremos muestras de la pintura del coche, por si acaso.

—De acuerdo, pero ve tú al coche. Está claro que eres mejor escaladora que yo.

Dos minutos después, Jeanette está de regreso con un cuchillo y una pesada llave inglesa. Rasca unas escamas de pintura y las guarda en una bolsa de plástico, y le tiende la llave inglesa a Hurtig. Ella no llega a la ventana.

Hurtig se pone de puntillas y, cuando se dispone a romper el cristal, la mira por encima del hombro.

—¿Sabes de alarmas?

—No mucho.

—Joder, ¿y qué hacemos si empieza a sonar una sirena?

—Lo mismo que los granujillas. Salir de aquí por piernas. —Jeanette se echa a reír—. Vamos, rómpelo…

Tres golpes fuertes y un estrépito de cristales rotos que le parece ensordecedor.

No se oye ningún ruido. Al cabo de diez segundos, Jeanette rompe el silencio.

—Estás sangrando —dice, señalando la mano izquierda de Hurtig.

—Es un pequeño corte, no es nada —responde él, sacando un pañuelo del bolsillo.

En una esquina del mismo ve unas siglas bordadas. SFF.

—¿Qué significa? —pregunta Jeanette cuando se ha vendado la mano.

—SFF son las siglas de la cárcel central de Falun —responde sin extenderse más.

—¿Has estado allí? —Jeanette le mira, suspicaz.

—Yo no, mi abuelo paterno. Era miembro de la resistencia en Noruega y estuvo encerrado tres años en Falun durante la ocupación alemana.

—¿Por qué?

—Fue condenado en Noruega por posesión de explosivos y huyó a Suecia.

Hurtig calla, como si estuviera escuchando.

—¿Y qué le pasó una vez en Suecia?

—Ahí intervino la Säpo sueca. —Jeanette adivina una sonrisa irónica—. Sí, nuestros colegas de la policía secreta colaboraban con la Gestapo en la eterna lucha contra los abominables rusos —continúa—. Así que se ocuparon de él.

Jeanette se limita a menear la cabeza.

—Aúpame —dice, señalando el cristal roto.

Hurtig entrelaza las manos y ella se encarama.

La abertura solo deja espacio para su cabeza y la linterna. El haz luminoso se pasea por un banco de trabajo al pie de la ventana, continúa por el suelo de hormigón y se detiene en una estantería de almacenamiento fijada a la pared que da a la casa. Barre todo el espacio y vuelve a la estantería.

Está desierto. Por lo que ve, no hay nada, ni un clavo. El banco está despejado y las estanterías completamente vacías.

Eso es todo. Un garaje absolutamente corriente, amplio y bien ordenado, pero que no parece que se utilice para nada más que para aparcar un coche.

# Skanstull

Se dice que es peligroso despertar a un sonámbulo.

El despertar de Sofia Zetterlund en el hotel Clarion quizá no confirme esa tesis, pero su reacción física es tan violenta que le cuesta respirar, mientras su pulso se acelera hasta el extremo de que ni siquiera puede ponerse en pie.

—Sofia, ¿qué te pasa?

Frente a ella se halla Carolina Glanz.

Ve un rostro paralizado por varias operaciones estéticas, y el hecho de que aún sea capaz de expresar inquietud es un verdadero milagro de la fisonomía humana.

—*Wie geht's?* —oye decir a lo lejos al hombre sentado a su lado.

Sofia se desentiende de él.

—*Gut* —responde en tono despreciativo al lograr por fin levantarse del sillón—. Tengo que irme —dice entonces a la joven, abriéndose paso sin cruzarse con su mirada inquieta.

Se aleja del bar sin volverse, cruza la recepción y sale a la calle. Se siente aturdida, sospecha que se tambalea sobre sus tacones altos y se pregunta cuánto habrá bebido.

Regresar... Tengo que regresar a casa.

Cruza por el paso de peatones del centro comercial Ringer sin prestar atención al semáforo rojo y provoca furiosos bocinazos y chirridos de frenazos. Una vez al otro lado, siente que las piernas no la sostienen y se sienta en un banco, ocultando el rostro entre las manos.

Alrededor de ella todo da vueltas y no se da cuenta ni de sus lágrimas ni de la llovizna.

Tampoco de que alguien se sienta a su lado.

—No tendría que volver allí —dice al cabo de un momento Carolina Glanz.

Sofia se calma y siente que recupera sus fuerzas mientras la mujer le pone una mano en la espalda. Joder, ¿a qué estoy jugando ahora?, se dice. Es indigno.

Se incorpora e inspira a fondo, y le espeta, fulminándola con la mirada:

—¿Qué significa eso? ¿Y por qué me ha seguido?

El rostro paralizado, operado, parece dolido.

¿Quién te has creído, joder?, piensa Sofia, sin dejar de mirarla.

De cerca, su cara aún es peor. Quizá dé el pego ante una cámara, pero allí, bajo la luz gris y apagada del atardecer, sus rasgos artificiales de muñeca son grotescos. Aparenta quince años menos.

—Suelo frecuentar el Clarion y la he visto allí varias veces —comienza Carolina—. Conozco a algunas de las chicas que trabajan allí y creen que usted se prostituye. Incluso he tenido que impedir que la echaran.

Trata de sonreír, detrás del maquillaje y la cirugía.

¿Varias veces? ¿No volver jamás? Sofia comprende por fin.

Victoria.

Sofia adopta un tono de superioridad de maestra de escuela.

—¿Ah, sí? Es lo más estúpido que he oído. Tengo una vida privada y le agradecería que la respetara. Me relaciono con quien me da la gana.

—De acuerdo, perdóneme. Solo quería ayudarla.

Sofia se serena un poco mientras mira a Carolina Glanz.

Quizá no esté completamente loca, a fin de cuentas.

Piensa en lo que sabe de ella. Criada en un entorno evangelista. Buena estudiante en primaria, rebelión contra los padres en el instituto. Luego la aventura en *Operación Triunfo*, los programas de telerrealidad y últimamente la industria del porno. Constata que no sabe gran cosa de ella, aunque, por otro lado, sus sesiones no eran terapéuticas. Carolina Glanz acudía a verla cuando necesitaba consejos en su carrera o simplemente llorar un buen rato cuando le habían herido el ego. En resumidas cuentas, ese coaching solo había sido una ayuda temporal para Carolina y en general sin interés para Sofia.

Sin embargo, es patente que la joven no piensa solo en su persona, ya que, por alguna razón, parece preocuparse por Sofia.

—Soy yo quien debe disculparse —acaba diciendo Sofia—. Últimamente apenas he dormido. Y además acabo de sufrir una separación y no soy yo misma. Perdóneme por haberle echado esa bronca.

Al decir eso, despierta el recuerdo de Mikael. ¿Ha pensado en él siquiera un momento durante estas últimas semanas? No, ¿y por qué debería haberlo hecho? Lo suyo se ha acabado. *End of story.*

Carolina Glanz responde con una sonrisa, pero parece aún dolida. Sofia recuerda lo que ha leído en el diario sensacionalista que ha hojeado almorzando, justo antes de encontrarse por casualidad con Annette Lundström.

—¿Qué tal va su libro? He leído que ha escrito sus memorias.

El aspecto ofuscado de Carolina Glanz da paso poco a poco a una especie de orgullo y su rostro se ilumina.

—Ya lo he acabado —dice—. Estará en las librerías dentro de dos semanas.

Sofia no se percata hasta ese momento de que está lloviendo y comprende lo extraña que es esa situación. Está sentada en un banco a la puerta de un centro comercial, con el cabello a punto de quedar empapado, vestida como una prostituta, en compañía de una antigua paciente que actúa en películas porno.

—¡Genial! Cuénteme, eso me interesa —dice, animosa.

Carolina Glanz se alegra.

—Podríamos ir a tomar algo —propone señalando con la cabeza la entrada de la galería comercial.

Sofia supone que se refiere a la cafetería del centro comercial.

—Claro —responde—. De todas formas, con la que está cayendo no podemos quedarnos aquí.

Mientras entran en el centro comercial, Carolina Glanz le explica que ha firmado un contrato con una de las editoriales más importantes y que, por primera vez en su vida, se siente orgullosa de sí misma.

—¿Quiere que le cuente un secreto? —dice cuando están sentadas a una mesa, con unas tazas de café.

Así que un secreto es algo que se cuenta a los demás, piensa Sofia, mirando fascinada cómo Carolina Glanz se lleva un chicle a la boca antes de darle un sorbo al café.

—Por supuesto. Cuénteme.

Carolina Glanz se repantiga en su asiento y se estira antes de hablar. Sofia no puede evitar observar sus senos. Están realmente sobredimensionados con respecto a ese cuerpo tan enclenque.

Como si se los hubieran cosido ahí. Como es el caso.

—Va a ser la bomba —declara teatralmente Carolina Glanz—. Hay mucha gente que se ha portado mal conmigo y ahora ajustaré cuentas. Entre otros, hay un tipo muy conocido, un verdadero cerdo, sobre el que tengo mucho que contar.

Mira en derredor y se inclina hacia delante cubriéndose la boca con las manos. Sofia acerca el oído. Cuando Carolina le susurra el nombre y por qué va a ser la bomba, Sofia no se sorprende sino que se inquieta. Esto huele a chamusquina, y a la legua.

—¿Está segura de que la editorial la respaldará?

—Absolutamente, y dispongo de otras revelaciones. —Ha dejado de susurrar—. Tengo también, como sabe, cierta experiencia en el mundo del cine.

La experiencia acumulada en el rodaje de diez películas porno en dos meses, piensa Sofia, cáustica.

—Pero ya he pasado página —añade, segura de sí misma—. En conjunto estaba bien, pero me he cruzado con bastantes tipos chungos. Entre otros un policía…

Carolina Glanz calla a la espera de la reacción de Sofia.

—¿Ah, sí? ¿Un policía? ¿Quién?

—En el libro no digo su nombre, pero los que le conocen lo entenderán enseguida —dice con insistencia—. Eso es lo que cuenta, y se le va a caer el pelo.

Dios mío, piensa Sofia. ¿De dónde sacara esta chica todo eso?

—Pero ¿de qué se trata? ¿Le ha causado algún daño?

Carolina se ríe, se saca el chicle de la boca y se lo enrosca en un dedo.

—No, no… A mí no. Otros sí, pero él no. La verdad es que es un tipo legal. Cuesta creer que esté metido en chanchullos de pornografía infantil.

Ah, otra vez eso, piensa Sofia. ¿No se acabará nunca?

—¿Está metido en chanchullos? ¿Qué quiere decir?

—Puedo probar que les vende porno a pederastas. Lo he visto con mis propios ojos en su ordenador. —Carolina Glanz pega el chicle en el plato y se encoge de hombros—. Bueno, cuando el libro llegue a las librerías estará acabado como policía.

Sofia admira la capacidad de esa joven de moverse por la vida y salir adelante. Pasar de una cosa a otra con una única meta: ganarse la vida gracias a la fama.

Vender su persona, de cualquier manera.

¿Cómo no estar de acuerdo con llamar a eso espíritu emprendedor?

Piensa en su propia persona y en los esfuerzos para hacer exactamente lo contrario. Mantener el silencio acerca de su identidad y no revelar bajo ningún pretexto quién es, ni siquiera a ella misma.

Hoy todo ha estado a punto de desmoronarse.

El timbre del teléfono de la joven interrumpe sus pensamientos. Tras una breve conversación, le dirige a Sofia una mirada de disculpa y le explica que su editor quiere verla y debe marcharse.

Y Carolina Glanz desaparece tan repentinamente como ha aparecido.

Tanto los hombres como las mujeres se vuelven a su paso y se aleja dejando una estela de miradas curiosas.

Sofia comprende que eso es precisamente lo que busca. Aquí estoy, miradme. Prestadme atención y os contaré todos mis secretos.

Decide quedarse allí un rato, por lo menos hasta que se le seque el cabello. Cuanto más piensa en Carolina Glanz, más convencida está de una cosa.

Está celosa de la joven.

Las operaciones de cirugía estética hacen las veces de disfraz. Escondida detrás de un montón de silicona, Carolina Glanz se atreve a desvelarlo todo. El disfraz le da el valor para desplegar todo el registro de sentimientos, desde la más vulgar tontería a la inteligencia aguzada. Porque Sofía no duda de que Carolina Glanz sea en realidad una chica muy fina y muy decidida, y no puede evitar pensar en Dolly Parton, el arquetipo de la Barbie con cerebro. La manera de ser de Carolina Glanz tiene su lógica, una lógica instintiva que también brota de su corazón. Sabe qué medios utilizar para mostrar quién es.

No como yo, piensa Sofía.

En ella se celebra un baile de disfraces cuyas figuras tienen características tan diferentes y diametralmente opuestas que todas juntas no pueden constituir una persona única. Por extraño que parezca, Carolina Glanz, con su apariencia construida a base de piezas, es más auténtica y coherente de lo que ella podrá ser jamás.

Yo no existo como sujeto.

Y el zumbido vuelve a su cabeza. Las voces y las caras se entremezclan. En ella y a la vez fuera.

Mira fijamente a la gente que pasa por delante del café dirigiéndose a las salidas y, al cabo de un momento, ve los cuerpos moverse como a cámara lenta, parecidos a los coches que circulan a toda velocidad vistos de muy cerca, reducidos a unos trazos difusos y multicolores. De vez en cuando consigue congelar la imagen y observar sus rostros, uno tras otro.

Dos chicas rubias se dirigen hacia la salida del centro comercial, cada una llevando a un perro sujeto con correa, y al volverse la miran con aire acusador. Su parecido con Hannah y Jessica es impresionante.

Dos personas que son tres, piensa. O mejor, tres personalidades parciales.

La Trabajadora, la Analista y la Quejica tienen por modelos a sus antiguas compañeras de escuela Hannah Östlund y Jessica Friberg. Dos chicas absolutamente idénticas, espejos de ellas mismas y una de la otra. Al no hacer más que una, era la triste sombra de un ser humano.

Como una perra. Sumisa ante la jauría, hacía lo que le decían como todos los demás. La limpieza de su apartamento cuando no era necesario, sus absurdos deberes de matemáticas. Tenía capacidad, era meticulosa, y a la vez se quejaba.

Victoria había utilizado esas personalidades para librarse de las tareas ingratas, pero estas también habían servido de sustitutivo para sentimientos que no le gustaba tener.

El sentimiento de superioridad, el pesimismo, la mezquindad. Obedecer sin hacer preguntas, ser sumisa, afanosa, obediente. Sumarse al rebaño de las rubias dotadas. Victoria ha visto todo eso en Hannah y Jessica.

La Trabajadora, la Analista y la Quejica ya nada significan para ella. Ahora puede ocuparse sola de todo cuanto han representado, abandonar o aceptar sus aspectos triviales es un proceso de maduración.

Hasta un perro debería poder aprenderlo.

Regresar a casa. Tengo que regresar a casa.

# En ninguna parte

Ulrika Wendin no sabe cuánto tiempo lleva atada en el cubículo caliente y seco. La oscuridad la ha privado rápidamente de la noción del tiempo y el proceso de cicatrización la fatiga: su principal ocupación es dormir.

Los ruidos que oía antes, que creía que eran de un ascensor, han cesado. Ahora el silencio es tan denso como la oscuridad.

¿O no es así?

Comienza a imaginar cosas. Que oye voces. Que mana agua de algún sitio, que incluso corre y brama. Pero sin duda esos ruidos proceden de dentro de sí misma.

A veces se despierta porque ya no siente su cuerpo, y esa ausencia de sensaciones le causa la sensación de flotar en el vacío, sin peso, en una oscuridad y silencio absolutos.

Comprende que debe hallar cuanto antes la manera de liberar sus brazos atados a la espalda, o de lo contrario se le van a entumecer. A costa de grandes esfuerzos, logra a veces alzar ligeramente el cuerpo y puede moverlos un poco hasta que recuperan cierta sensibilidad. Pero lo consigue en contadas ocasiones, y sus movimientos se ven limitados por las barras metálicas que la bloquean a unos centímetros del pecho y de las rodillas.

Echa de nuevo la cabeza hacia atrás y mira hacia arriba. El rayo de luz sigue allí, pero ha palidecido levemente.

¿Quizá todo se confundirá poco a poco en un tono gris uniforme?

Los tubos y la caldera parecen a veces lisos, como pinturas en trampantojo.

No tiene ningún objeto móvil que pueda mirar, y eso la inquieta.

¿Y si todo no fuera más que una ilusión óptica? ¿Lo que ve es fruto de su propio cerebro?

Sacude la cabeza, como para librarse de esas ideas. Tiene motivos de preocupación mucho más graves. La sed, por ejemplo. Es peor que el hambre, que va y viene.

La sed le quema constantemente la garganta y la deshidratación se ve sin duda acelerada por el calor que reina ahí dentro y por sus ataques de llanto.

La única manera de provocar la producción de saliva es pasar la lengua por la cinta adhesiva que cubre su boca. El sabor agrio de la cola le provoca náuseas, pero de todas formas lame a intervalos regulares el interior de sus labios y el borde de la cinta adhesiva, que se ha despegado un poco en las comisuras y en el labio superior.

Si produce la suficiente humedad, quizá acabe despegándose por completo.

Lo peor que podría ocurrir sería que vomitara, porque se ahogaría: así que debe procurar no tragar demasiada cola.

Aunque está muy deshidratada, siente la necesidad de vaciar la vejiga.

Pero se bloquea. El cuerpo no la obedece. A pesar de sus esfuerzos, no sale ni una gota. No debe mearse encima. Sus músculos lo saben y no la obedecen. Solo cuando se abandona y se relaja lo consigue. El calor se extiende por su bajo vientre y los muslos. Es una sensación ardiente, aguda.

Percibe enseguida el olor dulzón. Quizá solo lo imagina, pero le parece que su orina incrementa la humedad del aire. Inspira profundamente por la nariz.

Por lo visto, beber la propia orina es bueno: si es cierto, no le hará daño sacar de ello al menos algún provecho.

Pero ¿qué ocurrirá sin la aportación exterior de líquido? Todo cuanto traga, aparte de la cola, procede de ella misma, y se da cuenta de que es urgente deshacerse de la cinta adhesiva que le tapa la boca y le ata las muñecas. Sabe que se puede aguantar mucho tiempo sin comer. Varios meses, ¿no? Pero ¿sin agua?

¿Una semana? ¿Dos semanas?

Las posibilidades de sobrevivir deberían ser mayores haciendo los mínimos movimientos, permaneciendo tumbada y utilizando la menor cantidad de líquido posible. Reduciendo los esfuerzos físicos.

Dejando de llorar.

Tiene los ojos secos y observa por encima de ella los matices de gris y de negro, la lengua se le pega al paladar y vuelve a adormilarse.

En su sueño, flota libremente en el espacio y se contempla a sí misma desde arriba.

Está tumbada de espaldas en una caja de madera, bloqueada por dos relucientes barras metálicas, y alrededor de ella todo el espacio es negro, aparte de un rayo de luz blanca detrás de su cabeza.

Imagina que esa luz es la Vía Láctea. Dicen que la galaxia contiene tantas estrellas como células hay en el cerebro humano. A lo lejos, se oye el ruido de algo al romperse: debe de ser el corazón helado de la galaxia que explota.

## MS Cinderella

Un día resulta que lo que se da en llamar la propia vida no es más que un parpadeo, piensa Madeleine contemplándose en el espejo del estrecho aseo de su camarote. La vida es un bostezo casi imperceptible, que acaba tan deprisa que apenas se tiene tiempo de verlo empezar.

El barco cabecea, y Madeleine se agarra al marco de la puerta, se arregla de nuevo el cabello, sale del aseo y se sienta en la cama. Sobre la mesa hay un vaso lleno de cubitos de hielo al lado de una botella de champán abierta, con la que se llena por segunda vez el vaso de lavarse los dientes.

Un buen día te encuentras con una sonrisa tonta en los labios, contemplando en la agenda de tu alma todos los sueños y esperanzas que has tenido, piensa llevándose el vaso a los labios para beber un sorbo del espumoso seco. Las burbujas le cosquillean el paladar. Un sabor a fruta madura, con un toque mineral de hierba y de café tostado.

En su agenda interior hay sobre todo páginas en blanco. Días pasados sin dejar una huella memorable. Hasta el infinito, una vida pasada en compás de espera. Sí, ha esperado tanto tiempo que el tiempo y la espera ya son solo uno.

Pero hay también otros días. Los instantes terribles que han hecho de ella lo que es. Unos acontecimientos que, como una gota de tinta negra sobre un papel húmedo, se han desparramado y teñido de gris la hoja entera.

Sus años de infancia en Dinamarca son como unas bragas rojas en una lavadora de ropa blanca.

Madeleine se pone los auriculares y los conecta a su teléfono, en el que guarda los archivos de música. Se tumba en la cama y escucha.

Joy Division. Primero la batería, que suena hueca como unas cazuelas, luego el bajo, una simple línea en bucle, y finalmente la voz monótona de Ian Curtis.

El balanceo y el cabeceo irregular del barco la calman, y el vocerío de los pasajeros borrachos que pasan por detrás de su puerta la tranquiliza por su carácter imprevisible. Lo que la asusta no es lo imprevisto. Es la seguridad lo que la intranquiliza.

La lluvia azota el ojo de buey de su camarote y es como si Ian Curtis cantara con su voz lánguida solo para ella.

*Confusion in her eyes that says it all. She's lost control.**

La fatiga existencial de Curtis es como la suya, pero ella hará algo muy diferente.

*And she's clinging to the nearest passer by, she's lost control.*

Con apenas veinticuatro años, el cantante epiléptico se ahorcó. Pero ella no va a suicidarse. Eso sería perder y dejarles ganar.

*And she gave away the secrets of her past, and said I've lost control again.*

Antes de suicidarse, Ian Curtis vio a diario durante meses la película *Stroszek* de Werner Herzog, y Madeleine se dice que ella ha hecho lo mismo. Y al igual que lo último que él escuchó fue *The Idiot* de Iggy Pop, ella ha escuchado repetidamente el disco a todo volumen en sus auriculares durante el viaje desde el sur de Francia a Suecia.

*And of a voice that told her when and where to act, she said I've lost control again.*

Madeleine escucha la música con los ojos cerrados y piensa en la razón por la que se encuentra allí.

Recuerda que la mujer que en otro tiempo se llamó su madre le decía a veces que prefería que la llamara por su nombre de pila, para dejar claro que no era su verdadera madre. Otras veces era

---

* «She's Lost Control», de Joy Division (Ian Curtis, Bernard Sumner, Peter Hook, Stephen Morris), © Universal Music Publishing.

absolutamente necesario ocultar que Madeleine era adoptada. Resultaba tan arbitrario como degradante.

Pero esa no es la razón por la que debe morir.

Contemplar en silencio a unos hombres violando a una niña hace que se pierda en el acto la gracia que nos ha sido concedida. Y cuando se goza al contemplar en grupo a unos muchachos drogados peleándose en una pocilga y no se siente inquietud alguna al ver morir a uno de ellos, el reloj del perdón se acelera peligrosamente. Todas las personas implicadas tuvieron conciencia de ello de una u otra manera, piensa al recordar a todos esos muertos. Siente aún el olor de su miedo. Una percepción clara como el agua, pero más sucia que los excrementos en su irrevocable contenido.

La ira se apodera de ella y se masajea vigorosamente las sienes. Sabe que es una locura compararse con Némesis, diosa de la venganza, pero esa es la imagen que de sí misma ha cultivado a lo largo de toda su vida. Una chiquilla que un día va al colegio con su león amaestrado. Alguien a quien hay que temer y respetar.

Unas horas más tarde, a mitad de camino de Mariehamn, apaga la música, sale de su camarote y se dirige a la discoteca de proa. No debe llegar ni demasiado pronto ni demasiado tarde.

Pronto todo habrá acabado: una tabla rasa que le permitirá avanzar y forjar su futuro sin las voces del pasado que le gritan en los oídos.


El bar está muy lleno y Madeleine tiene que abrirse paso entre las mesas. La música está a un volumen muy alto y dos mujeres cantan en el escenario frente a un karaoke. Desafinan mucho, pero su provocativo baile complace al público, que silba y aplaude.

Sois como bestias, piensa con desprecio.

En el momento en que la empujan y le derraman cerveza sobre el brazo izquierdo, ve a Charlotte, sentada sola a una mesa delante de un gran ventanal.

La mujer a la que nunca ha llamado su madre luce un vestido de un negro estricto y medias grises: como si vistiera para un entierro.

Charlotte la mira fijamente y sus miradas se cruzan por primera vez desde hace mucho tiempo. Madeleine siente que le flaquean las piernas y, para ganar un poco de tiempo, se pasa la mano por la cara. Palpa bajo la piel las nítidas líneas de su cráneo. Se abre paso hasta la mesa.

—Bueno… Volvemos a vernos después de muchos años —dice Charlotte entornando los ojos.

La mira de arriba abajo, la estudia.

*Te odio, te odio, te odio…*

—Y yo que creía como una tonta que tú y yo habíamos acabado —continúa—. Pero cuando encontré a Peo, temí que hubieras regresado.

Madeleine toma asiento frente a Charlotte y la mira a los ojos, sin decir nada. Siente que querría sonreír, pero sus labios no la obedecen.

Querría responder, pero no sabe qué decir. Después de tantos años formulando sus quejas, se queda muda. Apagada. Como una máquina estropeada.

—La policía me ha preguntado acerca de ti, pero no he dicho nada —prosigue Charlotte, cuyo nerviosismo aflora en ese momento—. Me interrogaron dos policías, que sospechaban que estabas implicada en la muerte de Peo, pero no he dicho absolutamente nada.

Madeleine tiene la impresión de que Charlotte rumia cada sílaba, como si las palabras tuvieran un sabor amargo y quisiera escupirlas. A veces, su boca se mueve sin que salga de ella palabra alguna, como un espasmo o un tic.

Pero Madeleine no responde. El pesado silencio está cargado de pena y de vergüenza.

En el escenario, las dos mujeres dan paso a un hombre de unos cuarenta años, muy borracho, acogido entre vítores.

Charlotte se retuerce en su asiento, incómoda, sacude de la mesa unas migajas imaginarias y suspira profundamente.

—¿Qué demonios quieres? —pregunta, y Madeleine solo ve maldad en los ojos de esa mujer que pronto estará muerta.

Detrás de los reflejos verdes del iris de Charlotte, percibe un genuino asombro.

¿Acaso no lo comprende, joder?, se dice Madeleine. ¿Está tan loca como para no sospechar por qué estoy aquí? No, es imposible. A fin de cuentas, ella estaba allí. Al lado, mirando.

La incomprensión y la inocencia son, al mismo tiempo, sinónimos del mal.

*Te odio, te odio, te odio…*

Menea la cabeza.

—Sí, he regresado, y creo que sabes por qué.

La mirada de Charlotte titubea.

—No entiendo lo que…

—Oh, sí, claro que lo entiendes —la interrumpe Madeleine—. Pero antes de que hagas lo que tienes que hacer, quiero que me respondas a tres preguntas.

—¿Qué preguntas?

—Primero, quiero saber por qué estaba yo en vuestra casa.

Madeleine sabe que pide lo imposible. Es como preguntar acerca del sentido de la vida, la finalidad del mundo o cuánto dolor puede soportar una persona.

—Es muy sencillo —responde Charlotte, como si no hubiera entendido el verdadero sentido de la pregunta—. Tu abuelo materno, Bengt Bergman, conocía a Peo por su trabajo en una fundación, y entre los dos decidieron que nos ocuparíamos de ti cuando tu madre se volvió loca.

Madeleine se sobresalta al oír a Charlotte mencionar a su verdadera madre, pero oculta su emoción.

—Te dimos todo lo que necesitabas, e incluso más. Siempre los vestidos más bonitos, los juguetes más caros, y tanto amor como se puede dar a un hijo que no es propio.

Puras banalidades, piensa Madeleine. Me está soltando cosas que no tienen la más mínima importancia.

—Pero no dejabas de portarte mal y nos vimos obligados a ser duros contigo —prosigue Charlotte.

Madeleine piensa en los hombres que entraban de noche en su habitación. Recuerda el dolor y la vergüenza. Aquella pequeña bola dura dentro de ella, que poco a poco se petrificó hasta fundirse con su carne.

No puede contestar porque no entiende la pregunta, se dice Madeleine. Ninguno de los que había matado había sido capaz. Al preguntárselo, solo la habían mirado, estúpidamente, como si hablara una lengua extranjera.

—¿Quién decidió operarme? —pregunta Madeleine sin comentar la respuesta de Charlotte.

La mirada de Charlotte es gélida.

—Peo y yo —dice—. Por supuesto, de acuerdo con los médicos y los psicólogos. Pegabas, mordías, los otros niños te tenían miedo, así que al final no tuvimos más remedio que hacerlo. Sí, era la única salida.

Madeleine recuerda cómo, en Copenhague, hicieron callar la voz dentro de ella, y que desde entonces no puede sentir nada. Nada.

Después de Copenhague, solo los cubitos de hielo tienen aún sabor. Madeleine comprende que una vez más se halla en un callejón sin salida. Nunca sabrá el porqué.

Ha buscado respuestas y ha matado a todos aquellos que no han sabido hablarle de esa verdad que brilla por su ausencia, ayer, hoy y siempre.

Queda una última pregunta.

—¿Conociste a mi verdadera madre?

Charlotte rebusca en su bolso y le tiende una foto.

—Esta es la loca de tu madre —le espeta.


Suben juntas al puente. Ha dejado de llover y el cielo está despejado. La noche es azul sobre el Báltico y el mar está revuelto.

Las olas amenazadoras rompen contra el estrave del *MS Cinderella* con un ruidoso silbido. Al chocar de lleno contra el casco del buque, el agua salobre se vaporiza y cae en salpicaduras sobre el puente delantero. Distinguen en el horizonte la silueta de un carguero y ven parpadear sus luces contra el cielo nocturno.

Charlotte mira al frente, con la mirada extraviada, y Madeleine sabe que se ha decidido. Ha elegido.

No hay nada más que decir. Las palabras se han agotado y solo queda la acción.

Mira a Charlotte acercándose a la borda. La mujer a la que nunca ha llamado su madre se agacha para quitarse las botas.

El *MS Cinderella* prosigue inmisericorde su rumbo. Sin ni siquiera aminorar la velocidad.

¿Qué estoy haciendo?, piensa Madeleine, al sentir que el absurdo resquebraja el muro de su resolución. ¿Seré libre cuando todos hayan desaparecido finalmente?

No, comprende, y esa evidencia es una página en blanco pasada en una habitación a oscuras.

# Barrio de Kronoberg

A última hora de la tarde, Jeanette está sentada a su mesa de trabajo y mira fijamente una boca de ventilación en el techo, pero no es consciente de ello puesto que todo su cerebro está ocupado pensando en Sofia Zetterlund.

Después de la visita a Hundudden, Jeanette regresó directamente a su casa, completamente agotada. Llamó a Sofia justo antes de medianoche, sin obtener respuesta, y tampoco ha respondido a los dos o tres SMS que le envió a continuación.

Como de costumbre, piensa, y se siente sola. Ahora es Sofia quien debe tomar la iniciativa. Jeanette no quiere ser la que siempre pide, no hay nada peor para acabar con el amor. En cambio, Åke ha llamado para recordarle que han quedado para comer. Han decidido encontrarse en un restaurante de Berggatan, aunque debe confesar que no le apetece demasiado.

Jeanette juguetea con un lápiz mirando de reojo el montón de documentos sobre las dos muertas, Hannah Östlund y Jessica Friberg.

Sus esperanzas de lograr que se reabran los casos de los incendios del domicilio de los Bergman y del barco de Dürer se han visto pulverizadas por Billing con una carcajada: se estaba dejando arrastrar por la teoría de la conspiración. Y además, para él, esos dos casos habían sido suficientemente instruidos. Jeanette hace girar el lápiz entre sus dedos, lo hace rodar bajo su palma y tamborilea en el borde de la mesa.

Piensa en los acontecimientos de la víspera, en la propiedad de Viggo Dürer al norte de Djurgården.

Un sótano tapiado, un garaje con una apariencia de lo más normal y unas muestras de pintura enviadas a primera hora de la mañana al laboratorio. Eso era todo.

Llaman a la puerta y Åhlund asoma la cabeza.

—Perdón —dice, sin resuello—. Anoche no tuve tiempo de investigar lo del hotel y he ido esta mañana. Y la visita ha sido fructífera.

—Entra. —Jeanette mordisquea la punta del lápiz—. ¿Qué quieres decir con fructífera?

Se sienta frente a ella.

—He hablado con el recepcionista que estaba de turno cuando Madeleine Duchamp se registró y cuando se marchó. —Se ríe—. Si hubiera ido ayer no le hubiera encontrado, era su día de fiesta.

—¿Y qué ha dicho acerca de Duchamp?

Åhlund se aclara la voz.

—Es una mujer de entre veinte y treinta años. Viaja sola y no habla bien el inglés. Por lo visto, no hacen copia de los documentos de identidad de los ciudadanos de la Unión Europea, pero el recepcionista recuerda que tenía el cabello oscuro en la foto de su carnet de conducir. Ya no hace falta pasaporte, sabes, con el tratado de Schengen.

Cabello oscuro, piensa Jeanette.

—La foto de su carnet de conducir es una cosa, pero lo que me interesa saber es qué aspecto tiene en realidad.

Åhlund se aclara de nuevo la voz.

—Ha dicho que era guapa pero parecía terriblemente tímida. No miraba a los ojos y se escondía bajo un amplio gorro.

¿Qué?, piensa Jeanette. Menuda descripción.

—¿Algo más? ¿Alta, baja?

—De altura media, aspecto corriente. Para ser recepcionista, la verdad es que no es un gran fisonomista. Pero se fijó en algo curioso.

—¿A saber...?

—Me ha dicho que bajó varias veces por la noche para pedir cubitos de hielo.

—¿Cubitos de hielo?

—Sí, le pareció muy raro, y soy de la misma opinión.

Jeanette sonríe.

–Yo también. En todo caso, nuestro recepcionista no parece estar en condiciones de ayudar a un dibujante a hacer un retrato robot. ¿Qué opinas?

–Por desgracia, no. Está claro que la vio demasiado poco, lo que por otra parte resulta interesante. Indudablemente, parece tratar de pasar desapercibida.

Jeanette suspira.

–Sí, está claro. Cabría preguntarse por qué, pero nos conformaremos con esto de momento. Gracias.

Åhlund desaparece y Jeanette decide llamar al fiscal Von Kwist.

El fiscal parece fatigado cuando Jeanette le confía que sospecha que Viggo Dürer está detrás de los pagos realizados a Annette Lundström y sin duda también a Ulrika Wendin. Para sorpresa mayúscula de Jeanette, se muestra menos reticente de lo que esperaba. Al mencionar las sumas ingresadas en la cuenta de Annette, no se exalta y no le hace preguntas, aunque aún no se ha determinado quién se encuentra en el origen de esas transacciones.

Se queda mirando el teléfono, estupefacta. ¿Qué le ocurre a Von Kwist? Está sumida en sus pensamientos cuando vuelve a sonar. Responde distraídamente. Desde centralita la informan de que una tal Kristina Wendin desea hablar con ella.

¿Wendin?, se dice, despertándose de golpe.

La mujer se presenta como la abuela de Ulrika, y está muy preocupada porque no tiene noticias de su nieta desde hace varias semanas. Jeanette le hace las preguntas rutinarias: el comportamiento de la joven últimamente, sus amistades más cercanas, etcétera. Las respuestas que obtiene son sucintas: Jeanette adivina que Kristina Wendin no sabe mucho de la vida de Ulrika.

–¿Puede que se haya marchado de viaje? –sugiere Jeanette–. ¿Quién sabe? Tal vez ahorró algún dinero y se ha tomado unas vacaciones.

La mujer tose.

–¿Vacaciones? Ulrika no trabaja. ¿De dónde iba a sacar dinero para irse de vacaciones?

Unas sirenas en la calle las interrumpen. Jeanette cuenta tres vehículos, un camión de bomberos y dos coches de policía. Una urgencia importante.

Se levanta y se dirige a la ventana, con el teléfono inalámbrico en la mano.

—Bueno —dice—, la mayoría de las personas que desaparecen vuelven a aparecer al cabo de unos días, pero eso no quiere decir que nos tomemos el caso de Ulrika a la ligera. ¿Tiene la llave de su apartamento?

—Sí, por supuesto —responde Kristina, tosiendo de nuevo.

Una fumadora empedernida, piensa Jeanette.

Los vehículos de emergencia pasan a toda velocidad. Jeanette los ve girar a la derecha más abajo en la calle.

—Mire, haremos lo siguiente —concluye—. Hacia el mediodía iré con un colega a casa de Ulrika. Reúnase allí con nosotros y traiga las llaves.

La abuela promete estar allí a la una. Inmediatamente después de colgar, Jeanette saca el móvil y marca el número de Ulrika.

Una voz la informa de que el número no está disponible. Vuelve a sentarse. ¿Debería preocuparme?

No, aún no. Sé racional.

Preocuparse en ese estadio es cansarse inútilmente. Ya sabe de qué va eso: en el mejor de los casos, una pista les indicará dónde se encuentra Ulrika y, en el peor, hallarán la prueba de que ha desaparecido contra su voluntad. Pero ese tipo de intervención ofrece por lo general un resultado intermedio, es decir, nada. Cuando vuelve a sonar el teléfono está frustrada, pero al reconocer el número en la pantalla siente un cosquilleo en el vientre y deja que suene varias veces para no parecer demasiado ansiosa.

—Jeanette Kihlberg, policía de Estocolmo —dice con una sonrisa en los labios, olvidando por un instante a Ulrika Wendin.

—¿Cómo llevas la mañana? —pregunta Sofia Zetterlund—. ¿Tienes un momento?

¿Un momento? Para ti, todo lo que quieras.

—¿La mañana? Si ya casi es hora de comer —se ríe Jeanette—. Me alegra oírte, pero tengo un montón de trabajo.

Y dice la verdad. Contempla el desorden que reina sobre su mesa. El dossier de Hannah Östlund y Jessica Friberg: trescientas páginas, una serie de polaroids, un ramo de tulipanes amarillos y las fotos de dos cadáveres de perros en el sótano.

—Bueno, yo tampoco tengo mucho tiempo —dice Sofia—. Escucha solo con una oreja lo que tengo que decirte, mientras sigues con tus cosas. Como es bien sabido, las mujeres tenemos dos cerebros.

—Claro. Adelante…

Jeanette abre la carpeta marcada «J. Friberg» y oye a Sofia inspirar como si se dispusiera a lanzarse a un largo monólogo.

—Annette Lundström fue internada hace tres días —comienza—. Psicosis aguda, causada por el suicidio de su hija. Annette la encontró ahorcada en la habitación de su domicilio en Edskiven. Los enfermeros me lo han contado…

—Para —dice Jeanette, cerrando en el acto la carpeta—. Repítemelo.

—Linnea ha muerto. Se ha suicidado.

Sofia suspira.

Jeanette se queda muda, se hunde en su silla y deja la carpeta sobre la pila. La familia Lundström, prácticamente aniquilada por sí misma. Recuerda su último encuentro con Annette. Una ruina. Un fantasma. Y Linnea…

—¿Estás ahí?

Jeanette cierra los ojos para serenarse.

Linnea ha muerto. Eso no debería haber ocurrido. Joder, ¿por qué?

—Te escucho. Sigue.

—Annette se escapó ayer de Rosenlund. Cuando volvía de comer me la encontré en la calle, vi que no se encontraba bien y la hice subir a mi consulta. Durante la media hora que pasó allí, me explicó que el abogado Viggo Dürer había pagado una suma importante para hacerlas callar, a ella y a su hija. Y esa era la razón de la interrupción de la terapia de Linnea.

—Eso me temía. En cualquier caso, queda confirmado.

—Sí, parece que llegaron a un acuerdo económico. No sé de qué medios dispones, pero estoy segura de que si se revisan las cuentas de Annette Lundström aparecerán irregularidades.

—Ya lo hemos hecho —dice Jeanette—, pero ha sido imposible determinar el origen del ingreso. Lo que me dices no me sorprende, pero lamento mucho la muerte de Linnea.

¿Y Ulrika?, piensa. ¿Qué le ha ocurrido?

Ulrika le causó una impresión ambigua, a la vez fuerte y frágil. Por un instante se pregunta si la chica ha podido suicidarse. Como Linnea.

Le basta un segundo para imaginar a Ulrika Wendin colgando de una cuerda.

—Bueno… —prosigue Jeanette, como para interrumpir el curso de sus pensamientos—. Ya teníamos lo que contó Linnea en el curso de su terapia, sus dibujos, la carta de Karl Lundström, y ahora el testimonio de Annette. ¿Cómo está? ¿Podría testificar en un juicio?

Sofia se echa a reír.

—¿Annette Lundström? No, figúrate, en su estado… Pero si le baja la fiebre…

A Jeanette el tono irónico de Sofia le parece un poco fuera de lugar, en vista de la gravedad de la situación.

—¿La fiebre? ¿A qué te refieres?

—La psicosis es un poco como la fiebre del sistema nervioso central. Puede declararse debido a un trastorno extremo: en el caso de Annette, las muertes, una tras otra, de su marido y su hija. La fiebre puede bajar, pero suele llevar tiempo. Un tratamiento de hasta diez años es lo más frecuente.

—Comprendo. ¿Ha dicho algo más?

—Tiene alucinaciones y obsesiones. Las personas psicóticas pierden el contacto con la realidad y el trastorno mental se traduce también en el plano físico. No la reconocerías. También ha hablado de regresar a Polcirkeln para encontrarse con Karl y Viggo y construir un templo. Ya se veía allí. La mirada perdida en la eternidad, ¿te lo imaginas?

—Quizá. Pero lo cierto es que esa historia de Polcirkeln no es una pura invención.

—¿Ah, no?

—No. Voy a contarte algo sobre Annette Lundström que igual no sabes. Polcirkeln existe, es un pueblo de Laponia. Ella se crió allí y Karl era su primo. Los dos pertenecían a una secta laestadiana disidente bautizada como los Salmos del Cordero. La secta fue objeto de denuncias a la policía por abusos sexuales. Y el abogado Viggo Dürer vivía en esa época en Vuollerim, a solo unas decenas de kilómetros de Polcirkeln.

Jeanette oye ruido en el auricular.

—Espera —dice finalmente Sofia—. ¿Primos? ¿Karl y Annette eran primos?

—Sí.

—¿Los Salmos del Cordero? ¿Abusos sexuales? ¿Viggo Dürer estaba implicado?

—No lo sabemos. Nunca se investigó. La secta se disolvió y todo cayó en el olvido.

Sofia calla y Jeanette aprieta el auricular contra su oreja. Oye una respiración pesada, muy próxima y a la vez lejana.

—Parece que Annette Lundström quiere regresar al pasado —dice Sofia, con la voz ahora más grave—. ¿Puede ser que ya esté allí en su mente?

Se ríe.

De nuevo esa voz, piensa Jeanette. Una alteración del tono, a menudo seguida de un cambio de personalidad en Sofia. Ya lo ha observado en varias ocasiones.

—¿Y cómo va el caso? —pregunta Sofia.

Jeanette piensa en lo poco que han hablado recientemente y en el ritmo frenético de esos últimos días.

—¿Qué caso? Si te refieres a Grünewald, Silfverberg y consortes, creo que lo hemos cerrado. Si hablas de los niños clandestinos, ahí seguimos sin avanzar.

—¿Cerrado? —dice Sofia con la misma voz grave—. Entonces… ¿quién era el culpable?

Jeanette reflexiona.

—Más bien los culpables, pero no debería hablar de ello por teléfono. —Era preferible esperar a encontrarse cara a cara para explicárselo todo—. Dime… —aventura Jeanette—. Quizá podríamos…

—Sé qué vas a decirme. Quieres verme y yo también a ti. Pero hoy no. ¿Puedes pasar a buscarme por la consulta mañana por la tarde?

Jeanette sonríe. Por fin, piensa.

–De acuerdo. De todas formas, esta noche no me sería posible, quiero ver a Johan antes de que se marche a Londres con Åke. Yo…

–Oye, tengo que colgar –la interrumpe Sofia–. Tengo un paciente dentro de cinco minutos y tú también estás a tope de trabajo, ¿verdad? ¿Hablamos mañana? ¿Vale?

–Vale. Pero…

La comunicación se corta.

Jeanette siente como si se hubiera vaciado de toda su energía, se levanta y empuja la silla debajo de la mesa. Si Sofia no fuera tan difícil, tan imprevisible…

Empieza a sentir vértigo, siente que se le acelera el pulso y tiene que apoyarse en la mesa.

Calma. Respira… Vete a casa. Estás estresada. Déjalo por hoy.

No. Primero tiene que comer con Åke, luego poner rumbo a Johan Printz Väg, en Hammarbyhöjden, para tratar de averiguar qué le ha ocurrido a Ulrika Wendin.

La sangre tamborilea en sus sienes, como si sufriera otitis. Vuelve a sentarse y contempla el caos que reina en su mesa suspirando profundamente.

Las pruebas contra Hannah Östlund y Jessica Friberg. Una serie de fotos que confirman la culpabilidad de las dos mujeres. Caso cerrado y Billing contento.

Pero está claro que hay algo que la atormenta.

Sofia está agotada después de la conversación con Jeanette. Está sentada en la cocina con una copa de vino blanco, cuando debería encontrarse en la consulta esperando a un paciente.

Aprender a conocerse a uno mismo no es muy diferente de aprender a conocer a los demás. Requiere tiempo y siempre hay algo imperceptible o huidizo. Algo contradictorio.

Así ha sido durante mucho tiempo con Victoria.

Pero Sofia siente que ha hecho grandes progresos esos últimos días. Sigue costándole controlar a Victoria, pero han empezado a acercarse.

Es Sofia quien ha llamado a Jeanette, pero es Victoria quien ha terminado la conversación, y recuerda cada palabra. No es usual.

Victoria ha mentido a Jeanette al decir que estaba en la consulta esperando a un paciente, y Sofia ha participado plenamente en esa mentira, incluso la ha apoyado.

Una mentira a dos.

El hecho es que recuerda parcialmente los acontecimientos de la víspera en el hotel Clarion, esa hora en la que Victoria tomó las riendas. Recuerda por supuesto la llegada de Carolina Glanz y lo ocurrido a continuación, pero también fragmentos de la conversación de Victoria con el ejecutivo alemán, del que tiene una imagen bastante nítida.

Es una evolución positiva, que la ayuda a comprender lo que ha podido ocurrir durante sus agujeros de memoria de los últimos tiempos. Cuando despertaba por la mañana en la cama con las botas embarradas, sin la menor idea de lo que había hecho durante la noche.

Comienza a adivinar por qué tantas tardes y noches Victoria sale a emborracharse y a buscar hombres por los bares. Cree que es una cuestión de liberación.

Pese a todo, es ella, Sofia Zetterlund, quien desde hace casi veinte años lleva las riendas: tiene la impresión de que Victoria, con su conducta inapropiada, trata de manifestarse, de sacudir a Sofia y recordarle su existencia, que sus exigencias y sus sentimientos son tan importantes como los de Sofia.

Apura su copa, se levanta, acerca la silla a la encimera de la cocina, pone en marcha el extractor y enciende un cigarrillo. Victoria no habría hecho eso, se dice. Se habría quedado sentada a la mesa para fumar y se hubiera bebido tres copas de vino en lugar de una. Y tinto, no blanco.

Soy una invención de Victoria. Nada empezó conmigo, yo no fui más que una alternativa para sobrevivir y ser normal, para ser como todo el mundo y soportar los recuerdos de los abusos sexuales rechazándolos. Pero, a la larga, eso ya no resultaba soportable.

El extractor ronronea sobre ella, aspirando el humo y formando arabescos.

Fue Lasse quien instaló la campana extractora cuando renovaron la cocina. Mira a su alrededor: nunca acabó la reforma. Las puertas de los armarios no se han cambiado, el interior de las mismas está lijado pero sin pintar, sabe que hay un armario lleno de botes de pintura y de botellas de aguarrás.

Eso es todo lo que le queda de Lasse. Una cocina inacabada.

Cuando estaba en su peor momento, imaginó que la cocina era una sala de autopsias, que las botellas y los botes contenían formol, glicerina y acetato de calcio, sustancias de embalsamamiento. Allí donde antes veía instrumentos de disección, ahora ve una caja de herramientas corriente medio abierta delante del armario de las escobas, con la hoja de un serrucho que sobresale al lado del mango de un pequeño martillo.

El humo se arremolina a través del filtro extractor y adivina, por detrás, las palas en rotación. Alza la vista y percibe en la sombra su débil vibración. Como el comienzo de una migraña epiléptica.

Struer, piensa.

Había grandes ventiladores en el sótano de la casa de Viggo Dürer en Jutlandia, una instalación para secar la carne de cerdo, y a veces el ronroneo sordo la mantenía despierta toda la noche y le producía dolor de cabeza. La puerta por la que se bajaba hasta allí estaba siempre cerrada.

Eso es, se dice. Los recuerdos deben venir por sí mismos, no tengo que forzarme.

Es como agarrar una pastilla de jabón. Hay que estar relajado: si se aprieta demasiado fuerte, resbala entre los dedos.

Apaga el cigarrillo bajo el grifo, luego el extractor, y vuelve a pensar en Lasse. No es cierto que solo haya dejado una cocina a medio reformar. Hay algo más. Un hijo no nacido.

Sale de la cocina y entra en el despacho.

El papel sigue allí donde lo dejó, en uno de los cajones. El documento que prueba que Lasse se sometió a una vasectomía, que fue a ver a un médico sin decirle nada a ella.

Es un informe de hace nueve años, la cita con un urólogo, y lo ha leído varias veces. El texto negro sobre blanco, el logo del hospital Sur. Y abajo la alambicada firma de un médico.

Se conocían solo desde hacía unos meses, y él ya hizo cruz y raya a la posibilidad de formar una familia con ella.

Relájate. No trates de recordar, deja que los recuerdos fluyan.

## Johan Printz Väg

Jens Hurtig se encuentra con Jeanette delante de la tienda estatal de licores, cerca del centro comercial Västermalmsgallerian. Ella abre la puerta del coche y se instala en el asiento del pasajero.

No puede dejar de pensar en Madeleine Silfverberg. Aunque la chica no tenga nada que ver con el asesinato de su padre, dar con ella les permitiría avanzar. ¿Quizá sepa algo acerca de Viggo Dürer? El abogado era muy allegado a Per-Ola Silfverberg.

Hurtig gira a la derecha en Sankt Eriksgatan.

—¿Así que te ha llamado la abuela de Ulrika Wendin?

—Sí. Ha tratado varias veces de ponerse en contacto con Ulrika, en vano. Nos espera con las llaves frente al apartamento.

Le ha pasado algo, piensa Jeanette. Aunque, si han comprado su silencio, quizá no haya motivo para preocuparse por ella. Ulrika tal vez esté tumbada con un cóctel en una hamaca, en un hotel de algún sitio.

Pero ¿y si le ha ocurrido algo malo?

Calma. No lo veas todo negro antes de tiempo. Puede que Ulrika simplemente haya conocido a un chico, se haya enamorado y haya pasado varios días en la cama con él.

—¿Y qué tal la comida? —pregunta Hurtig.

Åke la había invitado a almorzar para hablar de Johan y de la custodia compartida. Estaba más delgado de lo que recordaba y se había dejado crecer un poco el cabello: a su pesar, ha tenido que reconocer que le echaba de menos. ¿Quizá con el tiempo nos volvemos ciegos? ¿Tal vez empezamos a ver los defectos en lugar de lo que antes nos gustaba?

Después de resolver sus asuntos, Åke se ha pasado buena parte del tiempo vanagloriándose de sus éxitos, haciendo hincapié en varias ocasiones en lo importante que la agencia de Alexandra Kowalska ha sido para él. Acabada la comida, se ha despedido de él con cierto alivio.

Después de dejar a Åke, ha tenido tiempo de llamar a Johan para quedar esa noche y ver la tele juntos. Ver un partido en la pequeña pantalla no puede compararse con asistir en directo a un derbi de la Premier League, pero a Johan ha parecido gustarle la propuesta. Echa un vistazo a su reloj y constata que sin duda llegará a casa antes que él. Sin la menor duda. Esta vez no tendrá que esperarla.

—Pareces distraída —dice Hurtig—. Te he preguntado qué tal había ido la comida.

Jeanette abandona sus reflexiones.

—Oh, sobre todo hemos hablado de cuestiones prácticas. El divorcio y todo eso. Åke se lleva a Johan a Londres este fin de semana.

—¡Vaya, menudo viaje! —Hurtig le toca el claxon a un coche que les ha cortado el paso sin poner el intermitente—. ¿No ha estado en Boston recientemente? Y antes en Cracovia, ¿verdad?

Jeanette asiente con la cabeza.

—Nos hemos equivocado de profesión —continúa—. Basta con echar un poco de pintura sobre una tela y, como por arte de magia, te cae el dinero del cielo y puedes dar la vuelta al mundo.

Jeanette se echa a reír. ¡Hurtig no se callaba lo que pensaba!

Pasan frente a la estación de metro de Thorildsplan y Jeanette piensa en el primero de los muchachos. Parece ya muy lejano, como si hubieran transcurrido años desde el hallazgo del cadáver momificado entre los arbustos a solo una veintena de metros de allí.

—Jens… —dice Jeanette cuando Hurtig toma la autovía de Essinge hacia el sur—. Tengo una mala noticia. Linnea Lundström ha muerto. Se ha ahorcado en su casa.

Hurtig palidece.

—¿Ahorcada?

Jeanette asiente con la cabeza.

—Joder... —exclama, dando un fuerte golpe al volante.

No dicen nada durante el resto del trayecto. Al entrar en el aparcamiento frente al apartamento de Ulrika Wendin, Hurtig rompe el silencio.

—¿Así que se ha ahorcado, sin más?

Aminora la velocidad y se detiene. Jeanette ve que trata de sonreír, pero no lo consigue.

—Sí, ¡qué mierda! —dice ella.

La sonrisa de Hurtig refleja su tormento.

—Mi hermana hizo lo mismo. Hace diez años. Acababa de cumplir diecinueve.

Jeanette no sabe qué decir. ¿Qué se puede decir?

—Yo... —Se da cuenta de lo poco que conoce a su colega.

—Está bien —la tranquiliza, y su sonrisa crispada ha desaparecido—. Es una mierda, pero se aprende a vivir con ello. Hicimos cuanto pudimos. Seguramente mis viejos son quienes peor lo han pasado.

—Yo... lo siento mucho. No tenía la menor idea. ¿Quieres hablar de ello?

Él niega con la cabeza.

—La verdad es que no.

Ella asiente.

—Vale, pero no tienes más que decírmelo. Aquí estoy.

Ella le da un largo abrazo y luego permanecen allí, hasta que él suspira y le recuerda lo que han venido a hacer.

Al apearse del coche, Jeanette ve salir del edificio a una mujer menuda, que se enciende un cigarrillo y mira en derredor, como si buscara algo.

—Debe de ser ella.

Se aproximan y, efectivamente, se trata de la abuela de Ulrika Wendin. Es una rubia teñida que se hace llamar Kickan y trabaja en una peluquería de Gullmarsplan. Ulrika es su única nieta.

Entran en el edificio y suben la escalera. Frente a la puerta del apartamento, la mujer saca un manojo de llaves. Jeanette recuerda su primera visita.

Habló con Ulrika de las violaciones a las que Karl Lundström la había sometido, y ese recuerdo la entristece. Si existe alguna especie de justicia poética, todo debería acabar saliéndole bien a la chica. Pero Jeanette lo duda.

Kristina Wendin introduce la llave en la cerradura, le da dos vueltas y abre.

En el domicilio de Hannah Östlund en Fagerstrand la peste procedía de dos perros muertos.

Aquí es aún peor.

—Creo que hay que llamar a la policía científica —dice Hurtig tapándose la nariz con la manga de la chaqueta—. No hay que tocar nada.

—Tranquilo, Jens —dice Jeanette dirigiéndole una mirada para recordarle que se ande con cuidado con lo que dice delante de la abuela, y que no saque conclusiones precipitadas.

Pero ella misma siente que la inquietud le provoca un nudo en el estómago.

—¿Qué ha pasado?

Kickan Wendin los mira preocupada, trata de entrar en el apartamento, pero Jeanette se lo impide.

—Será mejor esperar fuera —dice, y le indica con un gesto a Hurtig que vaya a echar un vistazo.

La mujer parece muy alterada.

—¿Qué huele tan mal?

—Aún no lo sabemos —responde Jeanette, mientras oye el ruido que Hurtig hace en el interior.

Aguardan en silencio. Un minuto más tarde, se reúne con ellas.

—Está vacío —dice con un gesto de impotencia—. Ulrika no está y el olor viene de la basura. Restos de gambas.

Jeanette suspira aliviada. Solo unas gambas, piensa pasando un brazo alrededor del hombro de la mujer.

—Venga, salgamos a charlar al patio.

Ahora calma, se dice guiando a la inquieta abuela por la escalera.

—Me quedaré un momento a echar un vistazo —dice Hurtig.

Jeanette asiente con la cabeza.

Una vez abajo, Jeanette propone que se sienten en el coche.

—Tengo un termo de café, ¿le apetece?

Kickan niega con la cabeza.

—Mi pausa se acaba dentro de poco y tengo que regresar al trabajo.

Se sientan en un banco y Jeanette le pide que le hable un poco de Ulrika, pero resulta que no sabe gran cosa acerca de la vida de su nieta. Lo poco que le cuenta hace que Jeanette llegue a la conclusión de que ni siquiera está al corriente de las violaciones sufridas por Ulrika.

—¿Está segura de que no quiere quedarse un rato? Mi colega pronto habrá acabado y puedo llamar a su trabajo.

—No, es imposible, me espera una clienta... Mechas y permanente.

A Jeanette se le hace un nudo en el estómago. ¿Un peinado? ¿El peinado de una clienta es más importante que su propia nieta? ¿Tanto miedo tiene la gente a perder su trabajo para razonar de semejante manera?

Mientras Kickan Wendin se aleja, Jeanette se sienta al volante y enciende un cigarrillo a la espera de que salga Hurtig.

Qué triste, piensa. Esa mujer da prioridad a una clienta antes que a su propia nieta. ¿Cómo se puede llegar a eso?

Se interrumpe al darse cuenta de que ella hace lo mismo. Basta con reemplazar a Kickan por Jeanette, a la clienta por un criminal y a Ulrika por Johan. Es la misma ecuación.

—Hay restos de sangre en el recibidor.

Hurtig golpea el techo del coche y sobresalta a Jeanette.

—¿Sangre?

—Sí, así que me he dicho que había que llamar a Ivo, será mejor que husmee un poco por ahí arriba, tome algunas muestras y nos diga de quién es esa sangre. ¿Conduces tú?

—¿Cómo?

—Bueno, ya estás al volante. ¿Quién conduce, tú o yo?

Jeanette se enfurece de repente, irritada porque Hurtig ha tomado una iniciativa.

—Si Ivo va a venir, habrá que esperarle. —Sale del coche—. Voy a llamar a la abuela de Ulrika para informarla de que se va a examinar el apartamento y que no puede venir aquí hasta nueva orden.

Después de una breve conversación, en la que Jeanette se esfuerza por no preocupar más aún a Kickan Wendin, vuelve a sentarse en el coche.

—Jens —le abronca—. Primero, no quiero que aterrorices a los familiares hablando abiertamente de la policía científica antes de ver de qué se trata. Y segundo, soy yo, y solo yo, quien decide si hay que llamar o no a los técnicos.

Hurtig adopta un aire compungido y Jeanette lamenta en el acto haberle alzado la voz. ¡Joder, qué falta de tacto! Acaba de hablarme de la muerte de su hermana y le echo una bronca. Debo de estar de los nervios, tengo que descansar...

—Olvídalo —dice ella—. Pero piensa en ello la próxima vez.

Hurtig asiente con la cabeza.

—*Sorry, boss...*

Parece herido. Jeanette comprende que se ha irritado tanto consigo misma como por el comportamiento de su colega.

Siempre su ego, ese egoísmo tozudo que hace que todos se alejen de ella porque se obstina en poner el trabajo por delante de todo lo demás.

Ha perdido a Åke, su relación con Johan no es buena y con Sofia todo es muy raro.

Pensándolo bien, Hurtig es la única persona con la que se siente relajada. No tiene más remedio que aceptarlo: está casada con su trabajo. Pero su insensibilidad hacia todo cuanto no concierne a su trabajo también le ha herido a él, acaba de tener la prueba de ello.

—¿Has comprobado que se trata de sangre? ¿Había mucha?

—Unas cuantas manchas. Unas gotas secas, en el umbral, y seguro que es sangre.

—¿Has utilizado luminol?

—No, ¿por qué lo dices? ¿Tú siempre lo llevas contigo?

—¿No será pintura?

—No, de ninguna manera.

—¿Café?

Ahora él sonríe.

—No, no son manchas de café.

—Te pregunto si te apetece un café —dice ella tendiéndole el termo.

# Lago Klara

—Von Kwist —responde el fiscal mientras se pone en guardia cuando Jeanette Kihlberg le llama por teléfono por segunda vez en pocas horas.

Su estómago se remueve mientras ella le comunica los indicios que hacen temer la desaparición de Ulrika Wendin: al colgar, está a punto de vomitar.

¡Puta mierda!, piensa dirigiéndose hacia el mueble bar.

Mientras la máquina de hielo se pone en marcha, coge una botella de whisky ahumado y se sirve una generosa copa.

Si el fiscal fuera una persona creativa, variaría sus maldiciones. Pero no es el caso, así que repite «¡Puta mierda!» y vacía la copa de un trago.

Destapa de nuevo la botella, se sirve otra y va a sentarse al sillón cerca de la ventana, exhalando un ruidoso suspiro acompañado por el crujido del cuero viejo.

El whisky no alivia en absoluto su úlcera, pero se bebe otro trago y siente que el alcohol se une a los reflujos ácidos en algún lugar a la altura del pecho.

Esa mañana, después de la primera llamada de Jeanette Kihlberg, le ha parecido que era mejor darle coba. Después de la segunda llamada, ha comprendido que la situación es tan grave que quizá la vida de Ulrika Wendin esté en peligro y se reconoce que, aunque no sea un santo, hay ciertos límites.

¡Cría de mierda!, se dice. Tendrías que haber cogido el dinero, largarte y cerrar la boca.

Ahora las cosas pueden ponerse muy feas.

Últimamente ha pensado mucho en Viggo Dürer, y ha llegado a la conclusión de que era un hombre frío, calculador, muy inteligente y sin escrúpulos.

El fiscal se estremece y recuerda un acontecimiento ocurrido quince años atrás, cuando lo invitaron al archipiélago, a la casa del antiguo jefe de policía Gert Berglind.

Viggo Dürer estaba presente, y también otro hombre, un ucraniano cuyo vínculo con el abogado no estaba claro y que no hablaba ni una palabra de sueco.

Estaban en la cocina. Dürer y Berglind habían tenido un desencuentro, sin duda de orden privado, acerca de un barco o un coche que tenía que cambiar de propietario. Berglind se enfadó y alzó el tono. Dürer, tras permanecer un momento sin decir nada, se inclinó hacia el ucraniano y le habló en voz baja en ruso. Mientras Berglind, furioso, seguía discutiendo, el ucraniano salió de la cocina y fue al cobertizo donde el jefe de policía criaba sus conejos de concurso.

Por la ventana abierta de la cocina oyeron dos chillidos y, unos minutos después, el ucraniano regresó con dos conejos de raza recién descuartizados, que debían de valer por lo menos diez mil coronas cada uno. El jefe de policía se quedó lívido y les pidió que se marcharan.

En aquel momento, el fiscal Kenneth von Kwist creyó que Berglind se había sentido afectado por la pérdida del dinero que habría podido ganar, o simplemente afligido por la pérdida de sus conejos. Hoy comprende que el jefe de policía se sintió aterrorizado, pues en esa época ya sabía qué tipo de persona era Viggo Dürer.

Cierra los ojos y reza por que él mismo no se haya dado cuenta demasiado tarde.

—¡Puta mierda! —murmura mientras los seis centilitros de Black Ribbon de veintiún años le abrasan la úlcera en carne viva.

El whisky ahumado le hace pensar en el olor de Viggo Dürer. En cuanto entraba en una habitación, se le podía oler. ¿Era un olor a ajo frito?

No, piensa el fiscal. Más bien a pólvora o azufre. Es contradictorio, pues también sabe que Dürer tenía la capacidad de fundirse en la masa, de desaparecer en el entorno.

Con el debido respeto hacia el fiscal Kenneth von Kwist, hay que decir que las contradicciones no son su fuerte. Siendo mal pensados, y así aproximarse más a la verdad, hay que afirmar que para él las contradicciones simplemente no existen. Están el blanco o el negro, y nada entre los dos, algo bastante preocupante para un fiscal.

Ahora lo constata: Viggo Dürer era una persona contradictoria.

Capaz de ser muy peligroso, pero a la vez endeble; se quejaba de dolores cardíacos la última vez que lo vio, justo antes de su muerte. Y ahora toda esta mierda que dejó me cae encima, piensa Von Kwist.

—Abogado y criador de cerdos —murmura dentro de su copa de whisky—. ¡Eso no pega ni con cola!

# Carretera 222

Ivo Andrić se esfuerza para concentrarse en su trabajo.

Sabe lo que le ha parecido ver en la foto del periódico, pero también lo mucho que le gustaría que fuera cierto.

Confundir los deseos con la realidad, soñar, puede perturbar una mente por lo general lógica, y si la foto de los habitantes de Rosengård era verdadera, iba contra toda lógica.

Era diametralmente opuesta a la lógica. Un milagro.

Una hora después de la marcha de Jeanette Kihlberg y Jens Hurtig del apartamento de Ulrika Wendin, Ivo Andrić lo abandona a su vez. En lugar de tomar la autovía, prefiere pasar por las calles más tranquilas de Hammarbyhöjden y Sjöstaden. Conducir por allí es menos monótono y le exige mayor atención, y así su cerebro funciona mejor.

El número de teléfono proporcionado por Jeanette Kihlberg no ha servido de nada y en el periódico no conocen todos los nombres de los inquilinos indignados. Pero el periodista que firma el artículo ha podido darle el nombre del instigador de la protesta. Peter Hemström, profesor de manualidades en la escuela de Rosengård.

Ivo Andrić no quiere esperar a llegar a su casa para llamar, porque aún no ha hablado de la foto del periódico con su mujer. Sabe lo mucho que esta se decepcionaría si resultara que se ha equivocado. Si la persona de la foto fuera otra.

Él ha aprendido a gestionar la decepción.

Ivo Andrić aparca el coche y saca el teléfono. Marca el número y espera. Si se ha equivocado, quiere saberlo ahora.

Peter Hemström responde después de cuatro tonos y se muestra muy servicial al oír la pregunta de Ivo. Puede buscar los nombres de las personas que aparecen en la foto, por supuesto, porque todas desean crear una asociación de inquilinos, pero eso le llevará un rato. Promete llamarle enseguida.

Ivo Andrić se reclina en el asiento, cierra los ojos y se concentra para pensar en otra cosa, en el trabajo. Eso puede hacerle olvidar todo lo demás.

La visita al apartamento de Ulrika Wendin le ha llevado apenas una hora y le está dando vueltas a una posible teoría. Se basa en la idea de que alguien se molestó en limpiar la cocina, pero no el resto del apartamento. Han limpiado la puerta del frigorífico, sin ocuparse de la basura o del correo sobre el felpudo. Tampoco se han preocupado de las manchas en la sala, sin duda de vino tinto. Todo parece indicar que esa limpieza tenía un objetivo: ocultar algo.

La persona que ha hecho la limpieza ha llevado a cabo un buen trabajo, con lejía y desinfectante, aparte de algunas manchas olvidadas en el recibidor, sobre el umbral, pero que no tienen gran importancia en el contexto general. Con un pulverizador de luminol y agua oxigenada, Ivo Andrić ha descubierto restos de sangre en la puerta del frigorífico y en el suelo de la cocina, donde la sangre había goteado y luego la habían recogido con un trapo o algo parecido.

Coge su cámara fotográfica y hace desfilar rápidamente las instantáneas. Para poder fotografiar restos de sangre se necesita oscuridad y una exposición larga: esta vez, ha bastado con un trípode y con bajar las persianas de la cocina. La sangre aparece claramente bajo la luz azul, debido a la reacción química provocada por el luminol.

Quedan dos cosas por resolver.

¿De quién es la sangre y cuándo fue derramada?

Si el escenario es el que piensa, la chica fue agredida en la cocina y su ADN será determinado en un par de semanas. A su lado, una bolsa de ropa sucia que contiene pelos y piel muerta. Se compararán con las muestras de sangre. Si Ulrika Wendin no da señales de vida en los próximos días, pedirá un examen más a fondo del apartamento.

Cuando el forense acaba su razonamiento, abre los ojos y, como si hubiera estado esperando el momento oportuno, suena su teléfono. Un extraño sentimiento se adueña de él al ver en la pantalla el prefijo de Malmö.

El profesor de manualidades Peter Hemström tiene los nombres de todas las personas que aparecen en la foto.

−Primera fila −dice, y comienza la enumeración.

Ivo Andrić escucha en silencio. De vez en cuando, emite un murmullo inaudible.

−Segunda fila, empezando por la izquierda −continúa Hemström, completamente ignorante de la importancia de esa conversación.

De la importancia que tiene para él y su mujer. Para nadie más.

A fuerza de trabajar con muertos, tiene la dolorosa conciencia de la insignificancia de la vida para cualquier persona que no sea aquella a quien se la han quitado.

−Y la última fila.

Es el momento, piensa Ivo Andrić. Lo ha visto en la última fila. Al hombre al que ha reconocido. Al muerto.

−Kent Hägglund, Boris Lomanov, Ibrahim Ibrahimović, Goran Andrić y Sara Bengtsson. Ya está. Espero haberle sido útil −concluye Peter Hemström sin sospechar que lo que acaba de decir es diametralmente opuesto a toda lógica.

Acaba de participar en un milagro.

Lázaro, piensa el forense Ivo Andrić sintiendo cómo se le agolpan las lágrimas.

# Vita Bergen

La Sirvienta, Solace Aim Nut, llevó a Madeleine, la hija de Victoria, en su vientre redondo, hinchado, y fue Solace quien soportó los calambres, las náuseas, las piernas hinchadas y el dolor de espalda. Su última misión antes de que Victoria la olvidara.

Sofia contempla los bocetos a lápiz esparcidos sobre la mesa de la sala.

Todos representan a una criatura desnuda, con el rostro oculto por una máscara de fetiche. La misma chiquilla, las mismas piernas delgadas y el vientre hinchado. La misma Sirvienta. Sobre la mesa, al lado de los dibujos a lápiz, la foto de un niño con un Kalashnikov. *Unsocial mate.* Un niño soldado.

Sofia piensa en la circuncisión ritual que ha dejado estériles a muchos niños de Sierra Leona. En el campo, los niños llevaban los trocitos de piel seca colgados de collares como prueba de su obediencia a Dios y para protegerse contra los malos espíritus, pero en los hospitales de las ciudades los tiraban con los desechos médicos en los vertederos de los suburbios. Muchos quedaron estériles después de la circuncisión, pero en las ciudades por lo menos se evitaban las infecciones.

La esterilización de Lasse fue a la vez voluntaria y sin riesgo. La vasectomía no es un ritual, cuando debería serlo. Tampoco hay ritual para abortar ni, como ella misma hizo, para abandonar a la propia hija en manos de extraños. Piensa en Madeleine. ¿Me odia? ¿Es ella quien ha matado a Fredrika, Regina y Peo? En tal caso, ¿soy la siguiente en la lista?

No, se dice. Según Jeanette, no se trata de una única persona. Ha hablado de los asesinos.

Aparta los dibujos de Solace y comprende que pronto tendrá que quemar todos esos papeles, los recortes de periódicos, derribar los tabiques de la habitación secreta y tirar todo lo que hay ahí dentro.

Debe purificarse, liberarse de su historia. Hoy no puede dar ni un paso sin volver a su vida de mentiras.

Tiene que aprender a recordar de verdad, sin recurrir a documentos detenidos en el tiempo.

Deja hacer a Victoria, pero trata de no desaparecer.

Es como agarrar una pastilla de jabón. Si se aprieta demasiado fuerte, resbala entre los dedos.

Relájate. No trates de recordar, deja que los recuerdos fluyan.


Victoria va a por un cuaderno al despacho y luego saca del armario acristalado una botella de tinto, un merlot francés, pero no encuentra el sacacorchos y tiene que hundir el tapón con el pulgar. Mañana Sofia va a ver a Jeanette, debe estar descansada. Por eso tiene que beber tinto, se duerme mejor que con el blanco.

Esta noche Victoria va a concentrarse en su hija, anotará todo cuanto se le ocurra acerca de ella, tratará de conocerla mejor. Sofia no volverá a trabajar en el perfil del asesino hasta el día siguiente.

A Victoria le parece que Sofia se ha quedado en las generalidades. El que ha matado a los niños inmigrantes pertenece a una categoría rara de asesinos, que pueden contarse con los dedos de una mano. Victoria piensa en un nombre en particular, y lo primero que Sofia hará mañana será una visita a la biblioteca.

Pero, de momento, Madeleine.

Victoria permanece un momento con el cuaderno abierto sobre las rodillas, hasta que se decide a proceder por libre asociación en lugar de mirar la hoja en blanco.

«Criada por Charlotte y Per-Ola Silfverberg —escribe—, con todo lo que ello supone.» Victoria reflexiona un instante y añade:

«Seguramente sufrió agresiones sexuales. Era del mismo tipo que Bengt». Bebe un trago de vino. El sabor es cálido y la acidez le eriza la lengua.

«Madeleine tenía una relación particular con Viggo Dürer», escribe a continuación, primero sin saber por qué. Pero, al pensar en ello, comprende lo que ha querido decir. Viggo era el tipo de persona que se apropiaba de los demás, una y otra vez.

Lo hizo con Annette y Linnea Lundström, se dice Victoria, y lo intentó conmigo.

«Lo peor de Viggo —escribe— eran sus manos, no su sexo.»

De hecho, no recuerda haber visto nunca a Viggo desnudo. A veces era violento, pero solo con las manos. No pegaba, pero arañaba y pellizcaba. Rara vez se cortaba las uñas: recuerda el dolor cuando se las clavaba en el brazo.

Sus agresiones eran como una masturbación en seco.

«Madeleine odiaba a Viggo —continúa, y ahora ya no necesita pensar, las asociaciones surgen solas y el lápiz rasca rápidamente el papel–. No importa qué haya sido de ella una vez adulta, Madeleine odiaba a su padre adoptivo y odiaba a Viggo. De niña no verbalizaba sus sentimientos, pero siempre ha odiado. Desde que su memoria recuerda.»

Victoria proyecta su experiencia sobre su hija. No cambia nada del texto, ni siquiera cuando le parece que ha entrado demasiado deprisa en materia. Más adelante, siempre estará a tiempo de tachar.

«Hay diversas variantes posibles de Madeleine adulta. Una es silenciosa, encerrada en sí misma, y lleva una vida retirada. Quizá se haya casado con uno de los miembros de la secta de su padre, o puede que siga sufriendo en silencio los mismos abusos. Otra Madeleine ha recibido ayuda externa, ha roto con su familia y quizá se haya instalado en el extranjero. Si es fuerte, habrá salido adelante, pero seguramente su vida quedará marcada por los abusos y le será difícil establecer una relación normal con un compañero. Otra Madeleine se mueve por odio y venganza: a lo largo de toda su vida ha tratado a la vez de rechazar esos sentimientos y de canalizarlos. Esa Madeleine vive retirada durante ciertos períodos, pero nunca olvida las injusticias. Es una persona perturbada privada de...»

Se interrumpe. Es Sofia quien escribe, no ella, y está hablando de Victoria. Por lo general, Victoria no consigue expresarse con esa claridad. Incluso ha olvidado el vino, parece que ni siquiera ha vuelto a beber.

«Es una persona perturbada que no tiene otra motivación en la vida más que el odio y la venganza —concluye Sofia—. Lo único que le permitiría pasar página sería liberarse de esos sentimientos. Y no hay una solución fácil a ese problema.»

Sofia deja el cuaderno y el lápiz sobre la mesa.

Comprende que tarde o temprano Madeleine se pondrá en contacto con ella.

Comprende también lo que ocurrirá entre ella y Victoria.

Sofia no lo resistirá.

# Vasastan

Aunque se mantiene bastante en forma, Jens Hurtig siempre está sin resuello al abrir la puerta de su apartamento en el sexto piso.

Sospecha que se debe a la altura de los peldaños: si los sube de uno en uno tiene la impresión de trotar, y de dos en dos, casi tiene que correr. La ascensión le hace trabajar los tendones y las pantorrillas: no comprende cómo lo consigue la vieja de enfrente, a menos que, a lo largo de medio siglo, haya desarrollado con el esfuerzo una osamenta de rana o de saltamontes.

El edificio se construyó a finales del siglo XIX, en una parte de Norrmalm que aún hoy en día se conoce como Siberia: en aquella época se consideraba que el barrio estaba muy alejado del centro, y abandonar Estocolmo por una de esas casitas obreras parecía un exilio o un destierro. En la actualidad, el barrio forma parte del centro de la ciudad y el pisito de dos habitaciones que Jens Hurtig tiene alquilado allí desde hace unos meses no es para nada un gulag, aunque haya que lamentar la falta de ascensor. Sobre todo cuando Hurtig va cargado como hoy, con una bolsa de la tienda estatal de licores tintineando en cada mano.

Abre la puerta y se encuentra como de costumbre con un montón de publicidad y diarios gratuitos, a pesar de la educada placa sobre el buzón en la que se rechaza ese tipo de correspondencia. Pero también comprende a los pobres diablos que suben todos esos pisos con sus pesados fajos de folletos y son rechazados en cada puerta.

Deja las bolsas en el recibidor, inspecciona rápidamente el montón y acto seguido apila los papeles sobre la cómoda, listos para transportarlos al local de recogida selectiva de basuras en el próximo viaje.

Cinco minutos después está sentado frente al televisor, con una cerveza en la mano.

En la Tres emiten episodios antiguos de *Los Simpson*. Los ha visto tantas veces que se sabe los diálogos de memoria: tiene que reconocer que eso le tranquiliza. Sigue riendo en los mismos momentos, salvo que hoy su risa suena hueca. No logra meterse de pleno en la serie.

Cuando Jeanette le ha contado lo del suicidio de Linnea Lundström, unos sentimientos antiguos se han apoderado de él. El recuerdo de su hermana le persigue y le perseguirá siempre.

Ha sido la foto de una chica tumbada en una camilla en la morgue lo que le ha hecho ir directamente a comprar bebida al salir del trabajo, y es la misma imagen la que ahora le quita las ganas de seguir las tribulaciones de los personajes amarillos en la televisión.

La última vez que vio a su hermana estaba tendida boca arriba, con las manos juntas sobre el vientre. Tenía un aspecto decidido, con los labios casi negros y un lado del cuello y de la cara amoratados por el lazo corredizo. Su piel parecía seca y fría y su cuerpo daba la impresión de ser muy pesado, a pesar de su delgadez y su fragilidad.

Coge el mando a distancia y apaga el televisor. Pronto no ve más que su reflejo en la pantalla, con las piernas cruzadas y una botella de cerveza en la mano.

Se siente solo.

Y ella... ¡qué sola debió de sentirse!

Nadie la entendió. Ni él, ni sus padres, ni la psiquiatra, cuya intervención se redujo a una terapia de grupo y a unos vagos intentos de tratamiento farmacológico. Lo que ella era en el fondo de sí misma permaneció inaccesible a todos ellos, el pozo en el que había caído era demasiado profundo y oscuro, y al final no soportó más la soledad. Estar encerrada dentro de sí misma.

No se encontraron chivos expiatorios, ni otros culpables aparte de la depresión.

Hoy sabe que no era cierto.

La culpa era de la sociedad, entonces igual que ahora. El mundo exterior era demasiado duro para ella. Él se lo prometió todo, pero al final no pudo ofrecerle nada. Ni ayudarla cuando enfermó. Entonces igual que ahora, la disfunción era política.

El fuerte sobrevive y el débil tiene que espabilarse solo. Ella se convenció de que era débil y se precipitó hacia su perdición.

Si él lo hubiera comprendido entonces, ¿habría podido ayudarla?

Se levanta del sillón y va a la cocina. Mientras coge otra cerveza del frigorífico, vuelve a reflexionar sobre ello. Como cada vez que piensa en ella.

Regresa a la sala con la cerveza y se instala delante del ordenador. Un clic y luego otro y otro, y pronto está navegando al azar. Como una terapia. Sentado delante del ordenador, aparta los recuerdos de su hermana a un rincón en lo más hondo de sí mismo. Allí permanecerán ocultos toda su vida y saldrán regularmente a la superficie.

Si ella hubiera tenido cáncer, se habrían movilizado todos los recursos para curarla, pero en lugar de eso la fueron pasando de un tratamiento a otro, sin ninguna coordinación. Hurtig estaba convencido de que los medicamentos aceleraron el desarrollo de la enfermedad.

Pero ese no fue el verdadero problema.

Hurtig sabe que el sueño de su hermana era ser músico o cantante, y que la familia la apoyaba, pero la sociedad le mandó señales para hacerle comprender que era una profesión sin futuro. Una mala inversión. Eran señales fundamentalmente políticas, que difundían los orientadores profesionales y los funcionarios de la agencia de empleo y que acababan convirtiéndose en verdades admitidas por todos.

En lugar de subirse a tocar a un escenario, estudió economía, que era lo que una tenía que hacer si era una buena alumna, y acabó ahorcándose en su habitación de estudiante.

Solo porque todo el mundo le había hecho creer que sus sueños no valían nada.

# Gamla Enskede

Son las nueve menos cuarto cuando da comienzo el partido y aún no han tenido tiempo de ver la película que ha alquilado. Qué importa si se hace tarde, se dice. La velada ha ido tan bien hasta el momento que no quiere estropearlo todo sermoneando a Johan diciéndole que ya es hora de acostarse.

Lo mira de reojo, apenas visible, sepultado en el sofá bajo bolsas de patatas, vasos de refresco de los que sobresalen pajitas y bandejas de arroz con estofado de uno de los innumerables restaurantes tailandeses de comida para llevar de Södermalm. Es increíble lo que llega a comer, y eso que no le gustaba la comida tailandesa. Además está en pleno desarrollo y casi se le oye crecer, y sus gustos cambian a una velocidad que ella no logra seguir.

En el terreno musical, empezó con el hip-hop, pasó de forma abrupta al punk sueco, acercándose durante un tiempo peligrosamente al hardcore skinhead de extrema derecha, hasta que un día, esa primavera, lo sorprendió escuchando a David Bowie.

Sonríe al recordarlo. Los acordes de «Space Oddity» le dieron la bienvenida al regresar del trabajo, y al principio le costó admitir que su hijo escuchara la misma música que ella a su edad.

Pero hoy es noche de partido, y en ese terreno sus preferencias no son tan variables.

El equipo español, que domina a sus adversarios absolutamente superados, siempre ha gozado de su simpatía. Tiene un equipo preferido en cada una de las grandes ligas y nunca han cambiado, aunque nunca podrán competir con su club adorado, el Hammarby. Nunca se abandona la camiseta a rayas, se dice divertida.

En la televisión, pronto marcan el primer gol. El equipo de Johan lo celebra y él está a punto de sumarse a su alegría, saltando del sofá.

—*Yes!* ¿Has visto?

Con una amplia sonrisa, le tiende la mano en un «choca esos cinco» y, para su sorpresa, ella le responde.

—¡Joder, qué golazo!

—Y que lo digas, menudo golazo —asiente ella—. Casi ni lo he visto.

Después de una breve conversación sobre el gol y la jugada precedente, caen en un silencio que recuerda a Jeanette el que a menudo se instala entre Hurtig y ella, un silencio que la relaja. En el momento en que busca una manera de plantear que le ha gustado la velada sin que la haga parecer demasiado madraza, Johan confirma su sentimiento.

—Joder, mamá, ¡qué guay que no tengamos que estar hablando todo el rato!

Eso la reconforta. Ni siquiera le recrimina la palabrota, y la verdad es que tampoco ella cuida demasiado su vocabulario. Åke se lo recordaba siempre.

Por una vez no ha bombardeado a Johan con preguntas, como suele hacer cuando lleva tiempo sin verle. Quizá se muestre un poco reservada debido a la fatiga, o incluso a los nervios por encontrarse cara a cara con él.

—Prefiero ver el fútbol contigo que con papá —continúa Johan—. Siempre tiene que comentarlo todo y se queja del árbitro, incluso cuando tiene razón.

Ella no puede evitar reírse.

—Sí, es verdad. A veces parece que los partidos le incumban personalmente.

Quizá sea una maldad, se dice. Pero es cierto. Y además siente una profunda satisfacción después de lo que ha dicho Johan, y sabe el porqué. Se pregunta si Johan se ha dado cuenta de esa especie de competición que tiene lugar últimamente entre Åke y ella. Una competición para ganarse la confianza de Johan. Supone que de momento ella va ganando por uno o dos puntos.

—Pobre papá —dice Johan—. Alex no es buena con él.

Tres a cero, se dice Jeanette en un rapto de maldad, enseguida sustituido por un nudo en el estómago.

—¿Qué quieres decir?

Johan se retuerce.

—Ah, no sé… Ella no para de hablar de dinero y él no entiende nada, firma todos los contratos sin leerlos. Ella hace como si él trabajara para ella, y no ella para él, como debería ser, ¿no?

—¿Estás bien en su casa?

Jeanette se arrepiente inmediatamente de haberlo preguntado. No quiere hacer de nuevo el papel de madre fisgona, pero Johan no parece enfadado.

—Con papá, sí. Con Alex, no.

Decide no hacer más preguntas, y Johan parece haber dicho cuanto tenía que decir, porque vuelve a concentrarse completamente en la televisión.

En el descanso, el chico se le adelanta para recoger la mesa y llega incluso a guardar las patatas sobrantes en un bol. Se ha dado cuenta también de que esa noche, cuando va al baño, se acuerda de bajar la tapa del váter. Pequeños gestos que delatan su voluntad de causar buena impresión. De ser un buen hijo.

Menudencias, se dice. Pero, Dios mío, cómo te quiero, mi pequeño Johan, que ya no eres tan pequeño.

—Oye, yo… —dice Johan al sentarse, con una tímida sonrisa.

—¿Sí?

Se lleva la mano al bolsillo, saca su cartera de piel negra con el emblema del club de fútbol y busca en el compartimento de los billetes hasta encontrar lo que busca.

Una foto tamaño carnet, de las que se pueden hacer en el metro. Le echa un vistazo y se la tiende.

Es la foto de una chica guapa de cabello oscuro y rizado, con pinta de dárselas de dura.

Jeanette dirige a Johan una mirada interrogativa y, al ver centellear sus ojos, comprende que esa chica también lleva encima una foto, de Johan.

# Observatorielunden

Sofia Zetterlund pasa por delante del viejo observatorio que da nombre al parque. Un hombre bigotudo con impermeable beis la adelanta y le hace pensar en la película *El hombre del balcón*, de la que varias escenas se rodaron allí mismo. ¿El protagonista era Gösta Ekman?

Mientras el hombre se sienta en un banco y de una bolsa de plástico saca pan para dar de comer a los pájaros, ella desciende hacia Sveavägen, se detiene un instante delante del estanque con la escultura *Juventud bailando*, y luego continúa hacia el edificio principal de la biblioteca municipal. Se vuelve y ve que el hombre no tiene nada del comisario Martin Beck, es un viejo que ni siquiera tiene bigote, tan solo un collar de barba canosa.

La gente la distrae, tiene la sensación de reconocer a las personas con las que se cruza y saluda a varias en las escaleras de acceso a la biblioteca. Las mira con insistencia, pero ellas la ignoran o apartan la mirada, molestas.

Entra bajo la vasta rotonda luminosa, aminora el paso y escucha el silencio. A primera hora de la tarde la biblioteca está casi vacía. Solo se ve a algunas personas aquí y allá, con la cabeza ladeada a lo largo de las estanterías que cubren las paredes de la sala de lectura de una altura de tres plantas, como el interior de un cilindro.

Los fondos reúnen más de setecientos mil volúmenes. Allí ya nadie la distrae, todo el mundo está absorto en la lectura. Solo se oyen pasos lentos, el ruido del papel al pasar las páginas y a veces el de un libro que se cierra con cuidado. Sofia alza la vista, empieza a contar los estantes, las secciones, los libros encuadernados en marrón, rojo, verde, gris y negro. Cuando la gente no la distrae, siempre hay alguna otra cosa que sí lo hace. Mira en el acto al suelo, aparta de su mente sus obsesiones y trata de concentrarse en el motivo de su visita.

Lo que le interesa sobre todo son las biografías. Y un libro antiguo sobre el sadismo y la sexualidad. Se instala frente a un ordenador para verificar en el catálogo que los libros estén disponibles y luego se acerca a uno de los mostradores.

La bibliotecaria es de mediana edad y lleva un hiyab que le oculta el cabello y los hombros. Su tez cetrina hace pensar a Sofia que es originaria de Oriente Medio.

De nuevo la distracción. Tiene la sensación de que conoce a esa mujer.

—¿En qué puedo ayudarla?

La voz es fría y dulce, y Sofia adivina un vago acento que recuerda el de Norrland. ¿Iraní? ¿Árabe?

—Busco el libro de Richard Lourie sobre Andréi Chikatilo, y la *Psychopathia Sexualis* de Krafft-Ebing.

Mientras la mujer, sin responder, introduce los títulos en el ordenador, Sofia observa que tiene un ojo marrón y el otro verde claro. Es probable que sea parcialmente ciega. Quizá se trate de una alteración del pigmento como consecuencia de una herida. Un pasado violento. Golpes.

—Su tarjeta de aparcamiento residencial ha expirado —dice la mujer.

Sofia se sobresalta. La mujer habla pero sus labios no se mueven, mantiene la cabeza agachada y sus curiosos ojos están concentrados en la pantalla del ordenador y no en ella.

«Tenía que haberla renovado hace tiempo. Y sería mejor dejar el Mini en un garaje. No es bueno que esté en la calle tanto tiempo.»

¿Aparcamiento residencial? No recuerda cuándo fue la última vez que cogió el coche, ni siquiera la última vez que pensó en él, y menos aún dónde está aparcado.

—Perdone, ¿se encuentra bien?

La mujer la mira. La pupila del ojo anómalo, verde clara, es mucho más pequeña que la otra. Sofia no sabe qué ojo mirar.

—Yo… Es solo migraña.

En ese momento, está segura de no haber visto nunca a esa mujer.

La sonrisa de la bibliotecaria trasluce inquietud.

—¿No desea sentarse? ¿Quiere que le traiga un vaso de agua y una aspirina?

Sofia respira profundamente.

—No, no es nada. ¿Ha encontrado los libros?

La mujer asiente con la cabeza y se pone en pie.

—Venga, le indicaré.

Siguiendo el paso ligero de la bibliotecaria, piensa en su proceso de curación. ¿Es así como se desarrolla? Sus obsesiones se van desvelando poco a poco.

Todo gira alrededor de un juego de identidades que concierne también a los extraños. Su ego es tan narcisista que cree conocer a todo el mundo y que todo el mundo la conoce. Ella está en el centro del mundo y su ego sigue siendo el de una niña.

Esa es la impresión que le causa el ego de Victoria, y es un paso importante para comprenderla.

En ese momento cae en la cuenta de que la mujer del moño apretado que ha visto varias veces por la calle no es más que una proyección de su propio ego.

Ha visto a su madre, Birgitta Bergman. Era evidentemente una ilusión, una de sus obsesiones.

Se sienta a una mesa con los libros y saca el cuaderno en el que estuvo escribiendo la noche anterior. Veinte páginas de reflexiones sobre su hija. Decide continuar trabajando una o dos horas para conocer mejor a Madeleine antes de abordar a Lourie y Krafft-Ebing.

Se siente débil y sabe que debe aprovechar ese estado.

# T-Centralen

Jeanette se ha tomado dos horas libres para acompañar a Johan al colegio. Llegará aún más tarde al trabajo por culpa de su viejo Audi, que, por enésima vez, la ha dejado tirada en Gullmarsplan. Aparca junto a la acera y esta vez ni siquiera tiene fuerzas para enfurecerse con ese montón de chatarra: la primera llamada del día es para pedir una grúa.

Mientras baja al metro, piensa en Johan. La separación no ha sido tan difícil como había imaginado. Por primera vez desde hace mucho tiempo se han despedido sin que ella tenga la sensación de no haberse dicho cuanto tenían que decirse. Por supuesto, le preocupa un poco verlo marcharse solo al extranjero con Åke, pero, si empieza a darle vueltas, verá peligros por todas partes. Accidentes aéreos, enfermedades, hooligans: ese viaje de otoño a Londres podría convertirse en una pesadilla. Así que trata de no preocuparse, siempre que lleguen los SMS prometidos: uno a su llegada al hotel, uno después del partido y el último en cuanto hayan aterrizado en el aeropuerto de Arlanda.

En el momento en que llega el metro, piensa en la novia de Johan y sonríe para sus adentros. Tiene ganas de conocerla.

Al subir al vagón, le suena el teléfono. Ve que es Hurtig y se acuerda en el acto de lo que le contó la víspera acerca de su hermana. ¡Qué tragedia tan terrible! ¿Qué más puede decirse? Joder, qué dura es la vida.

Se sienta junto a la ventana al fondo del vagón antes de responder.

—Tengo que contarte dos cosas —comienza él—, las dos bastante perturbadoras.

Nota que está estresado.

—Continúa.

—Más o menos a la hora en que estábamos en la casa de Dürer en Hundudden, Charlotte Silfverberg se suicidó.

Se queda petrificada. No siente el traqueteo del viejo vagón y aprieta el teléfono contra su oreja.

—¿Qué?

Se lo explica.

—En el ferry a Finlandia *MS Cinderella*, la noche de anteayer. Según varios testigos, Charlotte Silfverberg se encontraba sola en el puente. Se quitó las botas, se encaramó a la borda y saltó al agua. Los testigos no pudieron hacer nada, pero dieron la alarma.

Mientras por los altavoces se anuncia la estación central, Jeanette trata de digerir la noticia. No, se dice, no puede ser otro suicidio.

—¿Dices que hubo varios testigos?

—Sí. No hay la menor duda. Charlotte Silfverberg se suicidó. Los de salvamento han encontrado el cadáver a primera hora de esta mañana.

Le cuesta admitir lo que oye. ¿De verdad se trata de un suicidio? Primero Linnea Lundström, ahora esto. Otra familia que se aniquila sola.

Sin embargo, la duda se adueña de ella.

—Haz que llamen a la compañía para conseguir la lista de pasajeros —dice, poniéndose en pie cuando el metro llega al andén.

—¿La lista de pasajeros? —pregunta Hurtig sorprendido—. ¿Para qué? Si ya te he dicho que…

—Un suicidio, sí. Pero ¿te parece que Charlotte Silfverberg es el prototipo de suicida? —Se apea y se dirige hacia la correspondencia con la línea azul—. La última vez que la vimos era sin duda una mujer insoportable, pero que estaba contenta de marcharse de crucero para pasar un rato agradable tomando unas copas de vino tinto y viendo a su ídolo Lasse Hallström. ¿Y si a bordo ocurrió algo que impulsó a Charlotte Silfverberg a tomar esa decisión definitiva?

—No lo sé —dice Hurtig, azorado—. Mi hermana tampoco era, como dices, el prototipo de suicida. Y en este caso tenemos a más de diez testigos en el barco que confirman los hechos.

Jeanette se detiene en el primer peldaño de la escalera y se apoya en la barandilla.

—Lo siento, soy muy torpe. —Vale, será mejor que me rinda, se dice—. Seguramente tienes razón. Dejemos lo de la lista de pasajeros de momento. ¿Y la otra noticia?

Escucha a Hurtig, y enseguida echa a correr entre la multitud.

Lo que acaba de decirle significa que todo lo demás pasa a un segundo plano.

El transbordo entre la línea roja y la azul parece interminable: acelera el paso sobre la larga cinta transportadora. Su corazón se acelera, siente de nuevo esa presión en los oídos, su pulso que se sincroniza con la pulsación rítmica de las escaleras mecánicas que descienden hacia el andén de la línea azul. Al llegar finalmente abajo, corre y se monta en el último momento en un metro que se dirige al norte. Se apoya en los cristales de plexiglás sobre los asientos del lado derecho.

Un tal Iwan Lowynsky, policía de la Seguridad de Kiev, de la sección criminal internacional, ha tratado de localizarla para informarla acerca de una persona desaparecida.

El expediente sobre los jóvenes inmigrantes asesinados que Jeanette envió casi seis meses atrás ha dado por fin en el blanco. Una identificación de ADN.

# Mariaberget

Sofia Zetterlund ha decidido ir andando a la consulta. En Slussen, elige dar un rodeo subiendo por Mariaberget, más allá del viejo ascensor.

El bolso en el que carga los pesados libros se le clava en el hombro, y al llegar a Tavastgatan, en la esquina con Bellmansgatan, decide detenerse en el Bishop's Arms para leerlos mientras come algo.

El cuaderno con sus notas sobre Madeleine se quedará en el fondo de su bolso, por lo menos hasta el día siguiente. En la biblioteca, el texto ha crecido con una decena de páginas más que hay que dejar reposar antes de releerlas.

Delante del pub inglés, un grupito de turistas gesticula con entusiasmo mientras uno de ellos fotografía la fachada. Les oye hablar en alemán. Se disculpa con una sonrisa para abrirse paso y una de las mujeres exclama:

—*Fantastisch, so war das dann hier?*

—*Ja, hier ist es gewesen** —balbucea en su alemán escolar antes de entrar, sin saber a qué se refería. Quizá a Carl Michael Bellman.

Pide el plato del día y se instala en un lugar a resguardo de miradas indiscretas. Mientras espera a que le sirvan, comienza a hojear el libro sobre el asesino en serie ruso Andréi Chikatilo, pero el título la escama: *Asesino de masas*. El término es apropiado para gente como Stalin o Hitler, que no mataron siguiendo sus instintos

---

* «Fantástico, ¿así que aquí fue donde ocurrió?»
«Sí, fue aquí.»

primitivos, sino por motivos ideológicos y poniendo en práctica métodos de exterminio industrial. Chikatilo asesinaba a sus víctimas de una en una, en una larga y brutal serie.

Observa que uno de cada dos capítulos está dedicado al policía que acabó resolviendo el caso, que incluía más de cincuenta asesinatos. Decide saltárselos. Le interesa Chikatilo y no los métodos policiales. Para su gran decepción, enseguida constata que el libro no contiene más que descripciones superficiales del modus operandi, así como fantasiosas especulaciones acerca de lo que el asesino pudo pensar. Ningún análisis en profundidad de su psique.

Sin embargo, encuentra desperdigadas algunas ideas interesantes. Resiste la tentación de arrancar las páginas en cuestión y se contenta con doblar las esquinas de aquellas que utilizará cuando ponga en orden sus ideas. La que no controla sus impulsos y destruye los libros cuando le viene en gana es Victoria. Sofia sabe controlarse, piensa sintiendo los talones desollados por sus zapatos demasiado pequeños. Todo tiene un precio.

Cuando el camarero llega con su plato, pide una cerveza. Come unos bocados, pero se da cuenta de que no tiene hambre. En ese momento, el grupo de alemanes entra en el pub. Se sientan a una mesa vecina y la mujer que le ha dirigido la palabra la saluda con la cabeza al reconocerla.

—*Sie müssen stolz auf ihn sein?*

—*Ja, sehr stolz*\* —responde Sofia, aún sin la menor idea de a qué se refiere.

Aparta el plato y prosigue la lectura del libro sobre Andréi Chikatilo. Al cabo de un rato, entrevé el esquema que quiere comentarle a Jeanette. Añade algunas notas al margen y la llama por teléfono. Jeanette responde en el acto.

En realidad, no tiene nada nuevo que decirle. Sofia solo quiere confirmar la cita y, en cuanto oye la voz de Jeanette, se da cuenta de que la echa de menos.

---

\* «Debe de estar muy orgullosa de él.»
«Sí, muy orgullosa.»

Jeanette no ha olvidado que tienen que verse, pero parece un poco estresada. Sofia comprende que está ocupada, así que es breve.

—Ven a buscarme a la consulta —concluye—. Iremos a mi bar preferido a tomar unas cervezas y hablaremos de trabajo. Luego cogeremos un taxi para ir a tu casa. ¿De acuerdo?

Jeanette se ríe.

—Y hablaremos de cosas que no son de trabajo. Me parece perfecto. Un beso.

A mi casa no, piensa Sofia. El apartamento aún está lleno de las notas de Victoria, artículos de prensa y dibujos.

Tiene que darse prisa y coger el toro por los cuernos. Y quemarlo todo.

Deja la biografía de Chikatilo y saca el viejo libro de referencia sobre el sadismo y la sexualidad. Sorprendentemente, a pesar de los años que tiene, el ejemplar se conserva en muy buen estado. Sin duda porque no es objeto de préstamo a menudo, y enseguida comprende por qué. *Psychopathia Sexualis* está escrito en un inglés arcaico y ampuloso, que cuesta entender. Al cabo de media hora de lectura, constata que el libro no le va a servir de mucho, no solo porque no lo entiende todo, sino también porque sus conclusiones han quedado anticuadas. A los diecisiete años ya se había hecho su propia idea sobre Freud y desde entonces siempre había sido escéptica respecto al pensamiento simbólico y las teorías demasiado seguras de sí mismas. Además, el hecho de que solo hombres con una vida afectiva cuando menos complicada hubieran escrito sobre la de las mujeres los había descalificado a sus ojos. Y era una posición en la que se había mantenido.

Por el contrario, considera que la visión de Freud acerca de la libido, la energía vital y la pulsión sexual sigue siendo actual e interesante: la libido y la agresividad como pulsiones principales.

Atracción, carencia, pulsión y deseo combinados con la violencia.

Sofia cierra el libro, se pone en pie y va a pagar a la barra. Tiende unos billetes al camarero.

—¿Quiénes son? —pregunta señalando a sus vecinos con la cabeza.

—¿Los alemanes? —se ríe, devolviéndole el cambio—. Hacen una ruta siguiendo los pasos del Grande, y cualquier anécdota sobre él los vuelve locos.

—¿El Grande?

—Sí, ese. —El camarero sonríe, titubeando—. El escritor ese… ¿cómo se llama? Soy demasiado joven para acordarme de él.

¿Demasiado joven para acordarse de Bellman? Sofia menea la cabeza.

Al salir del pub, saca el cuaderno. Piensa en Madeleine y, mientras camina, escribe unas líneas.

La letra es casi ilegible.

«Madeleine era hermana de su madre, y su padre era también su abuelo: tiene derecho a odiarlos por encima de todo. Si no estuviera segura de que yo quemé la casa de Värmdö, pensaría que lo hizo Madeleine.»

# Barrio de Kronoberg

Sentado al otro lado de la mesa de Jeanette, Jens Hurtig sigue con creciente interés, a través del altavoz, la conversación con el policía ucraniano Iwan Lowynsky.

Su primer cadáver ya tiene nombre y una historia, aunque muy trágica, y los restos del pobre muchacho serán enterrados próximamente en su tierra natal, en el pueblecito de Romanky, cerca de Kiev.

Schwarz y Åhlund también escuchan, por la puerta abierta. Lowynsky parece un hombre tosco pero simpático: sus lacónicas respuestas a las preguntas de Jeanette le recuerdan a Hurtig a las de su padre. No solo por la brevedad de las frases truncadas, sino también por su profunda voz de bajo y por su acento, las mismas consonantes entrecortadas y la misma melodía que su padre, las raras veces en que habla.

—*Where did he disappear?**

Jeanette repite la pregunta, porque no ha entendido el nombre de la estación de metro de Kiev por la que solía rondar el muchacho, y donde fue visto por última vez.

—*Syrets. Syrets station. Near Babi Yar. Never mind. I send you acts.***

—¡Qué curioso! —comenta Schwarz socarronamente—. Desaparecido en una estación de metro y hallado en otra, en el otro extremo del mundo. Aunque en mucho peor estado, claro.

---

* «¿Dónde desapareció?»
** «Syrets. Estación de Syrets. Cerca de Babi Yar. No se preocupe. Le enviaré los atestados.»

La mirada que le dirige Jeanette le hace callar en el acto. Comprende que ha llegado el momento de retirarse. Tira ligeramente de la manga de Åhlund, le susurra algo al oído y luego se marchan los dos. Hurtig se pregunta cómo se las habrá ingeniado Schwarz para llegar a ser policía.

—*You said that there were two persons missing from Syrets station. Two boys, both child prostitutes. Brothers. Itkul and Karakul Zumbayev. Is that correct?*

—*Correct** —responde Lowynsky.

Largo silencio. Hurtig adivina que Jeanette esperaba una respuesta más desarrollada.

—*Karakul is still missing?* —aventura.

—*Yes.*

—*And their connections to... Sorry, I didn't get it correct... Kyso...*

—*Qyzolorda Oblystar. Parents are Gypsies from region in south Kazakhstan. Brothers born in Romanky outside Kiev. Get it?*

—*Yes...*** 

Hurtig la ve fruncir el ceño mientras escribe.

—*So* —dice Lowynsky, como si bostezara—. *Duty calls. Keep in contact?*

—*Of course. And don't forget the phantom image. Thank you.*

—*You will have our identikit in two hours. Thank you, miss Killberg.****

El teléfono crepita cuando Iwan Lowynsky cuelga.

—«Killberg.» —Hurtig sonríe—. Pronunciado así, es el nombre del oficio.

* «Ha dicho que en la estación de Syrets desaparecieron dos personas. Dos muchachos, los dos prostitutos. Hermanos. Itkul y Karakul Zumbayev. ¿Es correcto?»

«Correcto...»

** «¿Karakul sigue desaparecido?»

«Sí.»

«¿Y su relación con... Perdone, no lo he retenido... Kyso...»

«Qyzolorda Oblystar. Los padres son gitanos de la región del sur de Kazajstán. Los hermanos nacieron en Romanky, en las afueras de Kiev. ¿Lo ha entendido?»

«Sí...»

*** «Bueno, el deber me llama. ¿Seguimos en contacto?»

«Por supuesto. Y no olvide el retrato robot. Gracias.»

«Recibirán nuestro retrato dentro de un par de horas. Gracias, señorita Killberg.»

Jeanette no parece haber pillado el chiste, o bien tiene la cabeza en otras cosas. Cuando se concentra de esa manera, es difícil hablar con ella, se dice él mirando el reloj. La hora de almorzar ya ha pasado hace rato.

—¿Te apetece salir a comer? ¡Tengo mucha hambre!

Ella niega con la cabeza.

—No, ahora mismo no puedo comer, no me dejaría pensar. Pero sí me apetece dar un paseo. Hace un día espléndido.

Cinco minutos más tarde caminan por Bergsgatan, en dirección a la iglesia de Kungsholm. Jeanette está absorta en sus pensamientos y, después de una vana tentativa de conversación por parte de Hurtig, toman una calle transversal donde hay un kebab.

Hurtig se estremece y se frota las manos para entrar en calor. Se siente viejo: antes no le entraban esos escalofríos. Lo que le iría bien sería una buena ducha caliente. Pero aún tendrá que esperar.

A la entrada del kebab, un viejo pide limosna destrozando las cuerdas de un violín desafinado. Hurtig no se lo puede creer: ¿cómo consigue mover los dedos con semejante frío? Toca muy mal, pero le echa un billete de veinte en el vaso de cartón a sus pies.

Jeanette ni siquiera advierte la presencia del violinista, concentrada en sus pensamientos. Aguarda fuera fumando un cigarrillo, mientras Hurtig entra a por un kebab de cordero con patatas fritas. Su vientre aúlla de hambre cuando el camarero le empaqueta la comida en una bolsa de plástico.

—Ya está... —dice Hurtig una vez en la calle—. A diferencia de lo que te ocurre a ti soy incapaz de pensar con el estómago vacío, así que ¿podrías decirme cómo tienes previsto avanzar?

Abre la bolsa, saca el kebab envuelto en papel de aluminio y empieza a engullir el rollo de pita.

—Hay una cosa que me intriga —comienza Jeanette mientras se alejan dejando tras ellos «El invierno» de Vivaldi—. Y figúrate, me ha hecho pensar en ello ese comentario tonto de Schwarz.

—No te sigo. De momento solo he conseguido tragarme un tomate y un poco de lechuga.

—Ese muchacho desaparecido y hallado en una estación de metro. ¿Te parece una casualidad?

—Francamente, no lo sé.

—Come un poco de carne y quizá así lo entenderás. Eres tú quien dice que los vegetarianos tienen carencias en el cerebro. —Le da un codazo, sonriendo—. Así es como veo yo la situación —continúa—. La misma persona secuestró al chaval en el metro de Kiev y luego lo abandonó en Estocolmo. Y creo que esa persona tiene costumbre de viajar a Europa del Este, o incluso es originaria de allí. Conoce el terreno. Sabe lo que hace.

—¿Cómo puedes estar tan segura de que…?

—No lo estoy. No es más que una intuición.

Hurtig muerde un trozo de carne.

—Lowynsky ha dicho que dos hermanos gitanos de Kazajstán desaparecieron al mismo tiempo —dice entre un bocado y otro—, uno de los cuales es nuestro cadáver y el otro sigue en paradero desconocido. ¿Qué piensas de eso?

—Tenemos dos hermanos gitanos, de diez y doce años, nacidos en Ucrania. Sus padres proceden de Kazajstán. Los chiquillos ganan dinero para la familia prostituyéndose. Creo que el segundo también está muerto y espera en algún lugar de Estocolmo a que lo encuentren.

—Seguramente llevas razón —admite Hurtig—. ¿Y el retrato robot? ¿Qué nos puede ofrecer?

Jeanette se encoge de hombros.

—No mucho, la verdad: se ha realizado a partir de las indicaciones de un único testigo, que es posible que viera a la persona que secuestró a los niños. Se trata además de una muchacha ciega de un ojo, y que fue incapaz de determinar la edad del individuo. ¿Recuerdas lo que ha dicho Lowynsky? En un primer interrogatorio la niña le echó unos cuarenta años, después afirmó que era muy viejo, pero sabes igual que yo que rara vez puedes fiarte de las indicaciones de edad que dan los niños.

Hurtig está de acuerdo. Cuando estudiaba en primaria, para él los chavales de secundaria eran casi adultos.

—De todas formas, todo esto resulta un poco excitante, ¿no crees? —añade ella guiñándole un ojo—. Tendremos la imagen en nuestro despacho dentro de unas horas.

¿Un poco excitante? Es una lítotes. Hurtig sabe que ella está tan impaciente como él.

Tira el resto del kebab a una papelera antes de entrar en la comisaría y abre su bandeja de patatas fritas mientras suben en el ascensor. El teléfono de Jeanette suena y su rostro se ilumina con una gran sonrisa al ver de quién se trata.

—¡Hola! ¿Cómo estás?

Hurtig comprende que es Sofia Zetterlund. Observa las expresiones de Jeanette mientras habla. Dios mío, se dice, no cabe la menor duda: está enamorada.

Jeanette no para de apretar el botón de la planta, como si eso fuera a hacer que el ascensor llegara antes.

—De acuerdo. Genial. Mi coche me ha dejado tirada, así que tomaré el metro hasta Mariatorget para ir a buscarte y luego ya veremos.

Hurtig supone que irán a cenar y luego a casa de Jeanette en Gamla Enskede: tendrán toda la casa para ellas, ya que Johan está con Åke.

Y como es viernes, aprovecharán para tomarse unas copas.

—Y hablaremos de cosas que no sean solo trabajo. Me parece perfecto. Un beso.

Hurtig se come las patatas fritas mientras suena el timbre del ascensor y se abren las puertas. Jeanette guarda el teléfono en el bolsillo y le mira pensativa.

—Creo que tengo una relación con Sofia —dice ella, para su propia sorpresa.

# Tvålpalatset

Sofia está sentada a la mesa de su despacho desde hace más de dos horas. Completa la lectura de la biografía de Chikatilo en internet y consulta los libros de que dispone en su biblioteca. Ha reunido una documentación que puede interesar a Jeanette.

En solo diez años, en las orillas rusas y ucranianas del mar Negro, Chikatilo mató a más de cincuenta personas, niñas y niños. A estos últimos los castraba, casi sin excepción. En varias ocasiones se comió a sus víctimas.

Consulta sus notas.

INSTINTO EXTREMO DE DEPREDACIÓN. CANIBALISMO. CASTRACIÓN. NECESIDAD DE SER VISTO.

¿Por qué no escondía mejor a sus víctimas?, se pregunta, pensando tanto en Chikatilo como en el asesino de Estocolmo. La pregunta se queda sin respuesta.

Sofia piensa que el asesino desea expresar su vergüenza. Aunque pueda parecer contradictorio, una persona movida por pulsiones sexuales tan extrañas a buen seguro tomó conciencia muy pronto de ser un individuo desviado, perverso. Exhibir así su vergüenza no es solo un acto de arrepentimiento, también es una manera de buscar el contacto. También tiene una idea acerca de las castraciones, que espera tener ocasión de exponerle a Jeanette.

Mira la hora en la pantalla del ordenador. Solo falta una hora.

Es muy consciente de que puede ser difícil convencer a Jeanette de que sus conclusiones sean las buenas, porque tal vez las encuentre demasiado morbosas.

Cuando Chikatilo mataba a mujeres, se comía su útero. En el caso de los muchachos inmigrantes, la policía no halló signos de canibalismo, pero los cuerpos no tenían órganos sexuales. Aún no ha formulado su teoría hasta el final y tiene que darle más vueltas antes de lanzarse a una discusión con Jeanette que podría aguarles la velada.

La lectura del libro sobre Chikatilo le ha resultado repugnante, le evitará los detalles.

Canibalismo, piensa contemplando la silla vacía al otro lado de su mesa.

Recuerda haber abordado el tema allí mismo con Samuel Bai, el niño soldado de Sierra Leona que acudió a su terapia en primavera. Samuel perteneció a las filas rebeldes del RUF y le explicó que se entregaban al canibalismo para profanar y humillar, pero también con fines rituales.

Comer el corazón de un enemigo era una manera de apropiarse de su fuerza.

¿Qué más había dicho?

De repente, siente que le vuelve la migraña, las mismas punzadas que a lo largo del día. Un temblor delante de los ojos y una opresión dolorosa que le impide concentrar la mirada. Migraña epiléptica. Pero el ataque pasa en medio minuto.

Sofia va a por el expediente de Samuel Bai.

Al abrirlo, constata que contiene un único papel: solo las notas tomadas durante la entrevista preliminar y luego unas líneas durante los dos siguientes encuentros. Nada acerca de las otras sesiones.

Sofia coge la agenda en la que anota todas las citas.

En mayo se vieron nueve veces. En junio, julio y agosto acudió puntualmente dos veces por semana, sin excepción. Según lo que anotó, queda patente sin duda alguna que Samuel fue a su consulta cuarenta y cinco veces en total. Sabe que no se equivoca, no tiene que contarlas de nuevo. Ha visto incluso que sus citas tuvieron lugar quince veces en lunes, diez en martes, siete en miércoles y ocho en jueves. En viernes solo se vieron cinco veces.

Sofia cierra la agenda y va a ver a Ann-Britt.

La secretaria está regando las plantas, subida a una silla para llegar a una de las macetas colgada de una ventana.

—¡Vaya! —refunfuña al descubrir que ha juzgado mal la capacidad de absorción de un helecho mustio y que el agua cae a chorro sobre el borde de la ventana y luego al suelo.

Sofia contempla con interés a esa mujer obesa y por lo general bastante flemática que baja de la silla de un salto sorprendentemente ágil, hasta que se vuelve y descubre que la observa.

—¿Qué, me estás espiando? —dice ajustándose la falda.

Sofia va a por una bayeta a la cocina y se la tiende.

—¿Podrías verificar, por favor, cuántas veces vino Samuel Bai a la consulta? Creo que olvidé enviar la factura a los servicios sociales de Hässelby.

Ann-Britt frunce el ceño, sorprendida.

—En absoluto —dice—. Ya pagaron.

—Sí, pero ¿cuántas sesiones?

—Si solo hubo tres sesiones… —responde Ann-Britt recogiendo el agua del suelo—. Lo anulaste todo cuando te dio una bofetada. Te acuerdas de eso, ¿no?

En el momento en que la migraña ataca aún con más fuerza, por el rabillo del ojo Sofia ve entrar a Jeanette.

# Bondegatan

—Disculpa el retraso —dice Jeanette dándole un beso—. Ha sido un día muy duro.

Sofia está petrificada por las palabras de Ann-Britt.

«Si solo hubo tres sesiones… Lo anulaste todo cuando te dio una bofetada. Te acuerdas de eso, ¿no?»

No, Sofia no lo recuerda. No tiene la menor idea de lo que está ocurriendo. Todo se hunde a medida que empieza a reconstruir los pedazos.

Ve a Samuel Bai delante de ella. Sesión tras sesión, le habló de su infancia en Sierra Leona, de los actos violentos que cometió. Para despertar una de sus múltiples personalidades, ella le enseñó una vez una maqueta de una moto que pidió prestada a su vecino, el dentista Johansson.

«Una maqueta de Harley Davidson, modelo 1959, lacada en rojo.»

Al ver la moto, pareció transformarse. Le dio una bofetada y…

Hoy se acuerda de todo por primera vez.

«… la levantó por el cuello como a una muñeca. Ella sintió su sexo húmedo contra su vientre. Le metió la lengua en la boca, y luego le lamió la nariz y los ojos. Su orina era roja, y ella se dijo que él debía de haber comido remolacha.»

Pero no era Samuel. Era otro, en otro lugar, varios años antes. Sofia comprende que ha mezclado sus recuerdos para fabricar uno a partir de varios acontecimientos. Ha amontonado millones de moléculas de agua en una sola bola de nieve.

Sofia siente los brazos de Jeanette alrededor de ella y el calor de su mejilla. Piel contra piel.

Fondant de chocolate, piensa oyendo la voz de su madre.

«Dos huevos, doscientos cincuenta gramos de azúcar, cuatro cucharadas soperas de cacao, dos cucharaditas de azúcar de vainilla, cien gramos de mantequilla, cien gramos de harina y media cucharadita de sal.»

—Disculpa el retraso —dice Jeanette dándole un beso—. Ha sido un día muy duro.

Sofia oye a Jeanette mientras ve a Ann-Britt recogiendo algo del suelo.

—No pasa nada —responde liberándose de su abrazo para volverse hacia la secretaria—. ¿Qué estás haciendo?

Ann-Britt se vuelve, desconcertada, pero no dice nada y se limita a menear la cabeza. Sofia vuelve a la realidad, su campo de visión se amplía y recupera la audición normal, mientras su pulso se desacelera. Mira a la secretaria.

—Me voy. Hasta mañana —dice guiando a Jeanette hacia la puerta.

Ann-Britt asiente y sigue recogiendo el agua derramada mientras Sofia y Jeanette se dirigen al ascensor.

Una vez que la puerta se ha cerrado y la cabina comienza el descenso, Jeanette da un paso hacia ella, le toma el rostro entre las manos y la besa en los labios.

En un primer momento, Sofia se tensa, pero poco a poco siente que la calma se adueña de ella y su cuerpo se relaja. Por un instante, todo se detiene. En su cabeza, todo calla. Cuando el ascensor se detiene y sus labios se separan, lo que siente Sofia se parece mucho a la felicidad.

¿Qué ha pasado?, se dice.

Todo ha ido muy deprisa.

Primero está en su despacho consultando el expediente de Samuel Bai, luego Ann-Britt le dice que el muchacho solo acudió tres veces. Por último llega Jeanette y la besa.

Consulta su reloj. ¿Una hora?

Reflexiona y constata que no tiene ninguna laguna en su memoria. Solo que la hora transcurrida parece haber pasado aceleradamente, hasta el beso de Jeanette. Sofia respira de nuevo con calma.

¿Tres veces? Ahora sabe que es cierto.

Tiene recuerdos precisos de las tres sesiones con Samuel Bai. Ni una más.

Los otros recuerdos son falsos, o mezclados con los de la época en que trabajó para Unicef en Sierra Leona. Todo se vuelve claro y le sonríe a Jeanette.

—Me alegro de que hayas venido.


Su paseo hasta la otra punta de Söder se parece al trayecto de la Sonámbula. Un rodeo en semicírculo, Swedenborgsgatan hasta la estación Sur, luego Ringvägen pasando por delante del hotel Clarion, y tomando hacia el norte hasta Renstiernas Gata al pie de las rocas de Vita Bergen.

Flota en el aire una especie de veranillo de San Martín mientras recorren Bondegatan hacia el Harvest Home, el pub de barrio donde oyó por primera vez la voz de Jeanette.

«Buenos días, soy Jeanette Kihlberg, de la policía de Estocolmo. ¿Es usted Sofia Zetterlund?»

Quería hablarle acerca de Karl Lundström, y Sofia se escudó en el secreto profesional. Su primer contacto fue tenso y frío. Sofia se alegra de que no acabara ahí.

—Te he echado de menos. —La voz de Jeanette le susurra al oído, el brazo alrededor de su cintura y un ligero beso en el cuello. El calor de su aliento—. En el trabajo, las cosas empiezan a moverse —prosigue—. El muchacho hallado en Thorildsplan ha sido identificado gracias a su ADN. Hace unas horas ha llamado la policía de Kiev. Se llamaba Itkul, es uno de dos hermanos que llevan desaparecidos desde hace tiempo.

La calma que experimenta Sofia es agradable. Se siente frágil, escucha cuanto se dice, abierta, alerta ante una reacción de Victoria, pero sin preocuparse por ello.

Es hora de bajar la guardia y dejar que todo suceda.

—¿Y el otro hermano? —pregunta Sofia, segura no obstante de que el muchacho está muerto.

—Se llama Karakul, y sigue desaparecido.

—Esto huele a tráfico de seres humanos —dice Sofia, convencida de que el otro hermano ha sido víctima de un sádico.

Asesinado por alguien que, con su primer crimen, ha descubierto que por fin tenía el control de su vida y que, desde entonces, no ha podido dejar de matar.

—Los dos hermanos se prostituían —suspira Jeanette.

Calla, pero Sofia comprende lo que quiere decir. Puede imaginar el curso de los acontecimientos mejor que si se los hubieran detallado. Ha reunido centenares de artículos sobre el tema. Una vez sentadas a la mesa, le explicará a Jeanette cómo funcionan los criminales de ese tipo.

De nuevo los brazos alrededor de su cintura y el aliento cálido de Jeanette.

—Tenemos un retrato robot, pero no albergo muchas esperanzas. El testigo es una niña de ocho años ciega de un ojo, y en cuanto al rostro, es… ¿cómo decirte…? ¿Inexpresivo? No logro visualizarlo, y eso que lo he tenido ante mis ojos buena parte de la tarde.

Sofia asiente con la cabeza. Ella no ha visualizado ningún rostro a lo largo de su trabajo sobre el perfil del asesino. Solo una mancha blanca. Ese tipo de asesinos no tienen cara hasta que se les desenmascara, y entonces se parecen a cualquiera, son rostros corrientes.

—Y tenemos novedades acerca de Karl Lundström y Per-Ola Silfverberg —continúa Jeanette—. Sabemos quién les mató. Se llamaban Hannah Östlund y Jessica Friberg. También fueron ellas las que estrangularon a la indigente del subterráneo, ahogaron a Jonathan Ceder y luego mataron a su madre, Regina. Las dos mujeres se han suicidado, seguramente pronto leerás sobre ello en la prensa. En resumidas cuentas, todas las personas implicadas en este caso fueron al internado de Sigtuna.

«¡Silencio! ¡Estamos rodando! ¡Bienvenidas al instituto de Sigtuna!

»Soy la representante de la asociación de estudiantes y, para poder ser admitidas como miembros, tenéis que comeros este regalo de bienvenida obsequiado por nuestro estimado director.»

Sofia responde a Jeanette, pero sin escuchar lo que dice. Quizá algo así como que no está sorprendida. Y, sin embargo, sí lo está.

¿Hannah y Jessica?, piensa Sofia. Sabe que debería reaccionar más violentamente, pero solo siente un vacío, porque eso no es posible. Victoria conoce a Hannah y a Jessica y sabe que no son asesinas. Esas chicas son como peleles apáticos y dóciles, Jeanette está completamente equivocada, pero no puede decírselo, aún no.

—¿Cómo podéis estar tan seguros?

A Sofia le parece entrever la sombra de la duda en los ojos de Jeanette.

—Por varias razones. En especial, porque tenemos una foto de Hannah Östlund ahogando a Jonathan Ceder en la piscina. Esa mujer tiene una marca distintiva muy particular. Le falta el anular derecho.

Sofia sabe que eso es cierto. A Hannah la mordió su perro y tuvieron que amputarle el dedo.

Aun así... Las afirmaciones de Jeanette parecen un tanto artificiosas.

Ahora es Sofia quien toma la iniciativa y la besa. Se detienen bajo un porche de Bondegatan y Jeanette desliza sus manos bajo el abrigo de Sofia.

—¿Así es como hablamos de trabajo?

Sofia sonríe.

—Solo una pequeña pausa.

Se quedan allí un momento, abrazadas al calor de sus cuerpos.

El contacto físico es liberador. Cinco minutos y las ideas toman un nuevo sesgo.

—Ven —dice finalmente Jeanette—. Tengo hambre, no he comido.

Cuando llegan al pub, las sombras de las fachadas se alargan bajo el sol poniente.

Hace demasiado frío para sentarse en la terraza, donde no obstante tiritan los fumadores empedernidos. Entran.

Jeanette mira muy seria a Sofia al abrir la puerta.

—Charlotte Silfverberg se ha suicidado. Varias personas la vieron saltar de un ferry de camino a Finlandia, anteayer, ya de noche.

En esta historia parece que todo el mundo muere antes de hora. Solo queda Annette Lundström, y ya sabemos las dos cómo está.

Al entrar en el vestíbulo acristalado, Sofia no piensa en Annette ni en Charlotte.

Piensa en Madeleine.

Que odia a sus padres adoptivos y...

Jeanette interrumpe el curso de sus pensamientos.

—Lo que más me incordia de todo esto —dice quitándose el abrigo— es no haber podido verme nunca con Victoria Bergman.

A Sofia se le pone la piel de gallina.

—Aunque curiosamente tuve ocasión de hablar con ella, una vez.

«Buenos días, soy Jeanette Kihlberg, de la policía de Estocolmo. Me ha dado su número el abogado de su padre, porque quisiera saber si estaría dispuesta a ser testigo de su moralidad en el marco de un juicio.»

—¿Y qué tiene eso de curioso? —dice Sofia.

—Victoria obtuvo una identidad protegida y ha desaparecido de los archivos. Pero, al menos, he podido conocer a su antigua psicóloga.

Sofia ya sabe lo que va a decir Jeanette a continuación.

—Después de conocerla no habíamos vuelto a vernos, y todo esto es tan raro que no he querido hablarte de ello por teléfono. Imagínate: la psicóloga de Victoria se llama igual que tú y vive en un asilo en Midsommarkransen.

# Estocolmo, 1988

*Walk in silence, don't walk away in silence.*
*See the danger, always danger.*
*Endless talking, life rebuilding.*
*Don't walk away.**

La última vez. La despedida, su último encuentro.

Le hubiera gustado seguir viéndola, pero la decisión que había tomado se lo impedía.

Victoria Bergman no volvería a ver a Sofia Zetterlund.

Llamó a la puerta, pero no esperó la respuesta. Sofia hacía punto en la sala y alzó la vista cuando entró. Sus ojos parecían cansados: puede que Sofia tampoco hubiera dormido esa noche, quizá también ella había estado pensando en su separación.

La última vez. Después, nada más. Sabía que había desarrollado una dependencia de Sofia y tal vez fuera recíproca.

Como tomar pastillas, se dice. Sofia es como una droga. ¿Soy yo también una droga para ella?

Los que critican la psicoterapia califican a menudo la relación entre cliente y terapeuta de ficticia o artificial, pero para ella, si el terapeuta es competente, todo eso son tonterías. En ese caso concreto, la respuesta era sencilla. La relación no era ficticia. Era de lo más auténtica. Sin embargo, había engendrado una dependencia.

* «Atmosphere», de Joy Division (Ian Curtis, Bernard Sumner, Peter Hook, Stephen Morris), © Universal Music Publishing.

La sonrisa de Sofia se veía tan cansada como sus ojos. Dejó la labor de punto sobre la mesa y, con un gesto, invitó a Victoria a sentarse.

—¿Un café?

—No, gracias. ¿Cuánto tiempo puedo quedarme?

Sofia la miró con suspicacia.

—Una hora, como hemos acordado. Tú lo has propuesto y me has suplicado que te prometiera que no intentaría convencerte de otra cosa. Has sido muy clara al respecto.

—Lo sé.

Se sentó en el sofá, en un extremo, lo más lejos posible de Sofia. Es una buena decisión, pensó. Hoy será la última vez, tiene que serlo.

Pero acusaba el golpe. Pronto iba a tener en sus manos la decisión del tribunal de Nacka y Victoria Bergman dejaría de existir. Una parte de ella sentía que aún no había acabado con Victoria, que no desaparecería así como así, por una simple sentencia judicial, que un papel no reemplazaría la carne y la sangre. Otra parte de ella sabía que era lo único que podía hacerse, la única posibilidad de poder empezar de nuevo y curarse.

Convertirse en otra, pensó Victoria. Ser como tú. Miró a la psicóloga.

—Hay algo de lo que no hemos acabado de hablar —dijo Sofia—, y como es nuestra última entrevista, me gustaría que…

—Lo sé. Lo que pasó en Copenhague. Y en Ålborg.

Sofia asintió con la cabeza.

—¿Quieres hablar de ello?

No sabía por dónde empezar

—Usted sabe que ese verano di a luz a una niña —aventuró, animada por la mirada de Sofia—. Fue en el hospital de Ålborg…

Fue la Reptil quien parió por ella. La Reptil quien soportó todo el dolor y parió sin un solo grito. La Reptil quien puso su huevo y luego reptó hasta otro sitio a lamerse las heridas.

—Un pequeño fardo de ictericia que metieron en la incubadora —continuó—. Seguramente con malformaciones, pues él es el padre y yo la madre.

Reconoció la bola en su garganta. No debo llorar ahora, pensó retorciendo los hilos de sus vaqueros rotos. No debo pensar más en eso. El incesto no comporta necesariamente enfermedades ni malformaciones. El alcohol es peor. Pero también hay anomalías invisibles, que los médicos no pueden ver.

Pero, joder, ¿por qué Sofia está tan silenciosa? Solo esos Ojos observándola, imperiosos. Sigue hablando, le decían. Pero lo único que podía hacer era pensar en lo que tenía que decir, las palabras no querían salir.

—¿Por qué no quieres hablar de ello? —acabó preguntando Sofia.

Se liberó de ella, en cualquier caso, cuando la dejó caer al suelo.

Pero olvídala ya. Olvida a Madeleine. No es más que un huevo con un pijama azul.

—¿Qué puedo decir? —Cedió de buen grado a la cólera que sentía hervir en su interior, era mejor que la inquietud, mejor que la vergüenza—. Esos cabrones me robaron a mi hija. Me drogaron y me llevaron ante un puto charlatán del hospital, y me obligaron a firmar un montón de papeles. Viggo lo organizó todo. Papeles para incapacitarme en Suecia, papeles para nombrar a Bengt mi tutor legal, papeles para certificar el nacimiento de la niña cuatro semanas antes, o sea, antes de que yo fuera mayor de edad. Se blindaron de todas las formas posibles con sus jodidos papeles. Si afirmaba que yo era mayor de edad en el momento del nacimiento, tenían un papel que me incapacitaba. Si tenía el valor de asegurar que la criatura había nacido en tal fecha, podían sacarse de la manga un papel donde constaba que nació cuatro semanas antes, cuando yo aún era menor. Todos esos putos papeles llenos de nombres importantes, incontestables. Ahora soy responsable, tengo incluso los papeles, pero no lo era en el momento del nacimiento. Entonces estaba psíquicamente enferma, era imprevisible. Y además sus papeles afirman que tenía diecisiete años, y no dieciocho, por si acaso.

Sofia la miró, estupefacta.

—¿Qué dices? ¿Te obligaron a renunciar a la criatura?

No lo sé, pensó Victoria.

Se mostró pasiva y solo se podía echar las culpas a sí misma, hasta cierto punto. Pero la habían dejado sin capacidad de resistencia.

—En buena parte, sí —dijo al cabo de un momento—. Pero ahora ya no importa. No se puede hacer nada. Ellos tienen la ley de su lado y yo quiero olvidarlo todo. Olvidar a esa jodida criatura.

Lo único que había querido había sido volver a ver a su hija una vez más. Y no había podido. Pero cuando, a pesar de todo, encontró a la criatura con su familia adoptiva, la bonita familia del sueco en su bonita casa de Copenhague, la dejó caer al suelo.

Estaba claro que no era suficientemente madura para tener una hija.

Ni siquiera era capaz de sostenerla en brazos, y quizá incluso la soltó expresamente.

Para, deja ya de pensar en eso. Imposible.

«Pero la criatura estaba malformada, se inclinaba a un lado al alzarla y la cabeza era demasiado grande respecto al cuerpo, había tenido suerte de que el cráneo no se rompiera como un huevo al dar contra el suelo de mármol, ni siquiera había sangrado, solo un golpe sordo, el hueso aún era muy blando. En todo caso, había demostrado que no era más que una niñata irresponsable, así que estaba bien que hubiera firmado todos aquellos papeles...»

—¿Victoria? —La voz de Sofia parecía lejana—. ¿Victoria? —repitió—. ¿Qué te pasa?

Sintió que temblaba y que le ardían las mejillas. La habitación entera parecía primero muy lejana, luego muy cercana, como si sus ojos pasaran en un instante del teleobjetivo al gran angular.

Mierda, pensó al comprender que estaba llorando como una cría, irresponsable e imprevisible.

«Espero que puedas vivir con tus recuerdos»: esas fueron las últimas palabras de Sofia. Victoria no se volvió por el camino de gravilla mientras se dirigía a la parada del autobús y el otoño caía lentamente sobre los árboles que la rodeaban.

¿Vivir con mis recuerdos? Joder, ¿cómo podría hacerlo?

Tienen que desaparecer, y eres tú, Sofia Zetterlund, quien me ayudará. Pero, a la vez, tengo que olvidarte, ¿cómo hacerlo?

Si supieras lo que he hecho.

He robado tu nombre.

Unos días antes, cuando Victoria cumplimentó los formularios para la obtención de una identidad protegida, que tenían que ser examinados por el tribunal de Nacka, pensaba que iban a atribuirle un nombre que le comunicarían junto con su número de la Seguridad Social. Pero al pie de uno de los formularios encontró tres casillas vacías que debía rellenar proponiendo un nombre de pila usual, un apellido y, eventualmente, un segundo nombre de pila.

Fue un impulso.

Sin reflexionar apenas un momento escribió «Sofia» en la primera casilla, se saltó la siguiente, porque ignoraba el segundo nombre de pila de Sofia, si tenía alguno, y en la tercera escribió «Zetterlund».

Antes de que el funcionario le recogiera la documentación, ya había empezado a ensayar la firma.

Victoria se sentó en la parada a esperar el autobús que iba a llevarla a la ciudad, a su nueva vida.

Se encasquetó los auriculares del walkman y puso en marcha la cinta.

«Walk in silence, don't turn away in silence. Your confusion, my illusion, worn like a mask of self-hate, confronts and then dies. Don't walk away.»

# Harvest Home

Ahora lo recuerda todo. Las entrevistas con Sofia y los exámenes médicos en el hospital de Nacka.

Y se acuerda de Lars Mikkelsen, el responsable de la parte policial del expediente, que ayudó a Victoria a obtener una identidad protegida.

No ha vuelto a ver a Mikkelsen desde entonces, pero durante el examen de Karl Lundström en el instituto de psiquiatría forense habló varias veces por teléfono con él. Nada más.

Veinte años atrás fue amigo de Victoria, como la vieja psicóloga, estuvo a su favor, la ayudó y aún le está muy agradecida.

Su purificación, su proceso de curación, ha superado una nueva etapa. Comienza a acostumbrarse a esos nuevos recuerdos, ya no reacciona de forma tan violenta.

A la izquierda de la entrada, encuentran una mesa libre junto a la ventana. Al sentarse, Jeanette muestra una pequeña placa de latón atornillada sobre el sofá.

—«¿El rincón de Maj?»

—Maj Sjöwall —dice Sofia, con aire ausente.

Sabe que la escritora acude allí casi a diario a cenar y a tomarse un par de copas de vino.

Tengo que ir a ver a Sofia, se dice. Y cuanto antes. Puede que sepa más que yo acerca de Madeleine. Y quizá el mero hecho de verla me permitirá recordar.

El holandés propietario del pub junto con su esposa sueca les da la bienvenida y les tiende la carta.

—Es tu restaurante, tú eliges —sonríe Jeanette.

175

—En ese caso, dos pintas de Guinness y dos quiches del Väster-botten.

El propietario aprueba la excelente elección y, mientras aguardan, Jeanette explica que Johan tiene novia.

Sofia sonríe oyéndola hablar de esa chica de su colegio de cabello oscuro y rizado.

Hace algunas preguntas y enseguida se da cuenta de que es ella quien mantiene la conversación, pero es Victoria la que piensa. Ni siquiera tiene necesidad de inmiscuirse, la conversación sigue su curso, y es una sensación de sincronía muy extraña, como si tuviera dos cerebros.

El propietario regresa con las cervezas y Jeanette se pone a hablar de Åke y de Johan, del SMS que espera. A esa hora ya deberían haber llegado a su hotel en Londres. Sofia dice que no hay motivo para preocuparse, seguro que se habrán retrasado en el aeropuerto.

Sofia habla con Jeanette y Victoria piensa en su hija.

El cocinero les trae enseguida los dos platos. Cojea y hace muecas de dolor, cada paso parece hacerle sufrir.

—Las caderas —dice—. Después de tantos años en la cocina tengo los cartílagos hechos polvo. Ahora, es el hueso contra el hueso.

Sofia le compadece, él le guiña el ojo, les desea buen provecho y regresa a la cocina arrastrando la pierna.

Victoria se pregunta si ahora le toca a ella morir. Solo quedan ella y Annette.

Ese estado de conciencia paralela cesa de golpe. Sofia está de nuevo enteramente concentrada en Jeanette y se siente dispuesta a hablar del perfil del asesino, evitando no obstante abordar la teoría de la castración y del canibalismo antes de acabar de cenar.

Comenzará por la vergüenza y la necesidad de ser visto.

Mira en derredor. La mesa vecina está vacía, nadie las oirá.

—Creo haber encontrado algo acerca del asesino de los muchachos inmigrantes —dice mientras Jeanette comienza a comer—. Tal vez me equivoque, pero creo que se nos han pasado por alto varios aspectos de su psique.

Jeanette la mira con interés.

—Te escucho.

—Creo que, de hecho, la extraña combinación de castración y embalsamamiento encaja perfectamente en la lógica del asesino. La infancia de los muchachos se conserva para siempre con la momificación. El asesino se ve como un artista y los cadáveres son autorretratos. Una serie de obras de arte cuyo motivo es la vergüenza de su propia sexualidad. Quiere mostrar quién es y la ausencia de sexo es una firma.

Sofia reflexiona acerca de lo que acaba de decir y se da cuenta de que quizá haya sido demasiado categórica.

¿El asesino?, se dice. ¿Y por qué no una asesina? Pero es más sencillo hablar en masculino.

Jeanette deja los cubiertos, se limpia los labios y observa fijamente a Sofia.

—¿Puede que el asesino quisiera que se encontraran los cadáveres? No se tomó muchas molestias para esconderlos. Y un artista quiere que se le vea y se le aprecie, ¿no? Algo sé de eso.

Ella me comprende, piensa Sofia asintiendo con la cabeza.

—Quiere exhibirse, ser visto. Y no creo que haya acabado. No parará hasta ser descubierto…

—… puesto que eso es lo que busca —completa Jeanette—. Inconscientemente. Quiere decir algo al mundo entero y al final no soportará más actuar en silencio.

—Algo por el estilo —dice Sofia—. Creo también que el asesino documenta lo que hace. —Piensa en el singular batiburrillo reunido en su apartamento—. Fotos, notas, una colección compulsiva. A propósito, ¿has oído hablar del «hombre de los papelitos»?

Jeanette reflexiona mientras ataca de nuevo su quiche.

—Claro que sí —dice al cabo de un momento—. Cuando estudiaba leí algo acerca de un caso en Bélgica, un hombre que asesinó a su hermano. Los periódicos lo bautizaron como «el hombre de los papelitos». En un registro, la policía halló montones de papeles que en algunos lugares llegaban hasta el techo.

Sofia tiene la garganta seca. Aparta su quiche, que apenas ha probado.

—Así que entiendes lo que quiero decir. Un coleccionista de sí mismo, por así decirlo.

—Sí, algo así. Cada palabra, cada frase, cada hoja de papel tenían para él un significado de inmensa importancia, y recuerdo que la cantidad de pruebas era tal que tuvieron grandes dificultades para encontrar material con el que poder acusarlo, a pesar de que todo cuanto necesitaban para confundirlo se encontraba en el pequeño apartamento, a la vista.

Sofia bebe otro sorbo de la cerveza oscura y muy amarga, y luego deposita lentamente el vaso.

—Teóricamente, una libido malsana y frustrada se manifiesta a través de diversos trastornos. Por ejemplo, fantasías sexuales desviadas. Si la libido es verdaderamente introvertida, vuelta hacia la persona misma, conduce al narcisismo y...

—Para —la interrumpe Jeanette—. Sé qué es la libido, pero ¿puedes desarrollarlo un poco?

Sofia siente que se ha adentrado por el camino de la frialdad y la distancia. Ojalá Jeanette pudiera comprender lo duro que es para ella. Cuánto le cuesta hablar de alguien que obtiene placer haciendo sufrir y solo puede satisfacerse con la agonía de los demás. Porque no se trata solo de los otros, sino también de ella misma.

De la persona que cree haber sido. De lo que ella misma sufrió.

—La libido es una pulsión, a lo que se aspira, lo que se desea, lo que se quiere tener. Sin ella la humanidad sería imposible. Si no deseáramos nada de la vida, nos limitaríamos a tumbarnos y morir.

Por el rabillo del ojo, Sofia observa la quiche que apenas ha tocado. El poco apetito que tenía ha desaparecido por completo.

—Una idea muy extendida —continúa mecánicamente— es que la libido puede verse perturbada por relaciones destructivas, en particular con el padre y la madre durante la infancia. Piensa por ejemplo en todos esos comportamientos obsesivos, como la fobia a los microbios, la gente que está siempre lavándose las manos. En ese caso, lo que más importa en la vida, el anhelo, el deseo, es la limpieza.

Sofia calla. Todo el mundo quiere estar limpio, piensa. Y Victoria ha luchado por eso toda su vida.

−¿Y cómo se le puede hacer frente? −pregunta Jeanette llevándose un buen pedazo de quiche a la boca−. No todo el mundo se convierte en asesino en serie por tener una mala relación con sus padres.

La glotonería de Jeanette hace sonreír a Sofia. Le gusta lo que ve: una persona con apetito por más cosas que la comida. Que aspira a conocer, a vivir. Una persona íntegra, con la libido intacta. Una persona envidiable.

−No me gusta mucho Freud, pero estoy de acuerdo con él cuando habla de la sublimación. −Victoria ve la expresión desconcertada de Jeanette y precisa su idea−. Sí, se trata de un mecanismo de defensa mediante el cual las necesidades reprimidas se expresan a través de la creatividad y…

Se queda descolocada cuando Jeanette se echa a reír señalando la placa de latón a su espalda.

−¿Así que tú y Freud pensáis que quien escribe un libro sobre crímenes atroces en el fondo habría podido convertirse en un asesino en serie?

Victoria se echa a reír a su vez y las dos se miran fijamente a los ojos. Dejan que sus miradas se adentren hasta lo más profundo, se reconozcan, mientras su risa desaparece y se transforma en asombro.

−Continúa −pide Jeanette cuando se calman.

−Lo más fácil sería que te leyera mis notas −dice Sofia−. Y si quieres que desarrolle algún punto no tienes más que pedirlo.

Jeanette asiente con una sonrisa en los labios.

Reír es un buen remedio contra esta vida tan perra, piensa Sofia sacando el cuaderno de su bolso y apartando el plato para hacer sitio.

Abre el cuaderno y empieza a leer sus notas.

−En muchos aspectos, el asesino aún es un niño −comienza−. Puede que tenga problemas de identidad sexual y es muy problable que sea clínicamente impotente. Desde la infancia, esa persona se ha visto privada de poder. Quizá haya sido objeto de menosprecio y acoso a menudo. Se han reído de él, se ha visto rechazado. En su soledad se ha construido una imagen de sí mismo como un genio, y esa genialidad es lo que los otros no pueden comprender.

Se considera destinado a grandes logros. Un día dará un gran golpe y el mundo entero comprenderá por fin con estupor su grandeza. Le mueve el deseo de revancha, pero, como ese día no llega, le enferma ver a la gente vivir y amar alrededor de él. Todo eso de lo que su impotencia lo excluye. Para él, resulta incomprensible. Él es un genio. Así que su frustración se transforma en cólera. Tarde o temprano, descubre su gusto por la violencia y que la impotencia de los demás lo excita sexualmente. La misma impotencia que la suya, que a partir de ese momento puede llevarle a matar. —Sofia deja su cuaderno—. ¿Alguna pregunta, jefa?

Jeanette calla, con la mirada perdida.

—Has hecho bien tus deberes —dice—. La jefa está contenta. Muy contenta.

# Wollmar Yxkullsgatan

Renstiernas Gata, que en el mapa de Petrus Tillaeus del siglo XVIII se denominaba Renstiernas Gränd, tiene como el pub Harvest Home un vínculo con Holanda. Esa larga calle debe su nombre a los tres hermanos Momma, Wilhelm, Abraham y Jakob, llegados de los Países Bajos para instalarse en Suecia en el siglo XVII. Juntos, se dedicaron al comercio y a la minería, y recibieron entre otros el privilegio para explotar la mina de Svappavaara. Poco a poco se convirtieron en unos de los hombres de negocios más ricos del país. Emprendedores, los tres hermanos construyeron varias fábricas y fundaron empresas comerciales prósperas: en agradecimiento a su labor por el bien de la nación, se les concedió título de nobleza y adoptaron el apellido Reenstierna.

El hermano más joven, Jakob, siguiendo el ejemplo de los nuevos ricos de todas las épocas, quiso poseer una residencia cerca de la capital y se hizo construir una mansión en Södermalm. Esa morada, situada en Wollmar Yxkullsgatan, no es en absoluto modesta. Se trata de un edificio con aires de palacio palladiano y su uso ha variado a lo largo de los siglos. En el siglo XIX albergó la institución del príncipe Carl para niños pobres y maltratados, y luego el servicio de adicciones del hospital Maria.

Jeanette se siente un poco achispada. Después de la cena se han tomado dos cervezas más: es ella quien ha propuesto pasear un poco ante de ir a casa en taxi.

–¡Uf…! Ahí me desperté una mañana, con catorce años.

Jeanette señala la entrada del servicio hospitalario y recuerda. Una hermosa mañana de verano, su padre fue a recoger allí a su querida hija descompuesta y cubierta de vómitos. La víspera, para celebrar las vacaciones con unos amigos, se había bebido una botella entera de kir y, como era de esperar, aquello acabó en catástrofe. La evacuaron del colegio de Rågsved en ambulancia, la colocaron en posición lateral de seguridad sobre un colchón de plástico y finalmente le hicieron un lavado de estómago.

—¿Ah, sí? Y yo que creía que eras una buena chica… —la chincha Sofia, acariciándole la mejilla.

Jeanette se excita con esa caricia y quiere ir a casa cuanto antes.

—Claro, era buena chica… hasta que te conocí. Bueno, ¿paramos un taxi?

Sofia asiente con la cabeza. Jeanette advierte que está seria y pensativa.

—¿En qué piensas?

—Me pregunto una cosa —responde Sofia mientras Jeanette busca un taxi con la mirada—. Después de encontrar a Samuel Bai ahorcado en el desván, viniste a mi consulta para hacerme algunas preguntas acerca de él, ¿verdad?

Jeanette ve acercarse un taxi libre.

—Claro, le habías visto varias veces. En tres sesiones, por lo que me dijiste, creo. —Jeanette se vuelve y ve que Sofia se sobresalta—. ¿Te ocurre algo?

—No, no pasa nada. Solo tengo algunos problemas de memoria. —Sofia hace una mueca, incómoda—. ¿Recuerdas haberme contado cómo encontraron a Samuel? Quiero decir si me revelaste detalles de los que de otra manera no podría tener conocimiento…

A Jeanette le extraña la pregunta, pero está distraída con el taxi que se aproxima.

—Te lo conté todo. Que le habían golpeado en el ojo, en el ojo derecho, si no recuerdo mal.

Da un paso hacia la calzada y hace una señal al coche, que se detiene junto a la acera.

Al volverse hacia Sofia, ve que está muy pálida. Jeanette abre la puerta del taxi y se inclina hacia el interior.

—Un momento, por favor —dice al taxista—. Vamos a Gamla Enskede. Ponga el taxímetro y denos un par de minutos.

Toma a Sofia del brazo y se aleja unos pasos. Siente que Sofia tiembla, como de frío.

—¿Estás bien?

—Estoy bien —responde Sofia de inmediato—, pero me gustaría que me dijeras todo lo que me contaste acerca de Samuel.

A pesar de que la situación es sorprendente, Jeanette comprende que, por una razón que ignora, se trata de algo muy importante para Sofia. Rememora las circunstancias. Fue su segundo encuentro con Sofia, por la que ya se sentía atraída. Recuerda perfectamente qué le dijo.

—Te conté que lo colgaron de una cuerda y que luego le rociaron la cara con ácido. Supusimos que había sido obra de al menos dos autores, pues Samuel era corpulento y a una persona sola le hubiera sido imposible levantarlo. Estoy segura de haberte dicho que la cuerda era demasiado corta. El forense Rydén ya había visto un caso parecido. La cuerda debe ser suficientemente larga para que la persona que se cuelga alcance el nudo corredizo desde allí donde se ha subido.

El rostro de Sofia se ha vuelto de un gris ceniciento.

—¿Estás segura de haberme contado todo eso? —susurra—. ¿Podías revelarme tantos detalles?

Jeanette se inquieta y abraza a Sofia.

—A ti podía contártelo. Hablamos mucho de ello porque me dijiste que habías tratado a una mujer sospechosa de haber asesinado a su marido de manera parecida. Sin duda era el caso al que se refería Rydén.

Sofia jadea. ¿Qué pasa?, piensa Jeanette.

—Gracias —dice Sofia—. Ahora vayamos a tu casa.

Jeanette le pasa una mano por el cabello.

—¿Estás segura? Si prefieres, podemos prescindir del taxi e ir dando un paseo.

—No. Estoy bien. Vamos a tu casa.

En el momento en que Sofia se dispone a dirigirse al taxi, se inclina de repente y vomita sobre sus zapatos. Tres Guinness y cuatro bocados de quiche de queso del Västerbotten.

# Estocolmo, 2007

*You gotta stand up straight unless you're gonna fall,*
*then you're gone to die.*
*And the straightest dude I ever knew*
*was standing right for me all the time.*\*

Ese día de diciembre caía un aguanieve que hacía muy resbaladiza la calzada. Absorta en la música de la radio, Sofia Zetterlund a punto estuvo de embestir al coche de delante, ya que no vio ponerse en rojo el semáforo en la esquina del Globe. El conductor la fulminó con la mirada por el retrovisor. Sofia se disculpó con un gesto y él le respondió con una sonrisa crispada.

Le costaba concentrarse, se sentía cansada, estresada. Las vacaciones le sentarían bien, unos días en Nueva York le recargarían las pilas. A la espera de que el semáforo se pusiera en verde, subió el volumen de la radio y empezó a canturrear:

—«Oh, my Coney Island baby, now. I'm a Coney Island baby, now.»

Se dirigía al departamento de psiquiatría forense del hospital de Huddinge para entrevistarse con una mujer sospechosa del asesinato de su marido. Se había hablado mucho del caso en la prensa. Durante algunos días incluso ocupó los titulares:

UNA VECINA DE SÖDERMALM SOSPECHOSA DEL ASESINATO DE SU COMPAÑERO.

---

\* «Coney Island Baby» de Lou Reed, © EMI Publishing.

Cuando el fiscal le encargó examinar el estado mental de esa mujer, Sofia buscó de inmediato información complementaria en internet. Había sobre todo especulaciones ociosas y algunos iluminados aseguraban en la web basura Flashback que el crimen era obra de un inmigrante.

Iba a ocuparse de lo de Huddinge y luego regresaría a Mariatorget para su última sesión antes de las vacaciones: un hombre que ya había acudido varias veces para tratar su adicción sexual.

Luego a Nueva York, Lasse y ella, como dos enamorados.

El tráfico se puso de nuevo en marcha y llegó sin problema a su destino. Veinte minutos después, aparcó, bajó del coche y entró en el vestíbulo del hospital. Tras el control de rutina, llegó a la sala de visitas. La presunta asesina la esperaba allí, sentada a la mesa.

Tenía más o menos la misma edad que Sofia y estaba delgada y macilenta. Marcada por la gravedad de la situación.

Intercambiaron los saludos de rigor y luego Sofia la dejó hablar.

—Es un error judicial —comenzó—. ¡No tengo nada que ver con la muerte de mi marido! Se ha suicidado y me detienen a mí. He pasado la noche en una celda sin que nadie me haya dicho qué hacía ahí. ¿Es eso normal?

La mujer parecía sincera y Sofia consideraba normal su reacción. Si es que era inocente. Porque Sofia también sabía que hasta el criminal más curtido puede hacerse pasar por inocente. Lo había visto varias veces.

—Sí —respondió Sofia—. Desgraciadamente, así son estas cosas. Pero no estoy aquí para determinar su culpabilidad, solo para saber cómo se encuentra.

—¿Y usted qué cree? Lennart ha muerto, así que tengo derecho a estar mal, ¡mierda!

—¿Sabe por qué sospechan de usted? —preguntó Sofia.

—Sí y no. Yo llevaba unos días en Goteburgo por cuestión de trabajo. En el tren de vuelta, nos bebimos unas copas en el vagón restaurante, como solemos hacer cuando hemos acabado un trabajo y... —La mujer se interrumpió, dándose cuenta de que aquello quizá no tuviera interés. Respiró hondo y prosiguió—: Fui a casa en taxi y lo encontré ahorcado. A Lennart, me refiero. Mi marido.

Traté de levantarlo pero pesaba demasiado, así que llamé a la policía y a una ambulancia.

La mujer calló. Sofia imaginó que el recuerdo debía de ser insoportable.

—Sí, y mientras esperaba la llegada de la policía y de la ambulancia, empecé a ordenar las cosas que había a su alrededor —continuó tras recobrar el aliento—. Ahora, a toro pasado, veo que fue una estupidez.

—¿Por qué una estupidez?

La mujer suspiró.

—Se lo explicaré. Pero primero quiero recalcar que Lennart estaba deprimido desde hacía mucho tiempo y que había ido muchas veces al hospital, sin que le encontraran nada. Cuando su mutua quiso anularle su póliza, aún se puso más enfermo. Acabó hartándose, simplemente. Y se colgó. Una vez subido a la silla debió de darse cuenta de que la cuerda era demasiado corta, así que puso también unos listines de teléfonos. —La mujer hizo una pausa—. Cuando le encontré, los listines estaban por el suelo. No sé qué me pasó por la cabeza, como podrá suponer no pensaba racionalmente, pero los recogí y los guardé en su sitio. Fue una estupidez, pero no imaginé ni por un segundo que iban a acusarme de haber asesinado a mi marido. Yo le quería.

La mujer se echó a llorar.

Sofia escuchaba su relato con creciente resignación. La policía llegó y enseguida se dio cuenta de que la cuerda era demasiado corta. En lugar de consolarla, le pusieron las esposas y la detuvieron sin contemplaciones, acusada de asesinato. Como había guardado los listines de teléfonos, pensaban que había colgado a su marido.

Después de media hora más de conversación, Sofia vio que la mujer no solo era inocente, sino que también gozaba de una perfecta salud mental y debía ser puesta inmediatamente en libertad. Pero eso requería que el fiscal hiciera su trabajo, cosa que no resultaba tan fácil.

—Menudos inútiles —murmuró, englobando también al policía que, con una prueba tan poco contundente, había herido a una mujer que acababa de perder a su marido.

Completamente incomprensible.

De vuelta en su consulta, pensó en esa mujer desesperada mientras aguardaba a su último cliente. ¿Y si la condenaban, incapaz de demostrar su inocencia debido a los malditos listines telefónicos que había guardado? Sofia suspiró. A veces la vida era una broma de mal gusto. Ann-Britt interrumpió sus pensamientos anunciándole por el interfono la llegada de su cliente.

El hombre tenía unos cuarenta años y lideraba uno de los pequeños partidos de la coalición gubernamental. Un partido que defendía una concepción de la pareja bastante reaccionaria e intolerante.

Sin embargo, su dilema no era fruto de la doble moral. Era más bien un problema de carácter personal: su mujer iba a dejarlo si no hacía nada para curar su adicción sexual. Era el término que ella utilizaba. Por su parte, él consideraba que su insaciable apetito sexual procedía de la monumental virilidad con que lo había dotado la naturaleza. A veces decía que era cosa de Dios, y eso asustaba a Sofia.

Empezaba a cansarla. No la escuchaba. Prefería vanagloriarse de su astucia para engañar a su mujer, de su habilidad para inventar coartadas: llegaba incluso a fingir que tenía que viajar por trabajo al otro extremo del país, lo cual le obligaba a regresar a casa tarde. Una vez en la estación, compraba con su tarjeta de crédito un billete a su pretendido destino. Era importante no pagarlo en metálico, puesto que su celosa media naranja examinaba cada mes sus extractos bancarios. Una vez en el tren, billete en mano, iba en busca del revisor, a ser posible antes de que el tren partiera para no tener que llegar hasta la primera estación.

A fin de no ser reconocido, y también para aumentar la excitación, se disfrazaba, y así al salir de la estación se sentía otro hombre.

Por la noche, guardaba el billete picado en un cajón de la cocina, seguro de que su tierna y cariñosa esposa controlaría la autenticidad del mismo.

# Gamla Enskede

Una vez pagado el taxi, recorren el sendero hasta la casa de Jeanette. Jeanette se avergüenza de su jardín descuidado: el césped no se ha segado y las hojas secas se acumulan por todas partes.

—Esa quiche debía de tener algo —dice Sofia, contrariada—. Me ha sabido agria. Quizá el queso no era fresco.

Jeanette, a quien le había parecido excelente, no dice nada, convencida de que Sofia no ha vomitado por una intoxicación alimentaria.

—¿Qué era esa historia acerca de Samuel? —pregunta al abrir la puerta.

Sofia menea la cabeza.

—No lo sé. Estoy un poco preocupada por mi memoria. No hablemos más de ello, ¿de acuerdo?

—Como quieras. —Jeanette sonríe a Sofia y, al entrar, oye que recibe un SMS en el móvil—. Mira, ya han llegado al hotel —dice aliviada al leer el breve mensaje de Johan.

—¿Lo ves? Ya te lo había dicho. ¿Crees que Åke se ha llevado a Johan de viaje porque tiene mala conciencia?

Jeanette la mira. Sofia ha recuperado el color.

Cuelga su abrigo y toma la mano de Sofia.

—¿Y quién no tiene mala conciencia?

—Pues, por ejemplo, el tipo al que buscáis —responde en el acto Sofia, visiblemente deseosa de retomar la conversación del pub—. Para torturar y matar a niños hay que tener una conciencia muy laxa.

—Y que lo digas.

Jeanette va a la cocina y abre el frigorífico.

—Y si la persona en cuestión lleva en paralelo una vida normal —prosigue Sofia—, entonces...

—¿Es posible? ¿Llevar una vida normal?

Jeanette saca una botella de tinto y la deja sobre la mesa mientras Sofia se sienta.

—Sí, pero se requiere un enorme esfuerzo para mantener separadas las diferentes personalidades.

—¿Quieres decir que un asesino en serie puede tener esposa e hijos, ser concienzudo en su trabajo y frecuentar a sus amistades sin desvelar su doble vida?

—Eso es. Un lobo solitario es mucho más fácil de descubrir que aquel que, visto desde fuera, lleva una vida absolutamente normal. A la vez, quizá sea justamente esa normalidad lo que ha provocado el comportamiento patológico.

Jeanette descorcha la botella y sirve dos copas.

—¿Quieres decir que las obligaciones cotidianas necesitan una válvula de escape?

Sofia asiente con la cabeza sin responder, bebiendo un trago de vino.

Jeanette la imita y continúa:

—Sin embargo, ¿una persona así no debería presentar una desviación, de una forma o de otra?

Sofia se queda pensativa.

—Sí, se podría percibir en cosas evidentes, como una mirada nerviosa, huidiza, que hace que su entorno vea a esa persona como a alguien sin personalidad, difícil de conocer. —Deja su copa—. Recientemente he leído un libro sobre un asesino en serie ruso, Andréi Chikatilo: sus colegas declararon que apenas se acordaban de él, a pesar de haber trabajado juntos varios años.

—¿Chikatilo? —El nombre no le dice nada a Jeanette.

—Sí, el caníbal de Rostov.

De repente, Jeanette recuerda con asco un documental que vio en la televisión años atrás.

Tuvo que apagar la tele a la mitad.

Sofia parece desanimada.

—Tuve algunas experiencias relacionadas con el canibalismo en Sierra Leona. Los rebeldes del RUF lo practicaban para apropiarse de la fuerza del enemigo y también para humillarlo.

—¿Samuel lo practicó?

Sofia asiente con la cabeza.

—Era normal en ese contexto, aunque parezca descabellado. Pero en situaciones críticas, se reescriben las reglas sociales: guerra, pobreza extrema, hambruna. Chikatilo decía que durante la Segunda Guerra Mundial había visto a soldados alemanes profanar a los muertos comiéndoselos.

Jeanette se siente mal.

—Por favor, ¿podríamos cambiar de tema?

Sofia sonríe, crispada.

—De acuerdo, pero no completamente. Tengo una idea acerca del asesino y me gustaría conocer tu opinión. No volveremos a hablar de canibalismo, pero tenlo presente mientras te cuento cómo veo las cosas, ¿vale?

Jeanette asiente con la cabeza.

—¿Por qué?

—Empezaré con un ejemplo. Se conoce el caso de un hombre de cincuenta años que abusaba de sus tres hijas. Durante las violaciones, se vestía de mujer. Afirmó que en su infancia le habían obligado a vestirse de niña.

—Como Jan Myrdal —dice Jeanette, soltando una carcajada.

No puede evitar reír y comprende la razón: la risa protege ante el horror. Puede escuchar esas atroces historias, pero conservando el derecho a bromear.

Sofia pierde el hilo.

—¿Jan Myrdal?

—Sí, de muy pequeño recibió una educación experimental. Volvió a ponerse de moda en los años setenta, ¿te acuerdas? Disculpa. Te he interrumpido…

El chiste no tiene gracia. Sofia frunce el ceño y continúa:

—Es un ejemplo muy interesante para comprender determinado tipo de mentalidad criminal. El agresor regresa a su infancia, al día en que, por primera vez, tomó conciencia de su sexualidad. El hombre de cincuenta años afirmaba que su verdadera identidad sexual era de mujer, más precisamente de niña, y estaba convencido de que los juegos que practicaba con sus hijas eran perfectamente normales entre padre e hijas. A través de esos juegos podía a la vez revivir y perpetuar su propia infancia. Lo que consideraba como su verdadera identidad sexual.

Jeanette se lleva de nuevo la copa a los labios.

—Te sigo y creo saber adónde quieres llegar. Las castraciones de los muchachos son rituales y tratan de revivir algo.

Sofia la mira fijamente.

—Sí, pero no cualquier cosa. Son símbolos de una sexualidad perdida. Pensando en ello, no me sorprendería que, en nuestro caso, el asesino hubiera conocido a una edad precoz un cambio de identidad sexual, voluntario o no.

Jeanette deja su copa.

—¿Te refieres a un cambio de sexo?

—Quizá. Tal vez no físico, pero seguramente psíquico. Los asesinatos son tan extremos que deberías, creo, buscar un autor extremo. La castración simboliza una identidad sexual perdida, y el embalsamamiento es una técnica para conservar lo que el asesino considera su obra. En lugar de pintar con colores, el artista utiliza formol y fluidos de embalsamamiento. Como he dicho antes, es precisamente un autorretrato, pero no solo sobre el tema de la vergüenza. El motivo central es la pérdida de filiación sexual.

Interesante, se dice Jeanette. Parece lógico, pero aún duda. Sigue sin comprender por qué Sofia ha empezado la conversación hablando de canibalismo.

—A los muchachos les faltaban partes del cuerpo, ¿verdad? —dice Sofia.

Entonces comprende y siente náuseas en el acto.

# Icebar

Para un visitante extranjero, Suecia se compone a partes iguales del derecho de libre circulación sobre los terrenos privados, del monopolio del Estado sobre el alcohol y de una retención de impuestos del treinta por ciento; para un urbanista, Estocolmo está constituida por un tercio de agua, un tercio de parques y un tercio de edificaciones; y finalmente, para un meteorólogo, el clima se divide en proporciones casi idénticas de sol, precipitaciones y nubosidad variable.

De la misma manera, un sociólogo puede dividir la población de Estocolmo en pobres, ricos y muy ricos. En este último ejemplo, sin embargo, las proporciones son un poco diferentes.

Se ha llegado a un punto en que la gente verdaderamente rica se avergüenza y hace cuanto está en su mano por ocultar sus bienes, mientras que en los suburbios todo el mundo trata de dar la impresión de ser multimillonario. En ninguna otra ciudad del tamaño de Estocolmo se pueden ver tan pocos Jaguar y tantos Lexus.

La clientela del bar en que el fiscal Kenneth von Kwist está a punto de caer desplomado a base de copas de ron, coñac y whisky se compone de una mezcla de ricos y muy ricos. La única nota discordante en la estructura sociológica del lugar es un grupo de japoneses achispados que parecen estar de visita en un zoo exótico. Y, en cierta medida, así es.

Una delegación del tribunal de instrucción de Kobe, invitada a un congreso por el tribunal de Estocolmo, se aloja en el primer hotel del mundo que cuenta con un bar donde reina un invierno eterno.

El vaso en la mano de Von Kwist está enteramente hecho de hielo y lleno hasta el borde de un whisky de la destilería de Mackmyra, un brebaje que parece gustar particularmente a los huéspedes japoneses.

Joder con esos fantoches, piensa dirigiendo en derredor una mirada brumosa. Y yo soy como ellos.

Los doce jóvenes juristas japoneses, sus colegas del tribunal de instrucción de Estocolmo y él forman un grupo de unas quince personas, y visten todos anoraks plateados con capucha y gruesos guantes para soportar los cinco grados bajo cero del bar mientras vacían sus carteras. Las luces azules y frías que emanan de los bloques de hielo que conforman el mobiliario del bar dan una impresión surrealista, un aire de cómic con unos muñecos de Michelin futuristas.

La visita al Icebar culmina un largo programa de diez horas de conferencias. Si el fiscal ha aprendido algo en el curso de esa jornada es que es imposible aprender nada a lo largo de un día como ese. Aparte, quizá, de que los japoneses, al menos los de ese grupo, se tragan sin el menor sentido crítico todo lo que suene a sueco, ya sean los muebles fabricados por una célebre marca en Älmhult, el whisky de Gästrikland o el arenque agrio de Örnsköldsvik.

—*Is this Swedish?**

El fiscal se vuelve a regañadientes.

El hombre que acaba de palmearle el hombro sonríe bizqueando y muestra su vaso.

—*Swedish ice?***

—*Yes* —balbucea Von Kwist—. *Ice from Jukkasjärvi. Everything in this bar is made of ice from Jukkasjärvi.****

Golpea la superficie lisa de la barra y trata de sonreír, pero sabe que no lo consigue. Cuando ha bebido, los músculos de su cara dejan de responder y todo acaba en mueca. Además, la falta de sueño desde hace varios días lo tiene embotado.

---

* «¿Esto es sueco?»
** «¿Es hielo sueco?»
*** «Sí, hielo de Jukkasjärvi. Todo lo que hay en este bar está hecho con hielo de Jukkasjärvi.»

*—It is fantastic. Swedish ice is fantastic! And Swedish ice hockey also fantastic!*\*

Von Kwist se ríe. Recordando el fiasco de esa primavera, cuando solo quedaron cuartos en el Campeonato del Mundo en Canadá, vuelve la espalda a su interlocutor y apura su copa.

—Otro —murmura al camarero dejando bruscamente su vaso sobre la barra.

Mientras el fiscal bebe su cuarto o quinto whisky, su humor empeora y siente que tiene que descansar de todo ese jaleo. Alguien se ocupará de controlar a los japos, aunque sospecha que muchos de ellos se pasarán la noche frente a la taza del váter y mañana estarán como zombis para la última jornada del congreso. No aguantan el alcohol. En su opinión, es una cuestión puramente biológica, debe de faltarles una enzima o algo por el estilo. Pero en el fondo no importa si la jornada del día siguiente se fastidia, pues el fiscal está convencido de que los intercambios de competencias a ese nivel son inútiles, debido a las diferencias culturales y sobre todo a la infranqueable barrera de la lengua. En otras palabras, los japos podrían haberse quedado en su casa.

Decide ir a fumarse un puro antes de retirarse. Necesita pensar, aunque es consciente, entre la bruma del alcohol, de que al día siguiente lo habrá olvidado todo. Se excusa, se abre paso a través del local repleto, se quita los guantes y el grotesco anorak plateado y sale a la calle para disfrutar de un momento de paz.

Apenas acaba de encenderse el puro cuando le interrumpe alguien que le palmea el hombro.

¿Qué coño pasa ahora?, se enfada. Joder con estos pesados.

Se vuelve, con un insulto en la punta de la lengua, y un puñetazo le alcanza violentamente en la cara. El puro le quema la mejilla antes de caer hecho trizas, mientras que él se tambalea y pierde el equilibrio.

Alguien le agarra del cuello y le clava una rodilla en la espalda. El fiscal queda inmovilizado con la cara contra el asfalto.

---

\* «Es fantástico. ¡El hielo sueco es fantástico! ¡Y el hockey sobre hielo sueco también es fantástico!»

A Von Kwist se le activa inmediatamente el mecanismo de defensa controlado por los músculos más rápidos y resistentes del cuerpo, los oculares.

El fiscal cierra los ojos y ruega por su vida.

Siente que la presa se afloja y le libera. Diez segundos más tarde, se atreve a abrir los ojos y se pone de rodillas.

¿Qué coño ha pasado?

Sobre el asfalto mojado, frente a él, una caja de zapatos.

El agotamiento se apodera de su cuerpo. Se sienta con las piernas cruzadas y mira la caja mientras se le empapan los pantalones.

Con expresión ausente, la abre.

Dentro hay un objeto negro, fibroso, en parte envuelto en un tejido blanco.

Al principio no ve qué es, pero, al inclinarse para tocarlo prudentemente, comprende en el acto.

En el momento en que se dispone a coger el objeto, este cobra súbitamente forma y sentido, y parece tenderse hacia él.

Es una mano humana, seca y arrugada, encogida.

# Långholmen

Långholmen es una isla del centro de Estocolmo que constituye por sí sola un barrio. Tiene una longitud de más de un kilómetro y apenas quinientos metros de anchura, y durante mucho tiempo sirvió de prisión.

La cámara de comercio compró la magnífica finca de Alstavik, en la isla, para convertirla en cárcel de mujeres, imitando el modelo de las manufacturas textiles creadas en los Países Bajos para sacar de las calles a mendigos y vagabundos ofreciéndoles una ocupación útil. Estaba pensada en particular para las mujeres de mala vida.

Una de las internas de Långholmen fue Hannah Hansdotter, la última persona que fue quemada en Suecia por brujería. Con cincuenta y cinco años, y perteneciente a las capas más pobres de la sociedad, ya había sido condenada a prisión por adulterio con hombres casados o solteros. Por decisión judicial, fue separada de su marido y expulsada del domicilio conyugal.

Hannah era camorrista y alcohólica y negó hasta el final ser bruja, pero después del testimonio del posadero Lundsten, de Klörup, que afirmaba haber enfermado tras comer una manzana que Hannah le había dado, fue condenada a ser ahorcada y luego a la hoguera. La mujer habría querido escarmentar a Lundsten por negarse a servirle aguardiente.

Madeleine llega a la isla por el puente de Pålsund y aparca detrás de la escuela naval. Ya ha estado allí antes.

Ha pasado varias noches en el camping de caravanas al pie del puente de Västerbron, pero había demasiada gente, varias autoca-

196

ravanas grandes con matrícula francesa, y no quería verse obligada a responder a las preguntas de los turistas curiosos. Pero aun así era mejor que el hotel de la Marina, donde se ha sentido vigilada en todo momento.

Desde su regreso de Mariehamn, lleva todo el día en el coche. Una jornada sin descanso con el único objetivo de localizar a su verdadera madre. Tiene en el bolsillo una foto que le ha dado Charlotte.

Ha cumplido lo que se había fijado y ahora, para acabar, quiere aniquilar el cuerpo del que nació. Sin embargo, parece que esto es más difícil de lo que había creído. Viggo le dijo un día que había visto a Victoria Bergman a orillas del agua en el puerto de Norra Hammarby, y Madeleine ha ido allí varias veces, en vano.

Y en breve se le acabará el tiempo. Su contrato con Viggo pronto tendrá que cumplirse.

Madeleine sale del coche y se acerca al borde del muelle. El agua es tan negra como en el mar de Åland.

Se pone los auriculares, enciende la radio y la sintoniza entre dos frecuencias. Es un débil silbido sin palabras que por lo general la calma, pero hoy no siente más que frustración y busca la banda sonora de Clint Mansell para *Réquiem por un sueño*. Con las primeras notas de «Lux aeterna» sonando en los oídos, se dirige hacia el antiguo edificio de la prisión.

Al llegar al pie del muro de piedra se detiene y lo contempla con cierto respeto.

Piensa en todas las personas que han pasado por allí antes. Comprende la cólera ahogada por el trabajo tallando bloques rectangulares de granito, y siente en ella el odio que, bajo sus ropas bastas, debió de latir en el pecho del primer prisionero obligado a construir él mismo el muro de su prisión.

Y piensa en el instante en que decidió dejar de ser una víctima.

# Francia, 2007

*No me quitéis el odio. Es lo único que tengo.*

El sol estaba alto sobre las cumbres, la sinuosa carretera ascendía por el flanco de la montaña y, quinientos metros más abajo, se veía el trazo turquesa del Verdon. Los quitamiedos eran bajos y la muerte estaba muy cerca: bastaba un segundo de vacilación o un error instintivo al cruzarse con otro coche. Por encima de ella, aún otros doscientos metros de montaña que desembocaban en un cielo azul claro. A cada panel que prevenía del riesgo de desprendimiento soltaba un grito, tanto la tentaba la idea de quedar sepultada bajo un montón de piedras frías.

Si tengo que vivir, pensó Madeleine, ellos no pueden vivir.

No creía en el deseo de venganza como una manera de mantenerse con vida. No, lo que la hacía respirar y la había sostenido desde la época de Dinamarca era el odio por sus víctimas.

¿Desaparecerá el odio cuando hayan muerto todos? ¿Estaré entonces en paz?

Comprendió en el acto que esas preguntas no eran esenciales. Era libre de elegir y elegiría la manera simple, primigenia.

En muchas culturas primitivas, la venganza era un deber, un derecho fundamental destinado a dar a la víctima la posibilidad de recuperar el respeto de los demás. Un acto de venganza marcaba el fin de un conflicto: para el hombre primitivo, el derecho a la venganza era algo natural, el acto en sí era la solución del conflicto, sin que tuviera siquiera que planteárselo.

Recordaba lo que había aprendido, ya de pequeña. Cuando aún estaba intacta y era capaz de aprender.

Los hombres viven en dos mundos. Una vida prosaica y otra poética. Solo algunos tienen la capacidad de moverse entre los dos mundos, a veces distintos, a veces sincrónicos y en simbiosis.

Uno de esos mundos es la foto de rayos X, el mundo prosaico, el otro es el cuerpo humano desnudo, vivo, poético. Aquel en el que había decidido adentrarse.

La carretera descendía en fuerte pendiente. Justo después de una curva, cerró los ojos y soltó el volante.

Los instantes en los que se sintió flotar y en los que quizá iba a pasar por encima del quitamiedos y caer al abismo se convirtieron en una liberadora congruencia.

La vida y la muerte reunidas.

Cuando volvió a abrir los ojos, estaba aún en el centro de la carretera, a distancia del precipicio, al otro lado de la carretera. Se había librado, con varios metros de margen.

Su corazón latía aceleradamente y todo su cuerpo se estremecía. Lo que sentía era felicidad. La exaltación de no tener miedo a morir mezclada con una sensación de ligereza.

Sabía que una persona no muere cuando su corazón deja de latir. Cuando el cerebro se desconecta del corazón comienza un nuevo estado, fuera del tiempo. El tiempo y el espacio se vuelven insignificantes y la conciencia sigue existiendo, eternamente.

La Gnosis. Una verdad que proviene de la humanidad primitiva.

Una concepción de la existencia y de la muerte. Cuando se sabe que la muerte no es más que un nuevo estado de conciencia ya no se titubea al matar. No se condena a alguien a dejar de existir, solo se le condena a pasar a otro estado, fuera del tiempo y del espacio.

Se acercaba a otra curva. Esta vez aminoró, pero se colocó en el carril izquierdo antes de girar. Cerró los ojos después de la curva. No venía ningún coche de frente.

De nuevo había evitado la muerte. Pero, por un breve instante, la vida y la muerte habían estado en simbiosis.

# Gamla Enskede

Están acostadas al calor de la cama, Sofia ya no sabe desde hace cuánto tiempo.

—Eres fantástica —dice Jeanette.

No, piensa Sofia. Su proceso de purificación la agota: afirmar que sus recuerdos ya no la afectaban era una conclusión prematura. Lo que ahora sabe acerca de ella lo pone todo en entredicho. Si la mayoría de sus recuerdos están construidos sobre lo que otras personas le han contado, ¿qué queda de su pasado?

¿Cómo pueden nacer tales recuerdos?

¿Cómo pueden ser tan fuertes como para haber creído a pies juntillas que había asesinado a varios niños, y además a Lasse? ¿Qué otros errores contiene su memoria? ¿Cómo podrá volver a confiar en sí misma?

¿Quizá sea mejor, después de todo, no recordar?

En cualquier caso, en cuanto esté sola hará una búsqueda en el ordenador para localizar a Lars Magnus Pettersson. Es una medida concreta: si está muerto, tendrá la certeza. En cuanto a Samuel, no puede hacer mucho más que esperar a que le vuelvan los recuerdos.

Está agotada después de esas horas en la cama, mientras que Jeanette parece fresca como una flor, reluciente de sudor y con la cara un poco colorada.

—¿En qué piensas? Pareces ausente.

Jeanette le acaricia la mejilla.

—No, no, no pasa nada. Solo trato de recuperar el aliento.

Sonríe.

El cuerpo de Jeanette es tan fuerte, tan poderoso. Le gustaría tener más carne, más feminidad, pero sabe que es un deseo vano: por mucho que coma, nunca se hará realidad.

—Oye, quería pedirte algo. —Jeanette la saca de sus pensamientos—. Tenemos que hablar de Annette Lundström. ¿Sabes con quién podría contactar para saber cómo está y si sería posible interrogarla?

—Puedo darte el nombre de una persona en Rosenlund. Un médico de Katarinahuset que seguramente, si quieres, podrá ayudarte desde mañana mismo.

—Eres la mejor, ¿sabes?

No, no es verdad, se dice para sus adentros. Lo olvido todo, me distraigo. Estoy en plena crisis.

Hay algo de lo que ya debería haberle hablado a Jeanette. Desde que la llamó después de su encuentro con Annette Lundström.

Los niños adoptados.

—Cuando vi a Annette Lundström, hablaba de forma incoherente y yo no sabía distinguir lo verdadero de lo falso. Pero hay un detalle al que le he estado dando vueltas y creo que deberías preguntarle acerca de ello cuando la veas.

Jeanette entorna los ojos.

—¿De qué se trata?

—Habló de niños adoptados. Dijo que Viggo Dürer ayudaba a niños extranjeros en dificultades a venir a Suecia y los alojaba en su casa en el norte, en Vuollerim, hasta encontrarles una familia de acogida. A veces solo se quedaban unos días y otras varios meses.

—Vaya... —Jeanette se pasa una mano por el cabello aún empapado de sudor, el sudor de las dos, y Sofia le acaricia suavemente el brazo con el dorso de la mano—. ¿Se encargaba de gestionar adopciones? ¿Además de ser criador de cerdos, jurista y contable de un aserradero? Un hombre polifacético, cuando menos. Además, parece que era un superviviente de los campos de concentración.

—¿Campos de concentración? —se sobresalta Sofia.

—No alcanzo a comprender a ese tipo —dice Jeanette—. Simplemente hay algo que no cuadra.

A Sofia le viene un recuerdo a la cabeza. Resplandece como una chispa, se apaga y deja una mancha ciega en la retina.

«Esas guarras que andaban con los alemanes. Putas, no eran más que putas. Se follaron a miles de ellos.»

El recuerdo de una playa en Dinamarca, y de Viggo abusando de ella. ¿De verdad? Solo recuerda que él se entregó a uno de sus «juegos», se restregó contra ella gimiendo, le metió dentro los dedos y de repente se puso en pie y se marchó. Ella se quedó en el suelo, con el cuerpo dolorido por los guijarros, con la camiseta desgarrada. Quiere hablar de ello con Jeanette, pero no lo consigue.

Aún no. Se lo impide la vergüenza, siempre el obstáculo de la vergüenza.

—Ven —susurra Jeanette—. Arrímate a mí.

Sofia se acurruca de espaldas a Jeanette. Se encoge como una criatura, cierra los ojos y disfruta de ese contacto, de ese calor, de la respiración calmada y profunda de ese cuerpo detrás de ella.

Querría dormirse así, pero aún tiene otra cosa que decir.

—El otro día vi a Carolina Glanz.

Jeanette hunde su rostro en el cuello de Sofia.

—¿La famosa?

—Y actriz porno —añade Sofia—. Le hice terapia durante un tiempo. Nos encontramos… —Se interrumpe. No puede decir que fue en el hotel, pues ello exigiría una explicación, y además no era ella, era Victoria—. Sí, por la calle, y Carolina me comentó que su libro sale dentro de unos días. Es una autobiografía y contiene importantes revelaciones.

—¿Ah, sí? —Jeanette suena adormilada.

—Sí, al parecer va a provocar un escándalo. Habla entre otros de un policía con el que estuvo liada y que vendía pornografía pedófila. Pero no sé qué pensar, es un poco mitómana.

Jeanette parece despertar de pronto.

—Eso no augura nada bueno. ¿Alguien de la policía de Estocolmo?

—No lo sé… No lo dijo, pero es probable, dado que ella vive aquí.

—¿Y va a soltar eso en su autobiografía? ¿Ha prestado declaración al respecto?

—No lo creo. No, seguramente no. Pero ya sabes, quizá no sea más que publicidad para lanzar su libro.

—Sí, supongo que hacen cosas así para promocionar un libro sensacionalista —dice Jeanette bostezando—. Declarará ante la policía cuando aparezca el libro y así le servirá de publicidad.

—Es plausible…

Callan y Sofia se da cuenta enseguida de que Jeanette se ha dormido. Escucha su respiración tranquilizadora.

Permanece un momento despierta y luego se sume en una somnolencia inquieta. Un estado que conoce bien, ni despierta ni dormida, ni tampoco soñando.

Abandona su cuerpo, se desliza por la pared y se pega al techo.

Es una sensación tranquilizadora, como si flotara en el agua, pero cuando trata de volver la cabeza y se ve con Jeanette entre las sábanas, todos los músculos de su cuerpo se bloquean y la sensación agradable se transforma al momento en pánico.

De repente, está de nuevo tendida en la cama, incapaz de moverse, como paralizada por un veneno. Alguien está sentado encima de ella, un peso indescriptible que inmoviliza su cuerpo y le impide respirar.

El cuerpo extraño acaba apartándose. Aunque no logra volver la cabeza para verificarlo, adivina que el cuerpo se levanta y baja de la cama a su espalda y desaparece de la habitación como una sombra huidiza.

La sensación de parálisis desaparece entonces tan deprisa como ha llegado. Puede respirar de nuevo y empieza a mover los dedos. Luego los brazos y las piernas. Comprende que está completamente despierta al oír la respiración profunda cerca de ella, y se calma. Necesitará la ayuda de Jeanette para poder rehacerse algún día.

¿Cuándo empezó todo esto? ¿Cuándo inventó su primera personalidad alternativa? De muy joven, naturalmente, dado que la disociación es un mecanismo infantil.

Mira de reojo la hora. Son más de las cuatro. No podrá volver a dormirse.

A Gao, Solace, la Trabajadora, la Analista y la Quejica puede borrarlas de la lista, pues ya las tiene identificadas. Han dejado de desempeñar sus papeles.

Quedan la Reptil, la Sonámbula y la Chica Cuervo. Con esas lo tiene más difícil, puesto que están más próximas a ella y no han sido copiadas de otras personas. Han surgido de ella misma.

Seguramente la Reptil será la próxima en desaparecer. Su comportamiento sigue a pesar de todo una lógica simple, primitiva: es la idea directriz que le permitirá deconstruir y analizar esa personalidad.

Aniquilarla y al mismo tiempo asimilarla.

Sofia Zetterlund, se dice. Tengo que ir a ver a la vieja a Midsommarkransen. Ella podrá ayudarme a comprender cómo utilizaba esas personalidades de niña y adolescente. Pero ¿puedo realmente ir a verla?

Y en ese caso, ¿quién va a ir, Sofia o Victoria?

¿O, como hoy, las dos, sincronizadas?

Permanece aún un rato tumbada antes de levantarse con cuidado y vestirse.

Tiene que avanzar, tiene que curarse, y eso es imposible sola en la oscuridad.

Tiene que regresar a su casa.

Le deja una nota a Jeanette en la mesita de noche, cierra la puerta de la habitación y llama a un taxi.

La libido, piensa mientras espera el taxi sentada a la mesa de la cocina. ¿Cuándo cesa la pulsión de vida? ¿De qué está hecha su propia libido? ¿Su fuego hambriento?

Observa una mosca que camina sobre el cristal de la cocina. Si estuviera hambrienta y no hubiera nada más, ¿se la comería?

# Barnängen

Lo primero que ve es la esquina de una bolsa de plástico negro. Luego se dice que habría que llamar a la policía. Se trata de una mujer que regresa de un bar pasadas las cuatro de la madrugada. Es muy tarde, pero en su caso poco importa, puesto que desde que perdió su trabajo en los servicios de ayuda domiciliaria de Dalen ya no tiene que preocuparse por ridiculeces como acostarse temprano o ejercer sus responsabilidades.

La noche no ha acabado como esperaba. Decepcionada y medio borracha, se encuentra en el muelle de Norra Hammarbyhamnen cerca de Skanstull, a tiro de piedra del ferry de Sickla, y observa la bolsa de plástico negra cabeceando en la superficie del agua.

Primero está tentada de dejarlo correr, pero acto seguido piensa en las series policíacas en las que un transeúnte encuentra un cadáver. Así que se arrodilla para agarrar la bolsa y la abre con precaución. Para su gran sorpresa, constata que su intuición era correcta.

Dentro de la bolsa ve un brazo amojamado.

Una pierna y una mano.

Sin embargo, no ha previsto la reacción de su cuerpo confrontado por primera vez a un cadáver.

Su primer pensamiento es que se trata de una muñeca que se ha podrido en el agua. Pero cuando ve que no se trata de una muñeca, que a la criatura le han arrancado los ojos, que una parte de la lengua parece cortada y que la cara esta cubierta de mordeduras, vomita.

Luego llama a la policía.

Al principio nadie la cree. Le lleva siete minutos convencer al policía.

Al colgar, constata que su teléfono reluce por el vómito.

Se sienta en el borde del muelle, agarra con fuerza la bolsa para asegurarse de que no desaparece y aguarda.

Sabe lo que está sosteniendo con su mano, pero trata de olvidar lo que acaba de ver. Una cara de niño destrozada a dentelladas.

De unos dientes humanos que, sin embargo, no están hechos para herir.

# Vita Bergen

Al alba, en su despacho, mira fijamente la pantalla del ordenador. Lasse está vivo.

La dirección es la misma: Pålnäsvägen, en Saltsjöbaden. Sigue viajando mucho por su trabajo, ha encontrado su nombre en la lista de participantes en un congreso celebrado en Düsseldorf hace menos de tres semanas.

Se sorprende riendo. Está claro que la engañó, pero no lo mató por eso.

Ahora que por fin tiene la confirmación, todo le parece muy banal. No contenta con inventarse vidas alternativas, también se las ha inventado a los demás, arrastrándoles en su caída interior. Lasse está vivo y quizá también lleve una doble vida, como antes, pero con otra mujer. La vida ha continuado fuera de su propio mundo cerrado en sí mismo. Y está encantada de que así sea.

El proceso se acelera.

Le queda mucho por hacer antes de concederse unas horas de sueño. Ha encontrado un filón y tiene que explotarlo hasta el final. Se siente concentrada y el zumbido dentro de su cabeza es bueno.

Se levanta y va a la cocina.

Delante de la puerta, dos bolsas de basura llenas de papeles. Ha empezado a hacer limpieza en la habitación secreta y pronto podrá deshacerse de todo, pero aún no ha acabado.

Durante la noche le ha estado dando vueltas a una pregunta: ¿cuál es la libido de un asesino en serie? ¿Puede encontrar la suya estudiando las de los demás? ¿Las más extremas, las más desviadas?

Sobre la mesa de la cocina se apilan un montón de papeles y la biografía de Chikatilo. Se sienta y arranca las páginas que había doblado.

Lee que las enzimas del cerebro necesitan tiempo para digerir todas las experiencias y forjar otro yo. Que ese otro yo no teme vaciar un vientre de sus vísceras o cocinar y comerse un útero, cuando el mero hecho de pensarlo hacía temblar de miedo al primer yo.

Andréi Chikatilo estaba dividido en dos, como una célula mantenida por la membrana de su identidad.

Huevo y células. División.

Vida primitiva. La existencia reptiliana.

«Fondant de chocolate. Dos huevos, doscientos cincuenta gramos de azúcar, cuatro cucharadas soperas de cacao, dos cucharaditas de azúcar de vainilla, cien gramos de mantequilla, cien gramos de harina y media cucharita de sal.»

Otro artículo sobre la mesa de la cocina. Acerca de Ed Gein, nacido en 1906 en La Crosse, Wisconsin, y fallecido en 1984 en el Mendota Mental Health Institute de Madison.

El texto describe lo que halló la policía en un registro en casa de Gein. Grapó al artículo la foto de una serpiente tragándose un huevo de avestruz, el gameto más grande del mundo.

Su casa parecía una sala de exposiciones. Un museo.

Lee: la policía encontró cuatro narices, gran cantidad de huesos y de fragmentos de huesos humanos, una cabeza en una bolsa de papel, otra en un bolso y nueve labios mayores en una caja de zapatos. Gein también había fabricado boles y patas de cama con cráneos, había tapizado asientos y hecho máscaras con piel humana, un cinturón de pezones de mujer y una pantalla de lámpara con la piel de una cara. La policía también encontró diez cabezas de mujer con el cráneo serrado y labios colgados de un cordón de persiana.

Sexo y bestialidad van de la mano, por eso grapó al artículo sobre Ed Gein la foto de la serpiente devorando el huevo.

Está también el hecho de ser despreciado por los demás. Pero ¿qué es lo primero? ¿El desprecio hacia uno mismo, hacia los otros o hacia el propio sexo?

En el caso de Chikatilo, a la gente le desagradaban sus andares femeninos y repelentes, sus hombros caídos, en resumidas cuentas toda su persona, y también les asqueaba su mala costumbre de tocarse constantemente los genitales. Mataba y devoraba a sus víctimas porque para él era la única manera de excitarse sexualmente. Seguía sus pulsiones reptilianas, primitivas. Una parte central de la problemática de Ed Gein era su deseo de cambiar de sexo y transformarse en su propia madre. Con cadáveres desenterrados, trataba de fabricarse un disfraz para convertirse en mujer.

El artículo que tiene ante sus ojos se refiere al interrogatorio en el que el ritual se describe como transexual. Al margen, Victoria anotó, en rojo:

EL REPTIL MUDA.

EL HOMBRE SE VUELVE MUJER. LA MUJER, HOMBRE.

IDENTIDAD SEXUAL / PERTENENCIA SEXUAL TRASTORNADAS.

COMER-DORMIR-FOLLAR.

Necesidades, se dice recordando sus lecturas de Abraham Maslow cuando estudiaba. Recuerda incluso dónde se encontraba cuando descubrió su jerarquía de las necesidades. En Sierra Leona, y más concretamente en la cocina de la casa que tenían alquilada en Freetown, justo antes de que Solace entrara en la estancia. Victoria se había comido la repugnante papilla de su padre, con demasiada canela y azúcar.

«Mientras finge acabarse la papilla, piensa en lo que ha leído acerca de la jerarquía de las necesidades, que comienza por las necesidades fisiológicas. Necesidades como la alimentación o el sueño, del que él la priva sistemáticamente. Luego viene la necesidad de seguridad, luego la necesidad afectiva y de pertenencia, luego la necesidad de estima. Todo aquello de lo que la ha privado y continúa privándola. En la cúspide de la jerarquía, la necesidad de realización de una misma, un término que ni siquiera tiene capacidad para comprender. Él la ha privado de todas sus necesidades.»

Ahora lo sabe.

Creó a la Reptil simplemente para lograr comer y dormir.

Más adelante en su vida también utilizó a la Reptil para poder amar. Cuando Lasse y ella se acostaban, era la Reptil quien le recibía en su interior, puesto que para ella era la única manera de gozar del cuerpo de un hombre. Y fue también la Reptil quien participó con Lasse en un intercambio de parejas en un local de Toronto. Pero cuando se acuesta con Jeanette, la Reptil no está allí, está segura, y eso la llena de tal felicidad que se le saltan las lágrimas.

Pero ¿qué más hace esa Reptil? ¿Ha matado?

Se enjuga las lágrimas con el dorso de la mano y piensa en Samuel Bai.

Se lo encontró delante del McDonald's de Medborgarplatsen, lo llevó a su casa y lo durmió dándole un somnífero. Luego ella se duchó y, cuando él despertó, aún adormilado, se mostró desnuda ante él, lo atrajo y lo mató a martillazos en el ojo derecho.

La bestialidad de la Reptil. La bestialidad del asesino. Gozó.

¿O no fue así?

Se levanta de la mesa de la cocina, tan bruscamente que derriba la silla, y se dirige a grandes zancadas a la sala. El sofá, se dice, la mancha de sangre en el sofá, que Jeanette estuvo a punto de ver. La sangre de Samuel.

Lo registra de arriba abajo e inspecciona los cojines minuciosamente, pero no encuentra ninguna mancha. No la hay, porque nunca la ha habido.

La Reptil no es su fuego hambriento. Es una falsa libido, inventada de cabo a rabo.

Se ríe de nuevo y se sienta en el sofá.

Todo, desde su encuentro con Samuel en Medborgarplatsen hasta salir ella de la ducha, es exacto. Pero no le dio ningún martillazo.

Lo único que hizo fue echarlo a la calle, después de que él le metiera mano.

Así de sencillo.

La última vez que vio a Samuel fue cuando lo echó. Está segura.

El muchacho tenía enemigos y sufrió agresiones en varias ocasiones. ¿Se trataría de una pelea que acabó mal?

Le corresponde a la policía investigarlo. No a ella.

Vuelve a la cocina y abre el frigorífico. Unas remolachas peludas y sucias, unos huevos. Coge dos y los hace rodar un momento en sus manos. Dos gametos hembra sin fecundar, fríos en la palma de su mano.

Cierra el frigorífico, abre el armario, saca un bol de aluminio y rompe los huevos. Luego añade doscientos cincuenta gramos de azúcar, cuatro cucharadas soperas de cacao, dos cucharaditas de azúcar de vainilla, cien gramos de mantequilla, cien gramos de harina y media cucharadita de sal.

Lo remueve todo y empieza a comer.

La Reptil es un animal de sangre fría, que disfruta de estar viva. En verano se tuesta al sol en la playa, o sobre una piedra caliente en un prado. No se cuestiona su existencia, no exige de Dios una respuesta al sentido de la vida y goza cuando por su sangre corren restos de ratones de campo. Cuando era una reptil pequeña, recuerda haber hundido su cara en el hueco de la axila de su padre. El olor de su sudor era tranquilizador, y allí, en ese hueco, sintió qué era ser un animal, no tener que preocuparse de los propios sentimientos ni de los propios actos.

Era su único recuerdo de sentirse segura y confiada con su padre. A pesar de lo que luego le hizo, ese recuerdo no tenía precio.

Al mismo tiempo, sabe que ella nunca ha tenido ocasión de satisfacer las necesidades de su hija. Madeleine no tiene ningún recuerdo de ella, ningún recuerdo de su madre.

Nada que pueda tranquilizarla.

Madeleine debe de odiarme, piensa.

# Instituto de Medicina Legal

«Gracias por esta noche. Eres fantástica. Un beso. Sofia.» Y, debajo, el teléfono de contacto en el hospital de Rosenlund.

Se siente un poco decepcionada al encontrar la nota en la mesita de noche. Al descubrir la cama vacía al despertarse, esperaba que Sofia estuviera en la ducha o, mejor, que hubiera bajado a preparar el desayuno. No había dicho que tuviera que volver a su casa pronto. Sin embargo, Jeanette tiene una sonrisa en los labios cuando guarda la nota doblada en el cajón de su mesita.

—En cualquier caso, me encuentra fantástica —se alegra ella sola.

Deja que el edredón se deslice a sus pies, se tumba boca arriba, se despereza y contempla su cuerpo desnudo. Parece que haya realizado un aterrizaje de emergencia en la cama y la hayan rociado con agua. Sofia desprende tanto calor que este se propaga al cuerpo de Jeanette, y aún sigue sudando incluso cuando Sofia ya no está allí.

Después de una ducha rápida, baja a la cocina, bañada por el pálido sol otoñal. El veranillo de San Martín parece alargarse, el termómetro en la ventana ya marca quince grados y no son más que las ocho y media. Un hermoso día en perspectiva.

No será un día hermoso. Pero sí interminable.


Acaban de dar las nueve cuando Jeanette baja del taxi delante del Instituto de Medicina Legal de Solna.

Ivo Andrić la espera en la puerta con un café doble.

Es un ángel, se dice ella, ya que una llamada de Billing la ha privado de su café matutino.

—Ven, entremos —dice el forense—. Si tienes hambre hay unos bocadillos en la sala de autopsias. Queso brie y salami.

—No, gracias. Aún no tengo apetito.

Bebe unos sorbos de café caliente.

—¿Has hablado con Hurtig? Quizá él también debería estar aquí.

No, no ha tenido tiempo. Aunque, por otro lado, no lleva levantada más de tres cuartos de hora. Menea la cabeza mientras marca el número.

Una borracha noctámbula ha encontrado, flotando en una bolsa de plástico negra en las aguas de Norra Hammarbyhamnen, el cadáver momificado de un niño de entre diez y doce años. El parecido con el muchacho de Thorildsplan es impresionante.

Karakul, se dice, esperando que el forense le dé la respuesta.

¡Qué cómodo sería! No es supersticiosa, pero no puede evitar pensar que la conversación con Iwan Lowynsky ha llegado en un momento de lo más oportuno.

Hurtig descuelga y ella le pone al corriente. Por supuesto quiere dejarlo todo e ir para allá, pero a Jeanette se le ocurre una idea mejor: le explica lo que ha averiguado esa noche acerca de Annette Lundström, le envía el contacto de Sofia en el hospital de Rosenlund y le pide que trate de obtener una entrevista con Annette.

—Si es posible, ve hoy mismo —concluye—. No olvides preguntar si Annette puede contarnos más cosas acerca de los niños adoptados de Viggo, y habla también con el médico para saber cómo se puede organizar, técnicamente, un interrogatorio formal en comisaría, lo antes posible y sin contratiempos. Al decir sin contratiempos, me refiero a sin trabas burocráticas.

Cuelga. El forense ha apoyado una mano sobre su hombro. No parece mucho más despierto que ella, solo que él lleva trabajando desde las cinco de la mañana mientras que ella se ha quedado hasta tarde en la cama recuperándose de los excesos de la noche.

—Gracias por lo de Malmö —dice Ivo Andrić con una sonrisa fatigada.

Ella responde asintiendo con la cabeza sin preguntarse qué le agradece. Está concentrada en lo que la espera en la sala de autopsias.

Ivo Andrić abre la puerta y entran. Sobre la mesa de acero inoxidable, un bulto cubierto con una sábana. Sobre la superficie de trabajo y en la pared, un montón de fotos. Ve que son de la primera víctima, Itkul Zumbayev, el muchacho hallado momificado en Thorildsplan.

—Bueno, ¿qué sabes? —dice Jeanette una vez descubierto el cuerpo.

Se echa atrás con asco ante lo que ve. La boca está abierta, la piel ablandada por el agua. Su primera impresión es doble: se trata de un cuerpo en descomposición, pero parece como si la muerte lo hubiera alcanzado en mitad de un movimiento.

—Las heridas son casi idénticas a las de la víctima de Thorildsplan. Marcas de látigo y violencia ciega. Numerosas señales de pinchazos de aguja al azar. Castrado.

El muchacho está tendido boca arriba, con los brazos levantados frente a su cara vuelta a un lado. Parece una imagen congelada en el momento de la muerte, como si el último gesto del chaval hubiera sido protegerse.

—Mi hipótesis es que el cadáver presentará restos de Xylocaína adrenalina —continúa Ivo Andrić—. Enviaremos las muestras esta mañana al laboratorio. Y ya ves que los pies han sido atados con cinta adhesiva, como la última vez.

Jeanette retrocede en el acto a unos meses atrás. Siente un peso en el pecho, le cuesta de nuevo respirar y su corazón empieza a latir más fuerte. Peleas organizadas, se dice. Es una idea que ya le había pasado por la cabeza esa primavera, y además Ivo la mencionó. ¿Se hallan frente al adversario de Itkul?

¿Karakul?

—Hay algunas diferencias notables con el muchacho de Thorildsplan —dice Ivo—. ¿Las ves?

No quiere ver, pero la idea ya se ha grabado en su mente.

Dos hermanos. Itkul y Karakul, obligados a matarse entre ellos con las manos desnudas. No, es demasiado macabro. Tiene que haber otra explicación.

Otra persona, mucho más alta y fuerte que ellos, los maltrató brutalmente y luego los embalsamó. Eso sería más fácil de digerir, por descabellado que resulte.

—¿Las ves? —repite Ivo.

El forense toca ligeramente uno de los brazos del niño. Falta la mano. La derecha.

Ahora ve la diferencia. Al ser incapaz de soportar la visión del rostro del muchacho, las explicaciones de Ivo sobre las heridas similares le han impedido ver las otras, las más evidentes.

Ivo pasa la mano sobre el cadáver.

—Mordiscos. Por todas partes, pero sobre todo en la cara. Los ves, ¿verdad?

Asiente con la cabeza, abatida. Son más bocados que mordiscos.

—Hay una cosa que me intriga. Este cadáver tiene otro… cómo decir. ¿Color? El chaval de Thorildsplan era más bien de un marrón amarillento. Este es de un verdoso casi negruzco. ¿A qué se debe?

Dios mío, ¿cómo ha podido atinar tanto Sofia? Menos de doce horas antes, estaban en su cocina hablando de canibalismo. En el acto, le entran náuseas de nuevo.

Ivo frunce el ceño.

—Es pronto para afirmarlo, pero este muchacho, aparte de haber permanecido durante al menos dos o tres días en el agua, probablemente sufrió un proceso de momificación más fuerte o diferente. No soy especialista en el arte del embalsamamiento, pero no creo que ande muy equivocado.

—¿Cuándo falleció? —Traga saliva. Las náuseas le impiden hablar.

—Eso también es difícil de decir, pero sin duda hace más tiempo que el chaval de Thorildsplan. Quizá seis meses antes. Ya sabes lo que todo eso puede significar.

—Sí, que todas las hipótesis están abiertas. Que igual los dos chavales murieron al mismo tiempo, o este antes que el otro, o al revés. —Jeanette suspira. Ivo la mira, casi ofendido—. Perdona, todo esto me ha agotado, no suspiraba por culpa tuya. Haces un trabajo excelente, eres el mejor.

Él asiente con la cabeza.

—Puede ser. Muchos viejos forenses experimentados ya se han jubilado.

Su respuesta la sorprende. Menudos carcamales, se dice. Ivo es más rápido, tiene la mente más aguda y una mayor experiencia, aunque sea más joven. Se pregunta qué debió de vivir en Bosnia. Nunca se lo ha preguntado y él nunca le ha hablado de ello. Pero sabe que trabaja como médico forense desde finales de los años ochenta.

—¿Algo más?

Se siente enormemente cansada. El muchacho que yace sobre la mesa a buen seguro le provocará pesadillas. Evita mirarlo, pero ve el cuerpo de reojo, como tendido hacia ella.

—Sí, dos o tres cosas más.

Ivo busca la mejor manera de formularlo. Es muy eficiente en su trabajo, pero a veces, a fuerza de precisión, parece soltar un discurso preparado con antelación y se pierde en los detalles. Pero, en todo caso, siempre llega al fondo de las cosas.

—El cadáver de Thorildsplan no tenía dientes —dice al fin—. No es el caso de este. He sacado un molde. —Se acerca a la superficie de trabajo y lo coge—. Super Hydro, un producto excelente, fácil de utilizar, sin burbujas.

—¿Un molde de la dentadura? —El corazón de Jeanette se acelera, pero se esfuerza por conservar la calma—. Es esencial para la identificación.

—Claro, naturalmente… Con esto tendríamos que identificarlo.

El forense no se está quieto, nunca le ha visto así, se vuelve de repente, deja el molde y toma una de las fotos de Itkul Zumbayev, el cadáver de Thorildsplan. A Jeanette le da un vuelco el corazón.

—Aún no estoy seguro, pero ¿ves en esta foto que la mandíbula del chaval está un poco torcida? —Golpea la imagen con el dedo—. Este crío también la tiene torcida. Apostaría a que son hermanos.

Jeanette suspira aliviada. Ivo Andrić no necesita estar seguro, porque ella lo está.

Itkul y Karakul. Por supuesto. Es lógico. Se ha quedado sin habla. Ivo la mira, desconcertado.

—Aunque la víctima de Thorildsplan no tenía dientes —prosigue—, se puede adivinar a grandes rasgos cómo era su dentición, sobre todo si tenía un defecto. En aquel momento no di mucha importancia a su mandíbula torcida, pero ahora resulta muy interesante.

—Sí, podría decirse así. —Jeanette se oye hablar como Hurtig, y ahora siente necesidad de explicarle a Ivo lo que sabe—. Estás al corriente de la noticia de ayer, ¿verdad? ¿La identificación del muchacho de Thorildsplan?

Ivo parece sorprendido.

—¿Cómo?

Jeanette siente que la cólera se adueña de ella. ¡Menudo inútil! ¿Y eso es un jefe? Dennis Billing le prometió que hablaría con Ivo Andrić.

—Sabemos el nombre del muchacho de Thorildsplan, y probablemente el de este. Podría llamarse Karakul Zumbayev. Su hermano se llamaba Itkul, es seguro al cien por cien.

Ivo Andrić hace un gesto de impotencia.

—Bueno, de haberlo sabido habríamos ganado tiempo. Pero no hay mal que por bien no venga. Ahora todo está más claro.

—Tienes razón. —Jeanette le palmea el hombro—. Excelente trabajo.

—Una última cosa —dice Ivo despegando la cinta adhesiva que rodea los pies del muchacho—. He encontrado huellas dactilares, pero es raro…

Jeanette se detiene.

—¿Raro? ¿Por qué raro? Es más bien una buena…

Por primera vez, Ivo Andrić la interrumpe.

—Es raro porque las huellas sobre la cinta adhesiva no tienen dibujos papilares.

Jeanette se queda pensativa.

—¿Quieres decir que son huellas dactilares sin huellas?

—Sí, por así decirlo.

Hasta ahora, el asesino ha tomado precauciones, se dice. No había huellas en Thorildsplan, ni en Danvikstull ni en la isla de Svartsjö. ¿Por qué cometer ahora esta negligencia? Pero, al mismo tiempo… Si no se tienen huellas dactilares, ¿por qué habría que evitar dejarlas?

—Explícamelo, por favor. ¿Ha utilizado guantes?

—No, seguramente no. Pero los dedos de la persona en cuestión no dejan huellas.

—¿Y cómo puede ser eso?

Parece desolado.

—Es muy raro. Aún no lo sé. He leído de casos en los que el asesino se unta los dedos de silicona. Pero no es el caso. He obtenido la huella de una palma de la mano y lo que se ve sin duda es la piel desnuda, pero la punta de los dedos es… ¿cómo decirlo?

Hace una larga pausa.

—¿Sí?

—¿Lisa?

# En ninguna parte

Ulrika Wendin comprende que quien la mantiene prisionera no va a dejarla con vida.

¿Por qué iba a hacerlo?

No puede tratarse de un secuestro, puesto que nadie querría ni podría pagar el menor rescate. Y además sabe demasiado. Viva no le sirve de nada, así que no comprende por qué no la ha matado en el acto.

¿Va a violarla? ¿O hará alguna otra cosa con ella? Teme lo peor, y no confía en poder huir. Todos sus intentos de escapar no han hecho más que agotarla. Comprende que sus posibilidades de salir de allí por sus propios medios disminuyen con el paso de las horas, a medida que se debilita.

El estado de su cuerpo se degrada rápidamente: teme que la falta de alimento haya vuelto su carne blanda y apática. En última instancia, su única posibilidad es aguantar tanto tiempo como sea posible, esperando que alguien la encuentre.

¿La debilidad del cuerpo puede contrarrestarse si el cerebro trabaja mejor? Ha leído que aquellos que eligen llevar una vida aislada, como los eremitas, los sabios y los monjes de clausura, alcanzan, a fuerza de meditación, la unidad del ser. Parece que algunos incluso logran levitar.

Ahora que ya casi ni siente el cuerpo, tiene un atisbo de cómo lo hacen. A veces casi le parece volar en el espacio oscuro que la rodea, olvida dónde está y empieza a viajar. Eso la hace más fuerte, al menos mentalmente. En todo caso, eso es lo que cree.

Ha leído en algún sitio que algunos prisioneros en régimen de aislamiento durante largos períodos desarrollan sus capacidades intelectuales. Que sus cerebros aprenden cosas nuevas, algo que no harían en libertad y en contacto con otros.

Cuando viaja con el pensamiento durante largo rato, recita las tablas de multiplicar, luego enumera por orden alfabético todos los países que conoce, con sus capitales. Eso tiene como efecto abrirla a pensamientos nuevos, mientras logra rememorar conocimientos que creía olvidados desde hacía tiempo.

Cuando recita en silencio los estados norteamericanos, solo le faltan cuatro. Está orgullosa y sorprendida de ese conocimiento del que no tenía conciencia.

Se da cuenta de que sabe mucho más de lo que los demás siempre le han hecho creer.

Después de Estados Unidos, comienza a trazar un mapa de las costas europeas, del mar Blanco al mar Negro. Primero la península de Kola, luego Escandinavia, bajando por las costas del Báltico, Finlandia, los países Bálticos, y luego Polonia, Alemania y Dinamarca, a continuación todos los países de la costa atlántica hasta el Mediterráneo, siguiendo las playas hasta el Bósforo y el mar Negro.

Luego abandona Europa. Asia, África y el resto del mundo.

Acaba viendo la Tierra desde arriba, como desde un satélite, y lo que ve corresponde a la realidad. Sin mapa, sabe cómo es el mundo.

Decide entonces flotar en el espacio, con el cielo del hemisferio Norte y la estrella Polar por encima de ella. Sus ojos están muy abiertos y su cerebro enciende las constelaciones en el techo.

La Osa Menor. Orión y el Carro.

En la franja de luz difusa del techo ve el borde de la Vía Láctea, y también, ahora, el Cochero, el Cisne, Casiopea y las otras constelaciones que, a los siete años, admiró con los ojos como platos en un viejo libro de astronomía en casa de su abuela.

Lentamente, Ulrika Wendin abandona su cuerpo y desaparece en la oscuridad centelleante.

No sabe si es un sueño o la realidad, pero siente que le quitan la cinta adhesiva de la boca para introducirle algo.

El hambre la hace masticar y tragar ávidamente. Es una papilla de sabor seco y muy amargo. Es como si sus papilas estuvieran anestesiadas, resecas.

Tose. Dos manos le agarran la cara, mientras otras dos la amordazan con cinta adhesiva. Luego la dejan sola. Regresa pronto al espacio y el cielo estrellado tiene el sabor de esa papilla amarga. Vacío y seco.

Con un fuerte gusto a avellana.

# Rosenlund

Annette Lundström ha visto las tinieblas. Es lo primero que piensa Hurtig cuando le hacen entrar en su habitación. Parece haber sido presa de pesadillas durante varios años y que la falta de sueño la haya transformado en un espectro. Su rostro está cubierto de arrugas, grisáceo, y su cuerpo tan delgado que teme romperle la mano al saludarla.

No se rompe, pero está helada, lo que refuerza la sensación fantasmagórica.

—No quiero estar aquí —dice con una voz sorda y quebrada—. Quiero estar con Linnea, Karl y Viggo. Quiero estar allí donde todo es como antes.

Hurtig sospecha que no va a ser tarea fácil.

—Lo entiendo, pero habrá que esperar un poco. Antes vamos a charlar un rato, usted y yo.

Empieza a sentirse mal y sabe por qué. Esa habitación se parece a aquella en la que su hermana pasó buena parte de los seis últimos meses de su vida. Una semana internada, la siguiente fuera, internada de nuevo, y así una y otra vez. Sus estancias en el hospital fueron cada vez más frecuentes, hasta que no lo soportó más y se suicidó. Pero ahora está ahí en calidad de policía, no a título personal: inspira profundamente y se concentra esforzándose en dejar a un lado los recuerdos.

—Usted es de la policía, ¿verdad? —Annette Lundström habla en tono suplicante, con un deje de esperanza en la voz—. ¿Puede ayudarme a salir de aquí? Es muy importante… Tengo que regresar a Polcirkeln, hace mucho tiempo que nadie ha ido allí a ocuparse de la casa. Hay que regar las flores, cortar el césped, cómo deben de estar los parterres... Y las manzanas... Estamos en otoño, ¿verdad?

—Sí —dice—. Yo soy de Kvikkjokk, no está muy lejos de Polcirkeln. Pero allá arriba es invierno.

Su intento de instaurar un tono familiar parece dar resultado. Annette Lundström se anima un poco y le mira a los ojos. La mirada que él descubre es horrible, con tal vacío que no encuentra palabras para describirlo.

Locura, se dice. No, más bien los ojos de alguien que ha dejado este mundo para ir a otro. Un psicólogo probablemente lo denominaría psicosis, y ese es el término utilizado por el médico con el que acaba de hablar. Pero también tiene la sensación de que la fragilidad tanto física como mental de esa mujer presagia algo que él adivina en sus ojos.

Pronto morirá. Morirá de pena.

—Kvikkjokk —dice ella con su voz tenue—. Fui allí una vez. Era muy bonito, entonces. Nevaba. ¿Ahora nieva?

—Aquí no, pero allá arriba sí. ¿Hay otras personas a las que espera volver a ver, aparte de Karl, Viggo y Linnea, cuando regrese a Polcirkeln?

—A Gert, claro, y también a Peo, Charlotte y su hija. Hannah y Jessica seguro que no vendrán.

Hurtig toma notas a toda velocidad. Es realmente extraño, se dice, habla como si ya estuviera al otro lado.

—¿Quién es Gert?

Ella se ríe. Es una risa seca, enronquecida, que le hace dar un paso atrás.

—¿Gert? Pero si todo el mundo le conoce. Es un hombre muy competente, uno de los mejores policías de Suecia. Debería usted saberlo, siendo policía. Y por cierto, ¿qué hace usted aquí? Yo no he hecho nada.

—No se preocupe. Solo quiero hacerle unas preguntas y me gustaría que respondiera lo mejor que pueda.

Un policía muy competente, piensa. Mierda. El primero de la clase, Gert Berglind.

—Hannah y Jessica. ¿Y sus apellidos?

Le sorprende que, en su estado, esa mujer se muestre tan locuaz. Espera que lo que cuenta sea verdad. Desde un punto de vista estrictamente jurídico, ¿es posible utilizar una entrevista de ese tipo en una investigación? No lo sabe, pero quizá aportará algunas pistas.

—Hannah Östlund y Jessica Friberg. Y he olvidado mencionar a Regina y a su hijo, y también a Fredrika.

De nuevo respuestas directas, piensa Hurtig.

—Muy bien —la felicita, anotando los nombres.

Toda la pandilla de Sigtuna, todos asesinados, aparte de las propias asesinas, Hannah Östlund y Jessica Friberg. No, descubre después de anotar el último nombre, falta una persona.

—¿Y Victoria Bergman? ¿Estará allí también?

Annette Lundström parece sorprendida.

—¿Victoria Bergman? No, ¿para qué?

# Barrio de Kronoberg

—Tengo sobre la mesa los informes de Schwarz, Åhlund y Hurtig, y ya solo me falta el tuyo —dice el jefe de policía Dennis Billing al cruzarse con Jeanette en el pasillo—. ¿O es que quizá tienes otras cosas mejores que hacer en lugar de acabar tu trabajo?

Jeanette no le presta mucha atención, aún ofuscada por lo que ha visto en el Instituto de Medicina Legal.

—No, no, en absoluto —responde—. Lo tendrás hoy mismo, podrás enviárselo a Von Kwist mañana como muy tarde.

—Disculpa mi brusquedad —dice Billing—. Habéis hecho un buen trabajo, lo habéis resuelto todo muy rápido. De haberse alargado mucho, no hubiera sido agradable verlo en la prensa. Por cierto, Von Kwist ya no se ocupa de ello. Está de baja por enfermedad y alguien llevará el caso hasta su regreso. Y además no hay prisa, porque las asesinas no están disponibles, por así decirlo.

El jefe de policía sonríe.

—¿Quieres decir que siguen ardiendo en el infierno? —responde Jeanette con el mismo tono sarcástico, pero se arrepiente de inmediato, ya que sabe que la esposa de su jefe es una pentecostista practicante.

—Tal vez sí, tal vez no. Pero, en su caso, no pueden esperar nada mejor que el limbo.

—¿Y qué le pasa a Von Kwist? —pregunta Jeanette, poco deseosa de entablar una discusión teológica con su jefe.

La última vez que vio al fiscal parecía como de costumbre y no dijo que le doliera nada.

—Tiene problemas de estómago. Probablemente sea una úlcera, creo que eso me ha dicho por teléfono. Visto como trabaja, no me sorprende. Día y noche, todos los días incluidos fines de semana, brilla por su celo a este lado del lago Klara. Es un buen tipo, ese Kenneth. Parecía muy afectado cuando he hablado con él esta mañana.

—Es el mejor de todos nosotros —dice Jeanette continuando hacia su despacho, consciente de que Billing no ha captado su ironía.

—Y que lo digas, es el mejor —replica de hecho Billing—. Bueno, ponte de nuevo manos a la obra.

—¿A qué te refieres?

—Quiero decir que, a raíz de ese otro muchacho asesinado, hemos reabierto el caso. Puedes quedarte con Hurtig. Åhlund y Schwarz estarán de retén mientras no surja algo más importante.

¿Más importante?, se dice Jeanette. El caso solo se reabre para quedar bien.

—¿Es pura cuestión de estética, quieres decir? —replica abriendo la puerta de su despacho.

—No, no, en absoluto. —El jefe de policía calla—. Sí, bueno, quizá podríamos decir eso. Cuestión de estética. Joder, Nenette, a veces tienes unas ocurrencias… Me acordaré. Cuestión de estética.

Jeanette entra en su despacho y deja la puerta abierta para ver a Hurtig cuando regrese del hospital. Tiene curiosidad por saber lo que Annette le habrá explicado. Pero cuando se da cuenta de que Hurtig aún tardará en volver, decide cerrar la puerta y ponerse a trabajar.

Echa un vistazo al retrato robot colgado encima de su mesa. El dibujo no le dice nada, aparte de que podría ser cualquiera.

También podría ser una mujer, se dice.

Dándole vueltas, el rostro le resulta curiosamente vago. ¿No debería tener algún signo distintivo? Ah, sí, el dibujante ha colocado algunas pecas, una en el mentón y otra en la frente. ¿Un niño se fija en ese tipo de detalles?

Ha leído en alguna parte que *La Gioconda* fue analizada por un ordenador que concluyó que el rostro de Mona Lisa contenía un ochenta y tres por ciento de alegría, un nueve por ciento de asco, un cinco por ciento de miedo y un tres por ciento de cólera, o algo parecido. Ese retrato robot parece contener un noventa y ocho por ciento de nada y un dos por ciento de pecas.

Mientras observa la imagen, llama a Ivo Andrić para pedirle un registro más a fondo del apartamento de Ulrika Wendin. Será mejor proceder cuanto antes. Mientras espera a que descuelgue, Jeanette piensa en lo que Ulrika Wendin le contó acerca de su violación en aquella habitación de hotel: la drogaron y Lundström lo filmó todo.

Recuerda también el interrogatorio en el que Lundström afirmó haber asistido a varios rodajes de películas pedófilas, aunque no mencionó explícitamente el de Ulrika.

Ivo Andrić responde y promete regresar al domicilio de Ulrika Wendin con algunos técnicos. Al acabar la conversación, Jeanette se queda con el teléfono en la mano y un nudo en el estómago.

Las películas de Lundström, se dice, quizá contengan algún elemento susceptible de ayudarles a localizar a Ulrika.

Marca el número de Mikkelsen.

¿Y si la película rodada en el hotel se encontrara entre la colección de Lundström? ¿Por qué no ha pensado antes en eso? Si las cosas ocurrieron como dijo Ulrika, y nunca lo ha dudado, una película así tendría gran interés. La muerte de Karl Lundström no significa que no se pueda aún detener a otros violadores.

Suspira. Esa investigación ha sido realmente la cenicienta. Con más recursos, podrían haberla abordado más a fondo.

Cuando Mikkelsen por fin descuelga, le pide si puede poner a alguien a visionar esas películas.

—Pues no, de momento no —responde Mikkelsen, evasivo—. Tenemos mucho trabajo.

—Lo entiendo —dice Jeanette—. Pero si te digo que es importante, ¿podrías encontrar un poco de tiempo? —añade, reclinándose en su sillón y estirando las piernas debajo de la mesa.

Mikkelsen se queda en silencio, sin responder: Jeanette se dice que ha sido un poco insolente. No es su jefe, y quizá se haya tomado su última frase como una orden.

—Perdona —dice ella—. Lo retiro. Te diré qué podemos hacer. Iré a buscar las películas que encontrasteis en casa de Lundström y las veré yo sola. ¿Te parece?

¿Realmente tengo ganas de hacerlo?, piensa Jeanette al caer en la cuenta de lo que acaba de decir.

—De acuerdo, no veo ningún inconveniente formal. Pero tendrás que firmar una cláusula de confidencialidad, y esas películas no pueden salir de aquí. Además, muchas de las películas de Lundström están en VHS y aún no se han digitalizado, lo que quiere decir que tendrás que buscarlas por tu cuenta en el almacén.

A Jeanette le parece que habla en un tono irritado, pero supone que no es culpa de ella. Su petición no representa ninguna sobrecarga de trabajo para él, así que probablemente se deba a otra cosa. Quizá solo está cansado de su trabajo.

—Muy bien, ahora mismo voy para allá —dice, y cuelga sin darle tiempo a Mikkelsen a responder.

Ya está, se dice, ya no hay vuelta atrás.

En el pasillo, oye a Schwarz y Åhlund riendo en la sala. Piensa primero en ir a bromear un poco con ellos, pero desiste: ser una más de la pandilla nunca ha sido su estilo, y hoy no se siente de humor.


Mikkelsen ya no está allí, pero le ha pedido a un colega que se ocupe de ella. Un joven de barba corta y con un anillo en la nariz sale a su encuentro.

—Hola, supongo que es usted Jeanette Kihlberg. Lasse me ha dicho que la dejara entrar en el almacén y que puede llevarse lo que quiera. —Le indica que le siga—. Por aquí.

Una vez más, se pregunta qué lleva a un hombre adulto a pasar los días, por voluntad propia, visionando a cámara lenta, fotograma a fotograma, a unas criaturas de las que, en la mayoría de los casos, abusan otros hombres adultos. Sus semejantes. Sus camaradas y colegas.

Y que pueden encontrarse con amigos de la infancia, compañeros del colegio y, en el peor de los casos, ver a su propio hermano o a su padre acostado al lado de un niño tailandés. O de una niñita de dos años que se crió cerca de Edskiven, en Danderyd, piensa Jeanette. Adoptada en Copenhague.

—Aquí está —dice el colega de Mikkelsen abriendo una puerta de despacho corriente—. Venga a verme cuando acabe. Estoy allí abajo. —Le señala al fondo del pasillo.

Ella mira la puerta, desconcertada, sin saber qué esperaba.

Por lo menos debería haber una advertencia del tipo «Entre por su cuenta y riesgo», o mejor aún: «Prohibida la entrada».

—Si necesita ayuda, llámeme.

El joven policía gira sobre sus talones y regresa a su despacho.

Jeanette Kihlberg respira hondo, abre la puerta de la colección de pornografía infantil de la criminal y entra en la sala.

A partir de ese momento, no volverá a ver el mundo de la misma manera. Ahora empieza esto, se dice. Contador a cero.

# El Girasol

El Mini esta aparcado en Klippgatan, una calle paralela a Borgmäs-targatan. Sofia Zetterlund constata que efectivamente su tarjeta de aparcamiento residencial ha expirado. El coche, además de por una gruesa capa húmeda de hojas muertas, está cubierto de multas: con el tiempo que lleva mal aparcado, es un milagro que aún no se lo haya llevado la grúa.

Piensa en su visita del día anterior a la biblioteca municipal y en cómo ese encuentro con la bibliotecaria con velo y un ojo despigmentado le recordó su coche y su tarjeta de aparcamiento residencial.

En ese momento comenzó de verdad su proceso de curación.

El recuerdo le volvió tan repentinamente que imaginó que la bibliotecaria le había hablado.

«Su tarjeta de aparcamiento residencial ha expirado.»

Abre la puerta y saca un cepillo de la guantera. Anomalías, se dice, mientras retira las hojas podridas apiladas alrededor de los limpiaparabrisas y sobre el techo.

Las anomalías la hacen recordar, la despiertan de su sonambulismo, sin que necesariamente tengan la menor relación con el recuerdo resucitado.

Para el cerebro ningún recuerdo es anodino. Al contrario, los recuerdos más banales ocupan a menudo un lugar destacado, mientras se aparta todo lo que se debería recordar, lo lógico y emotivo. El cerebro no confía en sí mismo para enfrentarse a los recuerdos difíciles: por eso será más fácil recordar dónde está aparcado el coche que haber sido violada por tu propio padre.

Lógico, emotivo y trágico, piensa. A la vez.

Guarda el cepillo y las multas en la guantera, se pone al volante y mira la hora. Apenas ha dormido tres horas, pero se siente descansada.

Antes de arrancar para dirigirse a la residencia El Girasol, saca su cuaderno. Está en la carpeta de plástico marcada con una M de Madeleine, junto con otras notas en hojas sueltas y las polaroids de la niña en la playa. Abre el cuaderno por una página en blanco. «Anomalías», escribe, y lo guarda en el bolso.

El coche arranca a la primera, el indicador señala que el depósito está a la mitad. Toma Bondegatan y, al girar a la izquierda a la altura de Renstiernas Gata, aún no sabe si cruzará el umbral de la residencia como Victoria Bergman o como Sofia Zetterlund. Tampoco sabe que eso lo decidirá una anomalía. Una bibliotecaria de origen iraní, con velo y ojos heterocromos es una anomalía casi demasiado explícita. Otras son más sutiles, como la que pronto se producirá.

Veinte minutos más tarde, después de aparcar delante de El Girasol, recoger un tíquet de aparcamiento de dos horas, colocarlo a la vista en el salpicadero, cerrar el coche y dar unos pasos hacia la entrada, ve a una mujer fumando en el exterior, apoyada en un andador. Su rostro en la sombra desaparece detrás de las volutas de humo blanco, pero Sofia sabe en el acto que es Sofia Zetterlund.

Lo reconoce todo. Los gestos, la postura, la ropa. Lo reconoce todo y se acerca a la mujer, con el corazón latiendo con fuerza.

Pero no le viene ningún recuerdo, todo está vacío.

Su antigua psicóloga exhala la última calada, que pronto se disipa alrededor de ella, y luego vuelve la cabeza de manera que la luz cae sobre su rostro.

Los labios pintados de rojo y el maquillaje azul sobre los párpados no han cambiado, las arrugas de la frente y de las mejillas son un poco más profundas, pero idénticas, y no despiertan ningún recuerdo.

Los recuerdos solo se desencadenan al descubrir la anomalía.

Los ojos.

Ya no son los ojos de su antigua psicóloga: lo que ya no está allí, la anomalía, la hace recordar.

La sesiones de terapia en casa de Sofia en Tyresö y en el hospital de Nacka. Las mariposas de verano en el jardín, una cometa roja en el cielo azul, el trayecto en coche desde Värmdö a Nacka y el ruido de las viejas zapatillas de Victoria Bergman sobre el suelo del hospital, sus pasos cada vez más ligeros a medida que se acercaba a la consulta de Sofia Zetterlund.

«Al entrar en su consulta, lo primero que ve Victoria son sus ojos.

»Son lo que busca ante todo. En ellos puede apoyarse.

»Los ojos de esa mujer ayudan a Victoria a comprenderse a sí misma. No tienen edad, lo han visto todo, se puede confiar en ellos. No son presa del pánico, no le dicen que está loca, pero tampoco que lleva razón ni que la comprenden.

»Los ojos de esa mujer no engañan.

»Esa es la razón por la que puede mirarlos y sentirse en calma.

»Ven todo lo que ella no ha visto nunca, solo presentido. La agrandan cuando trata de reducirse y le muestran precavidamente la diferencia entre lo que ella imagina ver, oír y sentir y lo que se produce verdaderamente en la realidad de los demás.

»A Victoria le gustaría ver con ojos antiguos, sabios.»

Las cataratas han vuelto esos Ojos ciegos y vacíos.

Victoria Bergman se acerca a la mujer y le pone la mano sobre el brazo. Su voz se torna ronca.

—Buenos días, Sofia. Soy yo… Victoria.

Una sonrisa inunda el rostro de Sofia Zetterlund.

# Johan Printz Väg

Después de aparcar debajo del apartamento de Ulrika Wendin, Ivo Andrić prueba a llamar de nuevo.

Es el número de un teléfono fijo de Rosengård, en Malmö, el de Goran Andrić.

Tampoco hay respuesta esta vez: empieza a preguntarse si la información que le han dado es correcta. Es la tercera vez que telefonea sin obtener respuesta, pero como no hay ningún número de móvil a nombre de Goran Andrić, no le queda más remedio que armarse de paciencia.

Si no responde a lo largo del día, iré hasta allí en el tren de la noche. Es más importante que el trabajo. Se trata de mí, de mi vida.

Abre la puerta del coche, sale e indica a los técnicos del otro vehículo que le sigan. Dos chicas y un chico. Concienzudos y minuciosos.

Abre la puerta del apartamento y entran.

Bueno, se dice. Otra vez manos a la obra, con ideas nuevas. Olvídate un poco de Goran.

—Empezaremos por la cocina —dice a los técnicos—. Ya habéis visto las fotos de las manchas de sangre. Buscad detalles. Solo estuve aquí una hora, no tuve tiempo de peinarlo todo a fondo.

Peinar a fondo. Una expresión que ha aprendido recientemente de la conserje del Instituto de Medicina Legal, una chica simpática de Goteburgo que habla raro.

Una vez iniciado el trabajo en el apartamento, vuelve a sumirse en sus pensamientos, pero ahora ya no se trata de Goran Andrić, sino de su trabajo de la mañana con el muchacho momificado. Todo el asunto resulta realmente deprimente, pero por lo menos han avanzado. Tienen un molde dental y el ADN se va a cotejar con los datos que la policía ucraniana posee de los hermanos Zumbayev.

Kazajos, se dice mientras observa uno de los restos de sangre en el suelo de la cocina. En su pueblo, en Prozor, vivían dos familias de origen kazajo, pero eran musulmanes, no gitanos como esos dos muchachos. Era amigo del padre de una de las familias. Desgraciadamente, murió en la guerra unos años más tarde, pero cuando vivía tenían por costumbre jugar al ajedrez en uno de los cafés del pueblo. Se llamaba Kuandyk, y un día le explicó lo importantes que eran los nombres en la tradición kazaja. El suyo significaba algo así como «Alegre». Al recordar el buen humor y la risa estentórea de Kuandyk, el forense se dijo que el nombre le iba que ni pintado.

En otra ocasión, Kuandyk le explicó también que la tradición era objeto de adaptaciones muy libres y personales, y que los nombres que se les daban a los recién nacidos reflejaban a menudo las esperanzas puestas en ellos. Uno de los niños del pueblo del sur del Kazajstán del que era originario Kuandyk se llamaba Tursyn. Sus padres sufrieron tragedias y perdieron a varios hijos poco después de nacer. Tursyn significa literalmente «Que esto acabe», y la plegaria de los padres fue escuchada. El crío sobrevivió y, según Kuandyk, Tursyn se mudó a Alma-Ata, cursó estudios universitarios y emigró a Estados Unidos, donde obtuvo una cátedra importante, Ivo no recuerda si fue en Harvard o Berkeley. El caso es que Tursyn triunfó en la vida y enviaba regularmente dinero a sus padres en su pueblo del Kazajstán.

Oye hablar a las dos técnicas. La puerta del frigorífico está abierta y el motor empieza a ronronear.

Itkul y Karakul. Los hermanos Zumbayev, de origen kazajo, le habían hecho pensar en su viejo amigo de Prozor y, a lo largo de la mañana, se había informado acerca del significado de sus nombres. Le entristece pensar en lo que sus padres deseaban para ellos. Itkul significa «Esclavo de un perro» y Karakul «Esclavo negro».

Dos hermanos muertos. Sus pensamientos vuelven a Goran Andrić.

Su propio hermano, que debería estar muerto pero que aparentemente no lo está.

—¿Ivo? —Una de las técnicas le saca de sus reflexiones—. ¿Puedes venir?

Se vuelve. La chica le muestra la puerta entreabierta del frigorífico, lo que le recuerda que Ulrika Wendin no debía de comer gran cosa. La última vez se encontró la nevera vacía y naturalmente aún sigue así.

—¿Ves ahí, en el borde?

Le señala un punto en la cara interna de la puerta, justo al lado del borde, donde acaba de aplicar polvo gris en busca de huellas dactilares. Se aproxima, se agacha y observa.

Una huella de tres dedos, y el escenario cobra forma.

Sabe que alguien fue golpeado en la cocina y que luego el agresor lo limpió todo. Durante la limpieza, alguien frotó con la mano izquierda unas gotas de sangre en la puerta del frigorífico mientras la aguantaba con la mano derecha, justo donde acaba de mirar.

No necesita lupa para ver que la huella corresponde a algo que ya ha visto esa misma mañana.

# El Girasol

La habitación de Sofia es la versión en casa de muñecas de su vivienda de Tyresö.

El mismo sillón raído, la misma librería que en su antigua sala. Están sentadas en unas sillas desvencijadas, a uno y otro lado de la misma mesita de cocina. La bola de cristal con Freud bajo la nieve se halla en su lugar en la estantería y Victoria reconoce incluso el mismo olor de Tyresö veinte años atrás.

No solo los recuerdos se apoderan de ella, también las preguntas.

Quiere saberlo todo y tener la confirmación de lo que ya sabe.

A pesar de su avanzada edad, Sofia no parece tener mala memoria.

—La he echado de menos —dice Victoria—. Y ahora que la he encontrado, me avergüenzo de mi comportamiento.

Sofia sonríe vagamente.

—Yo también te he echado de menos, Victoria. He pensado mucho en ti todos estos años y a menudo me he preguntado cómo estarías. No tienes que avergonzarte de nada. Al contrario, me acuerdo de ti como una chica muy fuerte. Creía en ti. Estaba segura de que saldrías adelante. Y lo has conseguido, ¿verdad?

Victoria no sabe verdaderamente qué responder.

—Yo… —Cambia de posición, el respaldo de la silla es incómodo—. Tengo problemas de memoria. La cosa ha mejorado últimamente, pero...

Se interrumpe. Háblale de Sofia, se dice. Pero no así, de forma tan vaga y vacilante.

La vieja psicóloga ladea la cabeza, interesada.

—Continúa. Te escucho.

Victoria recuerda que Sofia siempre la ha escuchado, y esa certeza la ayuda a explicarse.

—Anoche mismo, sin ir más lejos —comienza—, comprendí que no había matado a mi ex marido. Es lo que creí casi durante un año, pero resulta que está vivo y me lo he inventado todo.

Sofia parece preocupada.

—Lo entiendo. ¿Y a qué se debe, en tu opinión?

—Le odiaba —dice Victoria—. Le odiaba tanto que creí haberle matado. En cierta medida, era una venganza. Una falsa venganza, por supuesto, ya que nada de lo que creía haber hecho ha sucedido. No era más que una venganza personal, en mi mundo imaginario. Es bastante patético.

Su voz empieza a parecer la de la joven Victoria. Sofia Zetterlund no dice nada, pero tiene una idea en mente.

—El odio y la venganza —continúa Victoria—. ¿Por qué esas fuerzas vitales son tan poderosas?

La respuesta de Sofia es rápida.

—Son sentimientos primitivos. Pero también son sentimientos propios del ser humano. Un animal no odia ni busca venganza. En el fondo, para mí, es una cuestión filosófica.

¿Filosófica? Sí, puede ser, piensa Victoria. Su venganza contra Lasse debió de ser eso.

Sofia se inclina sobre la mesa.

—Te daré un ejemplo. Una mujer va en su coche. En un semáforo en rojo, una banda de jóvenes la agrede y uno de ellos le rompe el parabrisas a golpes de cadena. Aterrorizada, la mujer se da a la fuga y, al llegar a su casa, descubre que la cadena se ha enganchado al parachoques y que le ha arrancado la mano al joven.

—Lo entiendo —dice Victoria—. ¿Se ha vengado la mujer?

Los ojos brillantes la contemplan, vacíos.

—¿Y tú, te has vengado? ¿Has dejado de odiar? ¿Aún tienes miedo? Muchas preguntas esperan una respuesta.

Victoria reflexiona un momento.

—No, no odio —dice—. Ahora ya puedo decir que mi falso recuerdo me ha ayudado a pasar página. Por supuesto, los sentimientos de culpabilidad a veces han sido insoportables, pero hoy, aquí, me siento completamente purificada por lo que respecta a Lasse.

Dios mío, piensa. Debería sentirme mucho peor. Pero, en el fondo, ¿acaso no he dudado siempre de su muerte?

No lo sabe. Solo hay niebla.

Sofia cruza sus viejas manos de marcadas venas color malva. Victoria reconoce su alianza. Recuerda que Sofia le dijo una vez que estuvo casada, pero que su marido murió joven y que desde entonces decidió vivir sola. Como un cisne, piensa Victoria.

—Hablas de pureza —dice la anciana—. Es interesante. La venganza es un enfrentamiento físico con un enemigo, pero también un proceso psicológico interno que tiene como meta la purificación y el conocimiento de uno mismo.

Eso es, piensa Victoria. Como en los viejos tiempos.

Pero ¿puede la venganza ser verdaderamente un proceso de purificación? Piensa en Madeleine y en su cuaderno, en el bolso. Contiene al menos quince páginas de hipótesis, muchas seguramente falsas o precipitadas, pero ha partido de la idea de que a Madeleine la movían los mismos sentimientos que a ella. El odio y la venganza.

¿Puede el odio ser también purificador?

Victoria respira hondo antes de atreverse a abordar uno de los motivos de su visita.

—¿Recuerda que tuve una hija?

La anciana suspira.

—Sí, claro. También sé que se llama Madeleine.

Victoria siente que los músculos de su cuerpo se crispan.

—¿Qué más sabe acerca de ella?

Siente profundos remordimientos por no haber luchado entonces para poder conservar a su hija, por no haber protegido a la criatura, por no haberla abrazado ni velado en su sueño.

Habría podido luchar, habría debido luchar, pero era demasiado débil.

La habían maltratado terriblemente y se sentía llena de odio hacia el mundo entero.

Ese odio era destructivo.

−Sé que las cosas le han ido bastante mal −dice Sofia. Su rostro parece sin fuerzas, sus arrugas se marcan más mientras se vuelve hacia la ventana−. Sé que la justicia no concedió crédito a ninguna de sus declaraciones −continúa tras callar un momento−. Desgraciadamente, añadiría. He visto muchas cosas parecidas en el mundo médico a lo largo de mi carrera, pero…

−¿Pero? −Victoria se irrita−. ¿Cómo sabe que las cosas le han ido mal?

Nuevo suspiro de la anciana. Coge un cigarrillo y entreabre la ventana, pero no lo enciende, se limita a hacerlo rodar entre sus dedos.

−Seguí la historia de Madeleine gracias a un contacto en el Rigshospitalet de Copenhague. Lo que pasó es horrible…

−¿Qué pasó?

Le parece ver un destello en la mirada brumosa de Sofia Zetterlund.

−Dame fuego, por favor, no sé dónde tengo el encendedor. La nicotina me ayuda a aclararme las ideas.

Victoria saca su encendedor y coge también un cigarrillo del paquete de la anciana.

−¿Ha conocido a Madeleine?

−No, pero como te decía, conozco su historia y he visto su foto. Mi colega del Rigshospitalet me envió una foto hace unos años, pero ya había perdido mucha vista. No me sirvió de gran cosa, pero aquí la tengo, si quieres verla. En uno de los libros. En el estante donde está Freud, el tercer libro desde la izquierda, un diccionario encuadernado en tapa dura. Puedes mirarla mientras te hablo de capsulotomía y de privación sensorial.

Victoria se sobresalta. ¿Capsulotomía? ¿Eso no es…?

−¿Lobotomizaron a Madeleine?

La anciana esboza una sonrisa.

−Es una cuestión de definición. Te lo explicaré.

Victoria está encolerizada, confusa, y al mismo tiempo esperanzada. Apaga el cigarrillo y va hasta la librería. Qué triste, se dice sacando el libro en cuestión. No he visto a mi hija desde hace veinte años, y cuando por fin la encuentro es en el suplemento de un diccionario psicopedagógico de los años cincuenta.

Es una foto en color dentro de una funda de plástico y parece tomada con una mala cámara de bolsillo. El flash hace que Madeleine tenga los ojos rojos.

En la foto se ve a la niña en una cama de hospital, envuelta en una manta. El parecido entre Madeleine y ella es impresionante. Siente un nudo en el estómago.

—¿Puedo quedármela?

Sofia asiente con la cabeza, Victoria se sienta y la anciana enciende otro cigarrillo antes de iniciar su relato. Poco a poco, Victoria regresa a la época de Tyresö, cierra los ojos y se imagina de vuelta allí, es verano, están sentadas en la luminosa cocina de Sofia.

—Hace años operaron a Madeleine —comienza la anciana psicóloga.

# Dinamarca, 2002

*Cuando la pequeña vino al mundo, era mayo, cantaba el cuco,*
*decía mamá, la vegetación primaveral resplandecía al sol.*
*El lago brillaba como la plata, los cerezos florecían,*
*y la viva y alegre golondrina acababa de llegar con la primavera.*

La habitación era tan blanca que parecía estar a oscuras, y ella miraba fijamente al techo, impotente, incapaz de moverse, porque tenía los brazos atados a la cama.

Sabía lo que le esperaba, y recordaba la voz que crepitaba en la radio dos meses antes, justo después de que tomaran la decisión.

«El profesor de psiquiatría sueco Per Mindus fue toda una autoridad en materia de angustia y trastornos obsesivos. Durante su paso por el hospital Karolinska descubrió la psicocirugía, en particular la capsulotomía. Ese método consistía, en síntesis, en intervenir una parte del cerebro llamada cápsula interna seccionando las conexiones nerviosas que se creía que contribuían a la enfermedad psíquica.»

Las sólidas cinchas de cuero le herían las muñecas. Después de varias horas forcejeando, abandonó la idea de liberarse. Los medicamentos que le habían administrado habían alterado su voluntad de soltarse y una apatía cálida y tranquilizadora fluía por sus venas.

«La intervención, practicada durante cincuenta años, empezó a cuestionarse cada vez más a lo largo de los años noventa, ya que, en cinco de cada diez casos, conllevaba una disminución de las capacidades de pensamiento abstracto y de aprendizaje por error.»

—¿La niña está lista para ser operada?

Oyó esa voz que desde hacía varias semanas había aprendido a detestar. No solo porque hablaba danés con marcado acento de Escania, sino porque las manos que pertenecían a esa voz la trataban con desprecio. Eran tan frías como la voz del médico. Servían para abrir en canal a la gente y para palpar su alto sueldo todos los meses.

—Tengo prisa, me gustaría acabar esto lo antes posible.

¿Prisa para qué? ¿Un partido de golf, una cita con una amante?

—Sí, creo que podemos empezar.

Otra voz que reconocía. Pero esa podía ser amable y ofrecer un zumo de manzana si te portabas bien y no le escupías a la cara.

Alguien hizo correr agua en el fregadero y se lavó las manos. Luego el olor a desinfectante.

El calor de su propio cuerpo la fatigaba, se sentía a punto de dormirse. Si me duermo, me despertaré siendo otra persona.

Sintió la corriente de aire de una bata y, cuando comprendió que alguien se encontraba de pie junto a la cama, entreabrió los párpados y miró fijamente a los ojos que pertenecían a la voz fría. La boca estaba cubierta por una mascarilla de papel, pero los ojos eran idénticos. Ella le miró y soltó una risa despectiva.

—Ya verás —dijo él—, todo irá bien.

Su acento escanio le pareció tan feo como su danés.

—¡Muérete, sueco cabrón! —respondió antes de sumirse de nuevo en su agradable somnolencia.

Oyó de nuevo crepitar la radio, casi fuera de frecuencia.

«Las críticas contra la utilización por parte de Per Mindus de la capsulotomía se intensificaron cuando se descubrió que había mentido al asegurar que contaba con autorización para llevar a cabo esos experimentos. Una de las autoridades en el terreno de los trastornos obsesivos declaró que el método tenía efectos secundarios muy graves. Se publicó un desmentido, pero se supo que procedía de una persona encargada de decidir qué pacientes debían someterse a la capsulotomía y evaluar, ella sola, los efectos del tratamiento.»

Estaba aún atada cuando la llevaron al quirófano, noqueada por los medicamentos pero suficientemente despierta como para comprender lo que iba a suceder.

# Policía criminal

La habitación es tan blanca que parece estar a oscuras. En un sinfín de estantes se apilan viejas cintas VHS, cedés, discos duros y cajas de fotos. El elemento en común es que contienen pornografía infantil. Todo está cuidadosamente etiquetado, con el nombre del propietario, el lugar y la fecha.

Nada en sus veinte años de carrera en la policía ha preparado a Jeanette Kihlberg para eso: siente vértigo al abarcar con la mirada las dimensiones de esa colección de abusos sexuales. ¿Preferimos cerrar los ojos ante esa realidad? ¿Nos negamos a ver?

No, pero nos preocupamos más por los tipos de interés, por la subida de precios en el sector inmobiliario o por saber si las pantallas planas serán de plasma o LCD. Asamos chuletas de cerdo en la barbacoa y las hacemos bajar con un tetrabrik de vino de tres litros. Preferimos leer una novela policíaca de mierda mal escrita que implicarnos de verdad.

George Orwell y Aldous Huxley no sabían cuánta razón llevaban, pero también sabe que ella no es mucho mejor.

Da vueltas por la habitación, sin saber por dónde empezar. Si la violación de Ulrika Wendin fue filmada, tiene que estar allí.

En uno de los estantes reconoce un nombre. Un inspector de policía de Estocolmo de cincuenta y cuatro años que, durante años, compró pornografía infantil en internet. Jeanette recuerda el caso. Los detenidos pagaron con sus tarjetas de crédito y se sospechaba que tenían una colección de varios cientos de miles de fotos y películas. Cuando Mikkelsen y sus colegas intervinieron, se encontraron en el domicilio del policía unas treinta y cinco mil imágenes y películas ilegales. Su ordenador, propiedad de la policía, fue requisado, así como cedés, disquetes, cintas de vídeo y varios discos duros. Recuerda también lo que Sofia le contó la noche anterior acerca de la autobiografía de Carolina Glanz y del policía presuntamente implicado en el tráfico de pornografía infantil. Tiene que contárselo a Billing cuanto antes.

Jeanette sigue examinando los títulos de las películas, que a menudo hablan por sí solos: *Photo Lolita, Little Virgins, Young Beautiful Teens, That's My Daughter...* Una de las películas tiene un posit pegado que describe el contenido: una niña atada violada por un animal.

—No, no tengo valor —dice en voz alta, pensando en aceptar la ayuda ofrecida por el joven policía. Pero eso sería una derrota—. Si ellos pueden, yo también soy capaz —murmura.

Comprende enseguida el criterio de clasificación. En la mayoría de los casos por la fecha de la agresión, pero, en los casos en que esta se desconoce, según la fecha de incautación. También le recuerda al índice de su viejo atlas escolar. Naturalmente, aparecen las grandes ciudades: Estocolmo, Goteburgo y Malmö. La proporción de enfermos parece corresponderse con el tamaño de la población: allí es donde vive la mayoría de ellos. Ciudades menos grandes como Linköping, Falun y Gävle se mezclan con pueblos de los que nunca ha oído hablar. De norte a sur, de este a oeste, ninguna localidad parece demasiado pequeña, demasiado remota o demasiado refinada para no albergar personas con inclinaciones pedófilas.

Nombres de hombres. Estantes y más estantes de nombres de pila masculinos. Los apellidos son los banales Svensson o Persson, pero también algunos de ecos más aristocráticos. Lo que sorprende a Jeanette es la poca cantidad de nombres extranjeros. Aunque tengan la mano más suelta para pegar a sus hijos, está claro que no abusan tanto de ellos, se dice Jeanette, justo en el momento en que encuentra una caja en la que se lee KARL LUNDSTRÖM.

Casi sin resuello, baja la caja, la deja sobre la mesa y la abre. Dentro encuentra una decena de películas. Lee en los estuches que algunas se rodaron en Brasil en los años ochenta. Mikkelsen habló de esas películas de auténtico culto en los círculos pedófilos, pero que no interesan a Jeanette, así que las deja.

Coge las otras bajo el brazo y sale al pasillo.

Una música atronadora sale del despacho del joven policía, al que encuentra de espaldas. En la pantalla de su ordenador, Jeanette ve la foto de un hombre con el torso desnudo, sentado en el borde de una cama en la que está tendido un niño asiático, desnudo. El rostro del hombre está deformado para ocultar su identidad. Esa imagen, junto con esa música, crean un efecto surrealista. Ella baja el volumen.

El hombre se vuelve y la mira muy serio.

—¿Ha acabado, va a vomitar o necesita un café muy fuerte?

—Un poco las tres cosas —responde Jeanette mirándole a los ojos.

—Por cierto, me llamo Kevin —continúa él, tendiéndole la mano—. Y, por si siente curiosidad, no, mi madre no era una gran fan de *Bailando con lobos*. Soy algo más viejo que esa película, pero a ella le gustaban las otras más antiguas de Kevin Costner y supongo que quiso ponerme un nombre un poco original. —Hace una breve pausa y sonríe—. Resultado: en la guardería éramos tres Kevin y dos Tony. El nombre más exótico era Björn.

—¿En serio?

Jeanette comprende que el joven trata de adoptar ese tono bromista por ella, para que no se desmoralice aún más. Pero no tiene fuerzas para devolverle la sonrisa.

Él se aclara la voz.

—Bueno, serviré un par de tazas de café antes de dejarla ir al salón a pasar unas cuantas horas terribles visionando representaciones realmente atroces de las peores perversiones de la naturaleza humana. ¿De acuerdo?

Se levanta, sin perder la sonrisa, y se dirige a la cafetera situada en un rincón de la habitación.

—Gracias, lo necesito —dice Jeanette—. ¿Qué es esta música?

—Kite —responde mientras llena dos tazas—. Un nuevo grupo sueco. —Kevin le da una taza a Jeanette y se sienta—. ¿Ha encontrado lo que buscaba?

—No lo sé. Ya veremos —contesta probando el café, que es tan fuerte como esperaba—. Tal vez sí, tal vez no.

Beben el café mirándose durante lo que parecen varios minutos, hasta que Kevin rompe el silencio.

—Supongo que se pregunta cómo un chico joven y guapo como yo ha acabado trabajando aquí.

Le sonríe, seductor, pero Jeanette se da cuenta de que lo hace también para tratar de distender la atmósfera.

—Sí, es lo primero que me he dicho: ¿cómo un tío tan bueno puede ser policía? —Ahoga una risa y le guiña un ojo—. Pero supongo que debe de tener sus razones.

Kevin se rasca la barbilla y asiente en el acto.

—Sí, seguramente.

Jeanette señala al hombre medio desnudo en la pantalla.

—¿Se sabe ya quién es?

—Sí, hemos encontrado la foto en internet y creemos que el tipo es sueco.

—¿Por qué?

Kevin se inclina hacia la pantalla.

—¿Ve esto? —dice señalando un objeto sobre la mesita de noche, al lado de la cama en la que está tendido el niño desnudo.

—¿Qué es?

—Si se amplía y se aclara la imagen, se ve que es una caja de pastillas contra el dolor de cabeza de marca sueca. Según la etiqueta, que también se ha logrado descifrar, se compró en abril en la farmacia de Ängelholm. Estoy revisando los cargos en tarjetas de crédito que podrían coincidir, y tengo la impresión de que un profesor de preescolar del norte de Escania recibirá en breve una visita nuestra.

—¿Así de fácil?

—Así de fácil. Hemos encontrado varios centenares de fotos de él con menores. La mayoría, niños. Pero el que ha colgado las imágenes ha aplicado un filtro de Photoshop para ocultar su identidad. Estamos tratando de reconstruir su cara, pero es difícil y exige una enorme potencia de cálculo informático. El FBI también trabaja en ello y sin duda acabarán antes que nosotros. Disponen de más medios.

–¿Es habitual que se manipulen y encripten las imágenes?

–Sí, claro. Pueden encriptarse de múltiples formas, y algunos son muy hábiles camuflando los archivos en el ordenador. A veces utilizan unos rootkits que los hacen difícilmente detectables. Por nuestra parte, utilizamos keyloggers para acceder a las contraseñas de los pedófilos.

Oyéndole, Jeanette se da cuenta de que internet es un enorme bufet en el que los pederastas no tienen más que servirse. Como una red de cloacas sin depuradora. Una cloaca a la que arrojamos a nuestros hijos.

–He visto que tenemos a un colega en el almacén –dice Jeanette, dejando su taza.

–Sí, fue durante la operación Sleipner. –Kevin se echa hacia atrás–. Y además de ese en el que está pensando, enviamos al trullo a otros dos policías de Estocolmo.

–¿Qué ha sido de ellos?

–El que ha visto allí ha estado durante largos períodos de baja por enfermedad. En la actualidad está destinado, según la dirección, a tareas puramente administrativas. De los otros dos no tengo ni idea.

–Pero ¿ese ha vuelto al trabajo?

–Sí, como nunca cometió delitos sexuales o de otro tipo estando de servicio, uno de nuestros jefes debió de considerar que se merecía una segunda oportunidad.

–¿Y a quién más se detuvo durante la operación…?

–Sleipner –completa Kevin–. Se trataba de la rama sueca de la operación Falcon, que permitió arrestar a más de dos mil personas en Estados Unidos, Francia, España y Bielorrusia, entre otros países. Se localizaron más de doscientas cincuenta mil operaciones bancarias para acceder a pornografía infantil. En Suecia se detuvo a un centenar de personas, entre ellos un director de cine que alegó que se descargaba pornografía infantil como documentación para una nueva película. –Kevin se ríe–. Los demás eran hombres de todas las clases y entornos sociales.

–¿Cuántas operaciones de este tipo se han llevado a cabo? –pregunta Jeanette, que solo ha oído hablar vagamente de Sleipner y Falcon.

Kevin reflexiona antes de responder.

—En 1999 tuvo lugar la operación Avalancha. Doscientos cincuenta mil abonados a contenidos pedófilos, clientes en Estados Unidos y en otros cincuenta y nueve países, con un volumen de negocio de cerca de diez millones de dólares. —Hace una pausa y bebe un sorbo de café—. La operación Site-Key, en 2001, se centró en Estados Unidos. Veintitrés mil clientes identificados, alrededor de cincuenta condenas. Luego, en 2002, la operación Ore, en Gran Bretaña. Más de siete mil sospechosos y mil doscientas condenas.

Jeanette menea la cabeza, suspirando.

—Joder.

—Y que lo diga. En la mayoría de los casos, se trata de películas de poses con menores de entre nueve y dieciséis años. La mayoría ucranianas, nunca hemos identificado a críos suecos en esas películas.

—¿Películas de poses?

—Sí, se encargan. Qué ropa, qué poses, etcétera. Pero en algunas películas se llevan a cabo abusos sexuales reales. Un ejemplo: dos hermanas belgas. El padre violó a las chiquillas, que tenían nueve y once años, y lo filmó todo para venderlo en la red a pedófilos del mundo entero.

—Basta. Ya tengo suficiente —dice Jeanette alzando las dos manos—. Pero quizá puedas explicarme una cosa.

—¿Qué?

—Las mates no son mi fuerte, pero dices que, de las cien personas detenidas en Suecia, tres eran policías. ¿Es así?

Kevin asiente con la cabeza: adivina adónde quiere llegar.

—Lo cual quiere decir que el tres por ciento de los detenidos eran policías, cuando solo hay unos veinte mil para nueve millones de suecos, ¿es así?

—Exacto. La posesión de material pedófilo es diez veces más frecuente entre los policías que entre la gente corriente.

Jeanette piensa de nuevo en lo que le ha contado Sofia. Carolina Glanz puede habérselo inventado todo, pero nada es imposible. Jeanette mira de reojo al joven policía, con su barbita y su anillo en la nariz. Puede ser cualquiera, se dice.

—Bueno, tengo que ponerme manos a la obra. Acabamos de recibir un ordenador requisado y tengo que examinarlo, es urgente. —Kevin se pone en pie—. Y si cree que solo a los hombres les interesa la pedofilia, sepa que este ordenador pertenece a una mujer. —Abre la puerta y sale—. Le enseñaré dónde ver las películas.

Jeanette coge las cintas y le sigue.

—¿Una mujer?

—El ordenador acaba de llegar. Lo han requisado en Hässelby —precisa alejándose por el pasillo—. En Fagerstrand, si no me equivoco.

—¿En Fagerstrand?

—Sí. La mujer se llama Hannah Östlund. O, mejor dicho, se llamaba. Ha muerto.

# El Girasol

Victoria escucha y trata de no interrumpir a Sofia. Se obliga con fuerza a contener su cólera y decide concentrarse en su impresión de haber regresado a la casa de Tyresö.

—Si hablas con un neurocirujano, te dirá que una capsulotomía no es una lobotomía. Quizá puede hablarse de una forma evolucionada de lobotomía, no lo sé, pero, al igual que con la lobotomía, se trataba de contrarrestar el comportamiento desviado de la joven...

Desviado, piensa Victoria. Siempre se trata de desviaciones. Una persona es desviada en relación con una norma preestablecida. Y la psiquiatría está subvencionada por el Estado. En el fondo, la decisión de lo que es sano o malsano es una elección política. Pero, en el caso de los psicólogos, debería ser de otra manera. No hay límites muy claros y, si de algo está segura, es de que todo el mundo es a la vez normal y desviado.

—En Suecia, al igual que en Dinamarca, donde tuvo lugar la intervención, existe una larga historia de operaciones turbias practicadas en personas consideradas retrasadas o desviadas de una manera u otra. Recuerdo el caso de un muchacho de catorce años sometido a electrochoques a lo largo de seis semanas, por la única razón de que sus padres cristianos le habían sorprendido masturbándose. Para ellos, se trataba de una práctica desviada.

¿Cómo puede ser que gente así tenga siquiera derecho a voto?, piensa Victoria.

—Ser religioso debería considerarse una desviación —dice.

Sofia sonríe y calla un momento. Victoria escucha la respiración de la anciana. Es entrecortada y superficial, como veinte años atrás. Cuando retoma la palabra, su voz es más grave.

–Volvamos a los hechos –dice en voz muy baja, pero con firmeza–. Como sabes, la lobotomía frontal practicada a individuos desviados consistía en cortar por lo sano el vínculo entre el lóbulo frontal y la parte inferior del cerebro. A resultas de ello, moría alrededor de uno de cada seis pacientes. Las autoridades sanitarias conocían los riesgos, pero nunca intervinieron. Estoy en activo desde mediados de los años cincuenta y he visto muchos horrores. La mayoría de los lobotomizados en Suecia eran mujeres. Se decía que eran indolentes, agresivas o histéricas. Lo pagaron muy caro.

Unos talibanes, se dice Victoria. Escucha atentamente a Sofia, con los ojos cerrados: es la primera vez que atisba una pizca de cólera en la voz de la anciana. Mejor así. Eso calma la suya.

–A diferencia de la lobotomía, la capsulotomía, por lo que sabemos, no es mortal, y por eso se probó con Madeleine. Le seccionaron las conexiones nerviosas de su cápsula interna con la esperanza de que sus problemas psíquicos, sus trastornos obsesivo-compulsivos y su comportamiento impulsivo se atenuaran. Sin embargo, fue un fracaso absoluto y se obtuvo el resultado inverso.

Victoria ya no puede mantener los ojos cerrados ni callar.

–¿Qué le pasó?

Sofia aprieta los dientes.

–Su impulsividad se agravó y desapareció todo tipo de inhibición, mientras que curiosamente su agudeza intelectual se reforzó.

Victoria no lo comprende.

–Pero eso es contradictorio.

–Sí, tal vez… –Sofia exhala un anillo de humo, que flota sobre la mesa y se disuelve contra el cristal de la ventana–. El cerebro es sorprendente. No solo en cada una de sus partes y funciones, sino también en la interacción entre las mismas. En ese caso en concreto, es como si se hubiera construido un dique para embalsar un río, pero el río lo hubiera rodeado y hubiera aumentado su fuerza.

Victoria saca el cuaderno del bolso.

# Dinamarca, 2002

*Por eso, dice mamá, casi siempre estoy contenta.*
*Para mí, toda la vida es un día soleado.*

El hospital no la asusta, puesto que allí pasó buena parte de su infancia, en tratamiento por una cosa u otra. Cuando no se trataba de dolor de vientre, casi crónico, eran mareos, vértigos o dolores de cabeza.

Lo peor era cuando se encontraba a solas con Peo en la casa grande llena de juguetes.

Peo, el hombre al que nunca ha llamado su padre, que se apiadó de ella y luego la echó cuando ya no le servía como hija.

Alrededor de ella todo tenía un nombre, pero falso. Papá no era papá, mamá no era mamá. Su casa era otro sitio, estar enferma era encontrarse bien. Cuando se decía sí, significaba no. Recordaba su confusión.

«El cerebro es la única parte del cuerpo privada de sensibilidad. Así que puede operarse incluso cuando el paciente está consciente.»

Oh, cómo se enfadaron cuando fue a contar a la policía lo que papá Peo y sus supuestos amigos hacían en los box pensados para cerdos y no para muchachos furiosos. Gritos, llantos y tortazos a diestro y siniestro, y luego la mandaron a otro sitio donde le dijeron que a partir de entonces aquello sería su casa. Pero aquel lugar era oscuro y silencioso, y tenía los brazos atados, como ahora.

El doctor ha dicho que solo iban a cortarle un poco de una cosa en su cabeza para que todo dejara de parecerle tan complicado. Ya no sufriría ataques de violencia y esperaban que luego podría desenvolverse sola. Bastaba con cortar algunos hilillos enfermos en su cerebro y todo iría bien.

Papá significaría papá, y mamá, mamá.

Interrumpieron sus reflexiones al incorporarla en la cama, pero mantuvo los ojos cerrados para no ver el bisturí.

De hecho, le habían dicho que en la actualidad ya no se utilizaba bisturí, que eso era de otros tiempos, y que tenían un método mucho más perfeccionado. Una historia de electricidad que no comprendió muy bien, pero asintió con la cabeza cuando le preguntaron si estaba claro, para no buscarse problemas.

Problemas, problemas, problemas, es lo único que nos das, eso decía Charlotte, la mujer a la que nunca ha llamado su madre, cada vez que algo se rompía o caía al suelo. Y eso ocurría a menudo. Cuando no eran vasos de leche tambaleantes, eran platos resbaladizos o cristales tan finos que no se veían hasta que estaban hechos añicos en el suelo.

Alguien le asió la cabeza y sintió el metal frío de una hoja de afeitar.

Primero el raspado al afeitarle la parte posterior de la cabeza, luego la quemazón y finalmente el ruido del bisturí eléctrico.

«El futuro de este método se truncó cuando el psiquiatra Christian Rück, del hospital Karolinska, demostró que los efectos secundarios negativos, así como la dificultad de la intervención, lo convertían en un método que debía evitarse, salvo en el marco estrictamente experimental.»

Ahora todo irá bien, pensó ella. Estaré bien, como todo el mundo.

# Rosenlund

Victoria Bergman no, se dice Hurtig. ¿Y por qué no?

Todos los demás nombres de Sigtuna se alinean en su cuaderno.

—Pero conoce a Victoria, ¿verdad?

—Solo del instituto —dice Annette Lundström—. No era de nuestro grupo.

—¿Qué grupo?

La mujer se retuerce en su asiento. Por primera vez a lo largo de la conversación, un brillo de presencia ilumina sus ojos. Titubea.

—No sé si quieren que hable de eso —dice al fin.

Hurtig mantiene un tono tranquilo y amable.

—¿Quién no quiere que hable de ello?

—Karl y Viggo. Y Peo, y Gert.

Así pues, los hombres.

—Pero Karl, Peo, Viggo y Gert están muertos.

Mierda, ¿cómo se me ocurre decir eso?, se da cuenta, demasiado tarde.

Annette Lundström parece perpleja.

—Basta. ¿Por qué se burla de mí? Ya estoy harta de esta conversación. Márchese.

Teme haberlo estropeado todo. En el mundo de Annette, están todos vivos: por eso sus palabras le han parecido incomprensibles.

—Disculpe —dice—. Me he equivocado. Me marcharé enseguida, pero aún tengo una pregunta. Viggo era una... —Se interrumpe. Reflexiona antes de hablar. Síguele la corriente—. Viggo es una buena persona, ¿verdad? He oído decir que ayudaba a los niños pobres llegados del extranjero a encontrar una vida mejor en Suecia, que les buscaba familias adoptivas. ¿Es así?

La mujer frunce el ceño.

—Pues claro que sí. Ya lo había dicho, ¿no? Se lo conté todo a la otra policía, a esa Sofia no sé cuántos. Viggo es muy competente y ha hecho muchas cosas buenas. Era muy amable con esas criaturas.

Muchas informaciones, se dice Hurtig. Algunas visiblemente erróneas, como el hecho de que Sofia Zetterlund sea policía y que Viggo Dürer fuera amable. Toma notas mientras ella habla. Un mundo extraño cobra cuerpo en su cuaderno. Aún no sabe si es real o si no es más que la expresión de una imaginación psicótica, quizá un poco de las dos cosas, pero tendrá mucho de que hablar con Jeanette, porque en lo que cuenta Annette Lundström ve dibujarse unas líneas directrices, aunque mezcle conceptos tan fundamentales como el tiempo y el espacio.

La mujer habla de Sihtunum Diaspora, la fundación de la que formaban parte Viggo Dürer, Karl Lundström y Bengt Bergman. La fundación dedicada al bienestar de los niños, prioritariamente en el Tercer Mundo. En boca de Annette todo parece perfecto. Los niños adoptados se encontraban bien en Suecia y las intervenciones en el extranjero ayudaban a mucha gente necesitada.

Esa mujer idealiza.

—¿Conoce al padre de Victoria, a Bengt Bergman?

Es ingenua. Rayana en la estupidez. Pero también está enferma, no debe olvidarlo.

—No —responde—. Ayudaba a Karl, Peo, Gert y Viggo a financiar la fundación, pero no le conozco personalmente.

De nuevo una respuesta directa, y correcta, además. Saben desde hace tiempo quiénes financian la fundación, pero siempre va bien tener una confirmación.

Bueno, solo queda una pregunta.

—Los preceptos de la Pitia. ¿Qué es?

De nuevo, la mujer parece perpleja.

—¿No lo sabe? Pero si su colega ya me lo preguntó, esa tal Sofia con la que hablé hace unos días.

—No, de verdad que no lo sé. Pero he oído que se trata de un libro. ¿Lo ha leído?

Parece de nuevo desconcertada.

—No, claro que no.

—¿Y por qué no?

El vacío invade de nuevo sus ojos.

—Nunca he visto un libro con ese título. Los preceptos de la Pitia son la palabra original, inmemorial, que no se puede cuestionar.

Calla y mira al suelo.

—¿Quiere decirme algo más?

Annette Lundström niega con la cabeza.


Mientras Hurtig deja atrás el hospital de Rosenlund y toma por Ringvägen, el sentido de lo que acaba de oír se esclarece lentamente.

*Los preceptos de la Pitia.* Reservados a los hombres. Unas reglas y verdades inventadas para lograr sus fines. La expresión que le viene a la cabeza: lavado de cerebro.

Seguro que Jeanette tendrá algo que decir acerca de eso. Parado en un semáforo en rojo, se pregunta cómo le estará yendo a ella. Cuando le dijo que se disponía a visionar las películas de Lundström, pensó que le gustaría estar también allí, para darle apoyo. Sabe que es fuerte, pero ¿lo suficientemente fuerte para eso?

Veinte minutos más tarde, cuando abre la puerta de la sala de la criminal en la que se encuentra Jeanette, ve la respuesta escrita en su cara.

# El Girasol

Victoria Bergman escribe frenéticamente, línea tras línea, la historia de su hija Madeleine, mientras Sofia Zetterlund escucha el rascar del bolígrafo sobre el papel.

Sus ojos enfermos no ven, pero miran fijamente a Victoria.

—De joven ya escribías mucho. ¿Siempre con fines terapéuticos?

Victoria está muy cansada, pero tiene que seguir trabajando. Lo que escribe es incoherente, pero quizá más tarde encontrará en ello un hilo conductor.

—Escribo, y nada más.

Como cuando utilizaba un dictáfono para grabar sus largos monólogos que había aprendido a analizar. Para descubrir en ellos quién era.

—Veo que aún le das vueltas a tu identidad —dice la anciana.

Victoria no la escucha, pero al cabo de un momento deja de escribir, mira la hoja, rodea algunas frases clave y luego deja el bolígrafo.

LA CAPSULOTOMÍA PRODUJO EL EFECTO INVERSO.

COMPORTAMIENTO SUICIDA — AUSENCIA TOTAL DE CONTROL DE LOS IMPULSOS.

UNIVERSO MENTAL MANÍACO MARCADO POR RITUALES.

Alza entonces la vista hacia Sofia, que le tiende una mano temblorosa y arrugada. Se la estrecha y pronto recobra la calma.

—Estoy preocupada por ti —dice en voz muy baja Sofia—. Aún no han desaparecido, ¿verdad?

—¿Cómo?

—La Chica Cuervo y las otras.

Victoria traga saliva.

—No… La Chica Cuervo no, y puede que la Sonámbula tampoco. Pero las otras han desaparecido. Ella me ha ayudado a hacerlas desaparecer.

—¿Quién?

—Pues… Fui a ver a una psicóloga, durante un tiempo. Me ayudó con mis problemas.

Me ayudé a mí misma, piensa Victoria. La Sonámbula me ayudó.

—¿Ah, sí? ¿Una psicóloga?

—Hummm… Además, se parece mucho a usted. Pero no tiene su larga experiencia.

Sofia Zetterlund sonríe misteriosamente y aprieta con más fuerza la mano de Victoria, luego la suelta para coger otro cigarrillo.

—El último, no me atrevo a fumarme ninguno más. La directora es muy severa, aunque en el fondo tiene buen corazón.

¿Buen corazón? ¿Quién tiene buen corazón?

—Victoria, hace unos años me escribiste una carta en la que me decías que trabajabas de psicóloga. ¿Sigues ejerciendo?

Nadie tiene buen corazón. El fondo de todos los corazones es más o menos de piedra.

—En cierta forma.

La respuesta parece satisfacer a Sofia, que se enciende el cigarrillo y le ofrece uno a Victoria.

—Bueno —dice entonces—. Tu visita le ha hecho mucha ilusión a una viejecita, pero también la ha dejado agotada. Creo que ya no tengo fuerzas. No logro concentrarme, me olvido de las cosas, me duermo. Pero el nuevo medicamento que me dan me sienta bien, y estoy mucho mejor que cuando la policía vino a interrogarme acerca de ti.

Jeanette Kihlberg, piensa Victoria. Sofia no la ha olvidado, y parece querer provocar una reacción con su pausa retórica. Pero Victoria no dice nada.

—Ese día estaba un poco confusa —continúa Sofia al cabo—, pero no tanto como debió de creer esa policía. A veces es muy práctico ser vieja, podemos hacernos pasar por seniles cuando nos conviene. Salvo cuando estoy confusa de verdad, por supuesto. Entonces es más difícil fingirlo.

–¿Qué quería esa policía? –pregunta Victoria.

Sofia exhala otro anillo de humo sobre la mesa.

–Te estaban buscando, claro. La que vino se llamaba Jeanette Kihlberg. Le prometí que te diría que te pusieras en contacto con ella si tenía noticias tuyas.

–De acuerdo, lo haré.

–Bien…

Sofia sonríe, cansada, y se reclina en su sillón.

# En ninguna parte

Su cuerpo flota a solo unos centímetros del techo y se contempla a sí misma como si fuera otra, allá abajo, atada, sedienta y hambrienta en un ataúd enterrado.

Tiene un tubito en la boca que le introdujeron la última vez que le cambiaron la cinta adhesiva, por el que le hacen tragar una papilla amarga y seca. Una especie de alimento que la debilita, un antialimento. Sabe a nuez y a semillas y a algo parecido a la resina, no sabe qué es.

Pero da igual. Se siente ligera, feliz.

Mira en derredor desde el techo. Contra la pared derecha, la gran caldera con sus tuberías; a la izquierda, el contorno de una puerta. Eso es todo, aparte de la bombilla que cuelga del techo de un cable largo. Unas paredes de cemento desnudo, como la celda de una cárcel. La única fuente de luz proviene de la esquina superior derecha de la puerta, un débil rayo de luz exterior que proyecta una mancha pálida y vacilante en el techo.

Tiene sabor a cola en la boca y se siente eufórica. Como si tuviera frente a ella las respuestas a todos los misterios del universo. Vivió una vez una experiencia análoga, cuando fumó hachís mezclado con opio, un colocón extraordinario que le abrió las puertas de la conciencia. Solo que, en cuanto intentaba verbalizar sus sensaciones, de su boca solo brotaban despropósitos.

Pero ahora está volando y, esta vez, puede dar una explicación lógica.

En experimentos de laboratorio, animalillos como ratones o ranas pueden flotar en el aire sobre campos magnéticos, porque están hechos de agua: el agua los lleva, los hace levitar, gracias a la acción de un imán superconductor.

Ella debe de estar constituida de agua en un setenta por ciento, con un peso varias veces superior al de un ratón: así que debe de haber un imán muy potente bajo el suelo de la habitación, y de ahí debe de proceder el ronroneo.

Se oye de nuevo. No es un ascensor, ahora lo sabe a ciencia cierta.

La potencia del imán libera al agua de su cuerpo de la gravitación y por eso vuela. Le bastaría hacer un agujero en el techo para marcharse lejos de allí.

Trata de girar el cuerpo, pero está atada muy fuerte. Por mucho que lo intenta, es imposible.

Un instante antes podía planear libremente como un astronauta en ingravidez en el espacio, pero ahora su cuerpo está inmovilizado como el de la otra chica, la que se está muriendo allá abajo en el ataúd.

Empieza a tener frío, un frío indescriptible que la hace temblar por dentro.

Sin embargo, no tiene miedo.

Es solo el agua en el interior de ella que se transforma en hielo. El imán debe de tener algún problema.

Ahora lo ve. Es un bloque rectangular del tamaño del suelo, maniobrado desde una sala adyacente, una especie de sala de control. Ve que el bloque comienza a moverse, primero despacio, con un crujido sordo, y luego cada vez más deprisa, a trompicones.

El frío se propaga a su piel, como si el hielo se hinchara dentro de ella y empezara a salir fuera de su cuerpo rasgándole la piel, como se rompe una botella de agua en el congelador cuando se forma el hielo. La imagen la hace sonreír.

El bloque magnético chirría debajo de ella y la fricción con las paredes de la sala hace saltar chispas.

Antes de estallar en mil pedazos de hielo, ve al hombre a los mandos en la sala de control.

Es Viggo Dürer.

## Policía criminal

La habitación adonde la conduce el joven agente Kevin es un reducto opresivo que en nada merece su nombre.

—Este es el salón —ironiza mostrándole dónde tomar asiento.

Ella mira a su alrededor: una mesa, una pantalla y varios aparatos para visionar películas en todo tipo de soportes. Una mesa de mezclas permite explorar la película fotograma a fotograma. Dispone de una manecilla para hacer zoom y otra para enfocar, varios botones y potenciómetros cuyas funciones ignora, y una maraña de cables.

—Si encuentro algo en el ordenador de Hannah Östlund, vendré a enseñárselo —continúa el policía—. Y no dude en llamarme si necesita algo. Aunque sea un café.

Jeanette le da las gracias, deja las películas y se sienta.

En cuanto Kevin cierra la puerta, la habitación queda completamente en silencio: ni siquiera se oye el ronroneo del aire acondicionado. Contempla la pila de cintas de vídeo, titubea, y acaba cogiendo una e insertándola en el reproductor.

Se oye un chisporroteo y la pantalla tiembla. Jeanette respira hondo y se repantiga en el sillón, con la mano sobre la manecilla que le permite parar la película si su visión resulta demasiado dolorosa. Piensa en el pedal de «hombre muerto», el mecanismo que detiene el tren si el maquinista se siente mal.

La primera película se corresponde con la descripción de Karl Lundström. Jeanette soporta un minuto y la para. Pero tiene que verla, así que, mirando de reojo la pantalla, vuelve a ponerla en avance rápido.

Por el rabillo del ojo ve la imagen borrosa, sin detalles, pero lo suficiente para percibir un cambio de escenario. Al cabo de veinte minutos, el reproductor de vídeo se detiene con un fuerte chasquido y rebobina automáticamente.

Jeanette sabe lo que ha visto, pero se niega a creerlo.

Se siente completamente desolada ante la idea de que haya gente que goce viendo eso. Que se gasten fortunas para adquirir ese tipo de películas y arriesguen su vida para coleccionarlas. ¿Por qué no les basta con fantasear sobre lo prohibido? ¿Por qué necesitan hacer realidad sus perversas fantasías?

La segunda es, si cabe, aún más atroz.

Tres suecos y una mujer, tailandesa según Lundström, en compañía de una chiquilla que no debe de tener ni diez años. En uno de los interrogatorios, Karl Lundström afirmó que tenía siete: Jeanette se ve obligada a admitir que decía la verdad.

Durante la escasa media hora que dura el visionado en avance rápido, mirar por el rabillo del ojo no basta, y se ve forzada a dirigir la mirada un metro por encima de la pantalla.

En la pared cuelga la fotocopia de una viñeta de cómic: un tipo gordo y sonriente que corre hacia el espectador empuñando una barra de hierro. Lleva un gorro a rayas y su dentadura provocaría pesadillas a un dentista.

La chiquilla de la película llora mientras los tres hombres penetran por turnos a la tailandesa.

El hombre del cómic viste un pantalón negro, va a torso desnudo y calza unos zapatones. Tiene la mirada fija, casi de loco.

En la pantalla, la tailandesa fuma, tumbada boca abajo, mientras uno de los hombres intenta introducirle el pene flácido. La cría ha dejado de llorar y ahora parece más bien apática. Como drogada.

Uno de los hombres sienta a la niña sobre sus rodillas. Le acaricia el cabello y dice algo que Jeanette entiende como: «La niñita de papá no ha sido buena».

Jeanette siente algo húmedo en las comisuras de los labios. Se lo relame y le sabe a salado. Por lo general llorar alivia, pero en ese momento solo contribuye a reforzar su sensación de asco y de impotencia. Empieza a pensar en la pena de muerte, en encerrar a esa gente y dejarlos allí para siempre. Cerrar la puerta y tirar las llaves. Imagina castraciones que no tienen nada de químicas, y por primera vez desde hace mucho tiempo siente odio. Un odio irracional, sin perdón, y por un instante comprende a los que deciden publicar los nombres y las fotos de los criminales sexuales, sin pensar en las consecuencias para sus allegados.

En ese instante se da cuenta de que solo es un ser humano, aunque eso haga de ella una mala policía. Policía y ser humano: ¿combinación imposible? Tal vez.

El hombre del cómic expresa lo que siente, y ella comprende por qué lo han colgado allí.

Para que quienes trabajan allí no olviden que son seres humanos, aunque también sean policías.

Jeanette extrae la cinta de vídeo, la guarda en su estuche e introduce la tercera película.

Al igual que en las anteriores, la pantalla primero se llena de nieve, luego una cámara tiembla buscando su objetivo, titubea, se aproxima y enfoca. Jeanette cree reconocer una habitación de hotel: algo le dice que es la película que busca.

Espera equivocarse, pero sus tripas le aseguran que lleva razón.

Quien sostiene la cámara parece darse cuenta de que está demasiado cerca, reduce el zoom y enfoca de nuevo. Una chica está tendida sobre una cama de matrimonio, rodeada de tres hombres medio desnudos.

La chica es Ulrika Wendin y uno de los hombres es Bengt Bergman, el padre de Victoria Bergman. El hombre al que Jeanette interrogó, sospechoso de violación, y que quedó en libertad gracias a la coartada proporcionada por su esposa.

Cuando se abre la puerta detrás de ella y entra Jens Hurtig, Jeanette vuelve a fijarse en el dibujo colgado a apenas un metro de la violación en curso.

El hombre de la viñeta grita: «¡Con una buena barra de hierro, sorprendes a cualquiera!».

Hurtig se sitúa detrás de ella y se apoya en el respaldo del sillón para seguir la violación que se desarrolla en la pantalla.

−¿Es Ulrika? −pregunta en voz muy baja.

Jeanette asiente con la cabeza.

—Sí, por desgracia. —Mira al frente, con la mirada extraviada—. Todo lo que dijo parece confirmado.

—¿Quiénes son? —Jeanette siente cómo las manos de Hurtig se aferran al respaldo y casi le oye apretar las mandíbulas—. ¿Se les reconoce?

—De momento, solo a Bengt Bergman —responde—. Pero ese de ahí… —Señala la pantalla—. Aparece en varias películas. Le reconozco por la peca.

—Solo Bengt Bergman —murmura Hurtig sentándose al lado de ella.

Mientras, la cámara barre la habitación. Se acerca a una ventana que da a un aparcamiento mal iluminado, con los jadeos del hombre como ruido de fondo, y luego regresa a la cama.

—Para —dice Hurtig—. ¿Qué es eso, ahí en el rincón?

Jeanette gira el botón a la izquierda. La imagen se detiene y luego retrocede despacio, fotograma a fotograma.

—Ahí —dice cuando la cámara pasa ante una de las esquinas de la habitación—. ¿Qué es eso?

Jeanette para el reproductor, sube el contraste y ve a qué se refiere. En el rincón oscuro, sin iluminación alguna, hay una persona sentada contemplando la escena que se desarrolla en la cama.

Jeanette acciona el zoom, pero solo se ve un perfil. No se aprecian rasgos claros.

El súbito interés de Hurtig por lo que se ve en segundo plano le da una idea a Jeanette.

—Espera —dice poniéndose en pie.

Hurtig, sorprendido, la ve abrir la puerta y llamar a Kevin.

El joven policía se acerca.

—¿Más café?

—No, gracias. Venga a ver esto, por favor.

—Un momento.

Kevin vuelve de nuevo a su despacho y regresa con un CD-ROM en la mano.

—Tenga —dice tendiéndoselo a Jeanette, antes de saludar a Hurtig—. Es lo que he hallado hasta ahora en el ordenador de Hannah

Östlund, y tengo que decir que nunca había visto algo así. —Traga saliva antes de proseguir—. Esto es completamente diferente. Ahí hay...

—¿Qué hay? —pregunta Jeanette, que ve al joven policía verdaderamente conmocionado.

—Ahí hay una filosofía, o no sé cómo llamar a eso.

Ella le mira fijamente, intrigada por lo que quiere decir, pero no le pregunta nada. Lo verá pronto con sus propios ojos. Pero antes necesita su ayuda.

Deja el CD-ROM al lado de la mesa de mezclas, toma el botón y retrocede lentamente, fotograma a fotograma. Cuando la cámara pasa por la ventana y el aparcamiento, se detiene. Fuera se ven algunos coches estacionados.

—¿Puede aumentarse la nitidez de la imagen para leer las matrículas? —pregunta volviéndose hacia Kevin. Continúa—: Con eso podríamos...

—Entiendo —la interrumpe el joven policía.

Se aproxima a la mesa de mezclas, enfoca los coches y, pulsando varios botones, consigue una imagen perfectamente nítida.

—Y ahora quiere que averigüe a quién pertenecen esos coches, ¿verdad?

—¿Dispone de tiempo? —pregunta Jeanette con una sonrisa.

—Porque es amiga de Mikkelsen, pero no se acostumbre.

Le guiña un ojo, anota las matrículas de los coches aparcados y regresa a su despacho.

De reojo, Jeanette ve a Hurtig observándola con la cabeza ladeada.

—¿Impresionado? —pregunta mientras extrae la cinta e introduce el CD-ROM.

—Mucho —responde—. ¿Qué vamos a ver ahora?

—Las películas halladas en el ordenador de Hannah Östlund. —Jeanette se deja caer en el asiento y se prepara mentalmente—. Veremos si son aún más atroces, como ha sugerido Kevin.

—¿Es posible? —murmura Hurtig cuando en pantalla aparece una pequeña habitación.

El sonido de la película es sucio, suena a hueco.

A Jeanette le parece un hangar. Al fondo, una carretilla, varios cubos, un rastrillo y otras herramientas de jardinería.

–Parece filmado de una televisión –dice Hurtig–. Se nota en la imagen temblorosa y en el sonido. El original debía de ser una vieja cinta VHS.

La cámara vacila unos segundos, como si quien la sostenía perdiera el equilibrio.

Luego aparece un rostro, oculto tras una máscara casera que representa un cerdo. El hocico está hecho con lo que parece un vaso de plástico. La cámara retrocede y se ve a otras personas. Todas llevan capas y máscaras parecidas. Se descubre entonces a tres chicas arrodilladas ante una escudilla que contiene algo indefinible.

–Esas deben de ser Hannah y Jessica –dice Hurtig señalando la pantalla.

Jeanette asiente con la cabeza al reconocer a las chicas por su foto en el anuario del instituto.

Comprende que debe de tratarse del suceso del que le habló Regina Ceder. La novatada que acabó mal y obligó a Hannah y a Jessica a dejar el instituto.

–Y esa de ahí al lado debe de ser Victoria Bergman –dice Jeanette mirando a la chica delgada, rubia y de ojos azules.

La muchacha parece sonreír. Pero no es una sonrisa divertida, más bien de desdén. Como si estuviera al corriente, se dice Jeanette. Como si Victoria supiera qué iba a ocurrir. Su cara le dice algo vagamente, pero Jeanette no logra identificarla y lo olvida enseguida.

Una de las chicas enmascaradas avanza y toma la palabra.

–¡Bienvenidas al instituto de Sigtuna! –dice vaciando un cubo de agua sobre Hannah, Jessica y Victoria.

Las chicas, empapadas, escupen, tosen y resoplan.

Hurtig menea la cabeza.

–¡Joder con las niñatas ricas! –murmura.

Ven el resto de la película en silencio.

La escena final muestra a Victoria, que se inclina y empieza a comer el contenido del cuenco. Cuando una de las chicas del fondo se quita la máscara para vomitar, Jeanette también la reco-

268

noce. La joven oculta de nuevo su rostro, pero esos pocos segundos bastan.

Es ella.

—Annette Lundström —constata Jeanette.

—Sí, justamente...

—¿Cómo te ha ido con ella?

Lo cierto era que Jeanette casi había olvidado qué había ido a hacer Hurtig mientras ella estaba allí.

—Regular —dice aclarándose la voz—. Algo podremos utilizar, creo. Pero ya hablaremos de eso luego, ¿de acuerdo? Todo esto es muy duro y en estos momentos me cuesta tener las ideas claras.

Ella comparte su opinión. Le gustaría no tener que hacer esto, pero debe hacerlo. ¿Acaban curtiéndose los que trabajan allí? Sí, a la fuerza. Echa un vistazo de nuevo al hombre del cómic.

Al mirar la siguiente película, comprende de inmediato a qué se refería Kevin al hablar de filosofía a propósito de las películas de Hannah Östlund.

La escena muestra un box para cerdos en una granja. El suelo está cubierto de paja, sucia de tierra o de otra cosa. Excrementos, se dice Jeanette con asco, purín de cerdo. Unos personajes entran en el campo de la imagen, vestidos. Se instalan alrededor del box y puede reconocerlos a todos.

Empezando por la izquierda, Per-Ola Silfverberg, y después su esposa Charlotte, que sostiene a una criatura que Jeanette supone que debe de ser su hija adoptiva, Madeleine. Vienen luego Hannah Östlund, Jessica Friberg, Fredrika Grünewald y finalmente Regina Ceder. Y en el borde de la imagen, el perfil de un hombre.

Es como si todo lo que Jeanette ha visto durante las últimas horas se hubiera extraído de las pesadillas que sus casos más recientes le han provocado. Ahí están todos los actores, todas las personas implicadas, y por un instante se ve inmersa en una sensación de irrealidad, como en una pesadilla. Mira de reojo a Hurtig.

También él forma parte de la pesadilla, tan mudo como yo.

Cuando aparecen en pantalla dos muchachos desnudos, o mejor dicho alguien oculto detrás de la cámara los empuja, la pesadilla se completa.

Itkul y Karakul, se dice, aunque sabe que es imposible: los dos hermanos kazajos aún no habían nacido cuando se rodó la película. Y además, en este caso, los críos son claramente de origen asiático.

Empiezan a luchar, primero torpes y prudentes, y luego cada vez más desaforados, y cuando uno de ellos agarra al otro del pelo, este, furioso, comienza a hacer molinetes. En vano. Un violento cabezazo lo tumba al suelo.

El otro se sienta entonces sobre él y empieza a machacarlo a golpes.

Jeanette se siente mal y pulsa la pausa. Peleas de perros. ¿Así que Ivo llevaba razón desde el principio?

—Dios mío —suspira mirando a Hurtig—. ¿Lo va a matar?

Hurtig la mira, apretando los dientes, sin decir palabra.

Ella avanza la película rápidamente y eso hace más soportable la carnicería que viene a continuación.

Después de unos dos minutos, cesan los golpes y vuelve a reproducir la película a su velocidad normal. Para su alivio, el muchacho tendido en el suelo aún vive y su cuerpo se mueve al respirar. El otro se pone en pie y se coloca en medio del mugriento box. Luego se dirige hacia la cámara y, al salir de campo, sonríe. Jeanette retrocede inmediatamente unos fotogramas y congela la imagen de la sonrisa del muchacho.

—¿Has visto? —dice.

—Sí, ya veo —responde en voz baja Hurtig—. Parece orgulloso.

Ella vuelve a poner la película, pero no pasa nada más, tan solo que la criatura sobre las rodillas de Charlotte Silfverberg empieza a agitarse. En el momento en que esta se inclina para consolar a la niñita, la película se corta en seco.

Una filosofía, piensa Jeanette. Como en la película sobre el instituto de Sigtuna, la dimensión sexual le resulta incomprensible, y se pregunta si en realidad se trata de sexualidad.

¿Quién puede imaginar semejantes cosas?

—¿Te atreves a seguir? —pregunta Hurtig.

—Francamente… No lo sé.

Parece cansada y abatida.

Llaman a la puerta y entra Kevin con unos papeles en la mano.

—¿Qué tal? ¿Han visto la película de la granja?

—Sí —responde Jeanette, y se calla, porque no tiene palabras para comentar lo que acaba de ver.

—El resto de lo que he hallado en el ordenador de Hannah Östlund es pornografía pedófila más clásica —dice Kevin.

Jeanette decide en el acto que esas películas podrán esperar. Es un caso para la criminal. Ya ha encontrado lo que buscaba. La prueba de la existencia de la secta y la confirmación de que Ulrika Wendin decía la verdad. Quizá podría intentar saber más acerca de la persona que aparece sentada en un rincón durante la violación.

—¿Podrías ayudarme a comparar este perfil con el del hombre de la habitación de hotel? —pregunta, rebobinando hasta el punto en que se ve al hombre del box.

—Por supuesto.

Kevin teclea rápidamente y, acto seguido, las dos imágenes aparecen una al lado de la otra. No hay duda alguna, se trata del mismo hombre.

—¿Has localizado las matrículas? —Jeanette oye la urgencia en su propia voz.

Él asiente con la cabeza.

—Aquí está el extracto del registro de matrículas en la fecha de la película.

Jeanette procede a leer el listado. Por descontado, sabe que entre esos nombres pueden figurar los de algunos inocentes que solo pasaron la noche en el mismo hotel, desconocedores de cuanto ocurría en la habitación de al lado.

Pero, mientras lee la lista de nombres, comprende que se trata de los violadores de Ulrika Wendin. Una pandilla tan culpable como los espectadores del combate en la pocilga que acaban de ver.

Junto a los nombres y apellidos figuran los números de la Seguridad Social:

BENGT BERGMAN.

KARL LUNDSTRÖM.

ANDERS WIKSTRÖM.

CARSTEN MÖLLER.

VIGGO DÜRER.

Cuando Jeanette abre la boca para leérselos en voz alta a Hurtig, el teléfono empieza a vibrarle en el bolsillo.

# X2000

Ivo Andrić no suele marearse en tren, pero la alta velocidad le provoca a veces un poco de náuseas, sobre todo en las curvas compensadas. Como deseaba estar solo, ha reservado un compartimento privado. Apura su café, arroja la taza a la basura y se concentra en su respiración. Profundas inspiraciones por la nariz y largas espiraciones por la boca. Una técnica que funciona en la sala de autopsias: si allí funciona, servirá en cualquier otro lugar.

Rosengård, piensa. Dentro de tres horas estaré allí. Pensar en su hermano le llena a la vez de inquietud y de esperanza. Inquietud porque aún no se cree que sea verdad, y todavía no ha logrado ponerse en contacto con Goran. «Esperanza» es una lítotes. Si su mujer no estuviera en cama por una gripe, compartiría con ella lo que ahora siente. Se quedó conmocionada al saber que muy probablemente Goran estaba vivo y residía en Malmö. Ivo no debía esperar ni un día más para ir allí. Tenían que saber. Así que se marchó solo, pero le hubiera gustado poder compartir su emoción con alguien.

La única comparación que se le ocurre a Ivo Andrić es la espera en la maternidad antes del nacimiento del primer hijo.

La esperanza le impide estarse quieto, así que decide concentrarse en el trabajo y terminar el resumen sobre el registro en el apartamento de Ulrika Wendin y el resultado de su investigación acerca de las extrañas huellas dactilares lisas. Sus colegas suelen decir que sus informes son a menudo demasiado copiosos en detalles, pero para él es la mejor manera de trabajar y sabe que eso le proporciona una visión de conjunto más clara y conduce a un mejor resultado.

Al cabo de unos veinte minutos, piensa que ya tiene suficiente para presentarle unas conclusiones precisas a Jeanette Kihlberg. Cierra el ordenador y saca su teléfono. Jeanette responde de inmediato. Intuye que está un poco deprimida, pero no quiere incomodarla con preguntas.

—Unas huellas dactilares sin dibujos papilares pueden deberse a varias causas —comienza—. Quemaduras, o una abrasión de la piel. Sin embargo, las huellas dactilares halladas en el adhesivo utilizado para atarle los pies al último muchacho y sellar la bolsa de plástico pertenecen más bien a una persona que ha recibido tratamiento por cáncer.

Hace una pausa para dejar hablar a Jeanette.

—¿Cáncer? ¿Qué tiene que ver?

—Los productos utilizados en la quimioterapia pueden tener efectos secundarios, como anemia, caída del cabello o disminución de la masa de la médula ósea. Algunos llegan a provocar inflamaciones de las plantas de los pies y de las palmas de las manos, así como de los dedos de pies y manos. No te aburriré explicándote el porqué, pero lo esencial es que pueden producirse hemorragias y caída de la piel de los dedos, y eso es lo que creo que ha sucedido en nuestro caso.

—De acuerdo. —Jeanette parece animarse un poco—. Sospechas que la persona que cerró la bolsa del cadáver del muchacho está recibiendo tratamiento por cáncer. ¿Estás seguro?

—Tengo ante mí unas imágenes de esos efectos secundarios sobre las huellas dactilares. Diría que estoy seguro al noventa o noventa y cinco por ciento.

—Muy bien —dice Jeanette—. Gracias, Ivo. Excelente trabajo, como de costumbre. Y aparte de eso, ¿cómo ha ido por casa de Ulrika Wendin?

Ahora viene lo más importante, se dice Ivo Andrić.

—Acabo de encontrar las mismas huellas en el apartamento, en el interior de la puerta del frigorífico. La persona que arrojó la bolsa al agua estuvo muy probablemente en casa de Ulrika Wendin.

Silencio al otro lado de la línea.

—¿Me oyes? —dice Ivo al cabo de un momento, pero Jeanette ya ha colgado.

# Policía criminal

Por el tono lacónico y la tez pálida de Jeanette, Jens Hurtig comprende que Ivo Andrić tenía noticias cruciales, y así se lo confirma al colgar.

—La persona que arrojó al muchacho en el puerto de Norra Hammarby estuvo en casa de Ulrika Wendin —dice Jeanette guardándose el teléfono en el bolsillo interior de la chaqueta—. Las huellas en la cinta adhesiva que cerraba la bolsa son las mismas que las que Ivo ha hallado en la puerta del frigorífico en casa de Ulrika. La persona que las dejó probablemente esté recibiendo tratamiento contra el cáncer.

—Las cosas se precipitan —admite Hurtig, con la mirada fija en la pantalla en la que se alinean las carpetas que contienen los archivos pedófilos de Hannah Östlund—. ¿Lanzamos una orden de búsqueda nacional de Ulrika Wendin?

Jeanette asiente con la cabeza. Al ver su cara pálida, a Hurtig se le hace un nudo en el estómago: comprende que quiere mucho a esa mujer. Ladea la cabeza y ve los papeles que Jeanette sostiene en la mano. Lee la lista por encima de su hombro.

—Esos son los que estaban presentes en el hotel cuando violaron a Ulrika Wendin: Bengt Bergman, Karl Lundström y... —Se inclina para ver mejor—. ¿Viggo Dürer?

—Ese cabrón parece que siempre esté ahí, al margen, y ahora también en esas dos películas horribles.

—¿Y los otros nombres? ¿Son conocidos? ¿Anders Wikström y Carsten Möller?

—¿No recuerdas que Karl Lundström mencionó a un tal Anders Wikström que tenía una casa en Ånge? En uno de los prime-

275

ros interrogatorios, ese cerdo afirmó que una de las películas que tenía en su ordenador se filmó allí.

Ahora Hurtig lo recuerda. Una persona llamada Anders Wikström apareció en la fase inicial del caso de Karl Lundström. Pero el único Wikström que encontraron en Ånge era un viejo senil al que descartaron de inmediato.

—Mikkelsen descartó esa pista —observa Hurtig.

—Así es. —Jeanette parece pensativa—. Pero Anders Wikström existe realmente, tenemos incluso su número de la Seguridad Social.

—¿Y Carsten Möller?

—Ni idea. —Jeanette saca el teléfono, teclea un número y se lo lleva a la oreja—. ¿Åhlund? Tenemos que actuar deprisa. Dicta una orden de búsqueda nacional de Ulrika Wendin. Luego quiero que compruebes una cosa. No, serán dos…

Hurtig la oye repetir los nombres y los números de la Seguridad Social. Anders Wikström y Carsten Möller.

Jeanette se muestra tan lacónica con Åhlund como con Ivo Andrić. Hurtig la ve tomar notas febrilmente, al lado de los nombres de los violadores de Ulrika Wendin. Transcurren unos minutos. Por las escuetas órdenes de Jeanette, Hurtig comprende que Åhlund trabaja duramente al otro lado de la línea.

Jeanette parece agotada al colgar el teléfono. Pero no hay por qué inquietarse: sabe que ella trabaja incluso mejor en situaciones de urgencia.

—¿Qué ha dicho Åhlund?

Mira de reojo sus notas y ve que Jeanette ha escrito «cirujano».

—Carsten Möller era un anciano profesor que se marchó a Camboya. Allí se pierde su pista. Y Anders Wikström no tiene ninguna casa en Ånge. En cambio, hace seis meses se le declaró desaparecido en Tailandia.

—Pero aun así existe un Anders Wikström —insiste Hurtig—. ¿Quizá Lundström estaba confuso y lo mezcló todo? Anders Wikström aparecía en las películas, pero la casa de Ånge pertenecía a otro. Podría ser, ¿no?

Jeanette asiente y Hurtig mira en derredor.

Los odio, piensa, odio a esos cabrones que hacen que exista un lugar como este.

—Bueno —dice Jeanette—. ¿Qué tal ha ido con Annette Lundström?

Hurtig piensa en la película de la novatada en Sigtuna. Annette Lundström no parecía muy a gusto en el papel de verdugo. Vomitó.

—Annette está totalmente psicótica —dice—. Pero ha confirmado la mayoría de las cosas que te confió Sofia Zetterlund, y creo que lo que dice se sostiene, aunque esté enferma. Quiere regresar a Polcirkeln y ha enumerado una lista de gente que se supone que debe de estar allí... —Hace una breve pausa y saca su cuaderno—. Peo, Charlotte y Madeleine Silfverberg, Karl y Linnea Lundström, Gert Berglind, Regina y Jonathan Ceder, Fredrika Grünewald, y también Viggo Dürer.

Jeanette le mira.

—¡Joder, qué harta estoy de esos nombres!

Se levanta y recoge las películas.

—Tengo que salir de aquí.

Hurtig también se levanta, y añade que Annette Lundström ha confirmado que Dürer se dedicaba a las adopciones.

—Tenía a niños extranjeros en su granja de Struer y en Polcirkeln.

—Mierda —suspira Jeanette—. Polcirkeln...

Hurtig se había dicho lo mismo.

—La granja de Struer se vendió —prosigue Hurtig—, porque la cría de cerdos de Dürer no era rentable. Lo sabemos gracias a las pesquisas de Åhlund. En cuanto a Polcirkeln, conozco bien la geografía local, y a nuestros colegas de Norrbotten no les llevará mucho tiempo efectuar una operación puerta a puerta en la localidad. La verdad es que ni siquiera es una localidad. Son apenas unas casas.

Mientras bajan al aparcamiento, suena de nuevo el teléfono de Jeanette. Mira la pantalla.

—Es del laboratorio —dice antes de descolgar.

La conversación dura menos de treinta segundos.

—¿Novedades?

Jeanette inspira a fondo.

—Las muestras de pintura que tomamos del coche aparcado cerca de la casa de Viggo Dürer son idénticas a las halladas en la isla de Svartsjö. Así que es posible que fuera el abogado Dürer quien, la primavera pasada, arrojó al muchacho cerca del embarcadero y... —Se interrumpe y se da una palmada en la frente—. ¡Joder! Åhlund nos dijo que a Dürer le habían tratado de un cáncer...

—... así que es posible que sean las huellas de Dürer las que hemos encontrado...

—... en casa de Ulrika Wendin.

—Y eso significa que Dürer quizá aún esté vivo...

# Tysta Gatan

El fiscal Von Kwist se siente muy cansado. No ha pegado ojo desde su agresión de la víspera frente al Icebar. El Diazepam Desitin,
su nueva medicación, le hace el mismo efecto que una manzanilla
y el alcohol ya no le alivia. Está oficialmente de baja debido a su
úlcera de estómago, y oficiosamente porque cada vez teme más
por su vida.

Está tumbado en el sofá, con la vana intención de dormir un
poco. Consulta la hora. Esa noche hay una fiesta en comisaría. Es
el cumpleaños de la directora de la policía: en principio, una buena
ocasión para entablar nuevos contactos y cultivar los que ya posee.
Sin embargo, titubea.

Sin fuerzas, se levanta del sofá y empieza a dar vueltas por la
habitación. Piensa en la caja de zapatos.

Sabe qué contiene y no ha vuelto a abrirla. No se atreve a ti-
rarla y tampoco puede llevarla a la policía.

Solo le queda esconderla, y eso ha hecho. Varias veces.

Ignora trágicamente que esa forma irracional de actuar es consecuencia de la paranoia que ha desarrollado a fuerza de aislarse
voluntariamente en su casa.

Empezó escondiendo la caja de zapatos en la cocina, en el
armario debajo del fregadero, luego al fondo del armario de las
escobas en la entrada, y después en uno de los cajones de su mesa
de despacho. Acto seguido, y en un impulso creativo fuera de lugar, decidió guardarla en el vestíbulo, entre sus otras cajas de zapatos, bien visible. La idea era que el escondite más sencillo era el
mejor, pero tampoco duró allí mucho tiempo, pues no podía evi-

tar pensar en ella cada vez que pasaba por delante para ir al baño. Es decir, muy a menudo a lo largo de las últimas veinticuatro horas. Sus funciones corporales se han desmandado, la angustia que le oprime le obliga a vaciar la vejiga sin cesar y a vomitar cada poco tiempo.

La caja está ahora oculta en el armario del dormitorio, a unos metros de la cama, y tampoco es un buen sitio.

Decide remediarlo. Sube al dormitorio, abre despacio la puerta del armario, se inclina y coge de nuevo la caja. Al cuarto de invitados, se dice. En la parte superior del armario, detrás de los rollos de papel pintado.

Eso será lo mejor. Allí no se verá, a menos que alguien se suba sobre algo.

Una vez en el cuarto de invitados, enciende la luz del techo y deja la caja sobre la mesa. Se sube a la vieja silla giratoria y saca los rollos de papel pintado del armario. Sostiene la caja bajo el brazo y se pone de puntillas para empujarla lo más adentro posible en la parte superior del armario. Sin embargo, en el momento en que cambia su peso de un pie al otro, las leyes de la física hacen valer sus derechos y la silla giratoria, haciendo honor a su nombre, entra en acción.

Cae con la caja de zapatos y el contenido de la misma rueda por el suelo con un ruido sordo hasta sumirse en la oscuridad bajo la cama.

El fiscal Kenneth von Kwist se arrastra y se sienta apoyado contra el armario, y se queda así un buen rato hasta decidir qué hacer.

Esto no funciona, se dice. Que se quede ahí.

Prefiero ir a la fiesta.

# Hundudden

—¿Y a quién encontraron muerto en el barco, si no era Viggo?

Jeanette tiene una idea en mente y descuelga de nuevo el teléfono.

Gullberg, de la policía de Escania, responde después de siete largos tonos. Le explica la situación.

El hombre se pone en el acto a la defensiva y hace lo que suelen hacer quienes se sienten amenazados: pasa al ataque.

—¿Está cuestionando la autopsia? —pregunta indignado—. Nuestros forenses son muy competentes.

—¿Tiene a mano sus informes?

—Sí, sí —murmura enfurruñado—. Un momento. —Se oye ruido de papeles—. ¿Qué quiere saber?

—¿Se menciona en algún lugar que tenía cáncer?

—No... ¿Por qué debería...?

—Porque estaba en tratamiento por cáncer.

Gullberg calla.

—¡Oh, mierda! —exclama al cabo—. Aquí pone que estaba en plena forma para su edad. Un físico de cincuentón, aparte de algo de sobrepeso...

—Tenía casi ochenta años.

Gullberg se aclara la voz. Admite que tal vez se equivocó.

—En el caso de accidentes, se hacen autopsias rápidas —dice—. En el laboratorio de Malmö hacen su trabajo, pero no son infalibles. Vamos, que no teníamos ninguna razón para...

—Tranquilo, no hace falta que se disculpe. ¿Hay algo más en esos informes?

—Un poco más adelante pone que varios empastes del muerto se hicieron en el sudeste asiático.

Tailandia, piensa Jeanette. Anders Wikström.


El furgón policial de cristales tintados se detiene justo detrás de ellos. De él baja el jefe de la unidad de intervención. Da un golpe en el costado de la carrocería y se dirige hacia Jeanette mientras por la puerta trasera salen nueve policías con pasamontañas, en absoluto silencio. Se disponen en grupos de tres. Ocho van armados con pistolas ametralladoras y el noveno lleva un fusil de mayor calibre.

El jefe de la unidad de intervención se presenta a rostro descubierto, dispuesto a entrar en acción.

Los resultados del laboratorio respecto a las muestras de pintura han llevado a Dennis Billing a ordenar el registro de la casa de Dürer en Hundudden. Las informaciones procedentes de Escania y el posible descubrimiento de las huellas dactilares de Dürer en casa de Ulrika Wendin han acabado de convencerle.

—¿Y eso, es necesario? —pregunta Jeanette señalando con la cabeza al hombre del fusil.

—Un PSG90, por si la operación requiriera un tirador de élite —responde muy formalmente el jefe de la unidad de intervención.

—Esperemos que no sea necesario —mascula Hurtig.

—Bueno, empecemos —dice Jeanette mirando de reojo a Hurtig.

—Solo una pregunta. —El jefe de grupo se aclara la voz—. Todo esto ha sido muy precipitado y necesitamos cierta información. ¿Cuál es el objetivo principal y qué tipo de resistencia cabe esperar?

Antes de que Jeanette tenga tiempo de hablar, Hurtig avanza un paso.

—Creemos que el sujeto número 1, Ulrika Wendin, una chica, puede hallarse en la casa. Sospechamos que el sujeto número 2, el propietario de la casa, la ha raptado y la tiene secuestrada. El sujeto número 2 es un viejo abogado de ochenta años. En cuanto a su capacidad de resistencia, no tenemos la menor idea.

Jeanette le da un codazo a Hurtig.

—Basta ya —susurra antes de volverse hacia el jefe de la unidad de intervención—. Disculpe a mi colega. A veces es un poco cargante. Pero a grandes rasgos le ha resumido la situación. Sospechamos que el propietario, el abogado Viggo Dürer, tiene secuestrada aquí a Ulrika Wendin. Por supuesto, puede estar armado, pero no lo sabemos.

—Bien —dice el jefe con una sonrisa crispada—. En ese caso, ¡adelante!

Y con unas cortas zancadas se reúne con sus subordinados.

—Deja ya esa actitud.

Jeanette se coloca al lado del furgón a la espera de que los policías armados entren primero en la casa. El jefe levanta la mano derecha para atraer la atención de sus hombres y dar las órdenes.

—Alfa se ocupará de la fachada y la entrada principal. Beta cubrirá la parte trasera y Charlie tomará el garaje de al lado del edificio. ¿Alguna pregunta?

Los policías enmascarados callan.

—¡Adelante! —dice bajando el brazo.

Jeanette oye a Hurtig murmurar «Jawohl, mein Führer», pero no tiene fuerzas para hacer ningún comentario.

Luego todo sucede muy deprisa. El primer grupo fuerza la verja de entrada con una cizalla y cruza rápidamente el césped hasta la entrada, donde los hombres se colocan a uno y otro lado de la puerta. El segundo grupo se acerca al edificio por la parte de atrás y el tercero se dirige al garaje. Jeanette oye ruido de cristales rotos y gritos:

—¡Policía, todo el mundo al suelo! ¡Ríndanse o abrimos fuego!

Jeanette avanza hasta la verja a la espera de poder entrar cuando empieza a ulular una sirena ensordecedora. Se tapa los oídos. Al cabo de medio minuto, el aullido cesa.

—¡Planta baja despejada! —se oye gritar en la casa.

Hurtig se acerca.

—Perdona, ha sido una estupidez por mi parte. En el fondo esos tipos me caen bien, pero a veces exageran un poco haciéndose los duros.

—Sé a qué te refieres —dice ella acariciándole ligeramente el brazo—. Entre ellos y los delincuentes la diferencia es a veces muy sutil. Simplemente, hay demasiados hooligans en los dos lados.

Hurtig asiente con la cabeza.

—¡Piso superior despejado!

—¡Garaje despejado!

Jeanette ve salir al jefe y hacerles una señal de que el camino está expedito.

—La casa está vacía, pero la alarma estaba encendida —dice cuando Jeanette y Hurtig llegan a la escalera de entrada—. Una de esas alarmas antiguas que solo hacen mucho ruido, sin dar aviso a ninguna empresa de vigilancia. Antes eran eficaces, pera ahora ya no lo son.

—¿Todo está controlado?

—Sí. La chica no está ni en la planta baja ni el piso superior. El sótano está vacío, pero estamos comprobando que no haya escondrijos.

Los seis policías con pasamontañas que han entrado en la casa salen de nuevo a la puerta.

—Nada —dice uno de ellos—. Pueden entrar.

Nada, nada de nada, se dice Jeanette al cruzar el umbral seguida de Hurtig, mientras los policías se reúnen sobre el césped.

Acceden a un vestíbulo amueblado sobriamente y luego al salón. La casa huele a cerrado y una fina capa de polvo cubre con una película mate los muebles y los objetos de decoración. A lo largo de una pared hay varios sillones pesados de cuero marrón oscuro, y delante una mesa cubierta de libros viejos y pilas de papeles. En un rincón, un piano. Las paredes están cubiertas de cuadros y grabados. La mayoría de temática médica. En una vitrina, un cráneo al lado de un pájaro disecado. A Jeanette la habitación le recuerda un museo.

Pasa el dedo por el borde de la mesa, dejando una marca negra en el polvo blanco.

—Hace tiempo que nadie ha limpiado esto —constata.

—Y quizá hace tiempo que ni siquiera nadie ha estado aquí —añade Hurtig.

Jeanette se aproxima a una estantería y coge un libro. Un manual de medicina forense. Publicado en 1994 por el Instituto de Medicina Legal de la Universidad de Uppsala.

—Si esto es auténtico, debe de ser muy valioso —dice Hurtig.

Al volverse, Jeanette ve que está mirando un viejo icono ruso colgado sobre el piano negro. Hurtig toca distraídamente unas teclas. Jeanette oye que está desafinado.

—Sigamos —dice saliendo de nuevo al vestíbulo para dirigirse a la cocina.

Hurtig cierra ruidosamente la tapa del piano y la sigue.

La cocina también huele a cerrado, con un fuerte olor a detergente.

—Es cloro —dice Hurtig olisqueando—. Mi madre lo utilizaba para limpiar la cocina y los baños. Lo aprendió de una tía política, originaria de Polonia. La vieja tenía tal fobia a los microbios que lo utilizaba cada vez que mi tío se bañaba. Después de treinta años de limpieza con cloro, todo el esmalte había desaparecido. La bañera estaba limpia, por supuesto, pero el acero afloraba por todas partes. Recuerdo que me parecía asqueroso.

Mientras le escucha, Jeanette constata que la cocina tampoco ofrece ningún interés. Sale al vestíbulo para subir al primer piso. A su espalda, Hurtig rebusca entre las cazuelas.

La habitación de arriba está vacía, aparte de un armario y una cama sin sábanas ni colcha. Solo un colchón desnudo y manchado. Al abrir la puerta del armario, Jeanette oye que Hurtig la llama desde la planta baja. Antes de bajar para reunirse con él, inspecciona los percheros de los que cuelgan, bien ordenados, faldas, blusas y trajes. Un extraño sentimiento se apodera de ella al descubrir una colección de ropa interior femenina antigua. Corsés, ligas sintéticas o de viscosa y bragas de gruesa tela de lino.

¿Quién llevaría por gusto ese tipo de ropa interior tan incómoda?

Cierra el armario, sale de la habitación y baja.

En la cocina, Hurtig registra uno de los cajones. Ha dejado varios objetos sobre la encimera.

—Hay cosas muy curiosas en este cajón de los cubiertos —dice mostrándole a Jeanette los utensilios alineados: unas pinzas, una pequeña sierra y otras pinzas de menor tamaño—. ¿Y qué es esto? —pregunta sosteniendo un palo de madera rematado con un pequeño gancho.

—Es extraño, pero de momento no es ilegal —dice ella—. Ven, bajemos al sótano.

En el sótano, donde huele a moho, solo hay una caja de manzanas medio podridas, dos cañas de pescar y un palé con ocho sacos de cemento. Aparte de eso, las otras cuatro habitaciones están húmedas y vacías. Jeanette no comprende que a seis policías les haya llevado más de diez minutos comprobar que no hubiera escondrijos.

Decepcionada y seguida por un Hurtig igualmente frustrado, Jeanette se reúne con los hombres de la unidad de intervención y su jefe.

—Bueno, solo queda el garaje y podremos irnos a casa —dice ella encaminándose distraídamente hacia el edificio contiguo a la vivienda.

Uno de los hombres armados se sitúa a su lado y se sube el pasamontañas por encima de la boca.

—Lo único que hemos visto al forzar la puerta es que la ventana está rota.

Jeanette no tiene claro si debe mirar a la boca que le habla o a los ojos marrones que la observan a través de los agujeros del pasamontañas.

—Seguramente rompieron el cristal con la llave inglesa que hemos encontrado tirada al otro lado —continúa el policía. Jeanette decide concentrarse en sus ojos—. La hemos guardado en una bolsa precintada para analizarla. Sí, claro, puede haber huellas, aunque seguramente serán de algún granuja del vecindario.

Jeanette mira a Hurtig, que se encoge de hombros, azorado.

—Sí, olvidé recogerla —susurra a Jeanette, que espera que no sea necesario hacer pruebas de ADN de la herramienta.

Uno de los policías se adelanta y abre la puerta del garaje, mientras los otros se alinean detrás. Cuando entran en la habitación vacía, Jeanette ve cómo Hurtig se acerca, con aire avergonzado, al policía que sostiene la llave inglesa en una bolsa de plástico. Hurtig dice algo, se agita nervioso y pisa la tapa de cemento de un pozo negro, justo a su lado. Jeanette observa que esa tapa parece nueva: esa es sin duda la razón de la presencia de los sacos de cemento en el sótano. Su experiencia como propietaria de una casa le ha enseñado que las obras de reforma cuestan por lo general el doble de lo previsto, sobre todo porque se compra demasiado material, y piensa en los rollos de fibra de vidrio apilados en su propio garaje desde que Åke aisló la buhardilla para instalar allí su estudio.

Mira el garaje sin tomarse siquiera la molestia de entrar. La última vez vio que solo había un banco de trabajo y unas estanterías vacías. Nada más.

Regresan al coche. Jeanette está decepcionada por volver con las manos vacías, sin haber avanzado ni un milímetro. Pero, al mismo tiempo, se siente aliviada por no haber hallado muerta a Ulrika Wendin en la casa.

Hurtig se sienta al volante, arranca y emprende el camino de vuelta.

Circulan los primeros kilómetros sin hablar, hasta que Jeanette rompe el silencio.

—¿Qué les has dicho acerca de la llave inglesa? —le pregunta, chinchándole—. ¿Les has contado que fuiste tú quien rompió el cristal? ¿O has tenido que confesar que no sabías cómo se fuerza una cerradura?

Hurtig se ríe.

—No, no he tenido que confesarles lo mal cerrajero que soy, porque me han dicho que han tenido que utilizar un mazo para abrir la puerta. Era imposible abrirla con una ganzúa, porque estaba cerrada con un potente cerrojo.

—¡Mierda, para el coche! —grita Jeanette, y Hurtig frena en seco por puro reflejo.

El furgón justo detrás de ellos toca la bocina airadamente, pero también se detiene.

—¡Da media vuelta, rápido, joder!

Hurtig la mira, desconcertado, maniobra y arranca de nuevo pisando el acelerador a fondo y sacando humo de los neumáticos. Jeanette baja la ventanilla y hace señales al furgón para que les siga, y este da media vuelta en el acto.

—Mierda, mierda y mierda —musita apretando las mandíbulas.

# En ninguna parte

Los momentos de desvelo son los peores. Cuando está consciente y recuerda dónde se encuentra. Durante sus viajes interiores, como en hibernación, no siente dolor ni miedo y le gustaría llevarse consigo a la tierra esa fuerza espiritual reconquistada.

Pero sus despertares son cada vez más duros.

Es como si lo perdiera todo por el camino, entre el espacio y la tierra. Sabe que sus nuevos conocimientos están ahí, pero ya no puede acceder a ellos. Es como tratar de recordar un sueño.

Hace un nuevo intento con los estados norteamericanos. Al principio se sabía todos menos cuatro, luego los recordó todos, y más tarde volvió a olvidar cuatro o cinco.

Alabama, Alaska, Arkansas y Columbia Británica. No, esa es una provincia canadiense. Y la capital es Columbus. No, eso también es falso.

Trata de hablar en voz alta, pero de su boca amordazada con cinta adhesiva no sale sonido alguno. Sus cuerdas vocales permanecen inertes.

Columbia, intenta. Warner, Columbia y NLC.

No hay sonido alguno, aunque grita interiormente. Su cerebro también se está deteriorando, al igual que su cuerpo.

Warner no es un estado norteamericano, ni una provincia canadiense. Está pensando en estudios cinematográficos de Estados Unidos. Columbia Pictures, Warner Bros y New Line Cinema.

Intenta tensar los músculos, pero no siente absolutamente nada. Ya no tiene cuerpo y sin embargo le duele, y tiene la sensación de desplazarse porque oye un ruido de piel rozando sobre madera. Un chirrido seco, áspero. Tampoco puede mover la lengua y sospecha que se acerca el fin, que su cuerpo está siendo aniquilado.

Warner Bros, NLC, New Line Cinema.

Recuerda escenas de la película *Seven* con Brad Pitt y Morgan Freeman, distribuida por la compañía NLC.

La ha visto muchas veces en su ordenador: un hueso duro de roer para su cerebro, intenta recordar los siete pecados capitales en el orden en que ocurren los asesinatos, primero la gula, cuando el asesino obliga a un obeso a comer hasta reventar.

Luego la avaricia, cuando desangra a un empresario.

Luego la pereza…

No sigue, ya que de repente comprende lo que pretenden hacer con ella.

En la película, al hombre castigado por su pereza lo atan a una cama a oscuras, y Ulrika se estremece al pensar en ello.

La piel grisácea casi desgarrada por el cráneo, las venas y las articulaciones prominentes, el aspecto de esos cadáveres que se encuentran de vez en cuando en las turberas: de mil años de antigüedad, pero con la expresión del rostro intacta.

¿Tiene ella ese aspecto?

Mientras recuerda el cadáver sobre la cama en *Seven*, le parece oír de nuevo ese ruido. Se sorprende al ver frente a ella un gran bloque de metal vibrando y no un ascensor ordinario.

En la película, cientos de ambientadores con forma de abeto cuelgan sobre la cama para purificar la habitación de la pestilencia del cadáver. De repente, irrumpe la policía: quizá son sus pasos lo que ahora oye. Brad Pitt y Morgan Freeman.

Unos pasos pesados, cada vez más fuertes.

A oscuras, abre los ojos como platos. El trazo luminoso en el techo, la Vía Láctea, es rápidamente devorado por la oscuridad que la rodea. Oye entonces un ruido, como si rascaran, y luego un golpe metálico tan violento que se le tapan los oídos.

Ahí está la policía, se dice. Están abriendo la puerta para liberarme.

Cuando Brad Pitt y Morgan Freeman encuentran al hombre en la cama aún está vivo, pero el forense les advierte que su cuerpo está tan débil que la simple luz de una linterna bastaría para matarlo.

La luz que ahora entra en la habitación donde está atada Ulrika Wendin es tan fuerte que le parece que le arden las córneas.

# Hundudden

La puerta del garaje de Viggo Dürer no podía abrirse porque un cerrojo la bloqueaba por dentro. El garaje estaba vacío, no había ninguna otra puerta, y solo una ventana tan pequeña que ni un niño hubiera podido pasar por ella.

Es el enigma policíaco clásico, y el ejemplo más conocido es *Los crímenes de la calle Morgue* de Edgar Allan Poe.

La habitación cerrada.

En el coche, a Jeanette se le ha hecho la luz cuando Hurtig ha mencionado las dificultades para abrir esa puerta: a la fuerza tiene que haber otra entrada. Hurtig y ella se hallan ahora en el garaje en compañía del jefe de la unidad de intervención. Cuando Jeanette acaba de exponer su razonamiento, los tres se vuelven hacia las sólidas estanterías de madera. Detrás de ellas tiene que esconderse una puerta.

El jefe ordena que vayan a por unas palanquetas y dos policías con pasamontañas se alejan en dirección al furgón, que se encuentra estacionado en la carretera.

Jeanette examina la estructura de las estanterías. Los montantes son robustos, de un grosor de al menos cinco centímetros, y están clavados por su cara interior con una treintena de remaches a unas guías metálicas fijadas a la pared del fondo, al suelo y al techo, como un gran marco metálico rectangular. De repente parece evidente que la estructura se ha fijado desde el otro lado; varios tornillos grandes sobresalen de las guías. No debería haberse limitado a constatar que el garaje estaba vacío, suspira. Ahora quizá ha perdido un tiempo precioso.

Los dos policías regresan y de inmediato empiezan a arrancar los remaches. Enseguida aparecen detrás unas ranuras en el cemento, sin duda el contorno de una puerta. Un tercer policía tira de uno de los tornillos y la puerta cede y se abre un par de centímetros. Después de varios tirones más, se entorna unos diez centímetros.

Ulrika, piensa Jeanette. Por un breve instante imagina el atroz espectáculo que les aguarda al otro lado. El cadáver de Ulrika Wendin, emparedada viva. Pero la imagen se desvanece cuando, tras el mazazo del policía, la puerta se abre de par en par.

Dentro solo hay un angosto nicho en la pared, de apenas cincuenta centímetros de profundidad, y una escalera muy estrecha que se hunde en la oscuridad hacia la izquierda. Del techo del nicho cuelga un gancho. Jeanette siente aumentar la tensión en todas las fibras de su cuerpo.

La unidad de intervención toma el relevo.

El oficial desaparece con dos de sus hombres más experimentados y, después de lo que parece alargarse más de diez minutos, se oye una voz salir del agujero:

—¡Sótano despejado!

Jeanette y Hurtig se apresuran a descender por la estrecha escalera y un fuerte y seco olor a cerrado les golpea en la cara. Nada, se repite Jeanette. Ahí abajo no han encontrado nada.

Recuerda a Ulrika Wendin. Su rostro, su voz y sus gestos. De haberla hallado allí, viva o muerta, no hubieran dicho que el sótano estaba despejado.

La escalera conduce a una habitación casi cuadrada, de unos cinco metros por cinco, con una puerta cerrada al otro lado. Una bombilla cuelga del techo de una cadena, hay dos grandes jaulas para perros en el suelo y las paredes están enteramente recubiertas de mapas, fotos, recortes de prensa y capas superpuestas de papeles de diferentes tamaños.

—¡Joder…! —gime Hurtig al ver las jaulas, y Jeanette comprende que está pensando lo mismo que ella.

Jeanette cuenta una veintena de juguetes que cuelgan de cordeles, entre ellos un perrito de madera con ruedecillas y varias muñecas Bratz desvencijadas. Pero lo que más la impresiona de entrada es esa acumulación de papeles y más papeles. «El hombre de los papelitos», se dice.

Viggo Dürer es el hombre de los papelitos. ¿Cómo ha podido verlo Sofia tan claro?

En la habitación también hay una pequeña estantería en la que se alinean botes y botellas, y un armario bajo, abierto, con más pilas de papeles. Encima de este, dos monos en miniatura, uno con unos platillos y el otro con un tambor.

Observa con mayor detenimiento las botellas de la estantería. Algunas tienen símbolos químicos y otras etiquetas en cirílico, pero adivina el contenido de las mismas. Aunque están cerradas, desprenden un olor agrio.

—Líquidos de embalsamamiento —murmura volviéndose hacia Hurtig, que se ha quedado lívido.

La puerta del fondo se abre.

—Hemos encontrado la otra entrada, y también una pequeña habitación —dice el jefe de la unidad de intervención. Su voz parece temblar—. Parece… —calla y se quita el pasamontañas— un secadero o algo por el estilo…

Su rostro está blanco como el papel.

¿Un secadero?, piensa Jeanette.

Les señalan un pasillo angosto, de apenas un metro de ancho y de unos seis o siete de largo. Es de hormigón y acaba al pie de una escalera de incendios que conduce a una trampilla en el techo. Un rayo de luz cae sobre el metal reluciente de la escalera.

En medio de la pared izquierda, una puerta metálica.

—¿El secadero? —Jeanette señala la puerta y el jefe de la unidad de intervención asiente con la cabeza.

—La trampilla da a la parte de atrás de la casa —dice para distraer su atención de esa puerta cerrada—. Quizá hayan visto…

—¿El pozo negro? —le interrumpe Hurtig—. He pasado por encima hace menos de media hora.

—Exacto —dice el oficial—, y si lo hubiéramos abierto desde el exterior, solo habríamos visto una reja con un agujero oscuro debajo.

Jeanette examina el extremo del pasillo. A un metro por encima de su cabeza hay una reja abierta y, un metro más arriba, la tapa del pozo negro, apartada a un lado. En la abertura en forma de media luna, las siluetas de dos policías se recortan contra el cielo nocturno, y le parece oír a alguien llorando.

Se vuelve hacia Hurtig y el oficial, que se han quedado frente a la puerta metálica.

—Voy a abrirla —dice ella—. ¿Por qué está cerrada, por cierto?

El oficial se limita a menear la cabeza inspirando profundamente.

—¿Qué coño es todo esto? —dice lentamente—. ¿Quién es ese enfermo?

—Sabemos que se llama Viggo Dürer —responde Hurtig—, y más o menos qué aspecto tiene, pero por lo demás no sabemos qué clase de hombre...

—Quien haya hecho esto no es un hombre —le interrumpe el oficial—. Es otra cosa.

Se miran sin decir nada.

Todos ellos prisioneros de su propia impotencia. Solo se oye el viento sobre el techo del garaje y el ruido que hacen los hombres en el exterior.

Lo que han visto les ha aterrado tanto que no se atreven a enseñárnoslo, se dice Jeanette, de pronto dubitativa.

Piensa en su descenso a los infiernos de ese mismo día, en la criminal.

Hurtig empuja levemente la puerta.

—Hay un interruptor justo a la derecha de la puerta —dice el oficial—. Por desgracia, hay unos fluorescentes para iluminar eso.

Después gira sobre sus talones, y la puerta metálica se abre lentamente.

Convencida de que la duda y la reflexión solo sirven para perder lastimosamente el tiempo, Jeanette enciende las luces sin vacilar y da un paso adelante. En una fracción de segundo, su cerebro toma una serie de decisiones instintivas que la conducen a contemplar desde un ángulo puramente racional todo cuanto hay en la habitación.

Primero registrará todo lo que ve y luego cerrará esa puerta y confiará el resto a Ivo Andrić.

El tiempo se detiene para ella.

Registra que Ulrika Wendin no se halla en la habitación, ni ninguna otra persona viva. Registra también que hay dos grandes ventiladores a uno y otro lado de la habitación, y cuatro cables metálicos tendidos a través de la misma. Registra lo que cuelga de los cables y lo que hay en el suelo, en el centro de la habitación.

Luego cierra la puerta.

Hurtig, que ha retrocedido unos pasos, está apoyado en la pared de cemento, con las manos en los bolsillos y mirando al suelo. Jeanette observa que sus mandíbulas se mueven, como si mascara algo, y siente pena por él. El jefe de la unidad de intervención se vuelve al oír cerrarse la puerta y suspira enjugándose la frente con el dorso de la mano, sin decir palabra.


Cuando llega el equipo forense, con Ivo Andrić al frente, Jeanette y Hurtig contemplan todos esos rostros jóvenes aún indemnes con tristeza y compasión. Aunque el grueso de los ayudantes limitará su trabajo a la antecámara del museo de Dürer, donde solo hay recortes de periódicos, algunos juguetes viejos y trozos de papel, por fuerza verán también lo innombrable en el secadero.

Provistos de sendos pares de guantes de plástico, Jeanette y Hurtig echan un primer vistazo a la enorme masa de documentos. Al cabo de un rato, es como si hubieran convenido por acuerdo tácito no hablar de lo que han visto en la otra habitación. Saben qué hay allí, e Ivo Andrić les proporcionará respuestas llegado el momento. Eso les basta.

Una vez más, Sofia tenía razón, piensa Jeanette. La exposición de una colección retrospectiva de castraciones, que evoca una identidad sexual perdida. Sí, ¿por qué no?

Siente el mismo pesado abatimiento que después de visionar las películas en la criminal, y se obliga a entrever aún algo de luz.

Por ejemplo, la esperanza de que Ulrika Wendin aún esté viva. Ese pensamiento reconforta a Jeanette.

Fotografían el material y hacen una primera clasificación del contenido. El examen más detallado tendrá lugar posteriormente y otros se encargarán de ello: por eso es importante no olvidar la primera impresión, mientras aún se dispone de una visión relativamente virgen.

A primera vista, se pueden distinguir recortes de periódicos y de revistas, documentos manuscritos que comprenden tanto notas como largas cartas, y artefactos, principalmente juguetes. Otra categoría la constituyen copias de artículos o extractos de obras. En la mayoría de los casos es imposible distinguir los recuerdos personales de la documentación sobre el crimen, y eso complica la clasificación.

Las botellas y los botes de las estanterías son asunto de los técnicos, y Jeanette los ignora. Sabe, sin embargo, qué contienen: formol, formaldehído y otros líquidos análogos utilizados para embalsamar.

Hurtig y ella tampoco tocan las jaulas de los perros situadas en medio de la habitación, ni la reja de desagüe, aunque miran de reojo en esa dirección.

Trabajan deprisa, guardando cierta distancia respecto a lo que ven. Por esa razón, Hurtig apenas reacciona cuando da con una lámina que ilustra el instrumental utilizado para embalsamar y reconoce los utensilios que ha descubierto en el cajón de la cocina. Unas pinzas, una sierra, unas pinzas más pequeñas y, por último, un palo rematado con un gancho.

Encuentran varios artículos de periódico relativos a los tres muchachos de Thorildsplan, Danvikstull y la isla de Svartsjö, pero aparentemente no hay nada acerca del cuarto crío hallado unos días atrás en el puerto de Norra Hammarby, por lo menos a primera vista.

Lo más sorprendente son los numerosos recortes procedentes de medios soviéticos y ucranianos. Es difícil descifrar qué dicen: ni Jeanette ni Hurtig saben leer cirílico y prácticamente todos carecen de ilustraciones. Se trata de alrededor de un centenar de artículos y de noticias más breves, fechados entre principios de los años sesenta y el verano de 2008. Habrá que escanearlo todo para enviárselo a Iwan Lowynsky, de la Seguridad ucraniana.

Jeanette decide abandonar la clasificación y coincide con Hurtig: ya han tenido suficiente por hoy, y la visión de conjunto puede esperar.

Solo una cosa más, se dice.

Enfrente del armario de los monos, observa una foto clavada con chinchetas en mitad de la pared. Le dice algo. Le recuerda las películas que ha visto en la criminal: es la misma persona que ahora ve en la foto. Probablemente Viggo Dürer, sentado en la veranda de una casa, un lugar que reconoce.

Arranca la foto de la pared y se sienta en el suelo, mirando a Hurtig con unos ojos que imagina apagados e inyectados de sangre.

—¿Tienes ganas de volver a la comisaría? —pregunta ella.

—No muchas.

—Yo tampoco. Pero no puedo irme a casa, no quiero estar sola y, para ser sincera, no me apetece ver a Sofia. Creo que la única persona a la que puedo soportar en estos momentos eres tú.

Hurtig parece azorado.

—¿Yo?

—Sí, tú.

Hurtig sonríe.

—Yo tampoco tengo muchas ganas de estar solo esta noche. Primero la criminal y ahora esto…

De repente, ella se siente próxima a él, de una forma nueva. Han pasado un día infernal juntos.

—Esta noche dormiremos en la comisaría —dice Jeanette—. ¿Qué te parece? Compraremos unas cervezas y nos relajaremos. Nos olvidaremos de todo esto, ni siquiera hablaremos de ello. Olvidemos toda esta mierda, aunque solo sea por una noche.

Hurtig suelta una risa ahogada.

—De acuerdo. Buena idea.

—Perfecto. Pero antes de tomarnos el día libre, tengo que llamar a Von Kwist. Mierda, ya se puede poner las pilas y volver pronto al trabajo, aunque esté enfermo. Hay que dictar una orden de búsqueda nacional de Viggo Dürer. Y además quiero comprobar esta foto.

Le muestra a Hurtig la foto que acaba de arrancar de la pared.

# Klippgatan, primera escalera

Al salir de El Girasol, Sofia desciende hacia el puerto de Norra Hammarby. La Sonámbula nunca regresará allí y quiere ver el lugar por última vez.

Se sienta un rato en el borde del muelle. Intenta comprender qué la ha empujado a regresar siempre allí. Un poco más lejos, la policía ha precintado un perímetro y los técnicos están trabajando. Se pregunta qué ha ocurrido. ¿Se habrá arrojado alguien desde el puente? Ocurre a veces. Diez minutos más tarde regresa a su coche y emprende la vuelta a casa.

Sin saber que la están siguiendo.


Aparca cerca de Londonviadukten, sube por Folkungagatan y, en el momento en que cruza Ersytagatan, resuena de repente un fuerte golpe.

Un hombre está de pie cerca de su coche unos metros por detrás de ella. Acaba de cerrar el maletero y mira sorprendido en su dirección mientras lo cierra con llave.

Cálmate, Sofia, se dice. Ya ha terminado.

Pero no. No es así.

Al girar por Klippgatan resuena otro ruido que le parece anormalmente fuerte.

Es la campanilla de la puerta de la tienda del barrio, en la esquina. El propietario sale en compañía de una anciana muy encorvada.

—Cuidado, Birgitta —dice él—. Las escaleras que suben a la iglesia son muy resbaladizas.

La mujer luce un moño gris. Murmura algo y se vuelve para meter dos revistas en el bolso.

Sofia la mira fijamente. No es posible, piensa.

El rostro de la mujer está ladeado y el rótulo luminoso lo sume en las sombras, pero Sofia reconoce el cuello redondeado y los hoyuelos de sus mejillas.

Recuerda haber metido el dedo en ellos y reírse.

Las piernas de Victoria tiemblan cuando la mujer gira por Klippgatan en dirección a la iglesia de la Reina Sofía. La espalda familiar, las caderas curvadas, el moño ajustado y sus andares balanceantes.

Da unos pasos detrás de ella, pero sus piernas apenas la sostienen.

Las revistas femeninas sobresalen del bolso: Victoria sabe que se quedarán unos días sobre la mesa baja frente a la televisión antes de ser leídas. Luego pasarán al baño y se quedarán allí hasta que se hayan resuelto los crucigramas.

No existes, piensa. Solo eres fruto de mi imaginación. Desaparece.

Aún puede sentir el calor de las llamas en su rostro, oír las vigas crepitar y crujir antes de desplomarse ruidosamente en el sótano. Bengt y Birgitta Bergman están enterrados en Skogskyrkogården en una urna de cerezo rojo oscuro. En cualquier caso, deberían estarlo.

Al pie de la primera escalera, la mujer se detiene frente a un cubo de la basura, rebusca dentro y encuentra una lata de cerveza que se apresura a recoger. Al aproximarse, Victoria ve que su falda de lana marrón está sucia y raída en varios lugares, y que sus zapatos están mugrientos y desgastados.

La vieja comienza entonces a ascender trabajosamente los peldaños de Klippgatan apoyándose en la barandilla. Como en las escaleras de la casa. Aquellas en las que se pasaba mucho tiempo fingiendo limpiarlas.

Victoria la sigue.

Agarra la fría barandilla y retrocede en el tiempo.

—Tenemos que hablar —dice—. No puedes marcharte así, sin explicarme qué pasa. Estás muerta. ¿Acaso no lo entiendes?

La mujer se gira.

No es ella. Claro que no.

La mujer la mira un momento, recelosa, y luego se da media vuelta y sigue subiendo los peldaños hasta el camino de gravilla del pequeño jardín.

Victoria se queda sola, pero a escasos metros, al pie de las escaleras, se halla una persona igualmente sola.

# Barrio de Kronoberg

El infierno, para el fiscal Kenneth von Kwist, es una llamada telefónica que le fastidia mientras sostiene una copa de champán en la mano delante del restaurante de la jefatura, en animada conversación con la directora de la policía, a la que le explica la importancia de elegir el momento adecuado para podar los geranios.

El fiscal no sabe nada de jardinería, pero, a la fuerza, ha aprendido a dar conversación: empezar haciendo preguntas y luego utilizar la información recopilada para lanzar una afirmación general y consensuada. Algunos a eso lo llaman adulación, pero Von Kwist lo considera un talento social.

Cuando oye sonar el teléfono se disculpa, deja la copa y se aleja. Antes de responder ya ha decidido que a su regreso afirmará que febrero es un buen mes para podar las plantas en maceta, pero con precaución.

Al ver aparecer en la pantalla el nombre de Jeanette Kihlberg, se le hace un nudo en el estómago. No le gusta hablar con ella. Esa mujer es gafe.

—¿Diga? —responde, confiando en que será breve.

—Hay que lanzar una orden de búsqueda para localizar a Viggo Dürer —dice Jeanette sin presentarse, lo cual irrita al fiscal.

Es de pura educación empezar presentándose. Y, además, el fiscal comprende que tardará en regresar a la fiesta y a esa agradable conversación sobre jardinería.

—Creemos que Viggo Dürer está vivo y quiero una orden de búsqueda nacional —continúa ella—. Máxima prioridad. Aeropuertos, ferris, fronteras…

—¡Un momento, no tan deprisa! —la interrumpe haciéndose el tonto—. ¿Quién es usted? No conozco el número.

Mierda, piensa. Viggo Dürer está vivo.

—Soy yo, Kihlberg. Acabo de estar en la casa de Dürer, en Djurgården.

—¿Y el cuerpo hallado en el barco?

—Aún no está comprobado, pero podría tratarse de Anders Wikström.

—¿Y quién es ese tipo?

—Debería usted saberlo. Su nombre aparece en el caso de Karl Lundström.

Jeanette Kihlberg hace una pausa y él aprovecha para contemporizar.

—Vamos a ver… —dice tan lentamente como puede—, señora comisaria, ¿en qué se basa para querer tomar una decisión tan drástica como la utilización del capítulo XXIV, apartado séptimo, del Código Penal? ¿Párrafo segundo? ¿La señora comisaria no estará yendo demasiado deprisa una vez más?

La oye respirar y le divierte percibir que está a punto de estallar. Prosigue, aún más lentamente, mientras ve llegar a Dennis Billing.

—Al fin y al cabo, hace tiempo que nos conocemos bien y, seamos sinceros, señora comisaria: más de una vez hemos dado pasos sin tener las cosas bien atadas y hemos tenido que hacer el paseo de Canossa con gesto humillado y arrepentido.

Está a punto de añadir «nena», pero se contiene y, para su sorpresa, oye a Jeanette reír a carcajadas.

—Usted siempre tan bromista, Kenneth —dice.

Decepción: esperaba que se indignara y se lanzara a una larga arenga feminista. El champán le ha hecho entrar en calor y no hubiera desdeñado una discusión sobre la existencia o no del sexismo. Por su parte, no cree que exista tal cosa y le parece absurdo. Una teoría imaginaria inventada por un hatajo de borrachas amargadas. Pero antes de que tenga tiempo de dar con una réplica apropiada, Jeanette continúa sin el menor signo de enfado.

—Lo que hemos encontrado en el garaje de Dürer haría morirse de envidia a su asesino preferido, Thomas Quick. Pero, a diferencia del caso de Quick, en este tenemos material de mucho peso, no sé si me entiende. Me refiero a fragmentos de cuerpos, instrumentos de tortura y equipos para llevar a cabo unos jodidos experimentos médicos. Y, por lo que he visto, en el caso de Dürer no se trata de uno o dos crímenes. Hay que contarlos por decenas, y quizá me quede corta. En lo que a mí respecta, no tengo la menor duda: hemos encontrado a nuestro hombre. Él mismo lo ha documentado todo. ¡El premio gordo!

La cabeza empieza a darle vueltas.

—¿Puede repetirlo?

El fiscal Kenneth von Kwist respira profundamente, busca las preguntas pertinentes, las objeciones jurídicas apropiadas, contradicciones sustanciales en su análisis de la situación, cualquier cosa que pueda justificar su deseo de retrasar la orden de búsqueda de Dürer.

Pero tiene la mente vacía.

Como si un telón de acero le impidiera hablar. Sabe qué quiere decir, pero su boca no se mueve. Como si el ejército de sus neuronas se hubiera amotinado y se negara rotundamente a cumplir sus órdenes: con el teléfono pegado al oído, solo puede escuchar en silencio cómo Jeanette Kihlberg desgrana su historia. Esa mujer es peor que un forúnculo en el culo, se dice. Y ese maldito Dürer, ¿de qué va?

¿Fragmentos de cuerpos?

Para el fiscal, la asociación es directa y lógica: piensa en el acto en la mano desecada. Sin embargo, su nueva medicación y el alcohol le ayudan a contenerse. La embriaguez le impide perder completamente la compostura, aunque empieza a encontrarse muy mal.

—Ivo Andrić y el equipo del laboratorio siguen allí. He precintado el perímetro y ordenado silencio en las comunicaciones por radio. Solo utilizamos líneas privadas y se ha prohibido hacer público el descubrimiento. En este estadio tan delicado, hay que evitar que la prensa se entrometa. No hay vecinos en las inmediaciones, pero la gente del barrio empieza a preocuparse ante tanto ajetreo, es inevitable.

Hace una pausa. Von Kwist aprieta el puño dentro del bolsillo esperando que haya terminado por fin y pueda volver a reunirse con los otros invitados. Lo único que desea es divertirse, beber a cuenta de la princesa y comer canapés con sus colaboradores y colegas.

Te lo ruego, haz que esto termine de una vez, suplica al Dios al que le dio la espalda a los quince años, después de una discusión con el pastor que le preparaba para la confirmación, y al que no había vuelto. Pero ese a quien dirige su plegaria es miope, sordo o simplemente inexistente, puesto que Jeanette Kihlberg continúa. El fiscal siente que le flaquean las piernas y toma asiento en la silla más próxima.

—Por todo ello considero que la orden de búsqueda es absolutamente necesaria —continúa Jeanette—. Quiero su aval, pero, como por lo que oigo se encuentra usted en una fiesta que le costaría mucho abandonar, creo que el papeleo puede esperar. Puede elegir: o confía en mí, o mañana a primera hora le explica a su jefe por qué se ha retrasado tanto la orden de búsqueda. Usted decide.

Por fin ella calla. Oye de fondo un frenazo violento, seguido de maldiciones de su colega Jens Hurtig.

—¿Así que no hay ninguna duda de que se trata de Dürer?

El fiscal, en su silla, se ha recuperado un poco, ha recobrado el uso de la palabra, y solo quiere creer hasta el final en la posibilidad de la existencia de otro culpable, pero la respuesta llega en el acto, sin ambigüedad, incluso para un escéptico como él.

—No.

El fiscal Von Kwist comprende entonces que es él quien deberá emprender el paseo a Canossa, y que sin duda va a tener que arrepentirse.

—Está bien, de acuerdo, le doy mi bendición para tomar cuantas medidas juzgue oportunas. —Calla y busca una réplica para recuperar la confianza en sí mismo y alejar el espectro del calvario que le espera—. Sin embargo, aunque se muera de ganas, espere un poco para poner a Dürer en la lista de personas más buscadas del FBI.

Es lo único que se le ocurre decir, pero se queda decepcionado: su réplica no ha hecho mella.

Dennis Billing se acerca a él con dos copas de espumoso y el fiscal se dispone a terminar esa maldita conversación.

Pero no sabe qué decir. Como si estuviera atrapado en un cepo, cuanto más se debate, más aprisionado se encuentra.

—Esperaré a mañana para lo del FBI —dice Jeanette Kihlberg—. Dürer acabará de todas formas en su lista, lo quiera usted o no. —La oye respirar profundamente y exhalar un suspiro muy expresivo—. Y en cuanto al paseo de Enrique IV a Canossa —prosigue imitando el tono sabihondo del fiscal—, creo que la investigación histórica reciente considera ese episodio como una jugada maestra del emperador, puesto que al final es él quien sale triunfante y no el papa corrupto Gregorio VII. Corríjame si me equivoco: es usted el historiador, y yo solo una pobre chica.

La oye colgar y, cuando el superior de Jeanette, Dennis Billing, le da una palmada en el hombro y le ofrece una copa, hierve de cólera contenida.

Joder, ¿a quién está acusando esa de corrupción?

Una vez más, al fiscal le ciega su suficiencia.

# Klippgatan, segunda escalera

El mito de Edipo es la historia de venganza más antigua.

Cuando Edipo fue a consultar a la Pitia, esta le vaticinó que mataría a su padre, rey de Tebas, y luego se casaría con su madre. Para evitar ese destino, sus padres decidieron matarlo, pero el hombre encargado de la misión se apiadó del niño y decidió criarlo como si fuera su propio hijo. Y aun desconociendo la profecía, Edipo acabaría matando a su padre y casándose con su madre, la reina viuda.

Asesinato. Traición. Venganza.

Todo vuelve a empezar.

La familia Bergman es la serpiente que se muerde la cola, y Madeleine ya no quiere formar parte de ese círculo maléfico.

En Gröna Lund, Madeleine encontró a Victoria Bergman y, creyendo que llevaba de la mano a su hijo, su medio hermano, actuó de forma precipitada.

Esta vez la ha localizado al pie del puente de Skanstull, allí donde Viggo la había visto anteriormente, sin decidirse a entablar contacto.

Ahora ha seguido su Mini azul hasta Södermalm.

Mira desde el otro lado de la calle a esa mujer que es su madre.

Victoria Bergman.

Está encogida, parece tener frío.

Madeleine sale del coche, cruza rápidamente y la sigue por la acera a unos diez metros de distancia. Palpa en el bolsillo de su chaqueta. El metal frío del revólver.

Cargado, seis balas. Inflexible, inclemente, su función está más clara que el agua.

Es la llave de su libertad.

Un hombre cierra el maletero de su coche y sobresalta a Victoria Bergman. Más adelante se abre la puerta de la tienda de la esquina. Sale una vieja, se detiene en la entrada, rebusca en su bolso y luego se dirige hacia la escalera que sube a la iglesia.

La mujer que es su madre sigue a la vieja.

Tragicómico.

Todo el mundo se sigue. Madeleine se da cuenta de que se ha pasado toda la vida siguiendo, un paso por detrás, demasiado tarde. Con la mirada puesta en la espalda de otras personas. Ahora que les ha dado alcance y las ha matado, no ha logrado sin embargo dejarlas atrás. Nunca estarán detrás, siempre delante o alrededor, como rostros borrosos, perturbadores y absurdos.

Madeleine observa que a Victoria le duelen las ampollas de los talones, igual que le pasa a ella.

Cojea, como si caminara sobre cuchillos. Madeleine se imagina dentro de veinte años. Un cuerpo delgado y frágil. Nunca en reposo. Una travesía de la vida inquieta y errática.

Si no me hubieran separado de ti, piensa Madeleine, ¿qué habría pasado?

No hubiera habido Peo. Ni Charlotte.

¿Su vida hubiera sido mejor?

La mujer que es su madre le dice algo a la vieja, que ha llegado a medio tramo de las escaleras, pero Madeleine solo oye sus recuerdos.

Charlotte mintiendo al psiquiatra del Rigshospitalet en Copenhague y luego riñéndola en el aparcamiento del hospital.

Charlotte reprochándole que es una niña espantosa, no deseada, que le arruinó la vida el día que la adoptó.

Charlotte sorprendiendo a Madeleine viendo la cinta de vídeo que sus padres adoptivos han escondido.

Tres chicas comiendo excrementos.

Alrededor de ellas, personas con máscaras de cerdo.

Como en los boxes de la granja de Viggo.

Como castigo por haber visto la película, le prohíben salir y Peo va a verla todas las noches.

¿Qué recuerdos de infancia tendría de haber crecido junto a su verdadera madre?

Madeleine no está preparada para los sentimientos que se adueñan de ella en ese momento. No tiene palabras para describirlos. Sus sentimientos han estado mucho tiempo aletargados en su interior. Tanto tiempo que el recuerdo de los mismos solo lo conserva su cuerpo, sin estar ligado a ningún acontecimiento en particular.

Sus sentimientos se manifiestan con una lágrima que rueda por su mejilla.

Una sola y larga lágrima de pesar por lo que no ha sido.

La vieja sube el segundo tramo de peldaños y desaparece en la oscuridad.

Victoria Bergman se queda allí, apoyada en la barandilla. Detrás de ella, la silueta de la iglesia de la Reina Sofía se eleva hacia el cielo como un potente faro.

Madeleine se aproxima. Desde abajo de las escaleras, mira la espalda inclinada.

Luego la ve incorporarse lentamente. Victoria alza la cabeza y su pálida mano se aferra con fuerza a la barandilla.

La muerte tiene muchos puntos en común con la vida, piensa al asir el revólver en el bolsillo.

La vida no cambia, uno lo aprende fácilmente. Es un viaje de un grito a otro, en el que la esperanza está limitada y las explicaciones escasean.

Victoria se vuelve y, por un breve instante, se miran.

Los recuerdos que ella nunca ha tenido afluyen, crecen como una ola a punto de romper en una playa rocosa.

Una única lágrima para un pasado robado. Siente entonces una fatiga fría al comprender que ha tocado fondo y que ya solo le queda el viaje de retorno. Quiere huir de ese frío, entrar en calor.

Su cabeza se llena de imágenes.

Los recuerdos que habría deseado tener rompen sobre su pasado rocoso. Un oleaje que penetra con un débil silbido entre rocas cubiertas de algas y luego refluye despacio mar adentro.

Una madre con su hija en brazos. El calor consolador de un pecho dulce. Una mano que acaricia la mejilla y pasa entre el cabello.

Una niña que le hace un dibujo a su madre. Dibuja un sol que sonríe en un cielo azul y una niñita que juega con un perro en un prado verde.

Una madre que con sumo cuidado le extrae una espina del dedo a su hija. Se lo vendan, aunque no sea necesario. Y le dan chocolate caliente y pan con queso.

Una niña que regresa de la escuela con un delantal que ha cosido para su madre. Azul con un corazón rojo.

Las costuras están un poco torcidas, pero no importa. La madre está orgullosa de su hija.

La lágrima se inmoviliza en la mejilla de Madeleine. Una única lágrima de pesar absorbida por la piel, que solo deja un rastro salado, casi invisible.

Habrían podido amarse.

Habrían podido.

Pero les robaron esa posibilidad.

Victoria tiene una mirada ausente, velada por una fina película de locura. No me ve, se dice Madeleine. Soy invisible.

Su mano deja de apretar el revólver.

Mamá, se dice. Me das pena y dejarte vivir ya es castigo suficiente. Eres igual que yo. No tienes pasado ni futuro. Como la primera página en blanco de un libro que no se ha escrito.

Victoria Bergman empieza a subir. Primero lentamente, pero enseguida a un paso más rápido, más decidido. Llega al primer rellano, luego al segundo.

Después desaparece, ella también.

Madeleine comprende que ha tenido razón.

Ya no hay nada que hacer y su cuerpo se desmorona, aliviado durante una fracción de segundo.

A partir de ahora, para mí estáis todos muertos, se dice. Dejo aquí mi fardo. Estoy demasiado cansada, que otro cargue con él.

Solo le queda una cosa por hacer. Babi Yar. Después, ya no volverá más. Ha decidido también abandonar su lengua materna.

Ya no volverá a pronunciar ni una palabra en sueco o en danés. Nunca más después de esa última, que murmura sin que nadie la oiga:

—Perdón.

# Kiev, 1941

*¡Judíos de Kiev y de los alrededores! El lunes 29 de septiembre, a las ocho de la mañana, preséntense todos con sus bienes, dinero, documentación, objetos de valor y ropa de abrigo en la calle Dorogozhitskaya, junto al cementerio judío. Toda ausencia será castigada con la muerte.*

El padre comía en silencio. Aparte del movimiento regular de su cuchara de la sopa a la boca, permanecía absolutamente inmóvil. Ella contó hasta veintiocho idas y venidas antes de que dejara la cuchara sobre el plato vacío y cogiera la servilleta para secarse la boca. Se inclinó entonces hacia atrás, con las manos unidas detrás de la cabeza, y miró a sus hermanos.

—Vosotros dos id al dormitorio a acabar de recoger vuestras cosas.

Su corazón se puso a latir con fuerza mientras tragaba a regañadientes una última cucharada de sopa con un trozo de pan. Añoraba la sopa de su madre, aquella solo sabía a tierra.

Sus hermanos dejaron los platos en el barreño cerca de la cocina de leña.

—Antes fregad los platos —dijo él con el tono irritado que ella reconoció—. Es porcelana fina y quizá podamos quedárnosla. Es mejor que dejarla ahí y perderla seguro. Los cubiertos de plata van en la caja de madera que está al lado de la puerta.

Por el rabillo del ojo vio que se agitaba en su asiento. ¿Acaso también estaba enfadado con ella? A veces, se enfadaba si ella no se acababa su plato.

Pero esa vez no. Cuando sus hermanos comenzaron a entrechocar la vajilla, él le sonrió y se inclinó por encima de la mesa para pasarle una mano por el cabello.

—Pareces preocupada —dijo—, pero no hay razón para tener miedo.

No, pensó ella. No para mí, pero sí para vosotros.

Ella evitó su mirada. Sabía que no le quitaba ojo de encima.

—*Oj,* querida —dijo acariciándole la mejilla—. Solo van a deportarnos. Nos meterán en un tren y nos llevarán a algún sitio. Al este, quizá. O al norte, hacia Polonia. No puede hacerse gran cosa. Habrá que empezar todo de nuevo, el lugar es lo de menos.

Ella se esforzó por sonreír, sin lograrlo, porque comenzaba a preguntarse si había hecho bien.

Vio el cartel en una pared al pie de la laure de las Grutas, el monasterio donde aquellos ortodoxos chiflados se encerraban y pasaban voluntariamente su vida a pan y agua, en pequeñas cuevas sin ventanas, para acercarse a Dios. Estaban locos.

El cartel que habían colgado los alemanes ordenaba a todos los judíos presentarse cerca de su cementerio.

¿Por qué no les pedían también a los ortodoxos que fueran a su cementerio?

Solo tres días antes, nadie en la calle conocía su origen. No vivían en el barrio judío y no eran especialmente religiosos. Pero a la mañana siguiente del día en que ella envió su carta a los alemanes, con su nombre y dirección, todo el mundo estaba al corriente, y vecinos que hasta entonces habían sido sus amigos les escupieron a su paso de camino al mercado.

*Shmegege,* pensó ella mirando de reojo a su padre mientras sus hermanos iban al dormitorio a acabar de preparar sus maletas.

Ella sabía que no era su hija.

Antes lo creía, puesto que antes de la muerte de su madre nadie hablaba de ello, pero ahora el único que no parecía estar al corriente era él. Incluso sus hermanos lo sabían y por eso le pegaban cuando se hartaban de pelearse entre ellos. Y también por eso podían utilizar su cuerpo como les venía en gana.

*Mamzer.*

Durante años creyó que la gente murmuraba y la miraba mal por otras cosas, por ser fea o por vestir ropa harapienta, pero era porque sabían que era bastarda. Tuvo la confirmación un día en la verdulería: una chica del barrio se burló de ella y le explicó que su madre se había acostado durante diez años con el pintor guapo, a dos manzanas de allí. Sus hermanos la llamaban a veces *mamzer*, sin que supiera qué significaba esa palabra. Pero después de esa revelación en la verdulería, comprendió que no formaba parte de la familia.

Miró de nuevo a su padre. La sopa estaba fría, era incapaz de tragar ni una cucharada más.

—Deja eso —dijo el padre—, pero acábate el pan antes de que nos marchemos. —Le tendió el último mendrugo seco—. ¿Quién sabe cuándo volverán a darnos de comer?

Quizá nunca, se dijo ella llevándose el pan a la boca.

Se escabulló afuera cuando su padre salió a buscar la carretilla en la que cargarían sus pertenencias. Aparte de un jersey grueso, un pantalón, calcetines y zapatos, prendas que había cogido de la maleta de uno de sus hermanos y que ahora llevaba bajo el brazo, solo tenía la navaja de afeitar de su padre.

Recorrió las calles con la falda volando alrededor de sus piernas, con la impresión de que todo el mundo la miraba.

*Mamzer.*

Aunque aún no había amanecido, había ya mucha gente en movimiento. El cielo estaba nuboso, de un gris sucio, y en el horizonte la línea rojiza matutina resultaba inquietante. Evitaba los uniformes, tanto alemanes como ucranianos. Parecían colaborar.

¿Adónde iría? No había tenido tiempo de pensar en ello. Todo había ocurrido muy deprisa.

Sin resuello, se detuvo en una esquina, frente a un pequeño café. Miró en derredor, se había alejado mucho corriendo y no reconocía nada. No había ninguna indicación en el cruce. Daba igual: decidió en el acto entrar allí y utilizar la navaja. Al empujar la puerta, vio que sus tibias desnudas estaban cubiertas de tierra.

Poco después se hallaba ante el espejo resquebrajado del baño que no cerraba con llave. Esperaba que no la molestaran. Empezó lavándose las piernas sucias de tierra con el agua de la cisterna de la letrina. No había papel ni toalla y tampoco lavamanos. El agua era casi marrón.

Se desvistió y, para que no la sorprendieran desnuda, se puso primero el pantalón de uno de sus hermanos debajo de la falda, que luego se quitó y metió arrebujada junto con sus bragas en la basura. Luego se arrodilló, puso la cabeza sobre el agujero del retrete y tiró de nuevo de la cuerda de la cisterna. Olía muy mal y contenía la respiración para no vomitar.

Tuvo que tirar tres veces de la cuerda hasta tener el cabello suficientemente mojado. Entonces se puso en pie y se situó ante el espejo resquebrajado. La navaja estaba fría en su mano.

Cortó primero sus largos cabellos negros por la nuca, luego por los lados. De repente, oyó voces delante de la puerta y se quedó inmóvil.

Cerró los ojos. Si tenían que abrir, que abrieran, no podía luchar.

Pero las voces se alejaron y, en pocos minutos, estuvo completamente afeitada y sonrió ante su reflejo en el espejo.

Ahora era una persona útil, capaz de trabajar. Ya no era una *mamzer*.

Seré fuerte, pensó. Más fuerte que mi padre.

# Hundudden

Cuando Ivo Andrić llega a Hundudden con un puñado de colegas, su pensamiento aún está ocupado en su viaje a Malmö.

Como Goran no estaba en su casa en Rosengård, Ivo ha llamado a la puerta del vecino para asegurarse de que se trataba de la persona que buscaba.

El vecino se llama Ibrahim Ibrahimović, también es bosnio y milita con Goran en la asociación de inquilinos en lucha contra el casero.

Nada más presentarse, Ibrahim se ha echado a llorar y le ha abrazado.

Goran está vivo, piensa el forense al saludar a Jeanette Kihlberg y Jens Hurtig en el sótano situado bajo el garaje de Viggo Dürer. Su mujer se ha deshecho en lágrimas cuando se lo ha anunciado por teléfono.

Ibrahim Ibrahimović le ha explicado que Goran está en Bosnia y no regresará hasta el fin de semana próximo. Le ha confirmado que su hermano no tiene otro teléfono más que el fijo y que en esos momentos no se le puede localizar.

Habrá que esperar una semana más, piensa Ivo Andrić. Merece la pena, después de tantos años de duelo.

—Aquí es —le indica con un gesto Jeanette al abrir la puerta metálica, y regresa de inmediato a su trabajo en la habitación contigua.

El forense echa un vistazo. Con una fuerte sensación de malestar, comprende en el acto que tiene trabajo para toda la noche.

Por mucho que haya sufrido durante todos esos años de duelo, no es nada comparado con la suma de desesperación reunida en esa sala. La propia habitación es una instalación, una puesta en escena deliberada, hecha de dolor, muerte y perversión.

Solo al cabo de tres horas atisba el final de su trabajo.

Uno tras otro, sus colegas han abandonado, y los comprende. Solo quedan él y un último técnico. Un joven que, a pesar del asco manifiesto en su rostro al entrar en la habitación, sigue trabajando mecánicamente, sin quejarse. Ivo se pregunta si su joven colega se habrá quedado solo porque se siente obligado a demostrar su valía a cualquier precio.

—Has hecho un buen trabajo —dice el forense apagando el dictáfono que sostiene delante de su boca—. Ya puedes marcharte. Pronto habremos terminado, puedo acabar esto solo.

El joven le mira de reojo.

—No, no. Lo haré yo.

Le dirige una sonrisa pálida, descompuesta. Ivo Andrić le mira, desconcertado.

Pone de nuevo en marcha el dictáfono. Hay que documentarlo todo.

Ante él tiene cuatro cables metálicos y, por el rabillo del ojo, percibe la presencia de eso en el suelo. Intenta no mirarlo y empieza por lo que cuelga de los cables, de unos pequeños ganchos.

—Resumo: órganos genitales de cuarenta y cuatro muchachos, conservados mediante una técnica mixta de taxidermia y embalsamamiento. El material de relleno utilizado es arcilla corriente. —Avanza lentamente a lo largo de los cables, mirando hacia arriba—. El tipo de arcilla varía, pero en la mayoría de los casos se trata probablemente de tierra de batanero, que no se encuentra en Suecia —añade con voz aguda, y carraspea.

Se gira y echa un rápido vistazo a lo que hay en el suelo.

Desearía no llamarlo escultura, pero es una palabra bastante próxima a la verdad.

La escultura de un insecto humano. Una pesadilla enfermiza.

Vuelve acto seguido a los cables.

—Cuarenta y cuatro fotos, una de cada chico, tomadas después del embalsamamiento, fechadas de puño y letra entre octubre de 1963 y noviembre de 2007.

Lamenta que no haya indicación alguna de nombre o lugar, y continúa hasta el final de los cables, pegado a la pared, hasta situarse delante de uno de los ventiladores.

—En el extremo de cada uno de los cuatro cables cuelgan manos completamente desecadas, cortadas todas a la altura de la muñeca. En total, ocho piezas. Por el tamaño, cabe estimar que también se trata de niños…

Pasemos a lo más atroz, se dice dirigiéndose al centro de la habitación y echando un vistazo al joven técnico, que le da la espalda mientras recoge unas fotos.

—En el centro de la habitación… —comienza Ivo Andrić, y se interrumpe de golpe.

Cierra los ojos buscando las palabras apropiadas. Lo que ve es casi innombrable.

—En el centro de la habitación —empieza de nuevo—, se alza una construcción hecha con fragmentos de cuerpos cosidos entre sí. —Rodea la aterradora escultura—. En este caso, la técnica también es una mezcla de taxidermia con relleno de arcilla y embalsamamiento clásico.

Se detiene y observa la cabeza o, mejor dicho, las cabezas.

Un insecto infernal.

Desearía apartar la vista, pero queda un detalle.

—Los pedazos de cuerpos están unidos con un hilo basto, quizá un hilo de pescar de gran calibre. En cuanto a los miembros, tanto los brazos como las piernas pertenecen probablemente a niños y están dispuestos como si fuera…

Se interrumpe de repente, pues por lo general se abstiene de cualquier consideración personal en la descripción de sus objetos de estudio. Pero esta vez no puede reprimirlo.

—Como si fuera un insecto. Una araña o un ciempiés.

Suspira, apaga la grabadora y se vuelve hacia el joven.

—¿Has recogido las fotos que he señalado?

Responde asintiendo con la cabeza, e Ivo cierra los ojos para recapitular.

Los hermanos Zumbayev. Yuri Krylov y el cuerpo aún no identificado, el muchacho de Danvikstull. Ha reconocido a los cuatro entre las fotos. Ha examinado sus cuerpos desecados tan minuciosamente que no le cabe la menor duda, se trata de ellos y, en cierta medida, es un alivio.

—¿Y las huellas dactilares? —dice volviendo a abrir los ojos—. ¿Puedo verlas otra vez?

Un centenar de fotos digitales de las mismas yemas de dedos lisas, roídas por el cáncer, idénticas a las halladas en el frigorífico de Ulrika Wendin.

Esas huellas están por todas partes, e Ivo Andrić comprende que se acerca el desenlace.

# Barrio de Kronoberg

Desde su regreso a la jefatura, Jeanette y Hurtig han evitado evocar los detalles de su horrible descubrimiento en casa de Dürer, pero la perspectiva de ver por fin concluir la investigación de la primavera y el verano les une.

Solo falta encontrar a Ulrika, piensa Jeanette.

—¿Dónde crees que puede estar esto? —dice Hurtig pensativamente examinando la fotografía hallada bajo el garaje de Dürer.

—Puede estar en cualquier sitio.

La policía de Norrbotten acaba de informarles de que la vieja casa de la familia Lundström en Polcirkeln fue derribada, al igual que la propiedad que Dürer poseía en Vuollerim.

—Parece Norrland —continúa Hurtig—, pero también conozco casas en Småland que se parecen a esta. Una puta casa de guardia forestal vulgar y corriente, como las hay a miles por todo el país.

Deja la foto y con el pie hace retroceder la silla.

—Dámela —dice Jeanette, y Hurtig se la pasa.

Viggo Dürer está sentado en la veranda de una casita y mira al objetivo. Sonríe.

A la derecha, una pequeña ventana con las cortinas echadas y, al fondo, la linde del bosque. A Jeanette le parece una foto de vacaciones banal. Pero hay algo que reconoce.

Da una calada y echa el humo por la ventana de ventilación entreabierta, repiqueteando nerviosamente el cigarrillo con el dedo, aunque no haya ceniza.

—Creo que he visto eso en uno de los vídeos de Lundström —continúa, pensando en las películas que ha visto encerrada en la pequeña sala de la criminal.

Les interrumpe la irrupción de Schwarz con Åhlund tras él. Los dos empapados. El cabello cortado a cepillo de Schwarz chorrea y forma un pequeño charco.

—¡Dios, cómo llueve! —exclama Åhlund dejando su abrigo mojado sobre una silla libre y poniéndose en cuclillas, mientras Schwarz se apoya en la pared y observa en derredor.

—Bueno, ¿qué novedades nos traéis? —pregunta Jeanette.

Åhlund explica que, entre las pertenencias de Hannah Östlund, han hallado una escritura de donación en la que figura que heredó una casa en Ånge, un pueblo al sur de Arjeplog, en Laponia.

—Pero eso no es todo: según esa escritura, Hannah Östlund donó a su vez la casa a la fundación Sihtunum Diaspora, con pleno disfrute, como creo que aparece formulado literalmente.

—¿Y cómo no lo vimos al investigar los recursos de la fundación? —pregunta Hurtig.

—Sin duda porque la donación no se registró. Según el catastro, la casa aún está a nombre de Hannah Östlund, pero en realidad era utilizada por la fundación y sus miembros. Östlund pagaba el impuesto de bienes inmuebles y seguramente la fundación se lo reembolsaría.

—¿Y quién legó esa casa a Hannah? —se apresura a preguntar Jeanette, sintiendo que se trata de una pista importante.

—Pues... un tal Anders Wikström —responde Schwarz.

Jeanette rodea la mesa y se acerca a la ventana.

—El mismo Wikström que participó en la violación de Ulrika —dice encendiéndose un cigarrillo.

¿Qué es lo que no les funciona a esos tipos?, se dice, pero sabe que nunca tendrá la respuesta.

—¿Qué relación hay entre Anders Wikström y Karl Lundström? —pregunta Schwarz.

Hurtig explica las conexiones.

—Lundström explicó que rodó una de sus películas en la casa de Wikström en Ånge, y dedujimos que se trataba del Ånge que está cerca de Sundsvall, ya que ahí vivía Wikström. Pero hay otro Ånge, en Laponia.

Es entonces cuando Jeanette comprende qué es lo que ha reconocido. Las cortinas, se dice, cogiendo la foto hallada en casa de Dürer.

—¿Veis? —exclama, señalándola muy excitada—. ¿Veis la ventana de detrás de Dürer?

—Unas cortinas rojas con flores blancas —dice Åhlund.

Jeanette coge su teléfono y marca un número.

—Voy a hablar con el fiscal Von Kwist y a organizar el transporte a Laponia. Esa cerveza de la que hemos hablado puede esperar. Tenemos que ir a Ånge esta misma noche. Solo espero que no sea demasiado tarde.

Piensa en Ulrika y reza para que aún esté viva.

# Arlanda

Dos horas antes de despegar, Madeleine termina el check-in electrónico y se dirige al control de seguridad. Viaja ligera. Los agentes solo tendrán que revisar su bolso y su abrigo azul cobalto. Antes de cruzar la puerta deberá vaciar el vaso de hielo.

El agua helada puede contener materiales explosivos, se dice arrojando los últimos cubitos. Es verdad, en cierta forma. Los isótopos del agua helada son muy potentes.

Cierra los ojos al pasar por el detector de metales. Es sensible a los campos magnéticos y la cicatriz de la nuca le duele. A veces, incluso puede sufrir migraña.

Recoge el abrigo y el bolso de la cinta y entra en la sala de espera. Las multitudes la inquietan. Hay demasiados rostros, demasiados destinos cruzados, y la gente es trágicamente inconsciente de su vulnerabilidad. Acelera el paso y va directamente al control de pasaportes.

Al ponerse en la cola, empieza la migraña. El campo magnético ha hecho efecto. Busca de inmediato una pastilla en el bolso, la traga y se pasa el dedo por la cicatriz en la raíz del cabello.

El policía examina su documentación, pasaporte francés a nombre de Duchamp y un billete de ida a Kiev, Ucrania. Apenas la mira y le devuelve los papeles. Ella consulta el reloj y comprueba las pantallas. El avión parece no tener retraso y el despegue está previsto al cabo de hora y media. Se sienta apartada de los demás, en un rincón de la sala.

Después de Kiev y su cita en Babi Yar, podrá olvidarlo todo. El contrato con Viggo es un punto final. Ahora que ya ha tachado a Victoria Bergman, no queda nada por hacer.

Está fatigada, infinitamente fatigada, y, sobre todo, la irritan todas esas voces. Conversaciones ordinarias y discusiones encendidas se entremezclan y agravan su migraña.

Intenta oír la algarabía sin atender a las palabras y las frases, pero es imposible pues siempre hay voces que sobresalen.

Saca el teléfono del bolso, se pone los auriculares y selecciona la función de radio. Es un programa cultural y una dulce voz masculina habla con acento de Norrland.

—Edmund es el pequeño de la familia Pevensie. Es un niño belicoso y celoso y, en mi opinión, el personaje más interesante. Su maldad responde, a mi parecer, a un modelo bíblico. Es Judas Iscariote y Barrabás trasladados a una novela juvenil. Es también un vengador lleno de odio que traiciona a su familia.

Sabe que el odio es la venganza de los débiles y, sin embargo, todo cuanto ha hecho era necesario. Su venganza nunca hubiera podido llevarse a cabo de no haber estado profundamente enraizada en el odio que profesaba hacia las personas que le han hecho daño. Pero pronto todo habrá acabado.

Una voz femenina, más incisiva, toma la palabra en la radio.

—Otro ejemplo es el personaje de Jack en *El señor de las moscas*. Al igual que Edmund, es envidioso, manipulador, rencoroso y vengativo. Pero no era así al nacer, se vuelve así, arrastrado hacia el mal. En *El señor de las moscas* el mal está representado por la Bestia que se supone que reina en la isla en la que han naufragado los muchachos. La Bestia también simboliza el miedo en el corazón de los chicos.

La ofrenda a la Bestia es una cabeza de cerdo, se dice ella.

Sí, ha leído el libro. El cadáver del cerdo es lo que atrae a las moscas, y el que lo ofrece en sacrificio al Mal se convierte en Señor de las Moscas. O algo parecido.

La conversación es muy pedante. La conclusión parece ser que las personas rencorosas y vengativas se decantan hacia el mal.

Cambia de frecuencia. Chisporroteo. Un silbido sordo, tranquilizador: ahora puede escuchar sus propios pensamientos.

Estoy en la playa de Venöbukten recogiendo piedras.

El ruido del mar y del viento solo me pertenece a mí. Tengo diez años, un abrigo rojo, un pantalón rojo y unas botas de goma blancas.

El silbido en los auriculares es el mar. Viaja con el pensamiento. El mar de Åland unos días atrás.

La que se llamaba mi madre no soportó la vergüenza. Le enseñé las fotos en las que está sentada y mira sin hacer nada.

Fotos de niños que gritan de dolor, fotos de niños que no entienden lo que pasa, fotos mías, con diez años, desnuda sobre una manta, en la playa.

No lo soportó y se llevó su vergüenza a las profundidades.

Un imperceptible cambio del silbido en los auriculares y Madeleine recuerda el débil rumor de la autopista, a lo lejos. Un olor a champú y a sábanas limpias. Cierra los ojos, deja que acudan las imágenes. La habitación es blanca, ella es pequeña, apenas tendrá unos días, está en brazos de alguien. Mujeres que visten uniformes blancos impecables, algunas con una mascarilla sobre la boca. Está caliente, bien alimentada, satisfecha. Se siente segura, solo quiere estar allí, con la oreja contra una caja torácica que sube y baja al ritmo de su propia respiración.

Dos corazones que laten juntos.

Una mano le acaricia el vientre, siente cosquillas y, al abrir los ojos, ve una boca con un diente delantero roto.

# Martin

El agua chapoteaba bajo el embarcadero. Se acurrucó contra Victoria. No entendía que ella pudiera estar tan caliente llevando solo unas bragas.

—Eres mi niño pequeño —dice ella en voz baja—. ¿En qué piensas?

Los barcos pasaban lentamente y Victoria y él saludaban con la mano a los tipos que los pilotaban. A él le gustaban los barcos a motor, le hubiera gustado tener uno, pero era demasiado pequeño. Quizá dentro de unos años, cuando fuera tan grande como ella. Se imagina cómo sería ese barco y de pronto se acuerda de lo que le prometió su primo.

—Será muy chulo mudarnos a Escania. Mi primo de Helsingborg tiene un circuito y tendré uno de sus coches. Un Ponchac Fayabir.

Ella no respondió, pero a él su respiración le pareció extraña. Irregular, precipitada.

—El próximo verano iremos al extranjero en avión. Mi nueva canguro también vendrá.

Martin soñaba con barcos, coches y aviones para cuando fuera un poco más mayor. Tendría una finca muy grande con varios garajes y quizá sus propios pilotos, conductores y capitanes, porque no pensaba que un día pudiera ser capaz de pilotar él mismo. No sabía siquiera atarse los zapatos y, a veces, los demás niños le trataban de retrasado. Pero de hecho solo era un poco lento, cosa que su madre no perdía ocasión de recordarle.

De repente se oyó un ruido extraño entre los arbustos de la pendiente, a su espalda. Una especie de chillido de ratón seguido de un desgarro, como hacían las tijeras de costura de su madre, las que a él no le dejaban utilizar para cortar papel. Victoria se volvió y él sintió un escalofrío cuando ella se puso en pie, privado del calor de su cuerpo.

Ella se puso la camiseta y le señaló los arbustos.

—¿Ves, Martin, ahí?

En ese momento se oyó un crujido entre los matorrales. Era un pájaro que saltaba sobre una pata y parecía herido. Estaba asustado y le faltaba la otra pata.

—Ella no puede volar —dijo Victoria acercándose de puntillas—. Tiene las alas rotas.

A él le pareció que el pájaro tenía un aspecto malvado. Le miraba fijamente, cabizbajo: con ese aspecto, a la fuerza tenía que ser malo.

—¿Por qué dices «ella»? —preguntó, pero Victoria, sin responder, se agachó frente al pájaro.

Entonces se puso a batir las alas y perdió varias plumas negras.

Decididamente, a él no le gustaba ese pájaro. ¿Por qué tenía esos ojos malvados?

—Échalo de ahí, por favor. —Trató de esconderse debajo de la toalla, pero eso no cambiaba las cosas. El pájaro seguía ahí—. Échalo, Victoria…

—Sí, sí… —la oyó suspirar.

Asomó un ojo por encima de la toalla y vio que avanzaba lentamente las manos hacia el pájaro, que ahora ya no se movía, como si deseara ser atrapado.

Lo cogió y lo alzó del suelo. No comprendía cómo ella se había atrevido a hacerlo.

—Échalo lejos —dijo, algo más tranquilo.

Ella se echó a reír.

—¿Qué pasa? ¿Tienes miedo? ¡Si no es más que un pájaro!

A Martin no le gustaba que ella no le entendiera. Acababa de decirle que no quería bañarse, y ella se había enfadado porque creía que sí le apetecía. Cuando se subieron a la noria, él no quería y ella también se había enfadado. Y ahora volvía a enojarse.

—¡Llévate ese pájaro! —gritó—. ¡Tíralo a la basura, que se muera!

Victoria dio unos golpecitos en la cabeza del ave, que respondió picoteándole los dedos, sin que a ella pareciera importarle. Martin esperaba que la mordiera, para que entendiera que era peligroso.

—De acuerdo —dijo ella—. Quédate ahí y no te caigas al agua.

—Te lo prometo —respondió—. Vuelve enseguida.

Él se tumbó boca abajo, reptó hasta el borde del embarcadero y se puso de nuevo a ver pasar los barcos. Una señora que remaba, luego dos barcos a motor. Los saludó con la mano, pero nadie le vio.

Oyó entonces voces y neumáticos sobre la gravilla, y se puso en pie.

Eran tres chavales en el camino, uno en bicicleta y dos a pie. Los conocía del colegio y no le caían bien. Eran mucho más altos y fuertes que él y lo sabían. Le vieron, bajaron hasta el embarcadero y se detuvieron.

Entonces tuvo miedo de verdad. Mejor el pájaro que eso: ojalá Victoria no tardara en regresar.

—El pequeño Martin... —se rió el más alto—. ¿Qué haces aquí, solito? El fantasma maligno del río se te podría llevar.

No sabía qué decir y se quedó allí plantado, mirándoles, sin decir nada.

—¿Eres mudo o qué? —dijo uno de los otros dos.

Estos se parecían mucho, Martin creía que eran gemelos. En cualquier caso, iban a quinto curso y el más alto a sexto.

—Yo... —Para no parecer un cobarde, decidió mentir—. Me he bañado.

—¿Te has bañado? —dijo de nuevo el más alto y ladeó la cabeza frunciendo el ceño—. Pues no nos lo creemos, chavalín. ¿A que no? —Se volvió hacia los otros, que se echaron a reír con él—. Tendrás que meterte de nuevo en el agua. ¡Vamos, salta!

Avanzó por el embarcadero y empezó a brincar como si quisiera romper las tablas.

—Basta... —Martin retrocedió unos pasos.

—Si quieres, podemos ayudarte —dijo el más alto.

—Por supuesto —dijo uno de los otros.

—Claro —remachó el tercero.

Victoria, te lo suplico, pensó. Vuelve.

¿Por qué tardaba tanto? ¿Por qué se había ido tan lejos?

A veces, cuando tenía mucho miedo, Martin se quedaba petrificado. Como si su cuerpo decidiera permanecer inmóvil como una estatua y eso le dispensara de sufrir el horror.

Martin estaba completamente tieso cuando lo levantaron y lo balancearon como una hamaca.

Alzó la vista al cielo y, en el momento en que los tres chavales lo soltaron, una estrella centelleó.

# En ninguna parte

La luz de la bombilla en la habitación vacía hace que le escuezan los ojos.

Comprende que la han drogado y le lleva un rato darse cuenta de que ya no está confinada en una caja con dos barras metálicas. Ve que su ataúd, ahora apoyado contra la pared del fondo, no es más que una cama con un tablero de aglomerado en lugar de colchón. Está tumbada, desnuda sobre un suelo de cemento gris y frío, con las manos aún atadas a la espalda y amordazada con cinta adhesiva. Tiene también sujetas las piernas por los tobillos.

Lo que cubre una de las paredes no es una caldera. Es un enorme ventilador con tuberías que de vez en cuando ronronea débilmente. La habitación es de cemento gris, aparte de la puerta metálica brillante, abierta. Oye trajín al otro lado y acto seguido pierde de nuevo el conocimiento.

Despierta con la sensación de que la observan.

Está tendida en posición fetal, con la cabeza ladeada. Apenas a un metro de ella, un hombre con un enorme taladro percutor. Desde su posición, parece de tamaño monstruoso.

Grandes botas negras, vaqueros gastados y torso desnudo, cubierto de sudor, con un vientre prominente que desborda la cintura del pantalón.

No puede apartar la mirada del taladro. Es enorme, con una broca muy potente.

Incapaz de cruzarse con su mirada vacía, sigue mirando el taladro y descubre que está enchufado en el soporte de un alargador, delante de la puerta. Aprieta los músculos del puño y la broca comienza a girar. El ruido de la máquina aumenta. Imagina el serrín y las astillas volando. Pedazos de cemento y de yeso.

Afloja la presión y el taladro se detiene. Ella cierra los ojos, oye sus pasos pesados al salir de la habitación y no vuelve a abrirlos hasta su regreso, cuando algo rechina contra el suelo.

Ha dejado un taburete sobre el suelo de cemento y se ha subido en él. Al lado, una botella de vodka casi vacía, Stolichnaya, una marca rusa que ella había bebido. Se promete que, si sale viva de esa, no volverá a beber.

El taladro se pone en marcha y el aire se llena del polvo seco del cemento. El ruido aterrador la paraliza. Es imposible pensar.

No tiene ni idea de qué está haciendo, solo quiere gritar, pero la cinta adhesiva sobre la boca se lo impide y apenas emite un pequeño gemido, una burbuja de aire asciende de su vientre y teme vomitar.

Enseguida tiene el cabello y la cara cubiertos de polvo de cemento, siente un cosquilleo en la nariz y, cuando cesa el ruido, siente que va a estornudar.

El estornudo resuena en la habitación y un escalofrío le recorre todo el cuerpo. Luego se produce un momento de silencio y le oye descender del taburete. Sus botas crujen cuando se agacha a su lado.

Observa en silencio cómo deja el taladro en el suelo, agarra la botella de vodka y bebe un trago largo. De cerca, ve sus ojos inyectados de sangre: su rostro tiene una expresión muerta, está borracho.

Tiene el torso desnudo sucio y, debajo de la capa de polvo, adivina varios tatuajes en el hombro y los brazos. Una serpiente se enrosca alrededor de su brazo derecho y, en el izquierdo, un alambre de espino rodeado de cabezas de mujer.

—*Eto konets, devotchka* —dice acariciándole la mejilla.

Cierra los ojos y siente cómo sus gruesos dedos le tocan el rostro antes de arrancarle la cinta adhesiva de la boca de un brusco tirón. Le hace mucho daño, pero el grito se le queda en la garganta, porque de inmediato empieza a respirar ávidamente por las vías respiratorias finalmente liberadas. Se traga su grito en una especie de estertor aspirado, seguido de un violento ataque de tos provocado por el aire seco. Siente unas gotas de sangre calientes deslizándose por sus labios: el potente adhesivo le ha arrancado la piel.

—*Devotchka...* —murmura mientras ella tose.

Le acaricia el cabello. Casi con delicadeza. No habla ruso, pero reconoce esa palabra. *Devotchka* significa «niña», lo aprendió viendo *La naranja mecánica*, al querer saber cómo llamaban a las muchachas violadas en la película.

*La naranja mecánica...* ¿Columbia Pictures? No, Warner Bros.

—Bebe —le dice, y oye el ruido de la botella al rascar contra el suelo.

¿Va a violarla? ¿Y qué va a hacer con el taladro además de un agujero en la pared?

Ella niega lentamente con la cabeza, pero él le agarra la barbilla y la obliga a abrir la boca. Sus manos huelen a aceite de motor.

Cuando el cuello de la botella le golpea los dientes, mira hacia arriba y, mientras el alcohol le quema las heridas alrededor de la boca, ve que ha clavado un gancho en el techo. Y que, con la misma mano que agarra la botella de vodka, sostiene lo que parece una fina cuerda de nailon.

Un nudo corredizo. Va a colgarme.

—*Drink, devotchka... Drink.*

Su voz es dulce, casi amable.

Ella aprieta los dientes y cierra los ojos, muy fuerte.

Jódete. Bébetelo tú, tu maldito alcohol.

Él aprieta con menos fuerza y acaba soltándole el rostro.

Entornando los ojos a través de las pestañas, le ve beber unos tragos más y luego menear la cabeza. Le acaricia de nuevo el cabello, la levanta suavemente por la nuca y le pasa el nudo alrededor del cuello. Luego suelta una risa breve y le da una palmadita en la mejilla.

—*Hey, me Rodya...* —Se ríe señalándose a sí mismo—. *And you?*

Ella no responde, quisiera debatirse, sacudirse a un lado y a otro, pero su cuerpo es incapaz de responder a sus ruegos. Entonces, de repente, un estertor brota de su boca.

—*Rodya... Go fuck yourself!*

Son las primeras palabras que pronuncia desde que la encerraron.

Está atada como un saco al que él puede dar tantos puñetazos o patadas como le apetezca, tiene las manos a la espalda y las piernas tan juntas que sus talones se rozan dolorosamente bajo la presión de la cinta adhesiva, pero no le pega, mantiene la misma sonrisa congelada, apura lo que queda de la botella de vodka y la deja en el suelo.

—No —dice—, *I fuck you.*

Aprieta el nudo alrededor de su cuello. Tira tan fuerte que le hunde la nuez. Gime, presa de nuevo del impulso de vomitar.

El hombre se incorpora y la hace rodar a un lado. Le oye sacar algo del bolsillo: cuando le agarra las muñecas, comprende por la presión que es un cuchillo y que le ha liberado las manos.

—*I fuck you dead. Eto konets, devotchka.*

La levanta tirando de la cuerda, que se aprieta aún más alrededor de sus vías respiratorias. Sus ojos brillan cuando la arrastra hasta la pared de cemento.

Ya no tiene fuerzas para mirarlo. Pronto va a morir y no quiere.

Quiere vivir.

Si sobrevive, dejará su vida de antes. Hará realidad sus sueños. No volverá a esconderse por miedo al fracaso y demostrará a todos que hay que contar con ella.

Pero va a morir. Su cuerpo pronto estará muerto, y el de Rodya es una máquina que la embiste.

Su brazo cae desplomado al suelo, la cuerda le quema el cuello y su boca se abre, por reflejo.

Le ha metido los dedos dentro. Y piensa en todo cuanto sabía sin saberlo.

Las costas europeas y los cincuenta estados norteamericanos. Ahora se los sabe todos, todos sus nombres se presentan a la vez, y los cuatro que le costaba recordar son Rhode Island, Connecticut, Maryland y Nueva Jersey: los más pequeños, insignificantes en un mapamundi.

Planear. Ojalá pudiera planear. Como un animalillo.

Algo gordo y caliente se hunde en su boca y percibe el gigantesco imán bajo el suelo, siente su fuerza.

Se balancea debajo de ella y sacude las paredes. Como su cabeza. Un vaivén, primero lento, luego más rápido. Su cabeza golpea la pared y siente que va a desaparecer de nuevo en el espacio. La fuerza del campo magnético levantará sus manos, sus brazos, y se llevará su cuerpo entero.

# Barrio de Kronoberg

La policía sueca cuenta con seis helicópteros EC135, un modelo fabricado por Messerschmitt, la famosa empresa proveedora de la Luftwaffe en las dos guerras mundiales.

Jeanette Kihlberg y Jens Hurtig aguardan en el tejado de la jefatura de policía a que acudan a recogerlos. Jeanette ha exigido al fiscal un helicóptero para llegar lo antes posible al norte de Norrland, así como el apoyo de una unidad de intervención. Von Kwist se lo ha concedido todo.

Jeanette se acerca al borde de la azotea para contemplar la vista nocturna sobre Estocolmo. Una confusa mezcolanza de personas y de edificios, cada uno con una invisible razón de ser. Todo alrededor de ella tiene un sentido latente pero inaccesible: su propia insuficiencia la deprime.

Hurtig se une a ella y, juntos, contemplan la vista en silencio.

—El mundo es hermoso y vale la pena luchar por él —declara de repente Hurtig con solemnidad.

—¿Qué quieres decir? —dice Jeanette mirando a su colega.

—Es de Hemingway, en *Por quién doblan las campanas*. Siempre me ha gustado esa frase. Siempre me he aferrado a ella en momentos de duda.

—Es una frase preciosa. —Sonríe.

—Después de lo que he visto hoy, ya solo creo en la segunda parte —dice él antes de girar sobre sus talones.

La unidad de intervención debe de estar al llegar, piensa ella. Esperemos que sea así, porque de lo contrario será demasiado tarde.

Jeanette contempla a Hurtig y se pregunta en qué estará pensando. Sin duda, al igual que ella, en la sala de los horrores de Viggo Dürer.

¿Cómo se puede estar tan perturbado? ¿Y qué le habrán hecho para llegar a ese extremo?


¡Dios mío, es enorme!, se dice Jeanette al ver aproximarse el helicóptero. Se agachan instintivamente cuando aterriza en el tejado, aunque se hallan a más de quince metros. Se acercan corriendo bajo las palas rugientes del rotor y el jefe de la unidad de intervención les da la bienvenida.

—Suban —les grita el oficial—. En cuanto hayamos despegado les daré las instrucciones de seguridad.

A bordo, entre los hombres armados, reina una atmósfera que sería casi de recogimiento de no ser por las insistentes preguntas de Hurtig.

—Setecientos kilómetros a vuelo de pájaro, ¿cuánto tardaremos? ¿Tres horas?

—Algo más —dice el oficial—. Es imposible ir en línea recta, debido a la meteorología. Habrá que contar unas cuatro horas. Llegaremos allí hacia las cuatro y media de la madrugada. Será mejor que intenten dormir un poco.

# Kiev

Ha viajado muchas veces con nombre falso, pero esta vez es diferente.

El nombre que figura en su pasaporte es el de una mujer. Su verdadero nombre.

Gilah Berkowitz.

Sin embargo, no ha habido problema alguno con los aduaneros suecos ni con los letones, y los ucranianos han hecho la vista gorda como siempre. Las estrellas de la Unión Europea les bastan, sea verdadero o falso el pasaporte.

Antes de dirigirse al coche que la aguarda, compra unos paquetes de cigarrillos a una vendedora de manos arrugadas, surcadas por unas prominentes venas azul oscuro.

Su pecho palpita y siente una dolorosa succión interna. Luego viene la tos. Una tos seca, desgarradora, que sabe a polvo.

—*Konets* —murmura.

Para el chófer y para la agencia inmobiliaria, Gilah Berkowitz es una rica sueco-ucraniana con un gran interés por los iconos. Paga setenta euros diarios por un piso de cinco habitaciones en la calle Mijailovska, cerca de la plaza Maidan. El alquiler incluye también un gran todoterreno negro, el tipo de vehículo al que la policía nunca para, aunque circule en dirección prohibida ante sus narices.

Sabe cómo funciona eso. Todo funciona. Si se tiene dinero.

La gente está dispuesta a cualquier cosa para ganarse la vida y la situación es particularmente favorable en ese momento, con la crisis económica que golpea de lleno al país. En comparación, la crisis en Europa occidental es un crucero de vacaciones. Aquí, un salario puede reducirse en un treinta por ciento de un día para otro.

Cuando el vehículo abandona el aeropuerto, piensa en todo lo que ha llegado a ver por las calles de ese país. Un gran bazar cuya creatividad económica nunca ha dejado de sorprenderla. Hace ya diez años pudo comprobar su hipótesis de que una persona en la miseria está dispuesta a hacer lo que le pidan sin plantear preguntas, siempre y cuando la remuneración sea suficiente.

El objeto de su experimento fue una chica sola que ya tenía dos empleos, pero a la que le costaba llegar a final de mes. Se puso en contacto con ella y le propuso pagarle apenas dos euros a la hora por plantarse todas las mañanas en una esquina concreta y contar el número de niños que pasaban sin la compañía de un adulto.

La primera semana controló que la joven llegara a la hora convenida, cosa que hacía, sin excepción. Luego efectuó algunos controles por sorpresa: todas las veces, aunque lloviera a cántaros o nevara, ahí estaba ella con su cuaderno negro.

Después de comprobar empíricamente que la indigencia estaba en venta, aplicó esa hipótesis a personas con una conciencia más negra y una mayor desesperación. En todos los casos obtuvo resultados satisfactorios.

Mira pensativa a través de la ventanilla del coche. Su contacto en Kiev no es una excepción. Nikolai Tymoshik. Kolya. Un hombre desesperado que sabe que el dinero es la única lengua incapaz de mentir.

En la autopista, saca el teléfono del bolso y llama a Kolya. La confianza entre ellos se basa en la convicción común de que la remuneración debe ser proporcional al riesgo. O como ella prefiere decirlo: que debe calibrarse la remuneración para que los riesgos siempre parezcan secundarios.

La conversación dura apenas diez segundos, puesto que Kolya sabe exactamente qué preparativos hay que poner en marcha para el día siguiente. No hace preguntas.

Cuando el coche la deja frente a su apartamento, da permiso al chófer para marcharse. Unos cuantos billetes arrugados cambian de manos y se despiden.

Abre la puerta del apartamento y la fatiga acaba venciéndola. Espera otro ataque de vértigo y se lleva la mano al corazón anticipando el dolor.

Los calambres le provocan una dolorosa mueca, sus ojos se llenan de destellos y siente que varias de sus uñas postizas se desprenden de las puntas de sus dedos crispados sobre el pecho. Se apoya en el marco de la puerta y cuenta hasta treinta, hasta que el vértigo y la angustia disminuyen lentamente.

Al cabo de un minuto, el ataque ha cesado, entra en la sala y deja el bolso sobre el sofá. Huele a cerrado. Mientras deshace las maletas, enciende uno de los cigarrillos fuertes comprados en el aeropuerto a la mujer de venas prominentes. Enmascara bajo el humo el olor asfixiante del inquilino anterior.

Cinco minutos más tarde, desde la ventana abierta de la sala, contempla tres plantas más abajo serpentear la calle Mijailovska, estrecha y hundida.

Aparta las cortinas. Por encima de los tejados, el cielo nocturno está despejado y frío. Aquí el otoño es corto, y el invierno ya flota en el aire.

Así que esto es el fin, piensa. Ha regresado a donde todo comenzó.

Apenas recuerda los nombres de los lugares de aquí, pero sí Thorildsplan, Danvikstull y Svartsjö. Aún siente el sabor del último muchacho. El sabor engañoso del aceite de colza.

Y antes de eso, todos los niños que aún no han sido hallados. En Möja, Ingarö, Norrtäljeviken y en los bosques de Tyresta.

También están las niñas. Enterradas en los bosques de Färingsö, en el fondo del lago de Malmsjö y entre los juncos, en Dyviksudd. En total, más de cincuenta criaturas.

La mayoría de Ucrania, pero también de Bielorrusia y Moldavia.

Ha aprendido a ser un hombre. Un soldado danés muerto y hormonas masculinas la ayudaron a terminar la transformación iniciada cuando dejó a su padre y sus hermanos.

Y ha acabado siendo más fuerte que su padre.

Está tan profundamente inmersa en sus pensamientos que su teléfono sobre la mesa baja suena varias veces hasta que lo oye.

Pero sabe de qué se trata y no tiene prisa por responder ni por acabar el cigarrillo.

El hombre al otro lado de la línea dice exactamente lo que se espera de él. Una sola palabra.

—*Konets...* —dice una voz grave y ronca antes de colgar.

Gilah Berkowitz sabe que Rodya ha hecho su trabajo con esa Wendin.

Solo lamenta haber tenido que interrumpir el experimento con el cuerpo de la chica.

Regresa a la ventana, la abre y deja entrar el frío, pensando en el día siguiente.

*Konets...*, piensa con una tos seca. El fin. También para mí está cerca.

La culminación de todo.

Kolya se ocupará de que no haya nadie en los alrededores del monumento de Babi Yar entre la una y las dos de la madrugada de la próxima noche.

Después de casi setenta años, la promesa que se hizo será cumplida, y habrá necesitado veinte años para criar a la que va a ayudarla.

# En ninguna parte

La golpean contra la pared, la cuerda de nailon le comprime la nuez y algo gordo en su boca aprieta contra el paladar.

Pero no oye nada, no siente nada. Gracias a la fuerza del potente imán, puede alzar el vuelo y flotar lejos de su cuerpo, solo oye los gruñidos que profiere ese hombre, Rodya, no siente sus embates en el fondo de su garganta oprimida. Planea a lo lejos y no se da cuenta siquiera de la mano que busca a tientas en el suelo de cemento y de repente agarra algo caliente.

Lo observa todo desde el techo, ve la mano de la otra chica cerrarse alrededor de la empuñadura del taladro que aún no se ha enfriado después de que el coloso haya perforado un agujero en el techo.

El taladro arranca con un aullido un poco ahogado cuando la broca penetra en el vientre del hombre, y comprende entonces que la fuerza de la otra chica proviene a buen seguro de abajo, no de una sala de máquinas en el sótano, sino de la propia tierra.

Y es también la fuerza del campo magnético terrestre lo que le permite flotar libremente y descender hacia el cuerpo, hasta el suelo, cuando decide reunirse con él.

Es un instante. Cierra los ojos y, al abrirlos de nuevo, ha aterrizado y por fin puede moverse. La cabeza, los brazos y el torso. Pero no las piernas, que parecen pegadas como las de una sirena. Una sirena con los brazos cargados de algas calientes salidas del mar.

Pasan aún unos segundos hasta que Ulrika Wendin recuerda que tiene los pies atados con cinta adhesiva, que está sentada en el suelo de cemento de un sótano en medio de ninguna parte y que no es una sirena con la cola y las manos hundidas bajo las algas.

Una de sus manos sostiene un enorme taladro que parece haberse enredado en una cuerda larga y pegajosa, y la otra está atrapada debajo de algo pesado.

Alrededor de ella flota un olor dulzón y nauseabundo. Como suero de leche, el mismo olor que en clase de biología, cuando obligaban a los alumnos a diseccionar un ojo de buey.

Vuelve la cabeza. A su lado, apoyado en la misma pared, un hombre sentado la mira, con una gran sonrisa en los labios. Su mano está atrapada debajo de ese cuerpo enorme. Tiene un agujero en el vientre y de ahí sale el olor.

—*Eto konets, devotchka* —murmura, sin perder la sonrisa.

Ya no tiene el rostro inexpresivo, casi parece feliz.

Por su parte, se siente invadida por una calma desconocida. Una calma inmensa que no contiene odio ni perdón.

El hombre tose y ahora sus ojos también sonríen.

—*You are strong, devotchka** —susurra mientras un hilillo de sangre brota de su boca.

Ella no entiende qué le dice. Intenta tragar, pero el dolor es terrible y teme que le haya roto la nuez.

Oye un tictac: el reloj del hombre.

En su muñeca izquierda, el reloj de oro está cubierto de sangre, pero es un modelo antiguo, de buena calidad, que sin duda nunca se detendrá. Pasarán los siglos y quedará un cuerpo momificado con un reloj de oro en la muñeca.

Fascinada, lo mira rebuscar trabajosamente en el bolsillo de sus vaqueros manchados. Su vientre abierto palpita.

El cuchillo, piensa. Busca el cuchillo.

El reloj le molesta y se engancha varias veces en el cinturón del pantalón antes de lograr, con gran esfuerzo, sacar lo que busca. Pero no se trata del cuchillo.

---

* «Eres fuerte, devotchka.»

Un teléfono. Tan pequeño que casi desaparece en su enorme mano hasta que consigue pulsar una de las teclas con su pulgar ensangrentado.

Una señal. Luego otra, y una más, y se lleva el teléfono a la oreja.

Después de lo que se le antoja una eternidad, una voz al otro extremo de la línea interrumpe los tonos. El hombre no deja de mirarla, feliz.

Mientras sus ojos se llenan de sangre, pronuncia una sola palabra.

—*Konets* —articula.

Cuando el teléfono resbala de su mano, su mirada ya se ha apagado.

No sabe cuánto tiempo permanece allí, con el taladro en la mano. Apenas se da cuenta de que lo deja en el suelo, se libera de la cinta adhesiva que le ata los pies y se levanta.

Tiene que marcharse, pero antes debe encontrar ropa para vestirse. Aunque le flaquean las piernas, logra llegar a la habitación contigua y allí encuentra un ligero mono de protección blanco.

Es de noche y nieva, no va suficientemente abrigada, pero no tiene otra elección.

Con la nieve hasta las rodillas, desciende hacia el lindero del bosque.

# Laponia

Jeanette y Hurtig son los últimos en descender del helicóptero. Una vez que se ha detenido la turbina, solo se oye el silbido del viento entre los finos abetos cubiertos de un decímetro de nieve fresca. El invierno llega rápido en las montañas, a mil kilómetros al norte de Estocolmo. Hace frío, la nieve cruje bajo las pisadas. La única luz proviene de las linternas frontales de la unidad de intervención.

—Nos dividiremos en grupos de tres para acercarnos a la casa por los cuatro flancos. —El oficial indica los itinerarios sobre un mapa y luego señala a Jeanette y Hurtig—. Ustedes vendrán conmigo, tomaremos el camino más corto, todo recto. Iremos despacio, para dar tiempo a los otros a ocupar sus posiciones alrededor sin ser vistos. ¿De acuerdo?

Jeanette asiente con la cabeza y los otros policías levantan el pulgar.

Aunque el bosque no es muy frondoso, Jeanette se engancha a veces en las ramas, haciendo que la nieve caiga y se le meta por el cuello. El calor de su cuerpo funde la nieve helada, que le provoca escalofríos al chorrear por su espalda. Hurtig avanza a grandes zancadas, sin titubear: se nota que conoce el terreno. Durante toda su infancia en Kvikkjokk debió de tener ocasión de caminar por los bosques en esas condiciones.

El jefe de la unidad de intervención aminora el paso y alza una mano.

—Hemos llegado —dice en voz baja.

Entre los troncos, Jeanette ve la casa y la identifica como la de la foto. Una de las ventanas está tenuemente iluminada, reconoce la veranda en la que Viggo Dürer sonreía al objetivo, pero no hay más señales de vida.

—Joder, es la cabaña que buscamos —constata Hurtig.

En ese momento, se oye un ruido de ramas rotas: los policías de élite avanzan empuñando sus armas.

Mientras sigue a Hurtig hacia la casa, con la vista puesta en el suelo, Jeanette advierte unas huellas de pasos que se alejan en dirección opuesta.

Las huellas de una persona que se ha marchado de la casa andando descalza por la nieve, hacia el bosque.

## Vita Bergen

La entrada está repleta de grandes bolsas de basura negra que Victoria se encargará de hacer desaparecer.

Todo tiene que desaparecer, hasta el último trocito de papel.

Las respuestas a sus preguntas no se encuentran ahí, están dentro de ella, y el proceso de curación está tan avanzado que siente que pronto tendrá acceso completo a sus recuerdos. Las notas y los recortes de prensa la han ayudado a dar los primeros pasos, pero ya no los necesita. Ya sabe adónde va.

La habitación de Gao está vacía, la bicicleta estática está en la sala, el colchón en la buhardilla, y solo queda arrancar el aislamiento acústico.

Ata la última bolsa de basura y la lleva a la entrada. En total, hay doce, de ciento veinticinco litros cada una: tendrá que alquilar un remolque o una camioneta para cargarlo todo en un solo viaje.

Lo más simple sería arrojarlas a un vertedero, pero no le apetece. Necesita un adiós ritual. Una separación ideológica, un auto de fe con todas las de la ley.

Regresa junto a la estantería de la sala y cierra la habitación de Gao.

Al echar el pestillo se queda inmóvil, lo vuelve a quitar, lo deja colgar un instante a lo largo del montante de la estantería, y luego repite el gesto. Una vez, otra y otra más.

Ese gesto le recuerda algo.

El armario de Viggo Dürer en el sótano de la granja de Struer, y, detrás, la habitación. Un escalofrío le recorre todo el cuerpo. No quiere volver sobre ese recuerdo.

## Laponia

El mundo es blanco y frío y tiene la sensación de llevar una eternidad corriendo por la nieve en polvo.

A pesar de la falta de sueño de los últimos días, está muy despierta. Como si su cuerpo refrenara sus impulsos, aunque ya no le quede ninguna reserva de energía oculta.

El frío la obliga a avanzar. Los copos de nieve cortantes le fustigan el rostro.

Varias veces se ha encontrado con sus propias huellas: comprende que está avanzando en círculos. Ya casi no siente los pies y le cuesta caminar. Cuando se detiene para intentar calentárselos, escucha si la están siguiendo. Pero el silencio es absoluto.

El mundo es tan blanco que la noche ya no logra ocultar la clara certeza que la golpea, algodonosa y helada, mientras avanza por el bosque ralo: no llegará a vieja.

Una hora, más o menos, en función del tiempo que tarde en morir de frío. Se maldice por no haber registrado la casa para encontrar una ropa más apropiada.

Se está helando y va descalza, vestida con un ligero mono de protección.

Una hora, un lapso que por lo general pasa desapercibido, una duración despreciable, es ahora lo más valioso que tiene y por ello corre, a cara descubierta, hacia su destino. El aire helado le desgarra la garganta y ella avanza como si pudiera alcanzar la salvación, y las ramas que le azotan el rostro le dan la ilusión de que corre hacia algún sitio. Hacia un lugar donde ya no se emplean expresiones como «aún», «más lejos» y «después».

Ulrika Wendin inspira profundamente y corre como si hubiera esperanza en un mundo de piedra, de nieve y de frío.

Corre y piensa, piensa y corre. Sin arrepentirse de sus decisiones, recuerda lo que ha pasado y se permite soñar con lo que aún no ha ocurrido. Lo que ha hecho y lo que hará.

Pero el frío implacable le provoca una respiración irregular.

Ojalá pudiera calentarme, se dice al ver una casita delante de ella. Cree primero que se trata de una alucinación, pero, al aproximarse, ve que es en efecto una casita de vacaciones pintada de rojo. Esquinas blancas, unas escaleras de piedra y muebles de jardín apoyados contra la fachada.

Unos muebles para disfrutar del sol, por la tarde. Salir en el momento en que los tábanos se van a dormir y los mosquitos aún duermen. Sirope de frambuesa, tarta de arándanos y bollos de canela para mojar en el sirope. Así podría ser la vida.

La llave, se dice al subir los peldaños de acceso. El levísimo calor que emana del granito le promete que pronto podrá reconfortarse delante de una estufa que crepita.

Tiene que haber una llave. Es bien sabido que en las casas de vacaciones siempre se esconde la llave en algún sitio. Alza la vista. Encima de la puerta, una herradura.

No, sobre el dintel sería demasiado banal.

Al lado de la escalera hay unas cañas de pescar, perfectas para ir de buena mañana a por unas percas con el hijo pequeño de los vecinos, que tiene la misma edad. Pero volverán sobre todo con gobios.

Se vuelve. En el patio hay un tendedero, perfecto para poner las toallas a secar después de ir a bañarse. ¡Qué bien huelen las sábanas limpias secadas al sol!

Observa en derredor y descubre una pequeña maceta al pie de la escalera. No parece que esté en su lugar, debe de haber alguna razón.

La levanta y descubre una llave oxidada. La vida, se dice, sintiendo cómo en su rostro se dibuja una sonrisa. Coge la llave, abre la puerta y accede a una pequeña cocina donde hace más frío que afuera, si eso es posible: el suelo de linóleo está cubierto de una fina capa de hielo. Delante de la estufa de hierro, una pila de leña de abedul muy seca: está salvada.

Primero el fuego, luego el calor y finalmente encontrar algo que comer, se dice mientras busca cerillas. Tiene que haber en algún sitio. Es como la llave debajo de la maceta, siempre hay cerillas cerca de una estufa. Abre el primer cajón de la cocina: vacío. Ni siquiera un papel de protección, solo algunas cagarrutas de rata.

El siguiente también está vacío. Y el siguiente, y también el siguiente. Abre el armario. Vacío.

Ulrika mira alrededor y comprende en ese instante que la casa ha sido vaciada completamente. No hay muebles ni cortinas. Solo queda la pila de leña que se burla de ella delante de la estufa.

Busca en vano unos minutos más y se ve obligada a admitir que esa casa no le servirá de refugio. Si quiere vivir, tiene que regresar a la nieve. Abre la puerta y sale.

Antes de adentrarse de nuevo en el bosque, cierra la puerta y vuelve a dejar la llave debajo de la maceta. Nadie se dará cuenta de que ha pasado por allí.

Por encima de las copas de los abetos vislumbra una estrecha banda rojiza: es el alba, pero no espera que el sol del amanecer le ofrezca calor alguno. El sol sueco no sirve para nada. Aunque sea el mismo sol que quema los campos de los campesinos africanos, aquí, en el norte, es absolutamente glacial.

La vida, piensa de nuevo, y vuelve a pensarlo al oír el ruido de un helicóptero. Ulrika se detiene y aguza el oído. El helicóptero se aproxima y, al llegar a lo que estima un kilómetro de allí, desciende, el ruido del motor disminuye y finalmente desaparece. Está muy cerca, se dice. Quizá en la casa donde ha estado secuestrada. Sabe que tiene que apresurarse si quiere volver a encontrar el camino.

Sigue sus huellas, pero el viento ya ha empezado a borrarlas.

Sus piernas avanzan y sus pies entumecidos no se detienen ante las piedras y las ramas del suelo que los laceran. Ese dolor significa la vida, se persuade a sí misma, al comprender que quizá ese helicóptero ha ido a rescatarla. Una vez más, se adueña de ella la esperanza de que haya un futuro.

Las huellas en la nieve son cada vez menos visibles y el viento acaba tomándole la delantera y las hace desaparecer por completo. El frío ya le hace tanto daño que la anestesia y sus nervios se esfuerzan por engañarla. Todo su cuerpo se muere de frío, pero el cerebro le hace creer que está sudando. Tropieza y siente que la ropa le quema la piel.

El último gesto de Ulrika Wendin es arrancarse ese mono demasiado grande. Acto seguido se tiende desnuda sobre la nieve blanca y fría y comprende que es el fin. La vida continúa, piensa. Como siempre.

Y ahora, al menos, tiene calor.

# Vita Bergen

Victoria Bergman se encuentra en la cocina, sentada en el ancho alféizar de la ventana, con una taza de café y el teléfono en la mano. Esa mañana hace mucho sol y en la calle las sombras son nítidas.

Parece un puzzle cubista con unas piezas de bordes tan afilados como cascos de vidrio rotos. Piensa en su puzzle interior, que pronto estará reconstruido.

¿Puede seguir trabajando como psicóloga? No lo sabe, pero de momento tiene que aceptar ser Sofia Zetterlund, psicoterapeuta de profesión, con una consulta alquilada en el edificio Tvålpalatset de Mariatorget.

Victoria Bergman oficiosamente. Sofia Zetterlund en su documentación. Eso dura ya desde hace mucho tiempo, pero la gran diferencia es que ahora la Sonámbula ha muerto y soy yo quien decide, siente y actúa.

Se acabaron los agujeros en la memoria. Las salidas nocturnas, el ir de bares, los paseos titubeantes por parques oscuros. Ya no necesita recordarle su existencia a Sofia. Una vez, incluso, se cayó al agua en el puerto de Norra Hammarby. Al día siguiente, Sofia encontró su ropa empapada en la cocina, la olió y probó el agua, intentando desesperadamente comprender lo que había ocurrido. La respuesta era simple y trivial: fue al Clarion, subió a una habitación con un hombre para follar hasta hartarse y luego bajó a orillas del Mälar con dos botellas de vino, se emborrachó y cayó al agua.

Victoria baja del alféizar de la ventana, deja la taza vacía en el fregadero y va al recibidor. Solo le queda ocuparse de esas bolsas.

Ahora sabe qué hacer con ellas y adónde llevarlas. El lugar es obvio.

Llama a Ann-Britt y la informa de que tiene previsto cerrar la consulta por un tiempo indeterminado. Necesita unas vacaciones, marcharse, donde sea, y no sabe por cuánto tiempo. Tal vez serán uno o dos meses, o quizá regrese al cabo de unos días. El alquiler de la consulta está pagado ya para todo el año siguiente, así que no habrá ningún problema.

Tendrá noticias suyas, promete antes de colgar.

Otra llamada, esta vez a una agencia de alquiler de coches de Södermalm.

Reserva una pequeña camioneta con una capacidad de veintidós metros cúbicos, disponible de inmediato. Mejor así, puesto que tiene un largo camino por delante y además necesitará varias horas para bajar y cargar las bolsas.

Al colgar, todo le parece más ligero.

Va a un lugar que aún significa algo para ella.

Un lugar donde estará en paz y donde, en esa época, las casas están desiertas, y el cielo estrellado se ve inmenso y despejado como cuando era muy pequeña.

## Kiev

Se dice que las dos ciudades industriales del este de Ucrania, Donetsk y Dniepropetrovsk, son las únicas ciudades del mundo donde la nieve es negra. Ahora sabe que es falso. La nieve negra también cae sobre la capital: un enjambre de copos de hollín se abate contra el parabrisas.

Madeleine está sentada en el asiento trasero. El rostro del conductor se refleja sobre un fondo oscuro de grúas, chimeneas y fábricas. Ese rostro es pálido, delgado y mal afeitado. El cabello es negro, los ojos de un azul claro, fríos y escrutadores. Se llama Kolya.

Las calles desaparecen detrás de ellos entre la niebla. Cruzan uno de los puentes sobre el Dniepr. El agua brilla en la noche oscura y se pregunta cuánto tiempo lograría sobrevivir en ella.

Al otro lado del río se alinean las naves industriales. Kolya aminora la velocidad en un cruce y gira a la derecha.

—*It is here...*\* —dice sin mirarla.

Toma una callejuela más estrecha, aparca sobre la acera al lado de un muro alto, sale del coche y le abre la puerta.

El suelo cruje helado y la corriente de aire le hace sentir un escalofrío.

Kolya cierra el coche y bajan por la calle junto al muro. Se detienen delante de una barrera de madera gastada, cubierta de escamas de pintura roja y blanca, al lado de lo que parece una garita.

\* «Aquí es...»

354

Kolya levanta la barrera y le indica que entre. Ella obedece, y él la sigue después de bajar de nuevo la barrera. Unos pasos más allá, abre la puerta del edificio principal.

—*Fifteen minutes** —dice mirando su reloj.

Un hombre bajo y delgado, vestido de negro, sale de la sombra y les hace señas para que le sigan.

Se hallan en un patio interior, el hombre abre una de las puertas y Kolya se detiene y saca sus cigarrillos.

—*I wait outside.***

Madeleine entra en un pasillo cuya única ventana está cegada con unas tablas. A la izquierda hay una puerta abierta y ve en el interior una mesa grande, sobre la que se alinean varias armas de fuego. El tipo delgado coge una pistola automática y le hace una señal con la cabeza.

Ella entra y mira a su alrededor en la habitación. Han arrancado el papel pintado, rascado y enyesado las paredes: están listas para ser pintadas, pero nadie ha empezado el trabajo. Los cables eléctricos cuelgan en diagonal a lo largo de las paredes, como si hubieran tirado los cables hasta los interruptores por el camino más corto, para ahorrar.

El hombre le tiende el arma.

—*Luger P08* —precisa—. *From the war.****

Ella toma el arma, la tantea un momento, sorprendida por su peso. Luego saca un fajo de billetes del bolsillo del abrigo y se lo tiende. El dinero de Viggo Dürer.

El vendedor le muestra el funcionamiento de la vieja arma. Ella ve que está oxidada y espera que no se encasquille.

—*What happened to your finger?***** —pregunta.

Madeleine no responde.

Mientras Kolya la acompaña de regreso en plena noche, piensa en lo que le espera.

---

\* «Quince minutos.»
\*\* «Esperaré fuera.»
\*\*\* «Luger P08. De la guerra.»
\*\*\*\* «¿Qué le ha pasado en el dedo?»

Está segura de que Viggo Dürer cumplirá su parte del contrato. Le conoce lo bastante como para poder confiar en él.

Para ella, ese contrato significa poder hacer cruz y raya de su pasado, olvidarlo y continuar el proceso de purificación. Pronto todos aquellos que tenían una deuda con ella estarán muertos.

Salvo Annette Lundström, pero esa ya ha sufrido suficiente castigo. Ha perdido a toda su familia y se ha hundido en la psicosis. Y además Annette nunca fue más que una espectadora pasiva de las violaciones.

A partir de ahora, Madeleine ya solo aspira a regresar a sus campos de lavanda.

Kolya aminora la velocidad, se detiene en un semáforo en rojo y ella comprende que pronto habrá llegado. Poco después acerca el coche al bordillo, se sube a la acera y aparca junto a una parada de autobús.

—*Syrets station* —dice—. *Over there.* —Señala un edificio bajo de hormigón gris, un poco más allá—. *You find the way to monument? The Menorah?**

Asiente con la cabeza y tantea en el bolsillo interior del abrigo. La vieja arma oxidada se siente fría en su mano, que roza la culata ligeramente estriada.

—*Twenty minutes* —dice él—. *Then the area will be safe.***

Madeleine sale del coche y cierra la puerta.

Sabe que hay que tomar a la derecha en la estación para llegar al monumento, pero primero baja hacia los pequeños comercios en el sótano del edificio. En cinco minutos encuentra lo que busca, un pequeño fast-food donde pide un vaso con hielo.

Sube a la superficie y se dirige hacia el gran parque. Le duelen los dientes al morder el hielo y recuerda la sensación de cuando se te cae un diente, de pequeña. Esa sensación de succión fría en el agujero de la encía. El sabor a sangre en la boca.

La avenida conduce a una pequeña explanada y luego se adentra en el parque. Un círculo adoquinado y, en el centro, una estatua

---

\* «La estación Syrets. Allá. ¿Encontrará el monumento? ¿La Menorá?»
\*\* «Veinte minutos. Y la zona será segura.»

sobre un pedestal. La escultura, sin pretensiones, representa a tres niños. Una chiquilla con los brazos tendidos y dos niños más pequeños a sus pies.

Según la inscripción en el pedestal, la estatua se erigió en memoria de los miles de niños ejecutados allí durante la guerra.

Madeleine masca los cubitos de hielo y abandona el lugar siguiendo la avenida que se adentra en el parque. Su grito aún es interior, pero pronto podrá proferirlo.

# Dala-Floda

Lleva nevando ya desde Hedemora y ha abandonado la idea de encontrar un cielo estrellado sobre la granja de Dala-Floda.

De todas formas, el cielo nunca es tan claro como en los recuerdos de infancia.

El bosque se vuelve más denso, ya no debe de estar muy lejos. La última vez que hizo ese trayecto era su padre quien conducía, lo recuerda como una bruma de discusiones. Había llegado el momento de vender la granja y su madre se hacía falsas ilusiones sobre el dinero que se podría obtener de la venta.

Recuerda también otros viajes y, afortunadamente, los lugares donde él se detenía para que ella le satisficiera han cambiado de aspecto. Han ampliado la carretera y se han suprimido las áreas de descanso.

Atraviesa poblaciones familiares. Grangärde, Nyhammar y, un poco después, Björnbo. Todo parece diferente, más feo y más lúgubre, aunque sabe que es falso.

¿Cómo puede tener unos recuerdos tan luminosos, a pesar de todo lo que allí sufrió?

Quizá sea gracias a aquel verano, el de sus diez años, cuando conoció a Martin y a su familia. Unas semanas sin su padre, solo con tía Elsa en la casa vecina para vigilarla.

Un cruce más y luego la granja a la izquierda.

La casa sigue allí. Aparca la camioneta junto al seto y apaga el motor. El viento ha amainado un poco o quizá el bosque haga de parapeto. Los grandes copos de nieve caen lentamente en la oscuridad mientras ella se aproxima a la verja.

Como las otras casas de los alrededores, su antigua granja sigue siendo una segunda residencia y está desierta y a oscuras, pero la han reformado tanto que es casi irreconocible. Hay dos anexos, una terraza que recorre toda la fachada principal y las laterales, ventanas y un tejado nuevos.

Esa mezcla de elementos antiguos y modernos es de un mal gusto ofensivo.

Regresa a la camioneta y se sienta en el asiento del conductor. Es incapaz de darle al contacto y se queda allí un rato. La nieve cae en silencio sobre el parabrisas y sus pensamientos alzan el vuelo y se remontan en el tiempo. Corrió a menudo con Martin junto a esa carretera, hacia la casa que sus padres tenían alquilada. Desde allí no puede verse y quizá sea esa la razón por la que no se decide a arrancar. Tiene miedo de sus recuerdos.

Tengo que bajar al lago, se dice dándole al contacto para seguir su camino. En el cruce se ve la casa, y solo le echa un vistazo que, sin embargo, le basta para comprobar que también la han ampliado y han construido una gran terraza. Está tan desierta como el resto del pueblo. Desde allí, la carretera desciende y ahora avista el lago un poco más allá. Hay hielo en la calzada, y circula con dos ruedas sobre el borde del ventisquero para no derrapar. Un último cruce y pasa por delante de un panel que señaliza una zona de baño autorizado.

Sale y abre las puertas traseras.

Doce bolsas llenas de fragmentos de su vida, millones de palabras y miles de imágenes que, todas, de una forma u otra, conducen a ella.

Conocerse a uno mismo puede ser un enigma.

Veinte minutos más tarde, ha alineado todas las bolsas de plástico en la playa cubierta de nieve.

El hielo aún no ha cuajado sobre el lago, por suerte. Se agacha junto a la orilla y sumerge sus dedos en el agua glacial.

Sus ojos se han acostumbrado un poco a la oscuridad y la luz reflejada por la nieve permite ver a lo lejos en el lago. La caída de la nieve es silenciosa. Un poco más lejos, más allá de las placas blancas que empiezan a formarse sobre la superficie del lago, sabe que hay una roca grande.

Cuando nadaba allí, de pequeña, el agua negra se cerraba alrededor de ella y la protegía del mundo exterior. Bajo la superficie, estaba la seguridad. Tenía la costumbre de nadar cuatro largos entre el viejo embarcadero y la roca desde la que se podía saltar al agua, cuatro veces cincuenta metros, y luego tumbarse en la playa al sol. Así fue como conoció a Martin.

Él tenía entonces tres años y ella fue su Pippi durante un largo y luminoso verano. Una Pippi Calzaslargas, una niña y sin embargo adulta, obligada a apañárselas sola.

Con Martin aprendió a ocuparse de los demás, pero todo se desmoronó seis años más tarde, cuando lo dejó solo a orillas del Fyrisån, en Uppsala.

Se ausentó cinco minutos. Y eso bastó.

Quizá fue un accidente, o tal vez no.

En todo caso fue ahí, junto al agua, donde la Chica Cuervo recibió su nombre. Ya existía en Victoria, pero como una sombra sin nombre.

Ahora está convencida de que la Chica Cuervo no es una de sus personalidades.

El batir de alas que siente bajo sus párpados y las manchas ciegas en su campo de visión indican otra cosa.

La Chica Cuervo es la reacción inmediata al estrés de un traumatismo. Un trastorno epiléptico del cerebro que, de muy joven, interpretó equivocadamente como una presencia extraña dentro de ella.

Regresa a la camioneta a por una toalla de su bolsa. Vuelve a la playa, se quita los zapatos y se arremanga el bajo de los pantalones.

Desde el primer paso que aventura en el agua siente el entumecimiento, como si el lago tuviera manos que la agarraran de los tobillos y se los apretaran con fuerza.

Espera un momento. El entumecimiento se transforma en un dolor agudo que parece casi calor. Cuando la sensación se vuelve agradable, regresa a la orilla a por una primera bolsa.

La arrastra hacia sí y la deja flotar en la superficie. Al cabo de una decena de metros, cuando el agua le llega a los muslos, vacía delicadamente el contenido.

Las palabras y las imágenes flotan suavemente sobre el agua negra como pequeñas placas de hielo. Vuelve a la orilla a por la siguiente bolsa.

Trabaja duro, bolsa tras bolsa. Al cabo de un rato, olvida el frío hiriente y se quita el pantalón, la chaqueta y el jersey. Vestida solo con bragas y una camiseta, se adentra más en el lago. El agua le alcanza pronto el pecho y se olvida de respirar. El gélido abrazo del lago comprime sus músculos y ya no siente el duro fondo bajo sus pies. Alrededor de ella todo es blanco de papeles, que se le pegan a los brazos y al cabello. Es una sensación indescriptible. Eufórica, perfecta. Y en cierta manera, bajo ese entusiasmo, mantiene el control.

No tiene miedo. Si sufre un calambre, aún hace pie.

Todo palidecerá, piensa. Todos los papeles se acabarán deslavando, las palabras se disolverán en el agua y formarán un todo con ella.

El débil viento empuja el contenido de las bolsas hacia el centro del lago. Pequeñas placas de hielo que se hunden al deshacerse y desaparecen de la vista, más allá.

Una vez vaciada la última bolsa, vuelve a nado, pero, antes de salir, se tumba un momento boca arriba sobre unos decímetros de agua contemplando cómo cae la nieve. El frío es calor. Es una inmensa liberación.

# Babi Yar

Babi Yar. El barranco de las Mujeres. Antaño, allí se encontraba el límite de la ciudad, un lugar inhóspito: los centinelas se alegraban la existencia invitando allí a sus mujeres y sus amantes.

El barranco de las Mujeres era entonces símbolo del amor, pero recuerda el lugar tal como era aquel día de otoño, hace casi setenta años, y aún oye gemir la tierra.

En menos de cuarenta y ocho horas, los nazis exterminaron a la población judía de Kiev, más de treinta y tres mil personas arrojadas al barranco, que fue cubierto después de la masacre y hoy es un frondoso parque. Como siempre, la verdad es relativa. Está enterrada en el suelo bajo esa aparente belleza, bajo la forma de un mal profundo, imprevisible y calculador.

Una pequeña abrazadera de madera. Apretando el dedo. Una vuelta de tuerca más. Y otra.

Hay que sentirlo. El dolor tiene que ser físico. Debe extenderse desde el dedo hasta el corazón, arrastrado por la sangre. Al apretar el dedo la abrazadera controla el dolor, que se vuelve meditación.

El dedo se pone morado. Otra vuelta de tuerca, y otra, y otra más. Los gritos de los muertos palpitan en su dedo.

A Viggo Dürer, nacido Gilah Berkowitz, le quedan aún diez minutos de vida y cae de rodillas delante del monumento, una menorá, un candelabro de siete brazos. Alguien ha colgado un ramo de flores de uno de los brazos más robustos.

Su cuerpo está viejo, los surcos en sus manos son profundos, su rostro está pálido y desvaído.

Lleva un abrigo gris con una cruz blanca a la espalda.

La cruz señala a un prisionero liberado del campo de concentración de Dachau, pero el abrigo no es suyo. Estaba destinado a un joven soldado danés llamado Viggo Dürer, y su libertad es por lo tanto falsa. Nunca ha sido libre, ni antes ni después de Dachau. A lo largo de setenta años ha estado prisionera, y por eso ha regresado aquí.

El contrato firmado con Madeleine se va a cumplir.

Reposará por fin en el fondo del barranco, junto a los que antaño envió a la muerte.

Otra vuelta de tuerca de la abrazadera. El dolor en el pulgar es casi mudo, las lágrimas le empañan la vista. Le quedan siete minutos de vida.

¿Qué es la conciencia?, piensa. ¿Los remordimientos? ¿Es posible arrepentirse de toda una vida?

Todo empezó cuando traicionó a su familia durante la Ocupación. La denunció a los alemanes por judía, y tuvieron que ir a Babi Yar con todas sus pertenencias en carretillas. La impulsaron los celos.

Era una *mamzer*, una bastarda que no pertenecía a la comunidad.

Ese día de otoño decidió que viviría toda su vida bajo otra identidad.

Pero quería ver una vez más a su padre y a sus dos hermanos mayores, y fue hasta allí. No lejos de donde se encuentra en ese momento, había entonces un bosquecillo rodeado de hierba alta. Se escondió allí, tumbada en el suelo, a apenas veinte metros del borde del barranco, y lo vio todo. El dolor palpita en su pulgar, mientras los recuerdos le vienen a la mente.

Un Sonderkommando alemán y dos batallones de la policía ucraniana se encargaban de la logística. Porque se trataba de un trabajo sistemático, casi industrial.

Vio a centenares de personas conducidas al barranco para ser aniquiladas.

La mayoría estaban desnudas, despojadas de todas sus pertenencias. Hombres, mujeres y niños. No se hacía distinción. Todos iguales ante el exterminio.

Otra vuelta de tuerca en su pulgar. El tornillo de madera chirría, pero el dolor parece haber desaparecido. Es solo una fuerte presión, que quema. Ha aprendido a alejar el sufrimiento psíquico con medios físicos. Cierra los ojos y luego mira de nuevo al frente.

Un policía ucraniano llegó empujando una vieja carretilla llena de recién nacidos que chillaban. Otros dos policías se le unieron para arrojar por turnos los pequeños cuerpos al barranco.

No vio a su padre, pero sí a sus hermanos.

Los alemanes habían juntado a un grupo de muchachos, dos o tres docenas, atados con un alambre de espino que penetraba profundamente en su carne desnuda. Los que seguían con vida se veían obligados a arrastrar a sus compañeros muertos o desvanecidos.

Sus dos hermanos formaban parte de ese grupo, y aún estaban vivos cuando se arrodillaron al borde del barranco y recibieron un tiro en la nuca.

Le deben de quedar cinco minutos de vida. Desatornilla la abrazadera y se la guarda en el bolsillo. El pulgar le palpita y reaparece el dolor.

Está arrodillada allí como sus hermanos, hoy como antaño. Entonces denunció a su familia, y ahí empezó todo.

Toda su vida emana de los acontecimientos de aquellos días de otoño.

Vivía en una sociedad de denunciantes. La dictadura de Stalin transformaba a los amigos en enemigos y ni siquiera los estalinistas más acérrimos estaban a salvo. Con la llegada de los alemanes, eso continuó, invirtiendo los papeles. A partir de ese momento se denunciaba a los judíos y a los comunistas, y ella hizo como los demás. Adaptarse y tratar de sobrevivir. Era imposible para una chiquilla judía, *mamzer* o no, pero del todo posible para un muchacho con buena salud.

No fue fácil disimular su sexo, sobre todo en Dachau, y probablemente no lo habría logrado sin la protección del oficial de los guardianes. Para él, ella era un hermafrodita, un forfículido, a la vez hombre y mujer.

Mentalmente, Gilah Berkowitz es a la vez hombre y mujer, o ni uno ni otra, pero exteriormente siempre le ha sido más fácil desempeñar el papel de hombre, por sus ventajas sociales.

Incluso se casó con una chica del internado de Sigtuna, Henrietta Nordlund, un matrimonio de conveniencia. Ella mantenía a Henrietta a cambio de su silencio y de sus prestaciones regulares de esposa en sociedad.

No hubiera podido soñar con una esposa mejor, pero esos últimos años se había convertido en una cruz.

Como Anders Wikström: fue necesario organizar un accidente.

La noche es silenciosa, los altos árboles mitigan el resplandor de la ciudad y solo le quedan tres minutos de vida. Designó a su verdugo hace diez años, cuando Madeleine era una cría de diez años.

La edad que ella tenía cuando traicionó a su padre y a sus hermanos.

Madeleine es ahora una adulta, con muchos muertos sobre su conciencia.

Gilah Berkowitz está atenta al ruido de pasos, pero todo sigue en silencio. Solo el viento entre los árboles y los muertos bajo tierra. Un débil gemido.

—*Holodomor* —murmura arrebujándose en el abrigo con la cruz blanca.

Las imágenes afluyen a su mente. Rostros desecados y cuerpos descarnados. Moscas sobre un cadáver de cerdo y el recuerdo de su padre a la mesa, con los cubiertos de plata y, en su plato, un pichón. Su padre cenó pichón y ella hierba.

El *Holodomor* es la hambruna instaurada por Stalin, un asesinato en masa que le costó la vida a su madre. La enterraron fuera de la ciudad, pero las tumbas fueron saqueadas por la multitud hambrienta, ya que los muertos recientes aún eran comestibles.

Durante la guerra, los nazis fabricaron guantes y jabón con piel y grasa humanas, objetos que ahora pueden contemplarse en el museo, previa compra de la correspondiente entrada.

Todo lo que está enfermo acaba en el museo.

Si ella está enferma, todo el mundo está enfermo, y se pregunta si realmente es casualidad que llegara a Dinamarca, el país del mundo donde se encuentran más cadáveres momificados de forma natural. Se les perforaba un agujero en el cráneo para hacer salir los malos espíritus y luego los enterraban en las turberas.

Y no lejos de Babi Yar se halla la laura de las Grutas, con las momias de los monjes que se encerraban en unos exiguos agujeros para acercarse a Dios. En la actualidad, sus cuerpos bajo las vitrinas parecen los de unos niños. Están cubiertos de telas, pero sus manos resecas sobresalen y, a veces, una mosca logra meterse debajo del cristal para chuparles de los dedos lo que queda por comer. Sus cadáveres en el fondo de grutas oscuras están expuestos al público, que paga el precio de una pequeña vela para ir a llorar su destino.

De repente, oye unos pasos, el repiqueteo lento pero decidido de los tacones sobre la piedra. Ya solo le queda un minuto de vida.

—*Konets* —susurra—. Ven.

Piensa en la obra que ha creado, sin poder explicar lo que ha hecho ni responder a la pregunta del porqué de su creación. El arte se hace a sí mismo porque es inexplicable e inmemorial.

Es la Gnosis, un juego de niños libre de todo objetivo determinado.

Si no hubiera visto morir a sus dos hermanos en Babi Yar, y si su madre no hubiera desaparecido durante la Gran Hambruna, no habría forzado a los dos hermanos kazajos a matarse entre ellos con los puños desnudos mientras ella lo contemplaba, disfrazada de su madre, una verdadera judía.

*Mamzer* es el nombre genérico de toda su vida. *Mamzer* es el remordimiento y la exclusión, la vida y la muerte al mismo tiempo, unos instantes congelados de lo que se ha perdido.

Hacerse adulto es un crimen contra la propia infancia al mismo tiempo que una negación de la Gnosis. Un niño no tiene sexo, y ser una criatura sin sexo supone aproximarse al origen. Descubrir el propio sexo es un acto criminal en contra del creador original.

Soy un insecto, piensa escuchando los pasos a su espalda. Aminoran y acaban deteniéndose por completo. Soy un ciempiés, un miriápodo para el que no hay explicación. Quien me comprendiera estaría tan enfermo como yo. No hay análisis posible. Devuélve-me a la tierra gimiente.

Ya no piensa en nada cuando la bala atraviesa su cabeza incli-nada, pero su cerebro registra una fuerte detonación y el batir de alas de los pájaros asustados en el cielo nocturno.

Luego las tinieblas.

# Dala-Floda

Después de secarse y vestirse, se queda varias horas sentada a orillas del lago. Todo cuanto contenía la pequeña habitación está ahora disperso sobre una superficie de al menos cien metros cuadrados. Al principio parecían nenúfares, pero ahora no se ven más que manchas grises dispersas.

La corriente ha arrastrado algunos papeles hasta la orilla. Quizá algunas frases incomprensibles extraídas de un libro, tal vez una foto recortada de un periódico o una nota sobre Gao Lian o Solace Aim Nut.

Cuando llegue la primavera, esos papeles se descompondrán a su vez en la arena o en el fondo del lago.

Al atravesar de nuevo el pueblo, ha dejado de nevar y no dirige ni una sola mirada a las casas. Se concentra únicamente en la carretera que serpentea a través del bosque, hacia el sur.

Pronto la nieve desaparece de las cunetas, el bosque de coníferas da paso al bosque mixto donde arces y abedules cohabitan con los pinos y abetos. El paisaje se allana y la camioneta parece muy ligera sobre el asfalto.

El peso que ha dejado a sus espaldas permite que las ruedas giren más deprisa. Ya no tiene que cargar con esos fardos y le viene a la cabeza que la agencia de alquiler dispone de oficinas por todo el país, así que si quisiera podría devolver la camioneta en Escania.

Se mantiene un poco por encima del límite de velocidad aunque no tiene prisa por llegar a destino. Cien kilómetros por hora es una velocidad meditativa.

En el fondo, tiene todo cuanto necesita. En el bolso lleva el monedero, el permiso de conducir, la tarjeta de crédito y una muda de ropa interior. En el asiento del pasajero está tendida la toalla mojada para que se seque con el vapor de la calefacción.

No tiene problemas de dinero: apenas ha tocado la herencia de sus padres y los gastos de su apartamento están domiciliados en su cuenta.

Se acerca a Fagersta. Siguiendo por la carretera 66 estará de vuelta en Estocolmo en unas horas, mientras que la carretera 68 va hacia el sur en dirección a Örebro.

Se detiene en un área de descanso, unos minutos antes del desvío.

Todo recto para regresar, para recuperar lo que fue. Si se desvía del itinerario, se dirige a la novedad.

Un viaje sin objetivo. Apaga el motor.

En el curso de las últimas semanas se ha desembarazado de su vida anterior. La ha demolido, hecho pedazos, y ha arrojado los trozos que no le pertenecían. Los falsos recuerdos han sido deconstruidos y los recuerdos ocultos extraídos de la ganga. Ha alcanzado la claridad y la pureza.

Catarsis.

Ya no pondrá nombres a sus rasgos de carácter, no volverá a alejarse de sí misma inventándose otras identidades. Se ha liberado de todos los nombres: Gao Lian, Solace Aim Nut, la Trabajadora, la Analista y la Quejica, la Reptil, la Sonámbula y la Chica Cuervo.

No volverá a esconderse, no dejará que partes extrañas a sí misma se ocupen de sus dificultades.

Todo cuanto le ocurre a partir de ahora le sucede a Victoria Bergman, y a nadie más.

Mira su reflejo en el retrovisor. Por fin se reconoce, ya no es el rostro deformado y sumiso que tenía cuando era Sofia Zetterlund quien decidía.

Es un rostro aún joven en el que no se lee remordimiento alguno, ningún rastro de una vida repleta de recuerdos dolorosos: ha aceptado finalmente todo lo ocurrido.

Su infancia como lo que fue: un infierno.

Arranca y prosigue el camino. Un kilómetro, dos, y luego gira a la derecha, hacia el sur. Sus últimas dudas la abandonan mientras el bosque negro susurra en su ventanilla.

A partir de ahora ya no hará planes.

Todo cuanto pertenece al pasado no tiene ya nada que ver con su vida. Ese pasado ha hecho de ella lo que es, pero su historia ya no tiene que emponzoñarla. No tiene que volver a influir en sus decisiones y en su futuro. Ahora no es responsable de nadie más que de sí misma, y comprende que acaba de tomar una decisión crucial.

Una nueva señal informativa, pero sigue recto pensando en Jeanette. ¿Me vas a echar de menos?

Sí, pero lo superarás. Como siempre.

Yo también te echaré de menos. Puede que incluso te ame, pero aún no sé si es un sentimiento de veras. Así que es mejor que me marche.

Si se trata realmente de amor, regresaré. De lo contrario, ya está bien así. Entonces sabremos al menos que no había que esperar mucho de ello.

Amanece mientras circula a través de los bosques de Västmanland. Bosques y más bosques, interrumpidos aquí y allá por una tala de árboles, un prado o un campo. Pasa Riddarhyttan, la única población a lo largo de esa carretera, y, cuando empieza de nuevo el bosque, decide tirar de la cuerda hasta el final. Todo debe ser demolido, todo debe desaparecer.

Consulta su reloj. Las ocho y cuarto, lo que significa que Ann-Britt ya debe de haber llegado al trabajo. Coge su teléfono y marca el número. Ann-Britt responde al cabo de unos cuantos tonos. Victoria va al grano y le anuncia que ha decidido cerrar la consulta. Siente curiosidad por la reacción de Ann-Britt y le plantea si tiene alguna pregunta.

—No, no sé qué decir —responde la secretaria tras un silencio—. Es, cuando menos, muy repentino.

—¿Me echarás de menos? —pregunta Victoria.

Ann-Britt se aclara la voz.

—Sí, por supuesto. ¿Puedo preguntar por qué lo haces?

—Porque puedo hacerlo —responde.

De momento, esa explicación bastará.

Después de colgar, cuando se dispone a guardar el teléfono, nota las llaves en el bolsillo.

Saca el manojo de llaves y lo sostiene ante ella. Pesa, ahí están todas sus llaves. La de la consulta y todas las de su vivienda en Borgmästargatan. La llave del apartamento, la de la buhardilla y la de la lavandería, y otra que no recuerda qué abre. El garaje de las bicicletas, tal vez.

Baja el cristal y tira el manojo de llaves. Por el retrovisor, lo ve rebotar sobre el carril contrario y acabar en la cuneta. Deja el cristal bajado y el frío invade el habitáculo.

No ha dormido desde hace casi dos días, pero no siente la menor fatiga.

Victoria se queda mirando su teléfono. ¿De qué va a servirle, en el fondo? Solo contiene obligaciones, números inútiles y una agenda llena de citas que Ann-Britt anulará. No tiene ningún sentido.

Se dispone a tirar también el teléfono, pero cambia de opinión.

Con una mano al volante, teclea con la otra un breve SMS que le envía acto seguido a Jeanette. «Perdón», escribe mientras cruza un puente.

Victoria Bergman ve por última vez su teléfono rebotando contra la barandilla antes de desaparecer en el agua negra.

# Catedral de Santa Sofía

Madeleine Silfverberg está sentada en un banco, a la sombra escasa de unos árboles en cuyas ramas se posan pájaros negros. El sol calienta a pesar de que el otoño ya está muy avanzado, y las cúpulas doradas del inmenso monasterio relucen ante ella en el cielo azul.

El flujo de paseantes es tranquilo y monótono, mientras que el edificio resplandece en blanco, verde y dorado.

Se pone los auriculares y enciende la radio. Un leve chisporroteo hasta que el receptor sintoniza una emisora: voces ucranianas, luego un acordeón, una sección de viento y por fin el redoble de un tambor de batería que pronto aporrea lo que parece un cruce histérico entre música klezmer y un hit bávaro. El contraste entre esa música y la calma reinante alrededor del monasterio es la imagen de su vida.

Nadie conoce su vibración interior.

La gente se limita a pasar, ocupada en sus asuntos. Fuera de ella, encerrados en sí mismos.

Se echa hacia atrás y alza la vista hacia el confuso entramado de ramas. Aquí y allá se ven los contornos de pájaros en tonos grises y negros, en relieve, como el árbol contra la planitud azul clara del cielo.

Un día de verano, diez años atrás, Viggo la llevó al faro rojo y blanco a orillas del Oddesund y estuvo varias horas de rodillas mientras él le explicaba su vida, y el cielo era el mismo que hoy.

Se levanta y se dirige hacia los muros blancos que protegen la zona del bullicio de la ciudad, al otro lado. En la radio, la música da paso a las voces, tan excitadas, exaltadas e intensas como la batería, el acordeón o los vientos.

Cuando ella tenía diez años, Viggo le habló de ese lugar, le explicó por qué los monjes se encerraban en las grutas bajo el claustro de Kievo-Petchersk. También le dijo que en la vida no había nada peor que los remordimientos, y ya en aquella época ella entendió qué le atormentaba.

Algo que había hecho de niño, cuando aún no era ni hombre ni mujer.

Hoy, ella ha hecho lo que él quería y todo ha acabado.

Él la convirtió en su confidente y ella nunca lo ha olvidado. A los diez años se sintió orgullosa de eso, pero hoy comprende que no ha sido más que su esclava.

Cruza el porche abovedado bajo el alto campanario mientras las voces callan en la radio y la música retoma el tempo desenfrenado, pero esta vez con una cantante acompañada por una tuba. Oye sus tacones repiquetear al mismo ritmo sobre las losas. Una vez que ha atravesado la explanada, al llegar a la calle, se quita los auriculares.

Un viejo que le recuerda a Viggo está sentado a una mesita en la esquina de la calle.

El mismo rostro, la misma postura, pero ese hombre viste unos harapos y, sobre la mesa tambaleante, se alinean vasos de diversos tamaños. Lo toma primero por un vendedor, pero, al verla, el viejo le dirige una sonrisa desdentada, humedece la punta de sus sucios dedos y roza el borde de uno de los vasos.

Cuando los vasos comienzan a vibrar bajo el vaivén de sus dedos, ve que están llenos de agua. Están dispuestos como las teclas de un piano, en tres octavas, con los tonos y semitonos, en total treinta y seis vasos. Se queda petrificada ante él. Alrededor se oye el ruido de la circulación y de la gente, y en sus auriculares colgados al cuello el parloteo confuso de la radio, pero de la mesa frente a ella surgen sonidos que nunca ha oído.

El órgano de cristal del viejo suena como si viniera de otro mundo.

En el recinto del monasterio, un instante antes, la música era un caos que contrastaba con la calma del claustro.

Ahora es lo contrario.

Las notas de los vasos se mezclan y comunican una especie de balanceo, la impresión de flotar libremente en el aire o de mecerse en el mar. Los sonidos cristalinos y aflautados se elevan entre la caótica algarabía ambiental y crean una burbuja de paz.

En la acera, una cajita metálica con algunos billetes arrugados y, debajo de la mesa, cerca de los deslustrados zapatos del músico, un bidón de plástico con agua.

Comprende que el agua sirve para afinar el órgano de cristal a medida que el líquido se evapora de los vasos, y ve también que en el bidón hay grandes trozos de hielo.

Agua helada de isótopos purificados, como en su propio cuerpo.

# Barrio de Kronoberg

Después de hablar con Ivo Andrić, Jeanette se queda sentada a su mesa sin decir nada, frente a Jens Hurtig, que también está mudo. Acaban de oír al forense explicarles lo que sufrió Ulrika Wendin antes de morir de frío, y lo que les ha dicho los ha dejado sin palabras.

Ivo Andrić les ha hablado de momificación en vida, una técnica inmemorial utilizada, entre otros, por ciertas sectas del budismo japonés.

Con su voz reflexiva, pausada, les ha descrito el procedimiento en sí, que no requiere más que un local seco y una alimentación de oxígeno mínima. La grasa corporal se quema gracias a un régimen a base de grano, nueces, cortezas y raíces, mientras que los fluidos corporales se drenan con savia. En el caso de Ulrika Wendin, la de una especie de abedul de las montañas.

El forense también les ha hablado de privación sensorial: en un espacio cerrado, aislado del ruido y de la luz, se impiden las percepciones fundamentales. Ha subrayado que era muy raro que la víctima soportara mentalmente ese tratamiento más de unas horas. El entorno pobre en estímulos también resulta devastador para el cuerpo, y es un milagro que esa chica viviera tanto tiempo y que de facto lograra huir por sus propios medios.

Cuando, para acabar, Ivo Andrić le ha comunicado su intención de tomarse seis meses de excedencia para hacer un viaje con su hermano a los lugares de su infancia en la península balcánica, Jeanette se ha quedado muy sorprendida, pues ignoraba que el forense tuviera un hermano.

Ahora escruta la expresión abrumada de Hurtig, sabiendo que comparten la misma sensación de impotencia, fracaso y culpabilidad.

Hurtig la mira a los ojos, pero también podría estar mirando el armario a través de ella. Ha sido culpa suya, de los dos.

A decir verdad, sobre todo es culpa mía, piensa ella. Si hubiera actuado más deprisa, siguiendo mi olfato en lugar de ser racional, habríamos podido salvarle la vida a Ulrika Wendin. Así de simple.

Jeanette sabe que en ese mismo instante dos policías acompañados por un pastor van a anunciarle a la abuela su fallecimiento. Hay gente dotada para ese tipo de misión, y Jeanette sabe que no es una de ellas. Amar de verdad a alguien puede ser aterrador, se dice pensando en Johan, quien pronto embarcará en el avión para regresar de Londres. Dentro de unas horas volverá a verle, satisfecho después de un magnífico fin de semana con su padre. Lo ha comprendido por el SMS recibido justo después del hallazgo del cadáver de Ulrika Wendin, medio cubierto por la nieve bajo un escuálido pino. Su muerte ha sido espantosa, y Jeanette nunca podrá olvidar el miedo que debió de pasar la chica.

Se enjuga unas lágrimas de las mejillas y mira a Hurtig. ¿Echa de menos a algún ser querido? A sus padres, naturalmente. Parecen llevarse bien, y además han aprendido a vivir con la pérdida de un miembro de su familia. Alguien que nunca volverá.

Puede que la abuela de Ulrika Wendin no tenga a nadie con quien compartir su duelo. Al igual que Annette Lundström, la única superviviente de esa tortuosa cosecha.

Sobre su mesa, una decena de clasificadores y numerosas carpetas apiladas, una de las cuales contiene las copias de las fotos de Viggo Dürer de los cadáveres de Thorildsplan, Svartsjö, Danvikstull y Barnängen. Que Dürer recibiera durante años tratamiento contra un cáncer de útero, o que el coche que chocó contra un árbol al dar marcha atrás cerca del lugar donde fue hallado el cadáver en la isla de Svartsjö fuera el mismo que estaba aparcado bajo una lona en Hundudden, todo ello no son más que detalles insignificantes.

El caso, sin embargo, no se cierra con la resolución de esos cuatro asesinatos. Se han documentado otros cuarenta cadáveres: todos los datos referentes al caso se comunicarán a Europol.

En el fondo, nada de todo eso tiene importancia, piensa Jeanette, ya que todas las personas implicadas han muerto. Incluido el asesino.

Los cuerpos carbonizados encontrados en el barco de Viggo Dürer eran con toda probabilidad los de Henrietta Dürer y Anders Wikström.

Dürer ha sido hallado muerto en un parque de Kiev con una bala en la cabeza. Un asesinato sobre la mesa de Iwan Lowynsky, también a la espera de que Europol se ocupe de ello.

Se acabó, piensa. Y, sin embargo, no estoy satisfecha.

Siempre queda algo que no encaja, que no se acaba de entender y te deja al final con preguntas sin respuestas. Todos los casos comportan ese tipo de decepción, pero a ella le es imposible acostumbrarse y aceptarlo. Como, por ejemplo, el hecho de no haber dado con Madeleine Silfverberg. ¿Quizá no era más que un espejismo? ¿Quizá los asesinatos de las antiguas alumnas de Sigtuna fueron obra de Hannah y Jessica? Sin duda nunca lo sabrá y tendrá que vivir con esa incertidumbre.

¿Qué haría yo si no tuviera a Johan? ¿Dimitir, marcharme? No, no tendría valor. ¿Quizá una excedencia para hacer otra cosa? Pero volvería al trabajo al cabo de una semana, no sé hacer otra cosa más que mi oficio. ¿O quién sabe?

No lo sabe, y se le ocurre que su vida privada está tan llena de preguntas sin respuesta como sus casos. ¿Tiene siquiera vida privada? ¿Una relación?

—¿En qué piensas? —dice de repente Hurtig.

Han estado en silencio tanto tiempo que Jeanette casi había olvidado que estaba sentado frente a ella.

En nuestra relación con los demás solo nos vemos fragmentariamente, piensa ella. La verdadera vida se desarrolla dentro de la cabeza y es difícil traducirla en palabras.

—En nada —responde Jeanette—. No estoy pensando absolutamente en nada.

Hurtig la mira con una sonrisa fatigada.

—Yo tampoco. Y la verdad es que sienta bastante bien.

Jeanette asiente con la cabeza. Oye pasos en el pasillo y unos débiles golpes en la puerta. Es Billing, que les mira muy serio al entrar y cerrar tras él.

—¿Qué tal? —pregunta con voz sorda.

Jeanette señala la pila de carpetas sobre su mesa.

—Nosotros hemos terminado, ahora Von Kwist tiene que venir a recoger todo esto.

—Bien, muy bien… —murmura el jefe de policía—. Pero no he venido por eso. Hay algo que quiero deciros antes de que lo sepáis por otras fuentes. Seguramente habréis oído rumores sobre una investigación interna en curso en la criminal.

Billing parece agobiado. Jeanette comprende de inmediato de qué se trata.

—Sí, lo hemos oído. Un delito de pornografía infantil.

Se lo esperaba desde que Sofia le habló de la autobiografía de Carolina Glanz, sin acabar de creérselo. Los rumores a menudo se quedan en eso, rumores, y piensa en sus colegas de la criminal, el joven Kevin y Lars Mikkelsen, y se siente mal de nuevo.

—Hemos detenido a uno de los nuestros por haber vendido durante muchos años material pedófilo a gran escala —continúa Billing—. La mayor parte procedía de lo que habíamos requisado, y ha confesado. Mierda, es una historia muy triste.

Dice entonces un nombre que Jeanette nunca había oído.

Se siente aliviada, pero la decepción persiste. Preguntas sin respuestas, y la mayoría comienzan con «por qué».

—Lo peor es que eso es lo último que necesitábamos en este momento —suspira Billing—. La prensa nos va a machacar.

Menea la cabeza y se marcha dejando la puerta abierta.

¿La prensa?, se dice Jeanette. ¿Lo peor es que los periódicos van a hablar de nosotros? Qué raro.

Echa un vistazo a las carpetas de pruebas apiladas sobre su mesa preguntándose cómo reaccionará la prensa cuando se haga público que el predecesor de Billing, el antiguo jefe de policía Gert Berglind, estuvo implicado en la financiación de rodajes de películas pedófilas. No solo los van a machacar, habrá una verdadera masacre.

Cuando Hurtig la acompaña a Gamla Enskede, el tiempo de Laponia ha llegado a Estocolmo y empieza a nevar. No dicen ni una palabra durante el trayecto y se despiden con un caluroso abrazo. Ella vacía el buzón, que contiene publicidad, algunas facturas y una postal de sus padres que le dicen que están teniendo buen tiempo, que su padre le ha comprado una gorra de la policía china y que están impacientes por regresar.

Unos grandes copos ligeros como bolas de algodón flotan sobre el jardín, y se pregunta qué hará los dos días de fiesta que tiene por delante.

Estar con Johan, le da tiempo a pensar antes de que vibre su móvil.

Al abrir la puerta de la casa, saca el teléfono y mira la pantalla. Un SMS de Johan le dice que han aterrizado bien. Ve entonces otro mensaje que se le había pasado por alto. Probablemente lo habrá recibido mientras regresaba de Ånge.

Un mensaje de Sofia.

«Perdón.»

Siempre demasiado tarde, piensa Jeanette.

*Catarsis* de Erik Axl Sund
se terminó de imprimir en marzo de 2016
en los talleres de
Litográfica Ingramex, S.A. de C.V.
Centeno 162-1, Col. Granjas Esmeralda, C.P. 09810 México, D.F.